Asuka Lionera

Stone Heart

Befreites Feuer

Friederike

IM
PRESS

© rini

Asuka Lionera wurde 1987 in einer thüringischen Kleinstadt geboren und begann als Jugendliche nicht nur Fan-Fiction zu ihren Lieblingsserien zu schreiben, sondern entwickelte auch kleine RPG-Spiele für den PC. Ihre Leidenschaft machte sie nach ein paar Umwegen zu ihrem Beruf und ist heute eine erfolgreiche Autorin, die mit ihrem Mann und ihren vierbeinigen Kindern in einem kleinen Dorf in Hessen wohnt, das mehr Kühe als Einwohner hat.

Kapitel 1

Ezlain

Hexe.

Das ist das einzige Wort, das mir durch den Kopf rauscht, während ich meine beste Freundin anstarre, als würde ich sie zum ersten Mal sehen. Mein Verstand sperrt sich gegen das, was Drayce gerade gesagt hat – dass sie diejenige war, die ihn auf die Insel verbannt hat, die er wegen des Zaubers viele Jahre nicht verlassen konnte. Er muss sich irren! Das ist absolut unmöglich! Cressa ist doch keine Hexe! Sie ist ... meine beste Freundin und war meine persönliche Sklavin, seit ich mich zurückerinnern kann. Ich kenne sie mein ganzes verdammtes Leben! Da hätte es mir doch auffallen müssen, wenn sie ... eine *Hexe* wäre.

Unvermittelt stürmt Drayce vor – direkt auf Cressa zu, die noch immer mit beiden Händen an der eisernen Stange gefesselt ist.

»Nein!«, schreie ich, doch es gelingt mir nicht, auf die Füße zu kommen.

Als Halbdrache ist Drayce nicht nur bei Weitem größer und stärker als ich, sondern auch schneller. Mein Schrei ist noch nicht verklungen, da hat er sie schon erreicht. Hilflos muss ich dabei zusehen, wie er mit der krallenbewehrten Pranke ausholt und sie jede Sekunde auf Cressa niedergehen lassen wird.

Ich wage nicht zu atmen. Mein Herz scheint stillzustehen.

Kurz bevor Drayces seinen Angriff auf meine beste Freundin vollenden kann, schießt ein glühender Schmerz meinen rechten Arm hinauf, als hätte sich mein Blut in alles verzehrendes, flüssiges Feuer verwandelt. Als ich hinsehe, winden sich rote und schwarze Verzierungen um meinen Unterarm und fressen sich in meine Haut, wie damals, als ich in einer dunklen Höhle auf einer einsamen Insel Tropfen meines Blutes gegen Tropfen seines Blutes tauschte.

Als ich ihn dort zum ersten Mal traf, schloss ich einen Blutschwur mit ihm und verpflichtete Drayce dazu, mich bei der Suche nach und Rettung von Cressa zu unterstützen, weil ich allein weder ein noch aus wusste.

Und nun ist er kurz davor, sie zu töten.

Ich kreische auf, als ich die Schmerzen nicht mehr aushalte, die sich bis in meine Knochen fressen. Mitten im Schlag hält Drayce inne und wirbelt zu mir herum. Auch um seinen rechten Arm winden sich die Verzierungen, doch er scheint keine Schmerzen zu spüren. Langsam, als koste es ihn sämtliche Willenskraft, lässt er die Hand, mit der er eben noch Cressa zerfetzen wollte, sinken.

Im nächsten Moment verschwinden die Schmerzen ebenso schnell, wie sie gekommen sind, und auch die Verzierungen verblassen. Nur der wütende und zugleich tieftraurige Ausdruck bleibt in Drayces Blick bestehen, während er mich ansieht.

»Höchst interessant!«, sagt Ronnyd, den ich schon beinahe vergessen habe.

Kurz huscht mein Blick zu ihm. Selbst in seiner menschlichen Gestalt strahlt er so viel Kraft aus, dass ich ihn nicht lange ansehen kann. Vor wenigen Minuten noch stand er als Feuer speiender, riesiger und schwarz geschuppter Drache vor mir – und ich bin ein wenig stolz auf mich, dass ich bei seinem Anblick nicht vor Angst ohnmächtig wurde.

»Sie hat dir aufgebürdet, die kleine Hexe vor Schaden zu bewahren, nicht wahr? Welch Ironie, dass sie ausgerechnet die Frau ist, an der du dich für das, was dir widerfahren ist, rächen willst.«

Ich schlucke angestrengt. Als ich erfuhr, dass Drayce ein Halbdrache und von einer Hexe auf die Insel verbannt worden ist, auf der ich ihn kennengelernt habe, versprach ich, ihm dabei zu helfen, sich an ihr zu rächen. Sobald wir Cressa gefunden und gerettet hätten, versicherte ich ihm, würde ich ihn dabei unterstützen, die Hexe für die große Ungerechtigkeit, die ihm widerfahren war, büßen zu lassen. Die Verbannung und nicht zuletzt die bleibende Verletzung seines Flügels – all das hat sie zu verantworten. Die Hexe, die unmöglich meine beste Freundin sein kann!

»Das ... Das ist nicht wahr«, krächze ich, während ich an Drayce vorbei zu Cressa schaue. »Sag mir, dass das nicht wahr ist! Du bist keine ... Du hast ihn nicht ...«

Mühsam krame ich in meiner Erinnerung nach Augenblicken, die mich auf diese Enthüllung hätten vorbereiten können, finde jedoch nichts. Wenn Cressa eine Hexe ist, wieso hat sie sich jahrelang als Sklavin ausgegeben? Sie hielt sich stets im Hintergrund und hatte scheinbar immer Angst vor Neuerungen. Als wir aus Ilgaron flohen, war sie derart verängstigt, dass ich sie beinahe dazu zwingen musste, einen Fuß vor den anderen zu setzen. Richtig, ein paarmal war mir aufgefallen, dass sie mittels eines einzigen Blickes andere zur Räson bringen konnte, und selbst ich war das ein oder andere Mal vor ihr zurückgezuckt, wenn sie mich so durchdringend ansah. Aber abgesehen davon ... ist sie nichts weiter als eine zierliche, junge Frau.

Drayce und Ronnyd müssen sich irren!

»Um auf meine Frage zurückzukommen«, säuselt Ronnyd, als er zu Cressa hinüberschlendert und sie dann grob am Kinn packt. »Warum lebt der Bastard des roten Drachen noch?«

Cressas Blick huscht zu Drayce, der ein bedrohliches Knurren von sich gibt. Die Flügel an seinem Rücken zittern – selbst der gebrochene linke –, so angespannt ist er. Ich kämpfe mich auf die Füße, wanke zu ihm und ergreife seine Hand, die in seiner veränderten Gestalt mehr als doppelt so groß ist wie meine. Seine Haut ist heißer als erwartet, doch ich ziehe meine Hand nicht zurück.

Obwohl ich selbst noch nicht begriffen habe, was hier vor sich geht, werde ich für Drayce die Stütze sein, die er im Moment dringend braucht.

Cressa zieht die Augenbrauen zusammen, als sie Drayce und mich mustert – den Blick starr auf unsere verschränkten Hände gerichtet – und anschließend eine Verwünschung ausstößt. »Das darf doch wohl nicht wahr sein!«

»Also?«, grollt Ronnyd.

»Ich habe das getan, was du mir aufgetragen hast«, entgegnet Cressa, nicht im Mindesten eingeschüchtert.

Auf mich wirkt Ronnyd selbst in seiner menschlichen Gestalt derart angsteinflößend, dass ich mich am liebsten hinter Drayces breitem Rücken verstecken würde, doch ich bleibe tapfer an Ort und Stelle stehen.

»Du hast während unseres Blutschwurs verlangt, dass ich den Halbdrachen *›verschwinden‹* lassen soll«, zischt Cressa. »Und das habe ich getan. Ich erschuf eine Insel, die nicht gefunden und von niemandem betreten werden konnte, und verbannte ihn dorthin. Von töten war nie die Rede.«

Ronnyds Finger bohren sich so fest in Cressas Wangen, dass sie den Mund verzieht. »Und wie kann er dann hier sein, wenn er auf ewig verbannt sein sollte?«

»Wegen …«, presst Cressa undeutlich hervor, »… *ihr.*«

Drayces Griff um meine Hand verstärkt sich und so unauffällig wie möglich schiebt er mich hinter sich, ehe er die Schwingen ausbreitet, um mich vor Ronnyds Blick abzuschirmen. Ich stelle mich dennoch auf die Zehenspitzen und schaue über seine Schulter.

»Geht das etwas genauer?«, knurrt Ronnyd.

»Ich musste … meine letzte … Kraft einsetzen … um sie … zu retten …«

Mir schwirrt der Kopf; was ich in den letzten Minuten erfahren habe, ist zu viel, um es bereits jetzt begreifen zu können. Meine beste Freundin, die an meiner Seite war, seit ich ein Kind bin, soll nicht nur eine Hexe, sondern auch einen Blutschwur mit einem Drachen eingegangen sein. Das glaube ich einfach nicht …

Mit einem angewiderten Schnauben lässt Ronnyd endlich von Cressa ab, die sogleich kraftlos an den Ketten zusammensackt. »Du enttäuschst mich, Hexe«, grollt er. »Eine Weile warst du nützlich, aber nun, da du deine letzte Kraft verbraucht hast, bist du es nicht mehr. Obendrein hast du deine Aufgabe nur unzureichend erfüllt. Da aber offenbar keiner von uns beiden mit den Konsequenzen eines gebrochenen Schwurs zu kämpfen hat, scheint er bereits aufgelöst worden zu sein.« Sein stechender Raubtierblick aus nahezu kohlschwarzen Augen richtet sich direkt auf mich. »Was mich zurück zu dem Mädchen mit der Herzschuppe bringt.«

Cressas Kopf ruckt nach oben. »Lass sie in Ruhe!«

Unbeeindruckt von ihr gleitet Ronnyds Blick zu Drayce. »Die Herzschuppe stammt von dir, ist es nicht so?« Mit einem lang gezogenen Seufzen schüttelt er den Kopf. »Du bist keinen Deut besser als dein Vater.«

Drayces Oberkörper vibriert unter einem bedrohlichen Knurren. »Sie hat nichts damit zu tun!«

Ronnyd legt den Kopf schief. »Ach nein? *Du* hast sie doch mit hineingezogen in die ganze Sache, indem du einen Blutschwur mit ihr eingingst und ihr obendrein noch deine Herzschuppe geschenkt hast. Und da sie sie angenommen hat …«

»Sie kennt unsere Bräuche nicht!«, fällt ihm Drayce ins Wort.

Ein Zucken unter Ronnyds rechtem Auge ist die einzige Warnung, die wir bekommen. Nur einen Sekundenbruchteil später stürmt er bereits auf uns zu – so schnell, dass ich seinen Bewegungen kaum folgen kann. Drayce stößt mich hart zur Seite und fängt Ronnyds Schlag ab, der wahrscheinlich für mich bestimmt war. Mit den teilweise bereits wieder zu Klauen verwandelten Händen hätte Ronnyd mir die Haut vom Leib gerissen. Selbst in der menschlichen Gestalt, die er anscheinend nach Belieben teilweise anpassen kann, wohnt ihm eine solche Stärke inne, dass Drayce sogar als Halbdrache Schwierigkeiten hat, sich gegen ihn zu behaupten. Mit angehaltenem Atem muss ich hilflos dabei zusehen, wie Drayce unter der schieren Kraft seines Gegners beinahe in die Knie gezwungen wird.

Unvermittelt schießen Ronnyds nachtschwarze Schwingen aus seinem Rücken heraus und verdecken die Sonne. Es ist, als wäre von einem Herzschlag auf den anderen die Welt in drückende Dunkelheit gehüllt worden. Ronnyds Schwingen sind fast doppelt so ausladend wie Drayces.

»Gib dich nicht der Illusion hin, dass du gegen mich bestehen könntest,

Halbling!«, grollt Ronnyd und bleckt die Zähne. »Wenn ich es darauf anlege, besiege ich dich mit nur einer Hand vor den Augen deiner *rwy'nary*.«

Alles in mir schreit danach, Drayce zu Hilfe zu kommen, doch meine nackten Füße scheinen fest mit dem gepflasterten Stein unter mir verwachsen zu sein. Was könnte ich schon ausrichten? Ich bin nichts weiter als ein Mensch – eine Frau – und ohne Waffen obendrein. Was kann ich einem echten Drachen entgegensetzen, wenn sogar Drayce beinahe scheitert? Ronnyd würde mich innerhalb eines Wimpernschlags zerfetzen.

Aber ... ich kann doch nicht einfach hilflos dabei zusehen, wie er Drayce schadet! Ich könnte es mir nie verzeihen, wenn er ...

Allein die Vorstellung, dass Drayce etwas geschehen könnte, versetzt mir einen solchen Stich, dass ich nach Luft schnappe. Ich muss nicht darüber nachdenken, was sein Verlust mit mir anstellen würde – ich *weiß* es. Ich weiß, dass ich danach nie wieder dieselbe wäre.

Ohne weiter zu zögern, mache ich einen Schritt nach vorn.

Kapitel 2

Drayce

Verdammt, Ronnyd ist viel zu stark! Ich habe schon fast vergessen, welche Kraft einem reinblütigen Drachen innewohnt. Er hat nicht geprahlt, als er behauptete, er könne mich spielend leicht mit nur einer Hand besiegen; es ist die Wahrheit. Selbst in meiner anderen und stärkeren Gestalt bin ich ihm kaum gewachsen. Vorhin, als ich überraschend in die Situation platzte und Ezlain vor ihm rettete, konnte ich ihn überrumpeln, aber das wird mir kein zweites Mal gelingen.

Meine Muskeln zittern protestierend, während ich mich abmühe, seinen Arm festzuhalten, doch ich darf nicht loslassen! Wenn ich es tue, wird sich sein nächster Angriff wieder gegen Ezlain richten.

Und dann bin ich vielleicht nicht schnell genug, um sie zu beschützen.

»Du langweilst mich, Halbling«, grollt Ronnyd.

Das ist seine einzige Vorwarnung, im nächsten Augenblick stößt er mich so schwungvoll zurück, dass ich taumele und das Gleichgewicht verliere. Unsanft und äußerst ungelenk lande ich auf dem harten Boden und reagiere zu spät, als er bereits seinen rot leuchtenden Mund aufreißt. Auch in seiner teilweise menschlichen Gestalt kann er auf all seine Kräfte zurückgreifen.

Als Halbdrache trage ich selbst genügend Feuer in mir, um hitzeunempfindlich zu sein. Auch sein zerstörerisch schwarzes Drachenfeuer kann mich nicht in ein Häufchen Asche verwandeln – und Ronnyd weiß das. Doch es wird wehtun und die Stellen an mir, die nicht mit schützenden Schuppen bedeckt sind, werden Verbrennungen davontragen ... Vor allem im Gesicht – um die Augen und den Mund – werde ich ...

Während ich noch krampfhaft darüber nachdenke, ob ich meinen ohnehin verkrüppelten linken Flügel dazu nutzen sollte, Ronnyds Feueratem abzufangen, steht plötzlich Ezlain vor mir. Ich schnappe nach Luft – entweder um zu schreien oder um sie anzubrüllen, dass sie verdammt noch mal verschwinden soll –, aber sofort versengt mir die Hitze des Drachenfeuers fast die Lungen. Alles geschieht so schnell ... Ich schaffe es nicht, auf die Füße zu kommen, strecke trotzdem die Hand nach ihr aus, um sie irgendwie aus der Gefahrenzone zu manövrieren, doch da hat uns das Feuer bereits erreicht.

»Ez!« Mein Schrei ist schrill und panisch.

Sie wird verschlungen werden ... Das Feuer wird ihr die Haut vom Leib brennen, denn sie verfügt über keinerlei Schutz. Die Vorstellung, dass von ihr, der mein Herz gehört, gleich nichts weiter als verkohlter Staub übrig sein wird, lässt mich fast den Verstand verlieren.

Wenn ich vorhin nicht auf die Hexe losgegangen wäre ... Wenn ich Ezlain einfach geschnappt und mit ihr geflohen wäre ... Irgendwohin. Ich hätte sie retten können. Wir hätten ...

Sämtliche Gedanken wirbeln so schnell und unsortiert durch mich hindurch, dass ich das Gefühl für Raum und Zeit komplett verliere und wie gelähmt dem Unausweichlichen ins Auge sehen muss. Sie wird sterben und ich kann nichts dagegen tun. Ich bin genauso nutzlos wie eh und je – selbst für Ezlain.

Es vergehen mehrere Sekunden, die sich für mich jedoch wie eine Ewigkeit anfühlen, bis mir aufgeht, dass ich die Hitze des Feuers kaum spüre. Und dass auch Ezlain ... noch vor mir steht, als würden die Flammen einfach an ihr abprallen.

Aber wie kann ... das sein?

Als Ronnyd seinen Angriff endlich einstellt, starre ich ungläubig auf den

Rücken der Frau, die mit ausgebreiteten Armen schützend vor mir steht und deren kupferrotes Haar in der Sonne glänzt wie flüssige Bronze. Ohne Vorwarnung explodiert eine Vielzahl von Gefühlen in mir, die ich über die letzten Wochen immer stärker wahrgenommen habe – jedes einzelne davon ausgelöst allein durch Ezlain.

Und kein einziges verdiene ich.

Sie dreht den Kopf zu mir und fragt über die Schulter hinweg: »Bist du in Ordnung?«

Mehr als ein Nicken bekomme ich nicht zustande. Warum hat sie sich vor mich gestellt? Sie hätte verbrennen müssen! Wie kann sie …?

»Diese vermaledeite Herzschuppe!«, grollt Ronnyd.

Meine … Ich blinzele mehrmals, bin jedoch weiterhin außerstande, den Blick von Ezlain zu nehmen. Meine Herzschuppe soll sie beschützt haben? Aber das … ist unmöglich! Das funktioniert nur bei …

»Wenn du ihm schaden willst«, zischt Ezlain, »musst du erst an mir vorbei!«

Mein Hals ist wie zugeschnürt, während ich zum Zusehen verdammt bin, weil ich keinen einzigen Muskel rühren kann. Zu viele Fragen stürmen auf mich ein; Fragen, deren Antworten ich nicht wahrhaben will, weil sie alles verändern könnten. Alles, was ich kannte. Alles, was ich zu wissen glaubte.

Und ich weiß nicht, ob ich bereit dafür bin.

Oder es je sein werde.

Ronnyd gibt ein glucksendes Lachen von sich. »Du kleines Menschlein willst dich mir in den Weg stellen? Geh zur Seite oder ich werde keine Rücksicht auf dich nehmen!«

Da eine direkte Attacke dank der Herzschuppe also keine Wirkung auf Ezlain hat, schlägt Ronnyd ein paarmal mit seinen riesigen schwarzen Schwingen und erzeugt so einen solchen Windstoß, dass Ezlain Mühe hat, stehen zu bleiben. Die Arme schützend vor das Gesicht erhoben versucht sie, dem Wind zu trotzen.

Ich springe auf die Füße, ziehe sie an meine linke Seite und schirme uns mit dem rechten Flügel vor den schneidenden Luftstößen ab. Ezlain presst sich so fest an mich, dass ich ihren Herzschlag und das Zittern, das ihren ganzen Körper erfasst hat, spüren kann. Sie kommt mir so fragil und zerbrechlich vor, dass ich sie am liebsten vor allen Widrigkeiten der Welt abschirmen möchte – nicht nur jetzt, sondern ... *für immer.*

Ich lehne die Stirn an ihre und atme ihren Duft ein, während um uns herum ein Sturm tobt. Für einen Moment kann ich vergessen, was jenseits meiner schützend um uns ausgebreiteten Schwingen lauert.

»Warum?«, raune ich über den tosenden Wind hinweg. »Warum hast du dein Leben für meines riskiert?«

Ezlain hebt die Hand und fährt so sanft an der Kante meiner spitz zulaufenden Ohren entlang, dass ich wohlig erschaudere. Genauso so zärtlich streichelt sie über die Schuppen an meiner Wange, am Hals und an der Brust. Schließlich lässt sie ihre Hand auf der Stelle ruhen, unter der sie meinen Herzschlag spüren kann.

»Du hast mir gestern gesagt, dass du mir dein Herz schenkst, wenn ich der Meinung bin, dass meines beschädigt ist. Dass ich darüber gebieten kann, wie es mir beliebt.« Ihr glühender Blick hält meinen gefangen. »Und ich beschütze, was mir gehört.«

Ich stoße den Atem aus, den ich die ganze Zeit über angehalten habe, und lege vorsichtig die in Krallen endende Pranke auf die Herzschuppe, die um ihren Hals hängt.

Als ich sie ihr vor ein paar Tagen schenkte, hielt ich es nicht für möglich, dass sie bei ihr wirken könnte oder überhaupt einen Sinn hätte. Es war mir einfach nur ... *wichtig,* sie ihr zu geben. Es fühlte sich richtig an.

Und das tut es jetzt mehr denn je. Nicht, weil Ezlain dadurch Ronnyds Angriffe überlebt hat – denn das habe ich nicht mit Sicherheit wissen können. Sondern weil ich nun weiß, dass Ezlain ähnlich fühlen muss wie ich.

»Ich schwöre, ich werde nicht zulassen, dass dir etwas geschieht«, presse ich hervor.

»Ich weiß«, wispert sie so leise, dass ich sie kaum verstehen kann. »Aber ich würde es vorziehen, wenn wir alle lebend hier rauskommen.«

Als der Wind endlich abflaut, senke ich nur zögerlich den Flügel. In einem offenen Kampf wäre ich Ronnyd gnadenlos unterlegen. Unsere einzige Chance ist, unser Heil in der Flucht zu suchen. Er kann Ezlain zwar nicht direkt durch seine Angriffe oder das Drachenfeuer schaden, aber bei einem indirekten Angriff – wie eben mit dem Wind – beschützt sie auch die Herzschuppe nicht. Doch mit meiner verkrüppelten linken Schwinge kann ich Ezlain unmöglich sicher von hier fortbringen. Wie das enden würde, haben wir bereits im Steinlabyrinth erlebt, wo wir beim Absturz vom Felsen beinahe draufgegangen wären. Der Turm der Wellen ist um einiges höher als die Klippe und mit der Stadt unter uns finde ich keinen ebenen Platz, um halbwegs sicher zu landen. Wir würden ungeschützt in die Häuser krachen ...

Nein, ich muss einen anderen Weg finden! Es widerstrebt mir zwar, mit dem schwarzen Drachen zu verhandeln, aber um Ezlains Leben zu retten, werde ich dieses Opfer bringen.

»Was willst du, Ronnyd?«, knurre ich, während ich Ezlain so gut es geht weiterhin vor ihm abschirme.

Allein, dass er sie ansieht, macht mich rasend. Am liebsten würde ich meine Klauen quer über sein Gesicht ziehen, doch die Vernunft hält mich zurück – *noch.*

Der schwarze Drache in Menschengestalt verzieht den Mund. »Bis vor gut 15 Jahren wollte ich deinen Tod, nach dem, was du mir und den Meinen angetan hast. Mittlerweile allerdings ... stellt es sich als Glücksfall heraus, dass die Hexe den Schwur etwas zu wörtlich genommen hat. Ich könnte mich auf einen Kompromiss einlassen – wenn das Angebot stimmt.«

Jeder Muskel in meinem Körper scheint sich zu versteifen. Kompromisse mit Ronnyd, einem Mitglied des Drachenrates, einzugehen, war noch nie eine gute Idee. Diesen Fehler habe ich schon einmal gemacht und bitter dafür bezahlen müssen. So dumm werde ich kein zweites Mal sein!

Aber mir gehen die Alternativen aus. Was ist geschehen, dass Ronnyd den Hass auf mich zurücksteckt und mir stattdessen einen Handel anbietet? Noch bevor ich seine Antwort höre, weiß ich, dass sie mir nicht gefallen wird. Dennoch gebe ich ihm mit einem knappen Nicken zu verstehen, dass er mir seinen Teil des Kompromisses mitteilen soll.

Sein Blick fällt auf die Frau in meinen Armen. »Nimm ihr die Herzschuppe ab und komm zurück.«

Ich stoße ein Grollen aus. Ein »Niemals!« liegt mir bereits auf der Zunge, doch ich schlucke es schnell hinunter und presse so fest die Zähne zusammen, bis mein Kiefer knackt, damit es mir nicht doch noch entschlüpfen kann.

Ich weiß nicht, welcher Teil seiner Forderung schlimmer ist. Ezlain die Herzschuppe abzunehmen, kommt überhaupt nicht infrage. Genauso wenig setze ich je wieder einen Fuß ins Reich der Drachen, schließlich hatte ich gute Gründe, von dort zu verschwinden.

Als ich mich nicht rege, verdreht Ronnyd seufzend die Augen und schlendert hinüber zur gefesselten Hexe. Sofort gibt Ezlain ein Keuchen von sich und windet sich aus meinen Armen. Ich greife nach ihrer Hand, um sie zurückzuhalten, doch sie ist schneller.

Entschlossen marschiert sie auf Ronnyd zu, der ihre beste Freundin bedroht.

»Lass sie in Ruhe!«, knurrt Ezlain.

Ich bin stolz auf sie und ihre Furchtlosigkeit, möchte sie jedoch am liebsten wieder zu mir ziehen. Und ihr anschließend den Hals für ihre Leichtsinnigkeit umdrehen! Sich mit einem reinblütigen Drachen anzulegen, kommt einem Selbstmord gleich – erst recht für einen Menschen.

In diesem Augenblick kämpfen so viele verschiedene Empfindungen in mir, dass ich keine davon greifen kann. Der Stolz auf meine Partnerin, die ohne Angst einem reinblütigen Drachen die Stirn bietet. Der Drang, sie zu beschützen, obwohl ich weiß, dass Ronnyd ihr nicht direkt schaden kann.

Und ein dunkler Teil von mir will keinen Finger rühren; wenn Ronnyd die Hexe töten will, soll er sich keinen Zwang antun. Zwar würde ich gern selbst derjenige sein, der ihr Leben auslöscht, doch ich gebe mich auch damit zufrieden, dass sie durch die Hand eines anderen stirbt. Hauptsache, es geschieht nicht zu schnell. Sie soll genauso leiden, wie ich all die Jahre über allein in der Höhle gelitten habe.

Allein mit den alles verzehrenden Schmerzen eines gebrochenen Flügels, der ohne Hilfe nur verkrüppelt zusammenwachsen konnte.

Allein mit quälendem Hunger und Durst, die mich die Jahre über begleiteten, ohne dass ich daran zugrunde gehen konnte.

Eingepfercht in der Höhle, wusste ich irgendwann nicht mehr, wie der Himmel aussieht. Wie es sich anfühlt, wenn der Wind über meine Haut streift. Wie die Welt da draußen riecht oder sich anhört. Alles, was ich noch kannte, war der modrig feuchte Geruch meines Gefängnisses und das stetige Wassertröpfeln, das mich beinahe in den Wahnsinn trieb.

Und dann kam *sie*. Als frecher Farbklecks in der tristen Dunkelheit stolperte sie nicht nur in die Höhle, sondern auch in mein Leben, das über Jahre hinweg nur aus dem Wunsch nach Rache bestand. Mit ihrem frischen, minzigen Duft vernebelte sie mir augenblicklich die Sinne und meine auf Stille getrimmten Ohren lechzten nach jedem einzelnen Wort, das ihren Mund verließ.

Wenn ich ehrlich bin, wusste ich es damals schon. Ich wusste, dass sie anders war als alle Frauen, denen ich bisher begegnet bin. Ich wusste, dass sie etwas Besonderes ist.

»Wie mir scheint«, grollt Ronnyd, während er die Hände teilweise zu Drachenklauen wandelt und sie der Hexe an den Hals legt, »befinden wir uns in einer Pattsituation.« Ein breites Grinsen erscheint auf seinem Mund und ich unterdrücke nur knapp den Drang, ihn anzuknurren. »Du bist durch einen Blutschwur gebunden, die Frau zu retten, die du tot sehen willst, nicht wahr?« Er legt den Kopf schief. »Wie hat die Kleine das geschafft? Wie konnte sie dir das Versprechen abpressen, die Hexe zu beschützen? Was hat sie dir als Gegenleistung angeboten?«

Ich beiße fest die Zähne zusammen.

»Ooooh, es muss etwas sein, was sie bereits erfüllt hat, nicht wahr? Nur du bist noch an den Schwur gebunden.«

Er hat recht und darum treffen mich seine Worte hart. Ezlains Teil des Schwurs beinhaltete lediglich, einen Handel mit mir einzugehen und mich dadurch aus der Höhle zu befreien. Von mir hingegen verlangte sie, dass ich sie bei der Suche nach ihrer besten Freundin unterstützen und diese Freundin vor Schaden bewahren sollte.

Wie konnte ich damals ahnen, dass es sich dabei ausgerechnet um das einzige Wesen handelte, das ich unter allen Umständen leiden sehen will?

Und wenn ich es gewusst hätte, wäre ich dennoch den Handel mit Ezlain eingegangen? Oder hätte ich sie fortgeschickt?

»Willst du mich nicht aufhalten?«, fragt Ronnyd mit einem breiten Grinsen. »Du weißt, was mit dir und ihr geschieht, wenn ich die Hexe töte. Der Schwur wird dadurch hinfällig, weil du nur danebengestanden und zugesehen hast.«

Ohne weitere Vorwarnung lässt Ronnyd die klauenbewehrte Hand auf die Hexe niedersausen. Meine Beine scheinen mit dem Boden verwachsen zu sein, denn ich rühre keinen Finger. Ich verspüre nicht einmal den Drang dazu.

Sie war es … Sie hat mich verbannt und mir viele Jahre meines Lebens geraubt! Und wofür? Nur weil ich diese verdammte Stadt verwüstet habe? Sie soll genauso leiden, wie ich gelitten habe!

Erst als Ezlain aufschreit, gelingt es mir, mich durch den Nebel aus Rache und Hass zu kämpfen. Sie ist auf die Knie gesunken und umklammert ihren rechten Unterarm, um den sich rot und schwarz glühende Verzierungen ranken. Auch auf meinem Arm sind die Zeichen aufgetaucht, doch ich spüre den Schmerz kaum.

Ezlains Blut, das in meinen Adern pulsiert, drängt mich dazu, einzugreifen. Mein Verstand jedoch weiß, dass die Hexe schon zehnmal tot wäre, hätte Ronnyd es darauf angelegt. Er hält uns hin, spielt mit uns und will mich so dazu zwingen, seinem Kompromiss zuzustimmen. Solange er die Hexe in seiner Gewalt hat und sie bedroht, werde ich den Schwur, den ich – mehr oder weniger freiwillig – gegenüber Ezlain geleistet habe, nicht erfüllen können. Ein Versagen würde bei mir, wie bei meinem letzten Partner, einen kompletten Kontrollverlust hervorrufen. Ich würde mich für eine Zeit in eine Bestie verwandeln, die nur nach dem Blut desjenigen giert, der ihren Schwur zerbrochen hat.

Gegen Ronnyd hätte ich jedoch keine Chance und würde in einem sinnlosen Kampf den Tod finden.

Und Ezlain … Mein Herz zieht sich zusammen, als ich ihren schmerzerfüllten Gesichtsausdruck sehe. Ich weiß nicht, ob sie es überleben würde. Mein

Blut in ihrem Körper würde so heiß werden, dass es sie von innen heraus verbrennen würde, wenn ich versage.

Ich muss etwas unternehmen ... Ich darf nicht zulassen, dass Ezlain leidet! Aber ... Ronnyd bin ich nicht gewachsen. Und es wäre kein Verlust, wenn die Hexe stirbt. Ganz im Gegenteil: Ich täte der Welt einen Gefallen. Ezlain ist stark. Sie wird ...

»Drayce Demi-Draco!«, ruft mir Ezlain so laut zu, dass ihre klare Stimme in jedem Winkel meines Körpers widerhallt.

Wie von selbst ballt sich meine Rechte zur Faust; die Hand, über die ich in der Höhle die Klinge zog, um den Schwur mit Blut zu besiegeln. Ich lege sie mir an die Brust – direkt über die Stelle, wo eine Schuppe fehlt – und neige den Kopf. Ganz gleich, was sie mir jetzt aufträgt – ich werde es tun. Ich bin zweifach an sie gebunden, freiwillig und unfreiwillig, und würde nie zulassen, dass ihr etwas zustößt. Ihr Wunsch ist mir Befehl – auch wenn das bedeutet, dass ich meine schlimmste Feindin retten und einen aussichtslosen Kampf bestreiten muss.

»Rette Cressa und bring sie sicher von hier weg!«, lautet die Anweisung.

Für einen Moment schließe ich die Augen. Davor habe ich mich am meisten gefürchtet. Nicht davor, Ronnyd gegenüberzutreten oder über meinen Schatten zu springen und den Hass auf die Hexe hinunterzuschlucken. Sondern davor, dass sie mir befiehlt, sie zurückzulassen. Ezlain weiß genau, dass ich unmöglich zwei Menschen während eines Gleitflugs vom Turm der Wellen halten kann. Selbst mit einer der beiden Frauen werde ich ins Trudeln geraten und abstürzen, aber diesen Sturz könnte ich abfangen.

Vielleicht.

Ich werfe Ezlain einen flehentlichen Blick, zu in der Hoffnung, dass sie ihre Meinung ändert, doch das entschlossene Glimmen in ihren grünen Augen ist unübersehbar. Die Gewissheit, dass ich sie zurücklassen muss, brennt sich wie Säure durch mich hindurch, doch jeder Tropfen Drachenblut in mir rebelliert gegen die bloße Vorstellung, den direkten Befehl meiner Partnerin zu verweigern.

Ich fixiere Ronnyd, blecke die Zähne und stürme auf ihn zu.

Kapitel 3

Ezlain

Die Schmerzen, die mir den Arm hinaufschießen und sich wellenartig im restlichen Körper ausbreiten, rauben mir beinahe die Sinne. Warum erscheinen plötzlich die Zeichen, die sich in meine Haut einbrannten, als ich den Blutschwur mit Drayce geschlossen habe? Bis auf den Kampf gegen Feodors Crew in der Schatzhöhle waren sie unsichtbar und ich spürte sie nicht, doch nun sind sie da und ich schaffe es kaum, mich durch den Nebel aus Schmerz und Feuer zu kämpfen. Ich versuche, ein paarmal aufzustehen, sacke jedoch immer wieder auf die Knie. Aber ich muss Cressa helfen! Ich kann doch nicht nur dabei zusehen, wie der schwarze Drache sie tötet!

Ich schlucke einen erneuten Schmerzensschrei hinunter und wende mich Drayce zu, der wie erstarrt inmitten des Platzes steht. Selbst auf die Entfernung erkenne ich in seinem Blick eine dunkle Genugtuung, die mir den Atem stocken lässt. Ich habe bisher nicht verstanden, wie seine Verbannung in die Höhle und die Tatsache, dass Cressa eine Hexe sein soll, zusammenhängen, doch ich bin mir irgendwie sicher, dass er nicht eingreifen wird, selbst wenn Ronnyd meine beste Freundin Stück für Stück vor unseren Augen in Fetzen reißt.

Ich umklammere den vor Schmerzen pulsierenden Arm und rede, bevor ich länger darüber nachdenken kann. »Drayce Demi-Draco!«

Meine Stimme schneidet durch die unnatürliche Stille.

Sofort huscht Drayces Blick zu mir und der Ausdruck darin ändert sich schlagartig. Erstaunen, Stolz, aber auch Angst erkenne ich im tosenden Gold seiner Iriden.

Noch nie habe ich ihn auf diese Weise angesprochen. Noch nie habe ich ihm etwas befohlen. Ich bin nicht seine Herrin, stehe nicht über ihm. Ich will ihm auch jetzt keine Befehle aufbürden, aber mir bleibt keine Wahl.

Dennoch schlucke ich hart, als Drayce sich die Faust gegen die Brust drückt und ehrerbietig den Kopf vor mir senkt. Es ist falsch, ihn dazu zu zwingen ...

Doch wenn ich es nicht tue, wird er nicht eingreifen.

»Rette Cressa und bring sie sicher von hier weg!«

Ich weiß, dass Drayce dem schwarzen Drachen unterlegen ist. Es hat keinen Sinn, Ronnyd direkt anzugreifen. Wir müssen für genügend Verwirrung sorgen, sodass Drayce mit Cressa fliehen kann. Ich bin mir sicher, dass er genauso gut auf sie achtgeben wird wie auf mich – zumindest hoffe ich das.

Der Schmerz in seinem Blick lässt mich beinahe aufkeuchen, doch ich zwinge mich dazu, keine Regung zu zeigen. Als Drayce schließlich Ronnyd fixiert, fletscht er die Zähne; diesen wilden und gefährlichen Ausdruck habe ich noch nie bei ihm gesehen und mir entgeht nicht, dass Ronnyd von Cressa ablässt, um sich auf Drayces Angriff vorzubereiten.

Das ist meine Chance! In dem Moment, als Drayce losstürmt, verschwinden die brennenden Schmerzen und auch die Verzierungen und ich komme wieder auf die Füße. Stumm flehe ich Drayce an, auf sich aufzupassen, als ich zu Cressa husche, die noch immer gefesselt ist.

»Ezlain«, haucht sie, während ich mich an den Ketten zu schaffen mache. »Was, bei allen Göttern, machst du immer noch hier?«

»Dich retten, was denn sonst?«, antworte ich knapp.

Dieses verdammte Vorhängeschloss! Wie soll ich es nur ohne den passenden Schlüssel aufkriegen?

»Du hättest verschwinden sollen«, murmelt Cressa. »Verdammt, du hättest gar nicht erst herkommen sollen! Ich bin freiwillig hier, immerhin musste ich mit Ronnyd …« Plötzlich gleitet ihr Blick über meine Schulter und ihre Augen werden groß. »Pass auf!«

Ich denke nicht darüber nach, sondern schlinge sofort beide Arme um sie und schirme ihren zierlichen Körper mit meinem ab. Verzehrende Hitze strömt über uns hinweg und ich wage nicht zu atmen. Cressas Schrei gellt mir in den Ohren, doch ich halte sie fest umklammert, bis das Drachenfeuer versiegt.

»Alles in Ordnung?«, frage ich gepresst.

Sie nickt, die Augen ungläubig aufgerissen, während sie mich nach Verbrennungen absucht. »Ja«, antwortet sie ungläubig. »Aber was … ist mit dir?«

Ich übergehe ihre Frage. Schnell wende ich mich um, fange Drayces sorgenvollen Blick auf und nicke ihm zu. *Es geht mir gut.* Er nickt ebenfalls und beschäftigt weiterhin Ronnyd, der in der harten und rauen Drachensprache auf ihn einredet. Zwar kann ich kein Wort verstehen, doch Ronnyds eindringlicher Tonfall lässt mich vermuten, dass er Drayce von irgendetwas überzeugen will. Und Drayce scheint das, was der schwarze Drache von sich gibt, ganz und gar nicht zu gefallen. Seine Angriffe werden vehementer, als wolle er Ronnyd durch schnellere Attacken davon abhalten, weiterzureden.

Erst als ich mich wieder Cressa zuwende, fällt mir auf, dass die Eisenstange, an der ihre Ketten befestigt waren, offenbar dem Drachenfeuer zum Opfer gefallen ist. Um ihre Handgelenke liegen zwar immer noch die eisernen Manschetten, die eine dicke Kette verbindet, aber sie ist frei! Um die Manschetten können wir uns später kümmern. Jetzt müssen wir einen Weg finden, den Turm zu verlassen.

Gehetzt sehe ich mich um, bis ich die Tür gefunden habe, durch die mich die Alte vorhin geführt hat. Ich packe Cressa am Arm und ziehe sie in die Richtung.

Durch den gesamten Turm nach unten zu fliehen, wird nicht einfach sein; im Inneren wimmelt es nur so von Soldaten und Wachen. Einige von ihnen werden mit den Opfern beschäftigt sein, die den leichteren Weg gewählt haben, doch die meisten werden nicht abgeneigt sein, sich zwei weiteren Frauen zu widmen, die sich in ihre Reichweite verirrt haben. Ohne

Waffen und ohne Drayce werden Cressa und ich uns nicht gegen sie wehren können.

Aber es ist unsere beste Chance. Der andere Weg führt direkt nach unten: ohne Treppe oder Seil. Der Einzige, der es schaffen könnte, uns diesen Weg nach unten zu bringen, ist Drayce. Doch er kann uns unmöglich beide tragen. Durch den verletzten linken Flügel kann er selbst ohne zusätzlichen Ballast eher schlecht als recht gleiten.

Ich erreiche als Erste die Tür und rüttele am Griff. Abgeschlossen! So ein verdammter Mist!

»Was machen wir jetzt?«, piepst Cressa neben mir.

Ausgeschlossen, dass sie eine Hexe sein soll!, schießt es mir durch den Kopf. Sie ist so zart und fragil, so voller Angst vor allem Neuen. Sie kann unmöglich diejenige sein, die Drayce in die Höhle verbannt hat. Cressa könnte keiner Fliege etwas zuleide tun! Geschweige denn einem mächtigen Wesen wie einem Halbdrachen.

Doch ich habe jetzt keine Zeit, weiter darüber nachzudenken. Wieder und wieder stoße ich mit der Schulter gegen die verschlossene Tür, bis ich glaube, dass mir jeder weitere Stoß die Knochen brechen wird. Dann versuche ich es mit Tritten, doch auch die bewirken nichts.

Verdammt! Uns bleibt wohl doch nur der direkte Weg nach unten. Aber wie ...?

»Pass auf!«, schreit Cressa.

Ich wirbele herum und hebe den Arm. Ronnyds ausgefahrene Klauen prallen ab, ohne mich zu berühren und mir Schaden zuzufügen. Doch der Blick aus seinen eiskalten, fast schwarzen Augen verursacht mir eine Gänsehaut.

Schnell ziehe ich Cressa hinter mich und zwinge meine Atmung zur Ruhe, während ich den schwarzen Drachen herausfordernd taxiere. Er kann mir im Moment zwar nicht direkt schaden, aber ich habe keine Lust, herauszufinden, wie lange das funktioniert. Vielleicht nutzt sich dieser plötzliche Schutzschild irgendwann ab? Mit seinen Krallen könnte mir Ronnyd mit einem Streich die Haut vom Leib reißen. Und wo ist Drayce? Ronnyd steht mir so nah, dass ich nichts außer ihm sehen kann; seine große menschliche Gestalt und die ausgebreiteten Flügel nehmen mir die Sicht.

Während ich fieberhaft überlege, wie ich ihm entkommen kann, legt sich ein rot geschuppter Arm von hinten um seinen Hals und drückt so fest zu, dass Ronnyd zu röcheln beginnt.

»Finger weg von ihr!«, knurrt Drayce.

Die Panik, die mich bis eben heimgesucht hat, weicht purer Erleichterung.

Doch Ronnyd benötigt nur einen Schlag mit seinen ausladenden Schwingen, um Drayce von sich zu schleudern. Hart schlägt er auf den Pflastersteinen auf und ich mache einen Schritt auf ihn zu. *Bitte, steh wieder auf!* Ich mache einen weiteren Schritt, während ich in Gedanken Drayce beschwöre, sich zu bewegen oder mich anzusehen.

»Willst du das wirklich tun?«, raunt Ronnyd so nah neben mir, dass ich erstarre. »Überlege deine nächsten Handlungen gut, Menschlein. Du wirst zwar durch die Herzschuppe geschützt, aber du kannst nicht beide vor meinen Angriffen abschirmen. Wen willst du also retten? Die Hexe? Oder doch lieber den Halbdrachen?«

Hinter mir höre ich Cressas Wimmern, während ich hilflos dabei zusehe, wie Drayce sich mühsam wieder aufrappelt. Sein Atem geht keuchend und an mehreren Stellen sickert Blut zwischen den Schuppen hervor. *Er wird nicht mehr lange durchhalten.* Und der Weg nach unten ist versperrt.

So ungern ich es auch zugebe, aber Ronnyd hat recht: Ich kann nicht beide retten. Aber mich zwischen Cressa und Drayce zu entscheiden, ist unmöglich! Egal wen von beiden ich wähle – den anderen zu verlieren, würde mich umbringen.

Ich schlucke die aufkeimende Panik hinunter und wende mich an Ronnyd. Mit gestrafftem Rücken begegne ich dem dunklen Drachen. »Du machst doch gern Geschäfte. Was willst du?«

Ein verschlagenes Grinsen erscheint auf seinem Gesicht. »Ah, bist du nun bereit, einen Handel mit mir einzugehen?«

»Nein«, entgegne ich. »Aber ich bin bereit, mir anzuhören, wie dein Vorschlag lautet. Du kannst mir nichts tun und ich bin es leid, dass du versuchst, meine Freunde gegen mich zu benutzen.«

»Ez, nicht!«, presst Drayce hervor.

Ein kurzer Blick in seine Richtung bestätigt mir, dass er kaum noch gerade stehen kann. Ich wusste von Anfang an, dass er Ronnyd nicht gewachsen ist. Dennoch habe ich ihn in den Kampf geschickt ... Nur, um jetzt vor einer verschlossenen Tür zu stehen. Er musste meinetwegen leiden, ohne dass wir etwas erreicht haben. Ich hätte es ihm ersparen können ...

»Es tut mir leid«, flüstere ich, ehe ich mich wieder dem schwarzen Drachen zuwende und das Kinn recke. »Also, was ist nun? Was verlangst du im Austausch für Cressas und Drayces Unversehrtheit?«

Ronnyd verengt die Augen. »Es ist der Halbdrache, den ich will.«

»Du bekommst ihn aber nicht«, knurre ich. »Weder ihn noch Cressa.«

Ronnyd stößt ein hartes Lachen aus. »So laufen Verhandlungen normalerweise nicht ab, Menschlein. Du wirst mir irgendwas bieten müssen. Ich werde nicht mit leeren Händen verschwinden.« Er macht einen Schritt auf mich zu und ich muss mich zwingen, nicht vor ihm zurückzuweichen, obwohl er noch mehrere Meter entfernt ist.

»Es muss«, ich schlucke angestrengt, »doch irgendwas anderes geben, was du willst.« Ich deute auf den Schmuck, mit dem mich die weisen Frauen des Turms der Wellen behängt haben. »Wie wäre es mit Gold?«

Ronnyd schaut mich an, als würde er ernsthaft an meiner Intelligenz zweifeln. »Du bietest mir unechten Schmuck im Austausch gegen den Halbdrachen an?« Er wendet den Kopf zu Drayce. »Tut mir leid, dir das sagen zu müssen, aber deine *rwy'nary* hält ziemlich geringe Stücke auf dich.«

Ich balle die Hände zu Fäusten. »Dann sag mir doch endlich, was du willst, verdammt noch mal!«, knurre ich. »Abgesehen von Drayce und Cressa.«

Ronnyds Blick huscht zu mir zurück und er mustert mich von oben bis unten, als sähe er mich zum ersten Mal. Ein Funkeln erscheint in seinen Raubtieraugen und ich schnappe nach Luft.

»Na schön.«

Ronnyd breitet die Flügel hinter sich aus und schirmt dadurch die Sonne von mir ab. Wie ein dunkler, Unheil bringender Schatten ragt er vor mir auf, doch ich weiche keinen Schritt zurück. Das Herz droht mir aus der Brust zu springen, aber ich halte dem Blick des schwarzen Drachen stand. Vorsichtig streckt er die Hand nach mir aus, doch ehe er mich mit der spitzen Kralle berührt, hält er inne.

»Dann will ich dich.«

Wie bitte? Das war nicht die Antwort, mit der ich gerechnet habe. Verwirrt runzele ich die Stirn und blende Drayces wütendes Grollen so gut es geht aus. Ich hatte angenommen, als Drache würde Ronnyd Gold und andere Schätze fordern, mit denen wir uns freikaufen könnten. Oder andere materielle Dinge, nach denen es Drachen normalerweise verlangt.

Aber doch nicht mich!

Was will er mit mir? Er kann mich nicht einmal berühren! Der einzige Nutzen, den er aus diesem Handel ziehen kann, ist, über mich an Drayce heranzukommen. Und Drayces wütende Miene lässt keinen Zweifel daran, dass er Ronnyd jetzt liebend gern in winzig kleine Stücke reißen würde. Doch ich gebe ihm mit einem knappen Kopfschütteln zu verstehen, dass er sich zurückhalten soll.

»Du hast Feuer in dir, Menschlein«, raunt Ronnyd. »Nicht viele Sterbliche haben es je gewagt, mir die Stirn zu bieten. Eine wie du würde sich gut bei uns machen.«

So ungern ich es auch zugebe, aber wenn Ronnyd nach mir verlangt, ist das für Drayce und Cressa die beste – wenn nicht gar die einzige! – Chance, zu entkommen. Wenn ich Cressa beschütze, wird sich Ronnyd Drayce schnappen. Wenn ich Drayce beschütze, wird Cressa es nicht lebend aus diesem Turm schaffen. Ich kann sie nicht beide retten, doch ich kann mich an ihrer Stelle opfern. Und bin ich nicht deswegen hier – um geopfert zu werden? Ich schnaube bei diesem Gedanken verächtlich und konzentriere mich wieder auf das Wesentliche.

Warum fällt es mir dann so schwer, das Richtige zu tun?

Drayces durchdringender Blick beschwört mich, bloß nicht zuzustimmen, doch ich habe nur Augen für das Blut, dass seine Brust und Arme hinunterfließt und zu Boden tropft. Ich darf nicht zulassen, dass er noch mehr verletzt wird!

»Was hast du mit mir vor?«, frage ich Ronnyd.

»Das, was ich mit allen ausgewählten Opfern tue: Ich bringe sie ins Reich der Drachen.«

»Und was geschieht dort mit mir?«

Ich erinnere mich daran, dass die Alte sagte, kein Opfer sei je zurückgekehrt. Gut möglich, dass ich für die Drachen als Festmahl dienen soll. Oder Schlimmeres. Dennoch warte ich vergeblich auf die Angst, die sich einstellen müsste.

Ich weiß, dass ich das Richtige tue. Ich weiß es und zögere trotzdem.

Nicht aus Angst vor Ronnyd oder den anderen Drachen, sondern aus Furcht davor, Drayce vielleicht nie wiederzusehen. Ich habe Cressa gefunden und kann sie retten, sofern ich Ronnyds Forderung zustimme. Nur meinetwegen ist sie in diesen Schlamassel geraten. Ich werde alles dafür tun, damit sie unversehrt bleibt.

Doch was ist mit Drayce? Mit dem Daumen fahre ich über die kleine Erhebung in meiner rechten Handfläche. Ich habe ihn beim Blutschwur übervorteilt und dazu gezwungen, Cressa mit mir gemeinsam zu suchen und zu retten. Wider Erwarten ist er mitgekommen, hat mich mehrmals beschützt und vor dem sicheren Tod bewahrt. Ohne ihn und seinen Tatendrang hätte ich mich pausenlos im Kreis gedreht, ohne je die richtige Richtung zu finden.

Aber das ist nicht alles. Nein, bei Weitem nicht.

»Das wirst du sehen, wenn du dort bist«, antwortet Ronnyd auf meine Frage und reißt mich aus meinen Gedanken. Er hebt seinen linken Flügel etwas an und verdeckt mir so die Sicht auf Drayce.

Ich beiße fest die Zähne zusammen. Seine Erwiderung kann alles beinhalten – von einem grausamen Tod bis hin zu einem Leben in Reichtum. Wobei Ersteres sehr viel wahrscheinlicher ist. Doch es ist mir egal. Solange Drayce und Cressa in Sicherheit sind, ist es mir gleichgültig, was mich im Reich der Drachen erwartet.

»Habe ich dein Wort, dass meinen Freunden nichts geschieht?«, frage ich, ohne den Blick zur Seite schweifen zu lassen.

»Tu das nicht, bitte!«, höre ich Drayce schräg hinter Ronnyd flehen.

Doch zum Glück verdecken ihn die Flügel des schwarzen Drachen. Wenn ich jetzt in sein Gesicht schaue, würde es mir das Herz zerreißen, das ich gerade mit Müh und Not zusammenhalte, so lange, bis ich allein sein werde und niemand meine Tränen sehen kann.

»Einverstanden«, schnurrt Ronnyd, wodurch er mich nur noch mehr an ein Raubtier erinnert. »Wenn du fügsam bist, wird weder der Hexe noch dem Halbdrachen etwas geschehen. Aber ...«

Ich versteife mich sofort.

»Dir ist klar, dass es nicht lange so bleiben wird, nicht wahr?«

Ronnyd faltet die Flügel zusammen, sodass ich wieder freie Sicht auf Drayce habe. Beim Anblick seines schmerzverzerrten Gesichts stoße ich keuchend den Atem aus.

»Was ... meinst du damit?«, zwinge ich mich zu fragen, ohne den Blick von Drayce zu nehmen.

»Er wird kommen, um dich zu holen«, antwortet Ronnyd schonungslos. »Du weißt das. Ich weiß das. Und der Halbdrache selbst weiß es auch.«

»Nein, das wird er nicht!«, knurre ich.

Ronnyd gibt ein rumpelndes Lachen von sich, für das ich ihm am liebsten den Hals umdrehen würde. »Es ist nicht so, als ob er eine Wahl hätte. Auch wenn er nur ein halber Drache ist, kann er sich gegen den Drang nicht wehren. Er wird immer deine Nähe suchen und dich notfalls aufspüren.« Er legt den Kopf schief. »Und du hast nicht einmal den Hauch einer Ahnung, welches Geschenk da um deinen Hals baumelt.«

Schnell lege ich eine Hand über die Drachenschuppe.

»Du siehst, am Ende bekomme ich das, was ich will«, fährt Ronnyd fort. »Ich bekomme *immer* das, was ich will – und diesmal habe ich noch dich als Dreingabe. Früher oder später wird der Halbdrache ganz von selbst zu mir kommen.« Er wendet sich Drayce zu, der die Zähne gebleckt hat, und macht einen Schritt auf ihn zu. »Du weißt doch noch, wo wir leben, oder?«

»Worauf du dich verlassen kannst!«, grollt Drayce.

»Nein!« Energisch mache ich einen Schritt auf ihn zu. »Was auch immer dieser Wahnsinnige von dir will – er wird es nicht bekommen!«

»›*Dieser Wahnsinnige*‹?«, kommentiert Ronnyd mit einem Glucksen meinen Ausbruch, doch ich ignoriere ihn.

»Nimm Cressa und geh!«, stoße ich gepresst an Drayce gewandt hervor. »Auf der Stelle!«

Ich habe keine Ahnung, was Ronnyd von Drayce will, aber ich will es auch nicht herausfinden müssen. Drayce wird einen Grund haben, warum er sich weigert, das Reich der Drachen erneut zu betreten. Warum der schwarze Drache sich schlussendlich darauf eingelassen hat, mit mir vorliebzunehmen, kann ich nicht sagen, doch ich werde diese Chance ergreifen und meine Freunde retten!

Drayces Blick hetzt wild zwischen mir und Ronnyd hin und her, während ich ihn stumm anflehe, endlich zu verschwinden. Mit wenigen großen Schritten ist er bei mir und zieht mich an sich. Schnell breitet er die Schwingen um uns aus, ehe er die Lippen auf meine presst. Hart, fordernd und viel heißer als in seiner menschlichen Gestalt. Als Drache scheint seine Haut zu glühen, meine zu versengen, wo immer er mich berührt, was ein noch heißeres Feuer in mir entfacht. Ich balle die Hände zu Fäusten, um mich davon abzuhalten, ihn noch näher zu mir zu ziehen und mich an ihm festzuklammern. Das darf ich nicht. Wenn ich jetzt einknicke und Schwäche zeige, werde ich ihn anflehen, mich nicht allein zu lassen.

»Halte durch!«, murmelt er, nachdem er sich ein Stück zurückgezogen hat. »Ich werde dich finden.«

Wie gern würde ich sagen, dass er es nicht tun, sein Leben nicht riskieren soll. Dass ich es nicht wert bin. Doch ich schlucke nur angestrengt und nicke. Die bloße Vorstellung, auf unbestimmte Zeit von ihm getrennt zu sein, nachdem ich mich so sehr an seine Nähe gewöhnt habe, bereitet mir mehr Angst, als mich auf Ronnyds Forderungen einzulassen. Ich stoße zittrig die Luft aus, woraufhin er die Stirn an meine lehnt. Umgeben von seinen Schwingen gelingt es mir für ein paar Sekunden, alles zu vergessen, was jenseits davon lauert.

Vorsichtig legt er eine Kralle an die Drachenschuppe, die um meinen Hals hängt. Ich lege ihm eine Hand an die Brust, direkt über sein Herz, wo die Schuppe fehlt und ein kleines, kaum wahrnehmbares Loch klafft.

»Lass ... Cressa bitte nicht fallen«, wispere ich, als ich den Blick hebe.

Drayce stößt ein kurzes, schnaubendes Lachen aus. »Das kann ich dir leider nicht versprechen.«

Ich erwidere sein Schmunzeln nach kurzem Zögern. »Ich weiß, dass sie bei dir in guten Händen ist.«

Er verzieht den Mund. »Dann weißt du mehr als ich.«

»Seid ihr endlich fertig?«, tönt es jenseits des schützenden Kokons aus Schwingen. »Ich habe nicht den ganze Tag Zeit.«

Drayce verengt die Augen zu Schlitzen, als er Ronnyds Stimme hört. Dann huscht sein Blick zurück zu dem Anhänger. »Was auch immer geschieht, nimm sie auf keinen Fall ab!«, schärft er mir ein. »Kein Drache kann dir etwas tun, solange du die Schuppe bei dir hast.«

Ich lege die Hand über seine. »Keine Sorge! Niemand wird sie mir wegnehmen.«

Er schlingt beide Arme um mich und presst mich so fest an sich, dass ich beinahe nicht mehr atmen kann. *»Zu'u rwy'n dy«*, murmelt Drayce mir ins Ohr.

Ich erinnere mich daran, dass er das schon mehrmals zu mir gesagt hat. »Was?«

Er macht sich von mir los und schaut mich mit einem solch traurigen Lächeln an, dass es mir schier das Herz zerreißt. »Wenn ich dich wiederhabe, verrate ich dir vielleicht, was es heißt.«

Ich zwinge mich ebenfalls zu einem Lächeln, das aber garantiert mickrig ausfällt. »Nur vielleicht?«

Gestern Nacht haben wir eine ähnliche Unterhaltung geführt. Auch da sagte er etwas in der Drachensprache zu mir, was ich nicht verstand. Im Austausch dafür, dass ich für ihn tanzte, wollte er mir vielleicht verraten, was es bedeutete. Bereits gestern Nacht hielt ich ein »Vielleicht« für keinen guten Handel, wobei mir durchaus gefiel, wohin es führte. Jetzt hingegen weiß ich nicht, was mich erwartet.

Drayce haucht mir einen letzten sanften, aber nicht minder heißen Kuss auf die Lippen, ehe er einen Schritt zurück macht und die Flügel hinter dem Rücken zusammenfaltet. Ohne einen weiteren Blick oder ein Wort an mich, marschiert er an mir vorbei und streckt den Arm nach Cressa aus.

»Komm her oder ich überlege es mir anders und lasse dich hier«, grollt er ihr zu.

Panisch blickt meine beste Freundin zu mir. »Aber was ist mit …?«

»Komm endlich!«, knurrt Drayce derart gefährlich, dass selbst ich stutze.

Cressa zuckt zusammen und beäugt den Halbdrachen vorsichtig, als befürchtete sie, jede Sekunde von ihm angefallen zu werden. »Aber wir können doch nicht …«

Drayce wirbelt zu ihr herum. »Wenn du deinen knochigen Hintern nicht augenblicklich in Bewegung setzt, überlasse ich es Ronnyd, mit dir zu verfahren, wie er will – Blutschwur hin oder her!«

»Geh!«, füge ich hinzu. »Ich … komme schon zurecht.«

Mit sichtlichem Widerwillen ergreift Cressa Drayces dargebotene Hand und lässt sich näher an ihn ziehen. Ich schelte mich eine Närrin, doch ich bin machtlos gegen das kurze Stechen, das sich bei diesem Anblick in meiner Brust einnistet. *Ich* müsste dort an seiner Seite stehen – nicht Cressa. Keine andere Frau, sondern ich.

Stumm sehe ich dabei zu, wie Drayce die Flügel spannt, wobei der linke ein Stück weiter unten hängt und nicht so weit ausgebreitet ist wie der rechte. Hoffentlich gelingt es ihm, halbwegs sicher in der Stadt zwischen all den hohen und schiefen Häusern zu landen …

Unbarmherzig zerrt Drayce meine Freundin zum Rand des Turms, wirft mir aber über die Schulter hinweg einen letzten Blick zu. Zu mehr als einem Nicken kann ich mich nicht durchringen, denn jedes Wort, das ich jetzt von mir geben würde, wäre ein Flehen. Ich bin kurz davor, ihn anzubetteln, mich nicht allein zu lassen, doch ich schlucke krampfhaft all die Worte, die mir bereits auf der Zunge liegen, hinunter. Mit angehaltenem Atem sehe ich dabei zu, wie Drayce und Cressa in die Tiefe stürzen.

»Na endlich«, murrt Ronnyd hinter mir. »Ich dachte schon, ich müsste sie runterschubsen. Bin gespannt, wie viele Knochen sich der Kleine bei der Landung brechen wird. Und ob die Hexe überlebt.«

»Hüte deine Zunge!«, zische ich, als ich zu ihm herumwirbele und mit aller Macht die Tränen zurückblinzele, die mir in den Augen brennen.

»Warum?«, fragt Ronnyd. »Es ist die Wahrheit. Drayce war noch nie ein guter Gleiter in solch beengter Umgebung. Auch nicht, als er noch zwei funktionierende Flügel hatte. Mit dem verkrüppelten kann er sich nicht einmal selbst in der Luft halten, nehme ich an.«

»Er schafft das!«, halte ich dagegen. *Er muss es schaffen!*, füge ich im Stillen hinzu.

Ronnyd zuckt mit den Schultern, als würde ihn das, was in den letzten Minuten geschehen ist, schon nicht mehr interessieren. »Wir sollten ebenfalls aufbrechen.«

Innerhalb eines Augenblickes legt er die menschliche Hülle ab und steht als großer schwarzer Drache vor mir. Die eine Rückverwandlung, die ich bei Drayce miterlebt habe, dauerte sehr viel länger und sah schmerzvoll aus. Ronnyd hingegen scheint keine Schmerzen zu verspüren. Er verzieht keine Miene und ist innerhalb eines Wimpernschlags etwa viermal so groß wie ich, steht auf allen vieren, wobei sein echsenartiger Körper über und über mit schwarzen Schuppen bedeckt ist.

Als er die klauenbewehrte Hand nach mir ausstreckt, weiche ich unweigerlich einen Schritt zurück.

»Du hast versprochen, mit mir zu kommen«, erinnert er mich. Seine Stimme klingt nun animalischer und rauer und vor allem die R-Laute klingen härter. »Willst du dein Versprechen etwa brechen?«

»N…Nein, aber …« Unsicher schaue ich von der Hand zu ihm und wieder zurück. »Du … kannst mich nicht berühren.«

»Ich kann dir nicht *schaden*«, präzisiert er meine Aussage. »Wenn ich dich mit meinen Krallen oder dem Feueratem angreifen würde, würde beides an dir abprallen. Aber sofern es dir nicht schadet und nicht gegen deinen Willen geschieht, kann ich dich sehr wohl berühren.« Er legt den länglichen Echsenkopf schief. »Und da du freiwillig zugestimmt hast, wirst du jetzt brav meine Hand nehmen und dir von mir auf meinen Rücken helfen lassen, damit wir diese stinkende Stadt endlich verlassen können.«

»Und ... wenn du mich unterwegs fallen lässt?«, werfe ich wenig überzeugt ein.

»Das könnte ich natürlich tun«, raunt der Drache, »aber es hätte keinen Sinn. Der Halbdrache wird nur kommen, wenn du im Reich der Drachen bist. Und selbst wenn er es sich doch anders überlegen sollte, bist du uns lebend von größerem Nutzen als tot. Wie auch immer es ausgehen mag, ich habe einen Vorteil.«

So ungern ich es zugebe, aber seine Erklärung klingt schlüssig. Er hätte sich von vornherein nicht auf einen Handel mit mir einlassen müssen; weder Cressa noch Drayce oder ich hätten es mit Ronnyd aufnehmen können. Drayce hätte im Kampf gegen ihn nicht mehr lange durchgehalten; Ronnyd hatte die Zeit auf seiner Seite. Dennoch hat er mir gestattet, dass ich meine Freunde rette, und mich als Opfer akzeptiert. Zwar habe ich keine Ahnung, was mich in diesem Reich der Drachen erwartet, aber mir bleibt keine Wahl, als ihm vorerst zu vertrauen. Sobald ich dort bin, werde ich einen Fluchtplan schmieden. Ich war noch nie gut darin, darauf zu warten, gerettet zu werden. Das ist etwas für kleine Mädchen, die sich gern Märchen vorlesen lassen. Und es widerstrebt mir, Drayce erneut die ganze Last aufzubürden.

Doch zunächst muss ich mitspielen und Ronnyd keinen Grund dafür liefern, vom Turm zu fliegen, um meine Freunde ausfindig zu machen.

Entschlossen lege ich die Hand in die viel größere Echsenpranke und finde mich kurz darauf rittlings auf dem Drachenrücken direkt vor den ausladenden Schwingen wieder.

»Festhalten«, grollt Ronnyd, als er die Flügel ausbreitet und sich nur Sekunden später in die Lüfte erhebt.

Kapitel 4

Drayce

Der verdammte Turm ist höher, als ich dachte.

Und mit dem zusätzlichen Ballast in Form der verhassten Hexe gestaltet sich das Hinunter schwieriger, als ich befürchtet habe. Nicht nur einmal ziehe ich in Erwägung, sie einfach fallen zu lassen. Es wäre so einfach! Ausgeschlossen, dass sie einen Sturz aus dieser Höhe überleben könnte.

Das latente Brennen in meinem rechten Unterarm erinnert mich jedoch daran, dass Cressas Tod – herbeigeführt durch mein Verschulden – nicht nur Konsequenzen für mich, sondern auch für Ezlain hätte. Also dränge ich die verlockenden Gedanken wieder zurück in mein Unterbewusstsein, wo sie darauf warten werden, erneut hervorzukommen, wenn mein Teil des Blutschwurs erfüllt ist.

Was bald der Fall sein wird. Ezlain ließ mich schwören, gemeinsam mit ihr Cressa zu suchen und zu retten. Sobald ich sie halbwegs sicher auf festem Boden abgesetzt habe, bin ich frei – und kann sie für das, was sie mir angetan hat, büßen lassen. Langsam. Genüsslich. Auf dass sie einen Bruchteil dessen spürt, was ich all die Jahre über erdulden musste.

Doch ausgerechnet der Drache in mir schreit bei diesen Gedanken auf. Anstatt wie all die Jahre zuvor Vergeltung zu fordern und meinen Körper bei dem Wunsch nach Rache schier verglühen zu lassen, führt er mir vor Augen, was es für mich bedeuten würde. Ich bekäme meine Rache – einen kurzen Moment der Genugtuung –, würde dadurch aber das einzige Wesen verlieren, das mich nie angsterfüllt oder voller Abscheu angesehen hat.

Ausgehend von dem verkrüppelten Flügel rauscht eine Welle des Schmerzes durch mich hindurch, staut sich in meinem Rückgrat, bis ich uns nicht mehr in der Luft halten kann. Das schrille Kreischen der Hexe, die sich so fest an mich klammert, dass ich ihre Fingernägel selbst durch die Schuppen spüren kann, klingelt mir in den Ohren.

Ich verfluche mich selbst dafür, dass *ich* den Aufprall gegen die nächste Hauswand abfange, anstatt die verdammte Hexe als Schutzschild zu nutzen. Als ich mit der Schulter gegen den Stein ramme, kann ich ein Stöhnen nicht unterdrücken, obwohl ich fest die Zähne zusammenbeiße.

Je tiefer wir fallen, desto mehr windschiefe und dicht an dicht gedrängte Häuser ragen um uns herum auf. Keine Chance, dass ich hier die Flügel ausbreiten kann, selbst wenn mir der linke keine Schwierigkeiten machen würde. Die Gefahr, dass ich mir die empfindliche Flügelhaut an den rauen Hauswänden aufreiße, ist viel zu groß.

»Festhalten!«, knurre ich.

Die Hexe gehorcht und erwürgt mich beinahe. Ich schlage die Krallen der rechten Hand in die Mauer direkt vor mir. Wir schlittern weiter nach unten – viel zu schnell, als dass es gut ausgehen könnte. Mit einem wütenden Grollen versenke ich die Krallen tiefer in die Mauer und endlich finde ich Halt – so abrupt, dass ich das Gefühl habe, als könnte mir jede Sekunde die Schulter aus dem Gelenk springen. Dunkle Punkte tanzen vor meinem Sichtfeld, doch ich kämpfe darum, bei Bewusstsein zu bleiben. Noch sind wir nicht am Boden.

Ich muss ... durchhalten.

Ich lockere den Griff, wodurch wir ein paar Meter nach unten sacken, ehe ich die Krallen wieder tiefer in das Gestein schlage.

Als wir endlich unsanft in einer Seitengasse landen, schaffe ich es nicht, auch nur eine Sekunde auf meinen Beinen zu stehen. Mein ganzer Körper fühlt sich wund an und als hätte ich keinen Knochen mehr im Leib. Das schmerzende Pulsieren der Arme, Schultern und des verkrüppelten Flügels, der zu lange die doppelte Last tragen musste, ist derart heftig, dass mir schwarz vor Augen wird.

»Du kannst hier nicht bleiben!«, zischt die Hexe viel zu nah. »Wenn dich jemand sieht ... Wir müssen dich ...« Als sie an meinem Arm zieht, stöhne ich auf. »Du musst aufstehen! Dort drüben scheint ein leer stehendes Haus zu sein. Dort kannst du dich zurückverwandeln.«

»Bleib weg von mir!«, knurre ich, als ich ihre eiskalten Hände erneut auf mir spüre.

Mühsam kämpfe ich mich zuerst auf die Knie und ziehe mich dann an der nächstbesten Hauswand hoch. Schweiß rinnt mir aus allen Poren und selbst gekrümmt zu stehen, verlangt mir alles ab. Ich weiß sehr wohl, dass ich nicht auf offener Straße liegen bleiben kann; ich brauche nicht die verfluchte Hexe, die mir das sagt! Zwar befinden wir uns in einer Seitengasse und die halbe Stadt feiert gerade ein weiteres Jahr im schützenden Nebel, aber die Gefahr, dass mich jemand sehen könnte, ist trotzdem viel zu groß.

Allein der Gedanke, mich zurückzuverwandeln, lässt die Panik in mir noch stärker randalieren. Also schleppe ich mich in die Richtung, in die die Hexe gewiesen hat, und finde dort tatsächlich ein halb verfallenes, leer stehendes Gebäude, in dem es widerlich nach vergammeltem Fisch stinkt.

In der hintersten Ecke, die weder vom Eingang noch von einem der eingeschlagenen Fenster aus einzusehen ist, sinke ich wieder zu Boden. Den Kopf auf die angewinkelten Knie gebettet gebe ich alles, um meine Atmung unter Kontrolle zu bringen, während mir der Schweiß wie in Bächen aus Eiswasser den Rücken hinunterrinnt.

»Kann ich irgendetwas für dich ...?«

Das letzte Wort der Hexe geht in meinem wütenden Knurren unter. Sofort stolpert sie einige Schritte zurück.

»Verschwinde endlich!«, grolle ich. »Du hast schon mehr als genug getan.«

Ich bekomme nicht mehr mit, ob sie tatsächlich geht; ich hoffe es. Mich zurückzuverwandeln fiel mir noch nie leicht und nach einem solchen Sturz und dem damit verbundenen Kraftakt wird es diesmal noch hässlicher werden. Ich will nicht, dass mich jemand dabei sieht – niemand außer Ezlain. Beim letzten Mal stand sie mir bei und hielt mich fest, als meine Knochen brachen, die Muskeln sich zum Zerreißen spannten und anschließend verschoben. Diesmal ist sie nicht hier, aber ich wünschte, sie wäre es.

Ich hätte nicht zustimmen dürfen. Ich hätte nicht zulassen dürfen, dass sie Ronnyd in die Hände fällt. Aber ich konnte nicht eine Sekunde länger ihren zerrissenen Gesichtsausdruck ertragen. Sie wusste, dass sie einen von uns verliere würde, wenn sie die falsche Entscheidung traf. Ich wollte ihr diese Bürde nicht länger zumuten.

Sie zurückzulassen, war das Schlimmste, was ich je tun musste. Alles in mir schrie danach, nicht zu gehen. Doch ich hatte keine Wahl.

Ich lege die Hand an die Brust, direkt auf die Stelle, an der eine Schuppe fehlt – meine Herzschuppe.

Beinahe meine ich noch, Ezlains Berührung von vorhin an der gleichen Stelle spüren zu können. Ihre herrlich kühlen Hände, die mein inneres Feuer besänftigen können.

Ich hatte keine Gelegenheit, ihr zu sagen, worum es sich bei der Kette mit der Schuppe als Anhänger tatsächlich handelt. Ich habe selbst nicht daran geglaubt … Niemals hätte ich für möglich gehalten, dass die Schuppe Ezlain wirklich beschützen könnte. Ich schenkte sie ihr, weil es sich richtig anfühlte. Mir war egal, ob sie die Bedeutung verstehen oder ebenso denken würde.

Ich keuche auf, als sich meine Flügel zurück in den Körper schieben. Gleich werden die Schuppen folgen – und ich werde jede einzelne wie einen Messerschnitt ins Fleisch spüren.

Als mich diesmal eine drohende Ohnmacht heimsucht, heiße ich sie willkommen.

***

Das Erste, was ich wahrnehme, als ich die Augen aufschlage, ist der Stapel frische Kleidung, der direkt neben mir liegt. Umständlich und nicht, ohne ein Stöhnen von mir zu geben, setze ich mich auf. Die Schmerzen in der Schulter werde ich noch eine ganze Weile nicht loswerden … Abgesehen davon fühle ich mich insgesamt wund und kraftlos.

»Wenn du dir etwas angezogen hast, kriegst du einen Schluck Wasser«, tönt es vom anderen Ende des Raumes.

Sofort spanne ich mich kampfbereit an – dumme Idee. Zischend stoße ich die Luft aus, als sämtliche Muskeln gegen die plötzliche Beanspruchung protestieren. Mist, wahrscheinlich habe ich mir mehr als *eine* Zerrung eingefangen. Ich brauche einen Moment, um mich zu orientieren und klar zu sehen, doch dann erkenne ich sie: Nur ein paar Meter von mir entfernt sitzt die Hexe auf dem Boden und starrt mich an.

»War ich vorhin nicht deutlich genug?«, knurre ich. »Du sollst verschwinden!«

»Und dich allein lassen, damit du wieder eine Stadt in Schutt und Asche legst?«, hält sie dagegen. »Wohl kaum.«

Ich fletsche die Zähne. In meinen Fingern kribbelt es vor Verlangen, sich um ihren dürren Hals zu legen und zuzudrücken. Ihre bloße Anwesenheit strapaziert meine ohnehin angespannten Nerven.

»Sei froh, dass ich dich am Leben lasse, und verzieh dich!«

Sie gibt ein Schnauben von sich, das mich erneut rotsehen lässt. »Als ob wir nicht beide wüssten, warum ich nicht ganz zufällig in die Tiefe gestürzt bin.« Die Hexe legt den Kopf schief. »Wie hast du Ezlain dazu gebracht, einen Blutschwur mit dir einzugehen?«

»Wie konntest *du* so blöd sein und einen mit dem riesigen schwarzen Drachen eingehen?«, schieße ich zurück, während ich umständlich nach dem bereitgelegten Hemd und der Hose angele. Meine Hände und Finger gehorchen mir noch nicht so, wie ich es gewohnt bin.

»Weil ich die beschützen wollte, die mir wichtig waren«, murmelt sie so leise, dass ich sie fast nicht verstehen kann.

Nun bin ich derjenige, der schnaubt. »Du bist eine verdammte Hexe und kannst zaubern! Als ob du auf die Kraft eines Drachen angewiesen gewesen wärst …«

Während ich versuche, die Hose anzuziehen, dreht sie mir taktvoll den Rücken zu.

»Ich habe schon genug von dir gesehen«, grollt sie. »Und ja, ich war auf die Kraft eines Drachen angewiesen. Nur weil ich eine Hexe bin, heißt das nicht, dass ich über unendlich viel Magie verfüge oder Wunder vollbringen kann.«

Wunder?, schießt es mir sofort durch den Kopf, doch ich bin zu stolz, um nachzufragen, welche Wunder sie denn hätte vollbringen wollen. Schließlich bin ich nicht Ezlain, die einen mit tausend neuen Fragen bedrängt, kaum dass man eine beantwortet hat. Außerdem interessiert mich die Geschichte der Hexe kein Stück. Ich will, dass sie verschwindet oder auf der Stelle tot umfällt – beides wäre mir recht. Wobei ich Letzteres am meisten begrüßen würde.

Als ich fertig angezogen bin, kommt die Hexe auf mich zu und reicht mir einen Becher Wasser. Ich knurre sie dennoch an, weil sie mir viel zu nah ist. Sobald ich sie riechen oder ihre Körperwärme spüren kann, werde ich daran erinnert, dass sie immer noch lebt. Jeder Atemzug von ihr ist einer zu viel. Grob entreiße ich ihr den Becher, sodass etwas Wasser überschwappt und im staubigen Boden versickert. Den Rest stürze ich die ausgedörrte Kehle hinunter.

»Gern geschehen«, grollt sie.

Ich schieße einen warnenden Blick in ihre Richtung.

»Also.« Kaum, dass ich den Becher abgesetzt habe, verschränkt sie die Arme vor der flachen Brust. »Wie lautet der Plan?«

»Plan?«

Sie nickt und verdreht gleichzeitig die Augen. »Natürlich! Denkst du etwa, ich will noch länger hier herumsitzen, während Ezlain in Ronnyds Gewalt ist? Selbstverständlich werde ich dir helfen, sie zu befreien. Sie hat ihr Leben für mich ...«

»Ich verstehe nicht, wie du auf die Idee kommst, ich würde mit dir zusammenarbeiten«, knurre ich.

Sie reißt die dunklen Augen auf. »Willst du sie etwa ... ihrem Schicksal überlassen? Nach dem, was ich auf dem Turm gesehen habe, dachte ich nicht, dass du ... sie einfach ...«

»Ach, und was hast du gesehen?«

Mit jeder Sekunde in ihrer Gegenwart wird die Idee, ihr einfach den Hals umzudrehen, verlockender.

Sie runzelt die Stirn und wendet den Blick ab. »Dinge, die ich noch nie bei Ezlain gesehen habe. Sie klang so erleichtert, als du kamst und ihr geholfen hast. Die Blicke, die sie dir zugeworfen hat. Und sie hat ... deine Hand gehalten – freiwillig! Wenn ich es nicht besser wüsste, würde ich sagen, dass das auf keinen Fall Ezlain war. Sie ...« Die Hexe legt eine Hand an ihren Brustkorb. »Sie hat doch ein Herz aus Stein.«

Den Blödsinn habe ich schon mehrmals gehört – und genauso oft widerlegt. »Das hat sie nicht!«, grolle ich. »Mit ihr ist alles in bester Ordnung.«

Erneut starrt sie mich mit großen Augen an, als könne sie nicht glauben, dass ausgerechnet ich solche Dinge von mir gebe. Schließlich scheint sie in mir nicht mehr als einen nicht zurechnungsfähigen Halbdrachen zu sehen, der sich einen Spaß daraus macht, Städte niederzubrennen.

Ich kann genau den Moment benennen, in dem es ihr dämmert. In stummem Erstaunen öffnet sie den Mund und schließt ihn wieder, ohne dass ein Ton herauskommt. Dann versucht sie es erneut.

»Du ... liebst sie.«

Keine Frage, sondern eine Feststellung. Auf dem Turm habe ich die Schwingen um Ezlain und mich ausgebreitet, als ich sie küsste und mich von ihr verabschiedete. Ronnyd durchschaute uns sofort, weil er wusste, worum es sich bei der Schuppe um Ezlains Hals handelt, aber die Hexe scheint nicht über ein solch feines Gespür oder breites Wissen zu verfügen.

Oder sie ist einfach nur dumm.

»Du hast nicht nur auf ihre Anweisungen gehört, weil ihr einen Blutschwur eingegangen seid«, murmelt sie ungläubig. »Sondern weil ... Heilige *Shirvalla!*« Sie fährt sich mit beiden Händen durchs kohlschwarze Haar. »Weiß Ezlain davon? Fühlt sie ebenfalls so für dich?«

Ich blecke die Zähne. »Ich wüsste nicht, was dich das anginge!«

»Das geht mich sehr wohl etwas an!«, schreit sie. »Ezlain *kann* nicht lieben! Nicht seit …«

Mir entgeht nicht, dass sie plötzlich fest die Lippen zusammenpresst, als müsse sie die nächsten Worte mit Gewalt daran hindern, ihren Mund zu verlassen. Dann blinzelt sie mehrmals.

»Warte, wie bist du überhaupt von der Insel entkommen?«, will sie wissen.

Ich runzele die Stirn, verwirrt über diesen Themenwechsel. »Noch mal: Ich wüsste nicht, was dich das anginge.«

Sie stemmt die Hände in die Hüften. »Muss ich dir das wirklich erklären? Ronnyd hätte mich fast dafür gegrillt, dass du putzmunter herumspazierst. Du hättest diese Insel niemals verlassen sollen, schließlich ist sie für alle Augen unsichtbar. Wie konntest du also …?«

Wieder verstummt sie mitten im Satz, diesmal bleibt ihr jedoch der Mund offen stehen.

»Das darf doch wohl nicht wahr sein! Ezlain kam auf die Insel, nicht wahr? Dort hast du den Blutschwur mit ihr geschlossen und konntest deshalb die Höhle verlassen. Aber das erklärt noch immer nicht, warum …«

Die Hexe beginnt, unruhig auf und ab zu laufen, während sie unverständliches Zeug vor sich hin murmelt.

Ich schaue ihr nur kurz zu, bis ich beschließe, dass meine Geduld aufgebraucht ist. »Du weißt, warum ich dich am Leben lasse, oder?«

Sie schaut auf. »Hmm?«

Ihr Desinteresse an mir – und dem Umstand, dass sie noch lebt! – überstrapaziert meine Nerven. »Du kannst nur noch hier herumlaufen, weil du Ezlains beste Freundin bist. Wäre das anders, hätte ich keinen Finger gerührt, um dich vor Ronnyd zu retten.«

Beinahe abwertend wedelt die Hexe mit der Hand. »Jaja, schon klar. Wenn das hier vorbei ist, wirst du einen Weg finden, wie du mich umbringen kannst und so weiter. Aber darum geht es jetzt nicht. Zunächst muss ich verstehen, wie du von der Insel verschwinden konntest und warum sich Ezlain plötzlich anders verhält, als ich es von ihr gewohnt bin. Dieses Wissen können wir zu unserem Vorteil nutzen, um sie zu befreien.«

»Habe ich mich vorhin nicht deutlich genug ausgedrückt?«, knurre ich. »Ich bin auf deine Hilfe nicht angewiesen.«

Sie zieht eine Augenbraue nach oben. »Tatsächlich nicht? Immerhin bin ich eine Hexe.«

Ich stoße ein Schnauben aus. »Also gut, o mächtige Hexe. Warum setzt du keinen deiner Zauber ein, um Ezlain aus Ronnyds Gewalt zu befreien? Ich bin sicher, das kostet dich nur ein Fingerschnippen. Nein, warte!« Ich beuge mich zu ihr hinunter und blecke die Zähne. »Ich vergaß. Du legst dich ja nur mit gefesselten und verletzten Drachen an, deren Leben du anschließend zerstörst!«

Sie hat tatsächlich die Nerven, die Augen zu Schlitzen zu verengen und mein Starren zu erwidern. »Vorsicht, Halbdrache. Ich habe dich einmal verbannt und ich könnte ...«

»Gar nichts kannst du!«, schieße ich dagegen. »Wenn du so mächtig wärst, wie du vorgibst, wäre die Situation auf dem Turm nicht derart eskaliert. Du konntest dich nicht einmal von den Fesseln befreien, geschweige denn dich gegen einen mächtigen Drachen wie Ronnyd behaupten. Und ich habe nicht vergessen, dass er sagte, deine Macht sei versiegt und du wärst für ihn kein würdiger Partner mehr. Er wollte keinen neuen Handel mit dir eingehen.« Ich lege den Kopf schief. »Als du die Insel erschaffen und mich darauf verbannt hast, muss das sehr anstrengend gewesen sein.«

Ich sehe ihrer verkrampften Haltung deutlich an, dass ich mitten ins Schwarze getroffen habe, und muss ein Grinsen unterdrücken.

»Die magischen Kräfte einer Hexe sind nicht endlos, ist es nicht so? Und einige von euch können sie nicht mehr regenerieren, wenn sie sie aufgebraucht haben, wie ich hörte.«

Sie schluckt angestrengt, bleibt mir jedoch eine Antwort schuldig.

»Unter euch soll es eine ganze Menge von drittklassigen Hexen geben«, sinniere ich weiter. »Echte Hexen sind so gut wie ausgestorben. Ihr Blut hat sich zu oft mit nicht-magischen Wesen vermischt. Was davon übrig geblieben ist, sind Hexen wie du – eine Mischform, genau wie ich eine bin. Nur im Gegensatz zu dir kann ich mich sooft ich will in einen Drachen verwandeln.«

»Einen *Halbdrachen*«, zischt sie. »Deine verwandelte Gestalt ist nicht halb so eindrucksvoll wie ein echter Drache.«

Mir juckt es in den Fingern, ihr für die letzte Bemerkung diesmal wirklich den Hals umzudrehen.

»Wie dem auch sei, du hast recht«, gibt sie schließlich seufzend zu. »Meine Macht war begrenzt und ist mittlerweile komplett versiegt. Nach mehreren kleinen und drei großen Zaubern bin ich nun nichts weiter als eine normale Sterbliche und werde auch wie eine altern.« Sie senkt den Kopf. »Und ohne Ronnyds Kraft hätte ich nicht einmal die drei großen Zauber wirken können.«

»Was war dir so wichtig, dass du einen Blutschwur mit einem Drachen eingegangen bist? Reichtum? Macht?« Ich runzele die Stirn. »Nein, du warst eine Sklavin. Wenn du wirklich mächtig wärst, hättest du nicht ...«

»Ezlain«, murmelt sie. »Sie war der Grund, weshalb ich den Blutschwur einging. Nur mit meiner eigenen Kraft hätte ich sie niemals retten können.«

Ein eisiger Schauer rinnt mir den Rücken hinab. »Retten wovor?«

Die Hexe schaut mir wieder in die Augen. »Vor dem sicheren Tod.«

Bis eben habe ich noch gewollt, dass sie sofort verschwindet, doch nun hänge ich förmlich an ihren Lippen.

»Was meinst du mit *›vor dem sicheren Tod‹*?«, will ich wissen.

»Ezlain wäre beinahe gestorben.« Plötzlich wird ihr Blick eiskalt. »Und es war *deine* Schuld.«

Kapitel 5

Ezlain

Ich weiß nicht, wie lange wir fliegen. Irgendwann verschwindet die Anspannung aus mir und ich kann den Flug sogar ein wenig genießen. Es fühlt sich angenehm an, wie mir der Wind durchs Haar fährt, und ich könnte eine Ewigkeit damit zubringen, die unterschiedlichen Farben der von der Sonne geküssten Wolken zu bewundern. Beinahe verdränge ich, dass ich auf einem Drachen sitze und einer eher düsteren Zukunft entgegenblicke.

Dabei vergesse ich jedoch nicht, dass es der falsche Drache ist, der mit mir durch die Lüfte saust. Ich wünschte, irgendwann könnte ich mit Drayce ...

»Warum kann Drayce nicht fliegen?«, frage ich, um mich von den negativen Gedanken abzulenken, die sich in meinen Kopf schleichen.

Ronnyd gibt ein Brummen von sich. »Er hat einen verkrüppelten Flügel. Das sollte sogar ein Menschlein wie du bemerkt haben. Ein Drache, dessen Flügel verletzt sind, ist wertlos.«

Nein, das ist er garantiert nicht!, will ich am liebsten schreien, aber ich halte den Mund. Drayce ist weder wertlos noch ein Krüppel – er ist perfekt, wie er ist.

»Das meinte ich nicht«, sage ich. »Natürlich weiß ich von den Verletzungen seines linken Flügels. Aber auch ohne sie könnte er nicht fliegen, sondern nur gleiten.«

»Das stimmt. Drayce ist nur ein halber Drache. Seine Mutter war ein Mensch. Deshalb steckt er zur Hälfte in einem menschlichen Körper und dieser ist nicht dafür gemacht, zu fliegen. Die Muskeln in seinem Rücken wären auch bei intensivstem Training nicht in der Lage, die Flügel so zu bewegen, dass er vom Boden abheben könnte. Er kann sie ausstrecken und dank ihrer empfindlichen Haut die verschiedenen Luftströmungen genau spüren und so auf ihnen gleiten. Zumindest, bevor er zuließ, dass Menschen seinen Flügel zerfetzten.«

Ich beiße die Zähne zusammen, um eine weitere schroffe Erwiderung daran zu hindern, meinen Mund zu verlassen.

»Aber selbst wenn es ihm gelänge, mit den mickrigen Muskeln in seinem Rücken die Flügel so zu bewegen, dass er fliegen könnte, wäre es ihm nicht möglich, in der Luft zu navigieren.«

»Warum?«, frage ich.

»Dreh dich mal um.«

Wie geheißen drehe ich den Oberkörper nach hinten und schaue zurück. Und da geht mir auf, was er meint: Ronnyds echsenartiger Körper endet in einem langen, zum Ende hin spitzer werdenden Schwanz, der mit mehreren Finnen besetzt ist. Jedes Mal, wenn wir leicht die Richtung ändern, vollbringt er das nicht mit einem Flügelschlag, sondern mit einer Bewegung seines Schwanzes.

»Drayce wird also niemals fliegen können«, murmele ich mehr zu mir selbst.

»Natürlich nicht! Halbdrachen sind nicht dafür gemacht. Viele von ihnen haben nicht einmal in der Drachengestalt Flügel – weil sie sie nicht brauchen. Drayce gehörte schon immer zu den stärkeren und weiter entwickelten Halbdrachen, da sowohl das Blut seiner menschlichen Mutter als auch das seines Drachenvaters stark war.«

»Aber du sagtest, dass er nie ein guter Gleiter war«, werfe ich ein, als mir Ronnyds Aussage vom Turm in den Sinn kommt.

»Das ist richtig. Er konnte zwar gleiten, aber sein Körper war ... schon immer muskulös und bullig und dadurch nicht wendig genug. Gerade Strecken waren für ihn kein Problem, aber das Manövrieren durch Täler oder Gebirgspässe ... Sagen wir, irgendwann hat er es aufgegeben.«

»Das klingt, als würdest du Drayce gut kennen«, sage ich so beiläufig wie möglich.

»Kann man so sagen«, brummt Ronnyd. »Ich kannte ihn von Geburt an, bis er das Reich der Drachen verlassen hat.«

Verwirrt runzele ich die Stirn. »Aber auf dem Turm ... Du hast versucht, ihn zu töten. Und nun klingst du so, als ...«

»Ich habe nie versucht, ihn zu töten!«, hält Ronnyd sofort dagegen. »Ich habe versucht, *dich* zu töten. Aber kein Drache – auch kein halber wie Drayce – stirbt durch Drachenfeuer. Ich habe ihn ein wenig verletzt und ich muss gestehen, das hat mir durchaus gefallen. Es gab eine Zeit, da hätte ich ihn gern tot gesehen, auch das gebe ich zu. Aber mittlerweile genügt es mir, ihn zu quälen.«

Nun verstehe ich gar nichts mehr. »Hast du nicht ... von Cressa verlangt, dass sie Drayce tötet?«

Ronnyd seufzt. »Allerdings. Im Nachhinein stellt es sich jedoch als Glücksfall heraus, dass ich meine Forderung damals nicht präzise genug ausgedrückt habe und die Hexe über ein viel zu großes Herz für geschundene Kreaturen verfügt.«

»Ich ... glaube nicht, dass ich dir noch folgen kann.«

»Musst du auch nicht. Ich habe dir schon viel zu viel erzählt.«

Ich will protestieren und noch viel mehr hören. Ich habe noch so viele Fragen! Wie war Drayce als Kind? Warum hat er das Drachenreich verlassen? Was hat er getan, um Ronnyds Zorn auf sich zu ziehen, der so weit geht, dass er ihn tot sehen wollte? Ich bin mir sicher, dass etwas Großes dahinterstecken muss, und ich sehne mich danach, es zu erfahren.

Wenn ich über Drayce rede, verschwindet für einen Moment der Schmerz in meiner Brust. Seufzend lege ich die Hand an die Schuppe. Sie fühlt sich warm unter meinen Fingerspitzen an – fast so warm wie Drayce.

Ronnyd dreht den Kopf und wirft mir einen Seitenblick zu. »Er wird kommen«, grummelt er, als er wieder nach vorn sieht.

Ich lasse die Hand sinken. »Woher willst du das wissen?«

»Weil du bist, was du bist«, lautet die kryptische Antwort des Drachen.

»Und was bin ich?«

Es dauert eine Weile, bis er den Kopf wieder zu mir umdreht. »Seine *rwy'nary.*«

Ich bin mir ganz sicher, dass es das Wort ist, dass ich bereits mehrmals von Drayce gehört habe! »Was bedeutet das?«

Der geschuppte Körper unter mir bebt vor Lachen. »Das hat er dir nicht gesagt?«

»Nein, er ... hat öfters in der Drachensprache gesprochen, aber ich habe nie verstanden, was er gesagt hat. Und nur manchmal hat er es übersetzt.«

»Warum hast du dann die Schuppe von ihm angenommen, wenn du keine Ahnung von unserer Sprache und Kultur hast?«

Am liebsten würde ich entgegnen, dass ich keinen Grund dafür brauche, um Geschenke anzunehmen – erst recht nicht, wenn sie von Drayce kommen. Vom ersten Moment an war ich regelrecht verzaubert von der Kette und vor allem von ihrem rötlich schimmernden Anhänger, der etwa halb so groß wie mein Daumen ist.

In meinem alten Leben, aus dem ich Hals über Kopf geflohen bin, habe ich ständig Schmuck getragen – Ketten, Armreife, Ohrringe und Haarspangen, die so viel wert waren, dass man sich davon eine eigene Insel hätte kaufen können. Zwar gehörte nichts davon mir, sondern alles meiner Tante Beatrice, aber auch wenn diese Kostbarkeiten mein Eigentum gewesen wären, hätte ich mir nichts aus ihnen gemacht. Meinetwegen hätten sie genauso gut aus billigem Blech sein können. Schmuck diente nur dazu, mich reicher – und in den Augen der heiratswilligen Junggesellen so auch begehrenswerter – aussehen zu lassen.

Doch bei Drayce hatte ich nicht das Gefühl, dass er mir die Kette deswegen geschenkt hat. Ich spürte von Anfang an, dass mehr dahintersteckte, als mir bloß eine Freude zu machen, aber ich kann nicht benennen, woher dieses Gefühl kommt.

»Was hat es mit der Schuppe auf sich? Wie hast du sie genannt?«

Herzschuppe, flüstert eine Stimme in meinem Kopf.

»Von mir wirst du es nicht erfahren, Menschlein. Aber ich gebe dir einen guten Rat: Sobald wir im Reich der Drachen ankommen, solltest du sie verstecken.«

Sofort ziehe ich scharf die Luft ein. Drayce hat mich eindringlich davor gewarnt, die Kette abzulegen. Schützend lege ich eine Hand über den Anhänger.

Ronnyd seufzt. »Ich habe nicht gesagt, dass du sie abnehmen oder wegwerfen sollst, sondern dass es besser wäre, wenn sie niemand zu Gesicht bekommt. Es wirft zu viele Fragen auf, wenn ich statt einer üblichen Jungfrau eine mit Herzschuppe mitbringe.«

Ich überlege einen Moment, dann führe ich den Anhänger nach hinten in den Nacken. Die bloße Kette liegt mir nun eng um den Hals und die Schuppe ist zwischen meinen Schulterblättern und unter den offenen Haaren verborgen.

»Warum holst du überhaupt Jungfrauen? Oder verbrennst du etwa alle der armen Mädchen zu Asche?«

Ronnyd grollt; sein ganzer Körper erbebt unter mir. »Wie hat es Drayce nur mit dir ausgehalten? Deine ständige Fragerei geht mir schon nach ein paar Stunden auf die Nerven. Wenn du mir weiterhin auf den Geist gehst, lasse ich dich vielleicht doch noch fallen!«

Ich presse die Lippen zusammen, um weitere Fragen in meinem Mund gefangen zu halten. Obwohl er mir die Antwort auf meine letzte Frage verweigert hat, habe ich mehr und mehr das Gefühl, dass Ronnyd gar nicht das blutrünstige Monster ist, für das ich ihn bislang hielt. Ja, er wollte Cressa dafür benutzen, Drayce zu töten, aber wenn es ihm ernst wäre, hätte er es auf dem Turm jederzeit selbst zu Ende führen können.

Zwischen den beiden scheinen mehr Geheimnisse zu bestehen, als ich bisher begreifen kann.

Kapitel 6

Drayce

»Wie kann ich schuld daran sein, dass Ezlain beinahe gestorben wäre?«, grolle ich. »Ich kenne sie erst seit ein paar Wochen.« Vorsorglich verschweige ich, dass sie in dieser Zeit mehrfach in Lebensgefahr schwebte. »Was auch immer davor geschehen ist – es kann nicht meine Schuld gewesen sein, weil ich – wie du ja weißt – auf einer verdammten Insel festhing!«

Die Hexe gibt ein Schnauben von sich. »Und davor? Was hast du getan, bevor ich dich verbannte?«

Ich sehe eine verwüstete und brennende Stadt vor meinem inneren Auge. Die Schreie der Menschen gellen mir manchmal noch heute in den Ohren, selbst wenn ich in der damaligen Nacht kein Mitleid mit ihnen hatte. Sie versteckten den Mann, der die Schuld für mein Versagen trug. Sie schützten den Dieb, der den Schatz meines Partners stahl, während ich …

»Wo warst du, als du den Schatz hättest bewachen sollen?«, hakt die Hexe nach.

Ich schlucke krampfhaft. »Auf … dem Festland.«

»Also nicht auf der Insel, wo der Schatz versteckt war?« Jedes ihrer Worte gleicht einem Messerstich. »Was war so wichtig, dass du deine Aufgabe vernachlässigt hast?«

»Ich … hatte Hunger«, grolle ich. »Mein Partner war lange nicht bei mir gewesen, um mich zu versorgen. Also bin ich bis auf die Spitze des Berges geklettert und hinüber zum Festland gesegelt.«

»Hat es dich nach Essen verlangt oder einer Frau?«

Mein ganzer Körper ist angespannt, doch es gelingt mir nicht, ihr zu antworten. Bei den seltenen Gelegenheiten, zu denen ich die Insel verließ, hielt ich mich nicht nur mit Essen auf. Aber das muss ich gerade *ihr* nicht auf die Nase binden!

»Ich dachte nicht, dass es ausgerechnet in der Nacht jemand schaffen könnte, einen Weg durchs unwegsame Steinlabyrinth zu finden.«

Die Erklärung klingt selbst in meinen Ohren lahm und vorgeschoben, doch etwas Besseres habe ich nicht zu bieten. Viele Schatzsucher hatten die Insel betreten, doch keiner hat sie lebend verlassen. Entweder fanden sie den Tod im Labyrinth aus Steinen oder durch meine Hand. Jahrelang nahm ich meine Aufgabe, den Schatz zu bewachen, sehr ernst. Und an dem einen der wenigen Tage, an dem ich meinen Spaß über die Pflicht stellte …

»Durch dein Versagen wurde der Blutschwur aufgelöst«, fährt die Hexe unbarmherzig fort. »Sag mir, Halbdrache, was geschieht mit deinesgleichen, wenn ein Blutschwur gebrochen wird?«

»Schmerzen«, presse ich hervor. »Und Wahnsinn.«

Mühsam dränge ich die dunklen Erinnerungen an die Nacht, als ich die Kontrolle verlor, zurück.

Die Hexe legt den Kopf schief. »Was wäre mit dir und Ezlain geschehen, wenn du tatenlos zugesehen hättest, wie Ronnyd mich auf dem Turm röstet?«

Mein Atem geht abgehackt. Selbst die Vorstellung, dass Ezlain … Ich öffne den Mund und zwinge mich, der Hexe zu antworten. »Es gibt … drei Arten, wie ein Blutschwur beendet werden kann. Bei der ersten erfüllen beide Parteien das, was sie zu tun hatten, und keinem von ihnen geschieht etwas. Bei der zweiten Art …«

Ich richte den Blick auf sie und sehe mit einem Hauch Genugtuung dabei zu, wie sie sich darunter versteift.

»Nehmen wir an, ich hätte Ronnyd die Freude gelassen, dich zu töten«, knurre ich. »Und nehmen wir weiter an, dass ich nur danebengestanden und zugesehen hätte. Auch dadurch wäre mein Blutschwur mit Ezlain beendet gewesen, denn die Person, die ich schwören musste zu retten und zu schützen, wäre tot – durch meine Unterlassung. Ezlain ... hätte der Schwur von innen heraus verzehrt. Sie hätte solche Schmerzen gehabt ... Viel schlimmer noch als die, die sie in der Sekunde heimsuchten, als ich ernsthaft über diese Möglichkeit nachdachte. Vielleicht hätte sie es überlebt. Das ist schwer zu sagen bei einem Menschen. Ich hingegen wäre für einige Zeit dem Wahnsinn verfallen, wie auch in der Nacht, in der der Schatz gestohlen wurde. Ezlains Blut, das trotz des gebrochenen Schwurs noch in mir wäre, hätte mich dazu gezwungen, den Schuldigen für mein Versagen zu finden und dafür büßen zu lassen.«

Ich mache einen Schritt auf sie zu und sie weicht eilig zurück.

»Und wenn ich es selbst gewesen wäre, der dich getötet hätte«, raune ich und ergötze mich an den erschrockenen Ausdruck, der ihr übers Gesicht huscht, »wäre der Blutschwur ebenfalls gebrochen worden – durch meine Hand, nicht nur durch einen Fehler oder ein Versäumnis meinerseits. In diesem Fall wären Ezlain und ich in dem Moment tot umgefallen, in dem du deinen letzten Atemzug getan hättest.«

»Dann sollte ich Ezlain dafür danken, dass sie mich durch den Schwur vor deiner Rache beschützt«, krächzt sie.

Ich forme die Hand zu einer Klaue und setze sie ihr an den Hals. »Nun, da bin ich mir nicht so sicher. Mein Teil des Schwures beinhaltete, dich zu finden und zu retten. Ich habe dich gefunden und vor einem Dasein als Opfer und vor Ronnyd gerettet. Im Grunde ist damit meine Schuld erfüllt.« Mit den Nägeln kratze ich ihr über die Haut. »Und damit bin ich frei zu tun, was immer ich will, ohne Konsequenzen des Blutschwurs fürchten zu müssen.«

Die Pupillen der Hexe sind kaum noch zu erkennen, so klein sind sie vor Panik. Ich weiß genau, dass sie mir nichts entgegenzusetzen hat. Zwar bin ich durch die Rückverwandlung noch immer geschwächt, aber mit ihr könnte ich es allemal aufnehmen. Nach den Jahren der Einsamkeit, eingesperrt in einer dunklen Höhle, könnte ich nun endlich meine Rache bekommen.

Es wäre so einfach.

Und es würde sich so gut anfühlen.

Seufzend ziehe ich die Hand zurück und mache einen Schritt nach hinten, damit ich sie nicht mehr riechen kann. Viel zu schnell schnappt sie nach Luft, während sie kreidebleich im Gesicht ist.

»Blutschwur oder nicht, ich kann dich nicht töten«, knurre ich. »Nicht, ohne Ezlain damit zu schaden. Und das würde ich niemals tun. Auch nicht für meine Rache, nach der ich mich doch eine schiere Ewigkeit gesehnt habe.«

Ich wende mich ab und will das halb verfallene Haus verlassen, um in Ruhe einen Plan zu schmieden, wie ich Ezlain retten kann, als ich die Hexe hinter mir fragen höre: »Willst du nicht wissen, was an jenem Tag geschehen ist, als du deine Pflichten vernachlässigt hast?«

Ich blecke die Zähne. Verdammt, ich hätte ihr nicht sagen sollen, dass sie um Ezlains willen nichts vor mir zu befürchten hat! Dennoch bleibe ich wie angewurzelt stehen und wende mich halb wieder zur Hexe um.

»Du warst nicht dort, wo du hättest sein sollen«, sagt sie, als ihr meine Aufmerksamkeit sicher ist. »Doch du warst nicht nur kurz weg, um dir Nahrung zu beschaffen. Nach allem, was ich herausgefunden habe, musst du fast eine Nacht und einen gesamten Tag die Insel verlassen und dich auf dem Festland vergnügt haben.«

Ich stoße ein Knurren aus, doch anders als vorhin entfaltet es nicht die gewünschte Wirkung. Die Hexe zuckt zwar kurz zusammen, fängt sich jedoch gleich darauf wieder und reckt herausfordernd das Kinn.

»Dabei ist dein Partner damals auf dem Weg zu dir gewesen, aber er wurde aufgehalten«, sagt sie, ohne mich aus den Augen zu lassen. »Er wusste, dass du Hunger leiden würdest, und setzte alles daran, schnell zu dir zu gelangen. Diesmal reiste er jedoch nicht nur mit seiner Mannschaft an Bord des Schiffes. Er hatte seine Familie dabei, denn seine Frau lag ihm schon seit Jahren damit in den Ohren, den Drachen, der den Schatz bewachte, mit eigenen Augen sehen zu wollen.«

Ich verziehe bei der Vorstellung, herumgezeigt zu werden wie ein exotisches Tier im Käfig, den Mund.

»Er wollte es nicht und fand stets neue Gründe, warum es nicht möglich war. Aber es gab eine Person, der dein Partner keinen Wunsch abschlagen konnte – und die redete immer wieder davon, wie wundervoll es doch wäre, auf dem Rücken eines Drachen durch die Wolken zu fliegen. Weißt du, von wem ich rede?«

Zögerlich schüttele ich den Kopf und halte dabei den Atem an. Ich wusste nie viel über die Partner, mit denen ich einen Blutschwur einging. Viele sind es nicht gewesen, seit ich das Reich der Drachen verließ. Mich interessierte ihre Vergangenheit nicht, sondern nur das, was sie mir zu bieten hatten: Dafür, dass ich den Schatz des Mannes bewachte, bekam ich dreißig Jahre seines Lebens. Da ich nur ein halber Drache bin, verfüge ich nicht über ein natürlich langes Leben, das über mehrere Jahrhunderte andauern kann, wie ein echter Drache und würde – wie ein Mensch – nach etwa achtzig Jahren sterben. Durch einen Handel kann ich meine Zeitspanne verlängern. Das war stets meine bevorzugte Forderung: Lebenszeit und Macht.

»Ich rede von seiner damals gerade fünfjährigen Tochter. Sie war sein größter Schatz und er war gewillt, einen weiteren Blutschwur mit dir einzugehen, damit du auch sie beschützen würdest. Also nahm er sie gemeinsam mit seiner Frau und dem Kindermädchen mit aufs Schiff, wobei er die geflüsterten Warnungen der Mannschaft über Frauen an Bord im Keim erstickte und sie als Aberglauben abtat.«

Sie schlingt die Arme um sich, als würde sie plötzlich frieren.

»Die Crew sollte recht behalten. Das Schiff kam nie bei der Schatzinsel an.«

»Was ist geschehen?«, frage ich.

»Das Schiff wurde geentert und fast die gesamte Crew fand den Tod. Dein Partner kämpfte tapfer, war aber der Übermacht unterlegen. Um ihr Kind zu retten, erzählte die Frau den feindlichen Piraten alles, was sie wissen wollten. Wo sich der Schatz befand. Wer ihn bewachte. Wie man den Wächter überlisten konnte.« Die Hexe zieht die Brauen zusammen. »Mittlerweile glaube ich, dass es kein Zufall war, dass die Piraten gerade an dem Tag, an dem der Wächter nicht auf seinem Posten war, das Schiff enterten. Sie waren … zu gut organisiert, um ein solches Detail dem Zufall zu überlassen. Dennoch wären sie nicht zahlreich genug gewesen, um es mit dir aufzunehmen.« Ihr Blick scheint Blitze zu schießen. »Aber du warst nicht da.«

Ich verziehe den Mund. »Selbst wenn ich dagewesen wäre, hätte ich meinen Partner nicht retten können. Das Schiff wäre in jedem Fall geentert worden.«

Sie zuckt mit den Schultern. »Möglich. Wir werden es nie erfahren, weil du nicht da warst, wo du hättest sein sollen. Ich weiß nicht, ob du es hättest verhindern können …«

»Nein«, sage ich schnell. »Ich spürte zwar, dass etwas nicht stimmte, aber ich hatte keine Ahnung, wo sich mein Partner gerade befand. Und selbst, wenn ich es gewusst hätte, wäre ich niemals rechtzeitig zur Stelle gewesen. Du weißt genau, dass ich nicht fliegen kann. Auch mit zwei gesunden Flügeln konnte ich es nicht. Meine Gleitkünste reichten gerade so aus, um vom höchsten Punkt der Insel dank der Luftströmungen über dem Meer bis zum Festland zu gelangen.«

»Mag sein«, murmelt sie. »Ich hätte mir dennoch gewünscht, dass du nicht die lausigen Diebe verfolgt und im Zuge dessen beinahe die gesamte Hafenstadt vernichtet hättest, sondern die Piraten, die deinen Partner und dessen Familie getötet haben.«

Ich balle die Hände zu Fäusten. »Woher … weißt du so genau über das, was damals geschehen ist, Bescheid?«

Sie kickt einen Stein weg und weicht meinem Blick aus. Am liebsten würde ich sie anschreien, dass sie mir endlich antworten soll. Ich weiß, dass da noch mehr ist und sie mich nicht zufällig mit den Anschuldigungen konfrontiert hat. Aber ich verstehe beim besten Willen nicht, was mein damaliger Partner mit ihr zu tun haben soll.

»Ich war dort«, wispert sie so leise, dass ich sie fast nicht verstehen kann. »Ich war … auf dem Schiff.«

Ich runzele die Stirn. »Du bist eine Hexe und verfügtest damals noch über Magie. Warum hast du den feindlichen Angriff nicht abgewehrt?«

»Ich habe es versucht!«, begehrt sie auf. »Ich habe zwei der feindlichen Schiffe versenkt und einen Teil ihrer Crew in Flammen aufgehen lassen, aber ich …« Sie kneift die Augen zusammen und senkt den Kopf. »… bin eben nur eine ›drittklassige‹ Hexe. Als mir so gut wie keine Kraft mehr blieb, kümmerte ich mich um die, die meinen Schutz am meisten brauchten. Ich ließ die Männer kämpfen und … hoffte das Beste.«

»Bitte sag mir nicht, dass du die Frau meines Partners warst!«

Zu meiner Erleichterung schüttelt sie den Kopf. »Nein, aber sie war meine beste Freundin.«

Ich stutze. »Aber welche …?«

»Das Kindermädchen«, unterbricht sie mich. »Nun ja, das ist vielleicht nicht die korrekte Bezeichnung. Als meine beste Freundin das Kind bekam, war ich sofort vernarrt in dieses winzige Wesen, dass ich schwor, es vor allem Unheil zu beschützen. Aber ich habe versagt. Ich konnte das Mädchen zwar vor den Angriffen der feindlichen Piraten schützen, doch … das Schiff war derart schlimm in Mitleidenschaft gezogen worden, dass der Hauptmast brach. Das Kind wurde … darunter begraben. Als ich die Kleine fand, war sie …« Sie schluckt angestrengt. »Sie war mehr tot als lebendig. Ein riesiger Holzsplitter steckte ihr in der Brust, sodass ihr unablässig Blut aus dem Mund lief. Ich wusste, dass die Heilung dieser und der übrigen Verletzungen meine Kräfte selbst im ausgeruhten Zustand überstiegen.«

Etwas von dem, was sie erzählt, kommt mir verdächtig bekannt vor, doch ich wage nicht, nachzufragen. Meine Angst, dass sie bei der kleinsten Unterbrechung aufhört zu sprechen, ist viel zu groß.

»Ich weiß nicht, wodurch er angelockt wurde«, fährt sie nach einer Weile des Schweigens fort. »Vielleicht durch das Feuer oder den Rauch oder die Leichen, die auf dem Meer schwammen. Jedenfalls ist Ronnyd von jetzt auf gleich neben mir erschienen und hat mir einen Handel angeboten. Er würde mich mit genügend Kraft versorgen, um das Leben des Mädchens zu retten, wenn ich im Gegenzug dich verschwinden lassen würde.« Sie stößt ein Schnauben aus. »Ich hätte die halbe Menschheit ausgelöscht, wenn ich dadurch ihr Leben hätte retten können. Es ging also nicht gegen dich persönlich.«

»Warum glaube ich dir das nur nicht?«, grolle ich. »Bis eben hast du mir noch vorgeworfen, dass ich euch nicht geholfen habe.«

»Wenn du auf der Insel geblieben wärst und weiter den Schatz bewacht hättest, hättest du mitbekommen, wie das Schiff unweit der Insel geentert wurde«, entgegnet sie. »Davon bin ich überzeugt.«

In den Augen der Hexe lodert es einen Moment lang zornig auf. Dann fasst sie sich wieder und fährt mit ihrer Erzählung fort: »Trotz der Kraft, die mir der Drache verlieh, gelang es mir nicht, das Mädchen vollständig zu heilen. Wahrscheinlich habe ich etwas falsch gemacht. Ich wollte ... Ich wusste, dass ich schnell sein musste, also dachte ich nicht lange darüber nach, zog den riesigen Splitter aus ihrem winzigen Körper und heilte die Wunde. Bestimmt habe ich zu viel Magie genutzt. Die Verletzung schloss sich zwar zügig, aber ... die Narbe, die zurückblieb, sah seltsam aus. Wulstig. Gezackt.«

Auf einmal scheint sich mein ganzer Körper zu versteifen. Ich öffne den Mund, aber kein Ton kommt heraus. Die Hexe wirft mir auf einmal einen spöttischen Blick zu, als würde sie mich fragen wollen, warum es mir erst jetzt auffällt.

»Bei der schlimmen Verletzung grenzte es an ein Wunder, dass das Kind überhaupt noch lebte«, sagt sie. »Obwohl ich so vorsichtig wie möglich vorging, den Splitter komplett entfernte und mit einem Zauber die Wunde verschloss, war ihr Herz ... Es ... war nicht mehr vollständig. Zu viel davon war zerstört worden. Mir schien gut möglich, dass das Mädchen gewisse Gefühle nicht mehr würde empfinden können. Und ich sollte recht behalten.«

Ich schlucke trocken, zwinge mich aber zum Reden. »Wie lange ... war ich auf der Insel gefangen?«

Die Hexe beäugt mich von oben bis unten. »Auf dir lag ein Zauber, genauso wie auf der Insel selbst, deshalb bist du nicht gealtert. Aber für alle anderen sind seit dem Tag, als ich dich verbannte, bis heute etwas mehr als fünfzehn Jahre vergangen.«

»Ezlain ...«, hauche ich.

Die Frau vor mir nickt. »Ezlain ist das kleine Mädchen von damals und die Tochter deines ehemaligen Partners.«

»Aber ich ... verstehe nicht«, stammele ich. Krampfhaft versuche ich mich auf nur eine Sache zu konzentrieren, trotz der tausend Fragen, die mir im

Kopf herumwirbeln. So vieles macht für mich noch keinen Sinn. »Ez hat … oft gesagt, sie hätte ein Herz aus Stein.«

»Dieses Gerücht habe ich selbst in die Welt gesetzt. Als Ezlain älter wurde und – wie die anderen Mädchen in ihrem Alter – irgendwann Interesse an zwischenmenschlichen Beziehungen hätte zeigen müssen, merkte ich, dass meine Befürchtungen sich bewahrheitet hatten. Ich habe ihr Herz zwar so weit heilen können, dass sie keine gesundheitlichen Schäden davongetragen hat, aber ihre Gefühle waren … beschränkt. Also habe ich ihr das Märchen erzählt, dass ihr Herz einst von einer Hexe gestohlen und durch einen Stein ersetzt worden sei. Es war einfacher für sie und die Leute aus Ilgaron, dieses Märchen zu glauben. Und nachdem Ezlain wusste, dass etwas mit ihr nicht stimmte, konnte sie endlich aufhören, sich krampfhaft in eine Form zu zwängen, in die sie nicht passte.« Sie legt den Kopf schief. »Deshalb war ich auf dem Turm der Wellen so überrascht darüber, dass sie deine Hand genommen und ihr Leben für dich riskiert hat.«

Ich verenge die Augen. »Für dich hat sie ihr Leben auch riskiert.«

»Das stimmt, aber bei uns ist es anders. Wir sind verbunden durch die Magie, die ich auf sie wirkte, und …« Plötzlich bricht sie ab und schnappt geräuschvoll nach Luft. »Das … darf nicht wahr sein!« Mit beiden Händen rauft sie sich die Haare und läuft wie getrieben auf und ab. »Warum ist mir das nicht vorher aufgefallen?«

»Was?« Meine Stimme rutscht vor Panik ein paar Tonlagen höher. »Was ist los?«

Sie wirbelt zu mir herum und pikst mir mit dem Zeigefinger in die Brust. Ich wanke zwischen dem Drang, sie anzuschreien, dass sie mich nicht anrühren solle, und dem, sie so lange zu schütteln, bis sie endlich mit der Sprache herausrückt, was verdammt noch mal los ist.

»Du liebst sie, oder?«

Ich blecke die Zähne. »Geht dich das irgendwas an?«

»Beantworte die Frage!«

Ich stoße den Atem aus. »Ja«, hauche ich dabei.

»Und sie? Liebt sie dich auch?«

Ohne dass ich es verhindern kann, versteife ich mich bei der Frage. »Ich … weiß es nicht. Wir haben nie darüber gesprochen. Sie hat es nie gesagt – und ich ebenso wenig. Doch, schon, aber sie hat es nicht verstanden, weil ich …«

»Ich will nicht wissen, ob sie dir je *gesagt* hat, dass sie dich liebt«, wirft die Hexe sofort ein. »Über Liebe wird zu oft gesprochen und zu wenig nach ihr gehandelt. Nur weil man sagt, dass man in jemanden verliebt ist, muss es noch lange nicht die Wahrheit sein.«

Mit dem Zeigefinger reibt sie direkt über die feine Narbe an meiner Brust, wo ich in meiner anderen Gestalt die Herzschuppe entfernt habe.

»In der Liebe zählen nicht Worte – nur Taten«, murmelt sie. »Deshalb frage ich dich noch mal: Liebt sie dich auch?«

Ich schließe die Augen und erinnere mich an einige Momente unserer viel zu kurzen gemeinsamen Zeit. Ezlain beeindruckt und verwirrt mich gleichermaßen und ich war von Anfang an außerstande, sie ihrem Schicksal zu überlassen. Ich kann nicht genau sagen, ab wann ich mehr für das fremde Mädchen, das von jetzt auf gleich mein Leben umkrempelte, empfand als bloße Neugier. Vielleicht, als wir auf der Schatzinsel ankamen und ich den Wetteinsatz einforderte, um einen weiteren – besseren! – Kuss von ihr zu bekommen. Vielleicht schon in der Nacht, als sie – völlig verängstigt von einer Spinne und einem Gewitter – zum ersten Mal in meinen Armen schlief.

Bei Ezlain war die Veränderung in ihrem Verhalten mir gegenüber deutlicher. Nach unserem ersten richtigen Kuss im Steinlabyrinth entgingen mir nicht die musternden Blicke, die sie mir ständig zuwarf, sodass ich immer wieder ein breites Grinsen unterdrücken musste. Doch auch schon vorher, in der Nacht auf der *Windsbraut*, als sie an meine Kajütentür klopfte, um wieder bei mir schlafen zu können, wirkte sie … anders. Die Art, wie sie mich anschaute, hatte sich verändert. Als wäre ihr etwas klar geworden, was sie bis dahin nicht hatte wahrhaben wollen. Ein Gefühl, das ihr derart unbekannt und fremd war, dass sie es nicht einordnen konnte.

»Ja«, murmele ich. »Ich hoffe es zumindest.«

Cressa rauft sich mit beiden Händen die Haare. »Das muss es sein!«

»Was muss was sein?«

»Die Zauber!«, sagt die Hexe in einem Tonfall, der mich annehmen lässt, ich sei begriffsstutzig. »Es war nicht *meine* Magie. Vielleicht habe ich sie falsch eingesetzt, mag sein, aber … Alle Zauber sind miteinander verbunden. Als sie Ezlain vom Schiff warfen, setzte ich meine letzten Magiereserven ein, um sie zu retten. Es war mir egal, wohin der Zauber sie tragen würde, ich wollte nur, dass sie überlebt. Und sie landete auf *deiner* Insel.«

»Die Insel, die du durch Magie erschaffen hast.«

»Und sie fand dort den fehlenden Teil ihres Herzens. Ich habe damals Ronnyds Magie allem Anschein nach nicht richtig dosiert und muss einen Teil von ihr auch in die Entstehung der Insel gesteckt haben. Den Teil, den ich gebraucht hätte, um Ezlains Herz vollständig zu heilen.«

Ich blinzele mehrmals. »Moment, willst du damit sagen, dass sie sich nur in mich verliebt hat, weil du beim Heilen ihres Kinderherzens Mist gebaut hast?«

Cressa zuckt mit den schmalen Schultern. »Das ist die einzig logische Erklärung.«

Ich verdrehe die Augen. »Natürlich! Weil es ja vollkommen abwegig wäre, dass sie sich auf normalem Wege in mich verlieben würde!«

Als sie tatsächlich nickt, bin ich kurz davor, auf sie loszugehen.

»Ezlain *konnte* all die Jahre über nicht lieben. Ganz gleich, wie charmant die Männer waren, die um ihre Hand angehalten haben, sie hat sie keines zweiten Blickes gewürdigt.«

»Vielleicht waren es auch allesamt Idioten, die sie einfach nicht interessiert haben.«

Die Hexe schürzt die Lippen. »Ich befürchte, du schätzt deine Wirkung auf Frauen ein wenig zu hoch ein.«

Ich werde sie doch umbringen. Nur einer von uns beiden wird dieses heruntergekommene Gebäude lebend verlassen, da bin ich mir sicher.

»Nachdem wir das geklärt haben, lass uns lieber darüber reden, wie wir Ezlain befreien«, sagt sie, während ich mir gerade gedanklich die möglichst schmerzhaftesten Todesarten für sie ausmale. »Ronnyd sagte, du kennst den Ort, an den er Ezlain bringt.«

»Ja«, knurre ich. »Ich habe gehofft, nie mehr einen Fuß auf diese Insel setzen zu müssen.«

»Wenn du von einer Insel sprichst, werden wir ein Schiff brauchen, richtig?«

Ich stoße ein Schnauben aus. »Nicht irgendein Schiff. Wir brauchen das mit dem höchsten Mast.«

Die Hexe runzelt die Stirn. »Warum?«

»Weil ich nur von einem möglichst hohen Punkt zur Insel gleiten kann.« Da sie mich immer noch ansieht, als würde sie kein Wort verstehen, setze ich hinzu: »Die Dracheninsel ist – ähnlich wie die Insel, die du als mein Gefängnis gewählt hast – aus Magie erschaffen. Hohe Berge umringen sie und im Meer reißen Strudel und Riffe jedes Schiff in die Tiefe, das es wagt, sich auch nur auf mehrere Meilen der Insel zu nähern.«

»Du meinst also, die Insel kann nicht auf normalem Wege betreten werden?«

Ich nicke. »Auf die Dracheninsel gelangt man nur durch die Luft.«

Kapitel 7

Ezlain

Die Sonne beginnt bereits unterzugehen, als in der Ferne inmitten des blauen Meeres eine Insel auftaucht, auf die Ronnyd direkt zusteuert. Mein Hintern ist vom langen Sitzen auf seinen harten Schuppen mittlerweile gefühllos geworden und so rutsche ich zwischen Ronnyds Schulterblättern hin und her, in der Hoffnung, eine bequemere Position zu finden.

»He!«, brummt er. »Halt gefälligst still, sonst fällst du noch runter.«

»Sind wir bald da?«

»Ja«, kriege ich zur Antwort. »Zum Glück! Deine ständige Fragerei halte ich keine weitere Stunde mehr aus.«

Ich rümpfe die Nase. »Es war deine Idee, mich mitzunehmen. Also musst du auch mit mir klarkommen.«

Ronnyd stößt ein Seufzen aus, das im großen Drachenkörper unter mir nachvibriert. »Hätte ich das gewusst, ich hätte wahrscheinlich doch die Hexe gewählt. Oder gleich Drayce. Ein Jahr werden die anderen auch ohne eine neue Jungfrau überleben.«

»Was genau willst du von Drayce?«, verlange ich zu wissen.

»War das etwa schon wieder eine Frage?«

»Ja. Ich verstehe es einfach nicht. Erst willst du ihn tot sehen und verlangst von einer Hexe, dass sie die Drecksarbeit für dich erledigt, und dann bist du froh darüber, dass er noch lebt und willst ihn zwingen, mit dir zurückzukommen. Was macht das für einen Sinn?«

»Keinen, der dich etwas anginge, Menschlein!«, knurrt der schwarze Drache. »*Rwy'nary* hin oder her, ich muss dir gar nichts erklären. Vielleicht habe ich unrecht und Drayce liegt nicht genug an dir, um zurückzukehren. Dann habe ich immer noch dich. Irgendwem wirst du trotz deiner unablässigen Fragerei schon gefallen.«

Augenblicklich verwandelt sich mein Blut in Eis, was nichts mit der kühlen Abendluft zu tun hat, die mir um die Ohren pfeift.

»Was … meinst du damit?«

»Genau das, was ich gesagt habe.«

Mit diesen Worten setzt er zur Landung an.

***

Hohe, zum Meer hin steil abfallende Klippen sind das Erste, was ich von der Insel wahrnehme. Als wir näher kommen, entdecke ich die unzähligen Schiffswracks, die halb versunken zwischen den Riffen auftauchen und von den strudelnden Wellen umspült werden. Es sind so viele … Ich kann mir nicht einmal vorstellen, wie viele Seemänner um diese Insel herum den Tod gefunden haben müssen. Wie Tausende Mahnmale für jedes weitere Schiff, das dumm genug ist, sich der Insel zu nähern, ragen die Wracks dunkel im von der Abendsonne geküssten Meer auf.

Mit Leichtigkeit überwindet Ronnyd den hohen Wall aus Bergen, hinter dem sich die eigentliche Insel erstreckt, die viel größer ist, als ich es zunächst vermutet habe.

Mir stockt bei ihrem Anblick der Atem.

Endlose, saftig grüne Wiesen, die sich mit dicht bewachsenen Wäldern abwechseln, tauchen vor mir auf, durchzogen von Bächen und Flüssen. Ich kann mich gar nicht mehr daran erinnern, wann ich zuletzt einen Baum gesehen habe. Alles wirkt friedlich und natürlich und üppig – nicht wie die trockenen und vom Krieg ausgezehrten Steppen Ilgarons, woher ich stamme, oder wie das nicht enden wollende Labyrinth aus schroffem, kargem Stein, aus dem Drayce und ich entkommen sind. Oder die stinkende Hafenstadt Makio. Eine solch friedvolle Landschaft kenne ich nur aus Büchern, der Fantasie anderer entsprungen, die ich für bloße Spinnerei hielt.

»Das … ist ein Paradies«, hauche ich ehrfurchtsvoll.

»Du bist nicht die Erste, die das sagt«, brummelt Ronnyd zufrieden, während ich mich mit offenem Mund umsehe.

Kurz darauf landen wir, ein Stück entfernt von einigen Hütten mit rundem Strohdach. Wenig elegant plumpse ich von Ronnyds Rücken und lande im weichen Gras. Die einzelnen Halme sind nicht fest und unnachgiebig wie die spröden Gewächse in Ilgaron, sondern zart und biegsam. Ich hätte nichts dagegen, mich auf der Wiese auszustrecken und zu schlafen.

»Bist du fertig?«, grollt Ronnyd neben mir, der in Windeseile in seine menschliche Erscheinung geschlüpft ist. Seiner unheilvollen Aura von dunkler Macht und Stärke tut das jedoch keinen Abbruch. »Steh auf! Wir haben heute noch mehr vor.«

»So? Was denn?«

Ich bin stolz, dass meine Stimme kein bisschen zittert. Bisher habe ich aus Ronnyd nicht herausbekommen können, was er mit mir vorhat. Zwar kann er mich dank Drayces Herzschuppe nicht direkt angreifen, sodass wegfällt, dass er mich einfach auffrisst, aber so, wie ich Ronnyd einschätze, werden ihm Mittel und Wege einfallen, um mich leiden zu lassen. Es ist zum Beispiel gut möglich, dass ich bei einem drachischen Ritual geopfert werde.

»Ein Abendbrot wäre nicht schlecht«, brummt Ronnyd, die dunklen Augen zu Schlitzen verengt, während er mich von oben herab mustert. »Und eine Mütze voll Schlaf. Ich hoffe inständig, dass ich von deinen Fragen verschont bleibe, wenn du schläfst.«

Ich blinzele überrascht. Essen? Schlafen? Das klingt himmlisch! Meine letzten Nächte waren eine Katastrophe: Erst hat mir mein blöder Stolz verboten, mich zu Drayce zu schleichen, um bei ihm zu schlafen. Und ohne seine Nähe und die Geborgenheit, die ich empfinde, wann immer ich in seinen

Armen liege, habe ich kein Auge zugemacht. Und während der Nacht im Turm widmeten wir uns … anderen Dingen als Schlaf.

Noch ehe ich mich erheben kann, wird die Tür einer der Hütten aufgerissen und eine junge Frau, vermutlich in meinem Alter, kommt herausgestürmt. Ihr langes, glattes Haar, das so weiß ist wie der Mond, schwingt hinter ihr her, während sie auf uns zurennt.

»Vater!«, jauchzt sie und wirft sich in Ronnyds ausgebreiteten Arme.

Vater? Ungläubig mustere ich den knurrigen schwarzen Drachen und das zarte weiße Wesen, das zu ihm aufblickt.

»Du bist später dran als gewöhnlich«, sagt sie tadelnd, nachdem sie sich von Ronnyd gelöst und einen Schritt zurück gemacht hat. »Gab es Probleme?«

Ronnyd zuckt mit den Schultern. »Nichts, worüber du dir den Kopf zerbrechen müsstest, mein Herz.«

Dann wendet sich die junge Frau mir zu. Ihre Augen sind von einem eisigen Blau und ihr Blick ebenso kalt, während sie mich von oben bis unten mustert.

»Nur eine?«, fragt sie anschließend an Ronnyd gewandt. »Wir hatten doch besprochen, dass du in diesem Jahr auf jeden Fall mehr mitbringen musst. Eine wird nicht ausreichen, um …«

»Sie muss vorerst genügen«, fällt ihr Ronnyd ins Wort.

Auch sein Blick huscht über mich – über die lächerlich knappe Kleidung, die ich trage, und die verschmierte Tinte auf Armen, Bauch und Beinen, überall, wo Cressa oder Drayce mich berührt haben. Zuletzt begutachtet er mein Haar, das nach dem stundenlangen Flug heillos zerzaust sein muss. Nur knapp widerstehe ich dem Drang, mit den Händen hindurchzufahren, um es wenigstens notdürftig zu richten.

»Mach dir keine Sorgen«, brummt der schwarze Drache schließlich. »Momentan sieht sie zwar nicht danach aus, aber sie wird Eindruck machen. Es wird sich jemand finden.«

»Das hoffe ich«, grummelt die junge Frau, wobei ihre Stimmlage fast die ihres Vaters trifft. »So, wie sie jetzt ist, wird keiner eine *rwy'nary* in ihr sehen.« Auf einmal schüttelt sie den Kopf. »Aber wo sind meine Manieren? Du hast bestimmt einige schreckliche Tage und einen langen Flug hinter dir.« Sie streckt mir die Hand entgegen, die so zart und zierlich ist wie der Rest von ihr. »Ich bin Rhia. Wenn du möchtest, zeige ich dir, wo du dich waschen und umziehen kannst, bevor es Abendbrot gibt.«

***

Ohne zu zögern, folge ich Rhia durch das Paradies der Dracheninsel. Sie erstreckt sich noch viel weiter, als es von Ronnyds Rücken aus den Anschein hatte. Sie ist mehr als nur eine Insel – dies ist ein eigenes Land, abgeschottet und versteckt vom Rest der Welt. Ein Refugium aus Wäldern, Tälern und Bergen, Bächen und Seen und mehreren Ansammlungen von nah beieinanderstehenden Hütten.

Ich kenne nur die engen Straßen der Hafenstädte und das penibel gepflegte, aber im Vergleich hierzu vertrocknet wirkende Anwesen meiner Tante in Ilgaron. Nie hätte ich es für möglich gehalten, dass ein solches Fleckchen auf dieser Welt existieren könnte. Gierig atme ich die frische Luft ein, die im absoluten Kontrast zu dem Gestank der Stadt Makio steht, wo ich mich zuletzt aufhielt.

Rhia führt mich zu einem See, der geschützt in einem kleinen Wald liegt. An seinem Ufer stehen mehrere kleine Hütten.

»Darin findest du etwas zum Abtrocknen und frische Kleidung«, weist sie mich mit einem Kopfnicken zu einer der Hütten an. »Sieh zu, dass du das Geschmiere ordentlich abwäschst. Wenn du hinten nicht drankommst, helfe ich dir.«

Unsicher sehe ich mich um, doch Rhia scheint meine Gedanken lesen zu können.

»Keine Angst. Dies ist der Badeort der Frauen. Kein Mann wagt sich hierher, wenn er weiß, was gut für ihn ist.« Sie zwinkert mir grinsend zu. »Keine Ahnung, woher du kommst und welche Erfahrungen du machen musstest, aber unsere Männer wissen, was sich gehört. Sie würden niemals einer Frau zu nahe kommen, wenn sie es nicht will.«

Ich glaube ihr kein Wort. Bis auf Drayce fällt mir kein einziger Mann ein, der je meine Grenzen respektiert hätte. Wieso sollte es bei völlig Fremden anders sein? Zumal ich nicht vergessen habe, was auf dem Turm geschehen ist. Auch wenn Ronnyd sich seitdem von einer halbwegs annehmbaren Seite gezeigt hat, so hat er doch ein Mädchen verbrannt, bis nichts weiter als Asche von ihm übrig war. Ich darf auf keinen Fall unachtsam werden!

Dennoch drehe ich Rhia den Rücken zu und winde mich aus den weißen Gewändern, die ich für die Opferung tragen musste und die mehr Haut zeigen, als dass sie sie verdecken. Mein kupferrotes Haar lasse ich weiterhin offen und ungebändigt über den Rücken fallen. Ronnyd hat mir eingeschärft, die Schuppe an der Kette niemandem zu zeigen. Ich kenne Rhia nicht; vielleicht wird ihr Vater ihr sagen, wer ich bin und wie es mich hierher verschlagen hat, aber eigenmächtig werde ich ihr nichts erzählen. Offiziell bin ich das diesjährig ausgewählte Opfer.

»Was ... habt ihr mit mir vor?«, frage ich, als ich mich in das kühle Wasser gleiten lasse. Sofort bildet sich überall auf meinem Körper eine Gänsehaut, doch es ist keine stechende, sondern eher eine belebende Kälte, die mein Blut prickeln lässt.

»Hat Vater dir nichts gesagt?«, will Rhia vom Ufer aus wissen, während sie meine abgelegte Kleidung zusammenklaubt und in eine der Hütten trägt.

»Nein. Nur dass ... er mich mitnimmt.«

»Das sieht ihm ähnlich«, brummt sie. »Du armes Ding! Die ganze Zeit über lässt er dich im Ungewissen ...«

Stumm beobachte ich sie dabei, wie sie in die nächste Hütte geht und einige Sekunden später mit frischer Kleidung und einem Handtuch zurückkommt.

»Mein Vater Ronnyd ist der ranghöchste *Draco* unseres Landes«, sagt sie, nachdem sie sich neben die Kleidung ins Gras gekniet hat. »Das bedeutet aber nicht, dass er besonders feinfühlig ist.« Sie seufzt. »So war er nicht immer. Aber nach Mutters Tod ist er ... innerlich erstarrt.«

Ich interessiere mich weder für ihre Familiengeschichte noch den Grund hinter Ronnyds unnahbarer Art. Alles, was ich wissen will, ist, was mir hier bevorsteht und wie ich schnell wieder verschwinden kann. Zu Cressa.

Und zu Drayce.

Doch ich hüte mich, das laut auszusprechen. Stattdessen widme ich mich der verschmierten Tinte, die sich nur mit Mühe abwaschen lässt. Die alten Frauen des Turms haben wirklich nichts dem Zufall überlassen! Wahrscheinlich kann ich froh sein, dass ich die Tinte überhaupt vom Körper abbekomme, nachdem sie über einen Tag auf meiner Haut prangte.

»Du brauchst keine Angst zu haben«, nimmt Rhia das Gespräch wieder auf. »Niemand hier wird dir schaden.«

»Tatsächlich?«, hake ich nach und wende den Kopf halb zu ihr um. »Bei unserem Kennenlernen wollte Ronnyd mich rösten.«

Rhia gibt ein glockenhelles Lachen von sich. »Glaub mir, wenn er das vorgehabt hätte, wärst du jetzt nicht hier.«

Ich verschweige ihr, dass Ronnyd es wirklich versucht hat, aber wegen der Herzschuppe um meinen Hals gescheitert ist.

»Vor vielen Jahren ist mein Vater einen Blutschwur mit dem Herrscher über Makio eingegangen und erneuert diesen Schwur, wann immer ein neuer Herrscher die Macht an sich reißt.«

»Warum Makio?«, frage ich. »Die Stadt ist ... unbedeutend und schmutzig und voller Gesindel, das nirgendwo sonst einen Platz findet.«

Rhia nickt. »Genau deswegen. In Makio stellt niemand zu viele Fragen, jeder kümmert sich nur um sich selbst. Jeder ist auf seinen eigenen Vorteil bedacht – und ein Handel mit einem mächtigen *Draco* spielt einem Herrscher in die Hände. Für ihn sind die drei Jungfrauen, die Vater im Gegenzug für den schützenden Nebel jedes Jahr fordert, ein verschwindend geringer Preis.«

»Ein verschwindend geringer Preis?«, echoe ich. »Die Mädchen werden von den umliegenden Inseln geraubt und ihren Familien entrissen! Anschließend werden sie entweder von einem schwarzen Drachen in ein Häufchen Asche verwandelt oder hierher verschleppt.«

»Es gibt Verluste«, räumt Rhia ein, ohne dabei auch nur ein wenig zerknirscht zu klingen. »Diese müssen wir einrechnen, um unsere Sicherheit zu gewährleisten. Niemand darf von unserer Insel erfahren. Einst gab es überall auf der Welt Drachenclans, doch heute ist alles, was uns geblieben ist, diese

Insel. Und wenn es nötig ist, werden wir sie mit Zähnen und Klauen verteidigen.«

»Aber was hat das mit den Mädchen zu tun?«, frage ich. »Was hat das mit *mir* zu tun? Ich wusste nichts von eurer Insel! Bis Ronnyd wie aus dem Nichts vor mir auftauchte, wusste ich nicht einmal, dass Drachen existieren!« Das ist eine Lüge, aber ich verspüre nicht den Hauch eines schlechten Gewissens. »Wie hätte ich da etwas verraten können?«

Rhia faltet die Hände im Schoß, während sie mich eine Weile stumm betrachtet. Ihr Blick ist dabei so schneidend kalt wie Eis und ich habe Mühe, meinen nicht abzuwenden.

»Vater hatte recht«, sagt sie. »Du bist anders als die Mädchen, die er normalerweise Jahr für Jahr herbringt. In dir glimmt ein Feuer, das nur darauf wartet, herausgelassen zu werden.«

»Und was bedeutet das?«

Ein berechnendes Lächeln zupft an ihrem linken Mundwinkel. »Dass du Eindruck machen wirst.«

Kapitel 8

Ezlain

Zu weiteren Erklärungen lässt Rhia sich nicht hinreißen. Sie plappert anschließend über Nichtigkeiten und stellt mir Fragen zu meiner Herkunft. Ich muss aufpassen, um mich nicht in Widersprüche zu verstricken, deshalb bleibe ich so gut es geht bei der Wahrheit.

Nachdem ich mich abgetrocknet habe, schlüpfe ich in die bereitgelegte Kleidung: eine luftige Hose aus beigefarbenem Leinen und eine helle Tunika mit kurzen Ärmeln. Die Kleidung ist einfach, aber bequem und sauber. Einen Moment genieße ich das weiche Gefühl an der Haut, ehe ich den Anhänger mit Drayces Schuppe hinten unter die Tunika gleiten lasse, wo er weiterhin zwischen meinen Schulterblättern ruht. Erst dann beginne ich, mein Haar zu kämmen und zu flechten.

»Mein Vater hat eine sehr gute Wahl getroffen«, sagt Rhia mit einem Lächeln, als ich fertig bin. »Du wirst ohne Probleme deinen Platz finden.«

»Welchen Platz?«

»In unserem Clan«, erwidert sie. »Viele der Mädchen tun sich zu Beginn sehr schwer und haben fürchterliche Angst. Manche so sehr, dass sie sogar das Essen verweigern und über Monate kein einziges Wort sagen.« Sie zuckt mit den Schultern. »Bei dir mache ich mir keine Sorgen. Dein Magen knurrt so laut, dass ich zwischendurch Angst hatte, du könntest *mich* gleich verspeisen.«

Ich gebe ein Schnauben von mir. »Nicht jede junge Frau steckt es ohne Weiteres weg, wenn sie erst geraubt und anschließend von einem riesigen Drachen in die Fremde verschleppt wird. Noch dazu, wenn dieser Drache so wortkarg ist wie Ronnyd. Ich bin mir immer noch nicht sicher, ob ich nicht doch eher als *euer* Abendessen dienen soll.«

Wieder lacht Rhia. »Wo denkst du hin? Wir fressen keine Menschen! Sie sind furchtbar zäh und haben einen widerlichen Nachgeschmack. Wenn wir gegen sie kämpfen müssen, um uns zu verteidigen, bemühen wir uns sehr, keine Teile von ihnen herunterzuschlucken.«

»Wie beruhigend«, grummele ich.

Sie stupst mich mit dem Ellenbogen an. »Das war ein Scherz! Ich habe nur von den Ältesten gehört, dass Menschen schrecklich schmecken. Wir Drachen ernähren uns zwar zum größten Teil von Fleisch. Das Vieh züchten und halten wir aber hier auf der Insel. Manchmal bringt einer der *Dracos* auch Delikatessen wie Wild aus einem entfernten Land mit. Und die Mädchen, die hier leben, sind schon vor Jahren dazu übergegangen, Getreide und Früchte anzubauen, weil sie mit unserem fleischlastigen Speiseplan nicht zurechtkamen. Ich bin also sicher, dass sich beim Abendessen auch für dich etwas finden wird.«

»Kein Menschenfleisch?«, hake ich nach.

Rhia grinst. »Kein Menschenfleisch, versprochen.«

***

Rhia führt mich zurück zu den Hütten, in deren Nähe ich mit Ronnyd gelandet bin. Mittlerweile ist ein großes Feuer auf einer Art Dorfplatz entzündet worden und der Duft nach gebratenem Fleisch, gerösteten Kartoffeln und Nüssen dringt zu mir herüber. Mein Magen gibt ein nachdrückliches Knurren von sich, das Rhia mit einem Kichern quittiert.

»Gleich bekommst du etwas zu essen«, beruhigt sie mich. »Mittlerweile dürften auch die anderen da sein.«

»Welche anderen?«, frage ich.

»Unsere Insel ist weitläufig. Im Laufe der Zeit haben sich verschiedene Unterclans gebildet, die gern unter sich bleiben, eingeschworene Familien und Inselbewohner mit einer ähnlichen Herkunft. Die Clans siedeln über die gesamte Insel verstreut, doch zum Abendessen und zu besonderen Anlässen kommen wir alle zusammen. Mittlerweile wird es ein bisschen eng, aber ich finde es gemütlich. Und gerade heute ist ein freudiger Anlass, den sich keiner entgehen lassen will.«

»Warum?«

Rhia lächelt nachsichtig. »Weil heute der Tag des Opfers ist. Heute nehmen wir eine neue Bewohnerin in unserer Mitte auf – dich.« Sie verzieht den Mund. »Wobei es schade ist, dass Vater nur ein Opfer mitbringen konnte. In den letzten Jahren sind immer mehr *Dracos* erwachsen geworden und sehnen sich nun nach einer *rwy'nary.*«

Ich bleibe wie angewurzelt stehen. Da ist es wieder, dieses Wort. »Was genau ... bedeutet *rwy'nary?*«

Rhia wendet sich mit fragendem Gesichtsausdruck zu mir um und tippt sich gegen das Kinn. »Nun, in eurer Sprache würde es grob übersetzt wohl so viel wie *Geliebte* oder *Gefährtin* bedeuten.«

Mein Mund muss sperrangelweit aufstehen, denn sie beeilt sich hinzuzufügen: »Keine Sorge! Wir vergeben dich nicht an den Erstbesten oder wie auch immer das bei euch Menschen üblich ist. In unserer Kultur wählen einzig und allein die *Dracae,* also die weiblichen Drachen, ihren Partner. Aber unsere *Dracos* sind sehr gut darin, das Herz einer Frau zu erobern – egal ob sie ein Mensch, ein Drache oder Halbdrache ist.«

Ich lausche ihrer Erklärung nur mit halbem Ohr. *Rwy'nary* – das hat Drayce oft zu mir gesagt. Zum ersten Mal im Steinlabyrinth, als er nach dem Absturz wieder zu sich gekommen war und ich ihn überreden wollte, mir zu verraten, was er ist. Danach rutschte ihm dieses rau klingende Wort in der mir unverständlichen Sprache immer wieder heraus. Manchmal hatte ich den Eindruck, er würde unbewusst in die Drachensprache wechseln, wenn wir zusammen waren. Vielleicht wollte er aber auch ganz bewusst nicht, dass ich ihn verstand.

Ich bin so blind! Warum habe ich das nicht früher begriffen? Sogar Ronnyd durchschaute uns innerhalb weniger Augenblicke und nannte mich »Drayces *rwy'nary*«. Nur ich habe es nicht verstanden, zumindest nicht völlig.

Bis zuletzt dachte ich noch, es wäre vielleicht eine andere Bezeichnung für einen Blutschwurpartner.

Und jetzt ist Drayce nicht hier, damit ich ihm darauf antworten könnte. Jede Faser meines nicht mehr versteinerten Herzens sehnt sich danach, ihn ebenfalls wissen zu lassen, dass er schon lange nicht mehr bloß mein Partner ist, dem ich einen Blutschwur zu meinem Vorteil aufgezwungen habe.

»Was ist los?«, fragt Rhia und legt den Kopf schief.

»Nichts«, zwinge ich mich zu sagen. »Was ist ... wenn ich nicht die *rwy'nary* von jemandem werden will?«

Rhia zieht zweifelnd die Augenbrauen zusammen. »Wie ich schon sagte, das letzte Wort haben bei uns immer die Frauen. Wenn wirklich kein *Draco* dabei sein sollte, der deinen Geschmack trifft – was ich nicht glaube –, wirst du zu nichts gezwungen. Aber sieh sie dir erst einmal an. Vielleicht änderst du deine Meinung.«

»Ist das der Grund, warum Ronnyd Jahr für Jahr Opfer von Makio fordert?«, will ich wissen. »Damit die jungen Mädchen hier ... Ja, was eigentlich?«

Die Drachenfrau vor mir stößt geräuschvoll den Atem aus. »Das lässt sich nicht so einfach erklären. Aber ich zeige es dir morgen gern. Für heute möchte ich es bei einem Abendessen und erstem Kennenlernen mit den Clans belassen. Heute Abend werden keinerlei Entscheidungen getroffen. Du wirst einfach neben mir sitzen und etwas essen und danach bringe ich dich zu den anderen Menschenfrauen, die noch keinen *Draco* erwählt haben. Ihre Siedlung ist in der Nähe des Sees, in dem du vorhin gebadet hast. Dort wirst du die erste Zeit wohnen. Alles Weitere wird sich fügen.«

»Wie kommst du darauf?«

Sie zuckt mit den Schultern. »Wie ich schon sagte, du bist nicht wie die anderen. In manchen Jahren brachte Vater Mädchen, die viel zu jung waren, um überhaupt daran zu denken, einen *Draco* zu wählen. Bei ihnen warten wir, bis sie alt genug sind. Andere Mädchen waren schrecklich verängstigt und haben sich bis jetzt noch nicht in den Clan eingefunden. Aber bei dir mache ich mir keine Sorgen. Du steckst das alles besser weg als alle, die ich bisher gesehen habe. Du hast weder Angst noch bist du auf den Mund gefallen. Und du hast Feuer in deinen Augen. Jeder *Draco* ohne *rwy'nary* wird sich darum reißen, deine Aufmerksamkeit zu erregen.«

Ich mustere die junge Frau einen Moment lang. Im Mondlicht fallen mir die hellen, fast weißen Schuppen auf, die an ihren Unterarmen in den Ärmeln ihres Hemdes hervorblitzen. »Was ist mit dir? Hast du bereits einen *Draco* erwählt?«

Sie nickt. »Das habe ich. Aber er ist verstorben. Für uns Drachen ist der Verlust des Geliebten ein solch einschneidendes Erlebnis, dass viele vor Trauer sterben und ihrem Partner folgen. Oder sie erstarren innerlich wie mein Vater. Und ich.« Schnell schüttelt sie den Kopf, als könne sie so die unliebsamen Gefühle, die in ihr aufsteigen, vertreiben. »Aber genug davon! Heute Abend haben wir Grund zu feiern und das werde ich mir nicht verderben lassen.«

Rhia greift nach meiner Hand und zieht mich hinter sich her, hin zum prasselnden Feuer und dem Gewirr fremder Stimmen.

***

Alle Blicke richten sich sofort auf mich, sobald wir in Sichtweite sind. Am liebsten würde ich auf dem Absatz herumwirbeln und zurück in den Wald laufen, doch Rhia zieht mich unbeirrt weiter. Dieselbe Unsicherheit wie damals, als ich an den Empfängen meiner Tante teilnehmen musste und alle Anwesenden mich angafften und beurteilten, kriecht wieder in mir hoch.

Um das Feuer haben sich eine Menge Inselbewohner versammelt; so viele, dass ich ihre genaue Zahl nicht bestimmen kann. Ich schätze fünfzig, vielleicht mehr.

Und jeder Einzelne von ihnen sieht mich an. Mustert mich von oben bis unten. Wie von selbst straffe ich den Rücken und recke das Kinn vor. Ich bin es gewohnt, angestarrt und begutachtet zu werden, doch ich habe gehofft, ich hätte diese Zeiten mit meiner Flucht aus Ilgaron endlich hinter mir gelassen.

»Keine Angst«, wispert mir Rhia zu, während sie mich zu einer Gruppe junger Frauen lotst, die etwas abseits des Feuers sitzen. »Sie werden dich nicht auffressen, versprochen!«

»Sie gucken aber, als würden sie ernsthaft darüber nachdenken«, wispere ich zurück, während ich mich zwischen den Frauen niederlasse. Die beiden links und rechts von mir nicken mir kurz zu, widmen sich jedoch gleich wieder ihrem Essen.

Kurz lasse ich den Blick über die anderen anwesenden Frauen gleiten, die in Grüppchen zusammensitzen. Etwas entfernt entdecke ich einige Frauen, die allesamt schwanger zu sein scheinen. Neben jeder von ihnen sitzt ein Mann und kümmert sich darum, dass ihr Teller nie leer ist. Einige werden sogar gefüttert, was ihnen zu gefallen scheint. Und in der Mitte der Gruppe, flankiert von den starken Erwachsenen, sehe ich einige Kinder unterschiedlichen Alters, die miteinander spielen.

Rhia drückt mir einen aus Holz geschnitzten Teller in die Hand. »Wie ich es mir dachte – allein dein Auftreten hat Eindruck gemacht. Es wird nicht lange dauern und …«

»Entschuldigung«, raunt eine tiefe, eindeutig männliche Stimme hinter Rhia.

Mein Blick huscht nach oben. *Das muss einer der* Dracos *sein, von denen Rhia gesprochen hat,* schießt es mir sogleich durch den Kopf. Groß und breitschultrig, mit dunklem Haar – und einzelnen Schuppen an seinen Armen.

Wie auch bei Ronnyd und Rhia … Offenbar können reinblütige Drachen nicht vollständig menschliches Aussehen annehmen, sondern behalten einen Rest ihrer wahren Erscheinung in der angepassten Form bei.

Mit einem verschmitzten Lächeln, das einige der jüngeren Mädchen neben mir in Verzückung geraten lässt, schaut der Ankömmling auf mich hinab. Ich hebe nur abwartend eine Augenbraue.

»Du bist neu hier, nicht wahr?«, sagt er in einem angenehmen Tonfall.

In einem anderen Leben hätte ich ihn mir vielleicht genauer angesehen und wäre wie die anderen Mädchen nervös geworden – zumindest hätte ich vorgegeben, es zu sein. Mir wären seine ebenmäßigen Züge und das warme Funkeln in seinen braunen Augen aufgefallen.

In diesem Leben jedoch habe ich für den *Draco* nichts weiter als einen flüchtigen Blick übrig und selbst in diesem winzigen Moment vergleiche ich ihn mit Drayce. Dem Drachen vor mir fehlt Drayces raue Selbstsicherheit und sein verlangendes Glimmen in den goldenen Augen, wann immer er mich angesehen hat.

»Dass ich neu hier bin, ist wohl offensichtlich«, gebe ich zurück und wende den Blick ab, um mich den Schalen mit Essen zu widmen, die in meiner Reichweite stehen.

Das nagende Hungergefühl treibt mich bald in den Wahnsinn und hier, wo ich unaufhörlich den köstlichen Duft nach gebratenem Fleisch und frisch gebackenem Brot in der Nase habe, nimmt mein Magenknurren beängstigende Ausmaße an.

»Warte, ich helfe dir!«, bietet der Fremde an.

Bevor ich protestieren kann, kniet er sich neben mich und will nach dem Teller in meiner Hand greifen. Kollektiv ziehen die Mädchen um mich herum die Luft ein und sofort huscht mein Blick zu Rhia. In ihren Augen erkenne ich eine überbordende Freude – und es ist diese Freude, die mich auf der Hut sein lässt.

Ich umklammere den Teller fester, sodass er ihn mir nicht aus der Hand nehmen kann. »Danke«, sage ich kühl. »Aber nein danke. Ich kann mir selbst aufschöpfen.«

Der Mann blinzelt ein paarmal und sieht erschrocken aus, als hätte ich ihm eine Ohrfeige verpasst. Wieder höre ich ein mehrmaliges Nach-Luft-Schnappen um mich herum. Langsam wird es wirklich lästig! Ich bin drauf und dran, den anderen Mädchen zu sagen, dass sie sich um ihren eigenen Kram kümmern sollen, doch ich weigere mich, als Erste den Blick zu senken.

Unnachgiebig starre ich den *Draco* nieder, der sich schließlich zu einem knappen Nicken durchringt und sich zurück zu der Gruppe anderer Männer trollt, die ihn sofort mit feixenden Sprüchen begrüßen, die ich zum Glück über die Entfernung nicht verstehen kann.

Erst als er sich gesetzt hat und kein anderer der *Dracos* Anstalten macht, zu unserer Gruppe herüberzukommen, fällt die Anspannung von mir ab und ich widme mich endlich dem Essen.

»Was?«, murre ich, als ich Rhias Starren nicht mehr länger ignorieren kann.

Sie räuspert sich und druckst einen Moment herum, als müsse sie nach den richtigen Worten suchen. »Nun ja … Du hast Vargon abgewiesen.«

»Und?«

Hilfe suchend schaut Rhia zu den Mädchen um uns herum, die mich alle mit einer Mischung aus Ehrfurcht und Unglauben mustern. In einigen Blicken meine ich sogar, einen Hauch Mitleid mit meinem Geisteszustand erkennen zu können.

Es ist eine unscheinbare Frau in meinem Alter – und somit wahrscheinlich die Älteste der Gruppe –, die sich meiner erbarmt. »Vargon ist der begehrteste ungebundene *Draco,* den es gibt. Die meisten von uns würden sich die linke Hand abhacken, wenn er uns im Gegenzug wahrnehmen würde.«

Seufzend verdrehe ich die Augen und blicke wieder auf meinen Teller. Wo bin ich hier nur hineingeraten?

Als ich fertig gegessen habe, beschließe ich, von vornherein klare Verhältnisse zu schaffen. »Ich bin keine Konkurrentin für euch. Mir ist nicht daran gelegen, die Aufmerksamkeit von Vargon oder wem auch immer auf mich zu ziehen. Wie die meisten von euch bin ich nicht freiwillig hier. Ich bin hier, weil ich ein Opfer aus Makio bin – nicht, um einen Halbdrachen oder Drachen kennenzulernen.« Unnachgiebig schaue ich jeder von ihnen so lange in die Augen, bis sie eine nach der anderen den Blick abwenden. »Wenn ihr euch Körperteile für einen Kerl abhacken wollt, dann tut das meinetwegen. Seid mir jedoch nicht böse, wenn ich mich euch nicht anschließen werde.«

Die Älteste zieht eine Augenbraue nach oben. »Ich bin gespannt, wie lange dieser Vorsatz halten wird. So, wie dich die jungen *Dracos* vorhin angesehen haben, wird bald ein *Barcud* stattfinden.«

»Ein was?«, frage ich. Ich bin es langsam leid, dass ich ständig Begriffe zu hören bekomme, deren Bedeutung ich nicht kenne.

»Eine Art Turnier«, hilft Rhia aus. »Das gab es schon eine ganze Weile nicht mehr.«

Die Älteste nickt. »Ich kann mich noch an das letzte erinnern. Dürfte um die fünf Jahre her sein. Seitdem kamen keine Opfer mehr hierher, die in den Augen der *Dracos* würdig genug gewesen wären, um eines abzuhalten.«

Ich reibe mir über die Stirn. »Hört mal ... Ich will wirklich niemandem den Abend verderben, aber ich werde garantiert an keinem Turnier teilnehmen und auch keinem der *Dracos* irgendwelche Avancen machen. Ich möchte hier einfach nur meine Ruhe haben, bis ich einen Weg gefunden habe, wieder zu verschwinden.«

»Du ... willst weg?« Plötzlich klingt Rhia alarmiert. »Aber warum?«

»Weil ich da draußen, abseits eurer Insel, ein Leben hatte«, knurre ich. »Ich hatte ... Freunde.«

»Wir hatten auch ein Leben«, sagt die Älteste frostig, »und eine Familie.« Mit einem Kopfnicken deutet sie auf zwei Mädchen neben sich, die vom Aussehen her Schwestern sein könnten. »Einige von uns wurden von ihren Familien nach Makio verkauft.« Mit der Hand deutet sie nun auf ein weiteres Mädchen, das kaum älter als zwölf sein kann. »Andere wurden geraubt. Aber lass dir eines gesagt sein: Nicht eine von uns hat je versucht, diese Insel zu verlassen, nachdem wir erkannt haben, dass uns hier niemand schaden will. Verglichen mit dem Leben, das wir vorher hatten, ist dies hier das Paradies. Hier leiden wir keinen Hunger, müssen keine körperlich schwere Arbeit verrichten oder uns einem prügelnden Vater oder Bruder oder Ehemann unterordnen.«

Ich verschränke die Arme. »Und deine Aussage, dass sich einige von euch mit Freuden die Hand abhacken würden, um die Aufmerksamkeit eines Kerls zu erregen?«

»Du verstehst das falsch«, kommt ihr Rhia zu Hilfe. »Bestimmt war das nur so dahingesagt. Anders als in den Ländern, aus denen die meisten von euch stammen, sind es bei uns die Frauen, die das letzte Wort haben und geachtet und geschätzt werden. Ein *Draco* würde alles für seine *rwy'nary* tun und ihr jeden Wunsch von den Augen ablesen. Das ist es, was die Mädchen erreichen wollen.«

Die Älteste nickt. »Wir gehören zu denen, die noch keine *rwy'nary* sind.« Im Vergleich zu Rhia ist ihre Aussprache des fremd klingenden Wortes stümperhaft und längst nicht so rau, aber trotzdem melodisch wie bei einem richtigen Drachen. Oder einem Halbdrachen. »Zwar werden wir auch geachtet, doch eben nicht ... wie eine *rwy'nary*.«

»Und ihr wollt unbedingt eine werden«, schließe ich.

Die Älteste zuckt mit den Schultern. »Nicht um jeden Preis. Wie gesagt, auch das Leben, das wir jetzt führen, ist tausendmal besser als das, was wir kannten. Aber wenn jemand wie Vargon mich fragen würde, ob ich seine *rwy'nary* werden will, würde ich definitiv nicht Nein sagen.«

Ich verdrehe die Augen. »Das ist mir alles zu kompliziert. Du findest ihn toll? Dann geh zu ihm und sag es ihm. Da drüben sitzt er.«

Mit einem mitleidigen Seufzen schüttelt die Älteste den Kopf. »So einfach ist das leider nicht. Hier funktioniert es anders, als wir es kennen.«

»Richtig«, bestätigt Rhia. »Der *Draco* muss seiner Angebeteten den Hof machen und irgendwann erhört sie ihn, vorausgesetzt, sie mag ihn ebenfalls. Und glaub mir: Ein *Draco* weiß sehr genau, wie er das Herz einer Frau für sich gewinnen kann. Vor allem, wenn es ihm ernst ist.«

Ich stoße ein Schnauben aus. »Und dann?«

Es ist das jüngste der Mädchen, das mir mit piepsiger Stimme antwortet: »Dann schenkt der *Draco* der Frau seine Herzschuppe.«

Augenblicklich gerät mein Herz ins Stolpern und ich spüre die Schuppe, die versteckt zwischen meinen Schulterblättern ruht, auf einmal so sehr, als würde sie sich durch meine Haut brennen. Ich wage nicht, weitere Fragen zu stellen, weil ich meiner Stimme gerade nicht traue.

Zum Glück nickt Rhia dem jungen Mädchen mit einem Lächeln zu und wendet sich von mir ab. »Und weißt du auch, warum er das tut? Warum schenkt ein *Draco* seiner Frau die Herzschuppe?«

Das Mädchen runzelt die Stirn, als würde es angestrengt über die Frage nachdenken. »Damit ihr niemand etwas antun kann.«

Wieder nickt Rhia und fragt: »Und wie nennen wir das?«

»Den Austausch der Kraft«, bekommt sie prompt zur Antwort.

»Hervorragend!«, lobt Rhia das Mädchen, ehe sie sich wieder mir zuwendet. »Oh, du siehst sehr blass aus. Entschuldige, das ist bestimmt etwas zu viel für dich an deinem ersten Tag.«

»Nein, es ... ist schon gut«, krächze ich. »Diese ... Herzschuppe ... Das ist doch sicherlich bloß ein alter Brauch, der von keiner wirklich großen Bedeutung ist, oder?«

Rhias glockenhelles Lachen erschallt über die Lichtung und einige der *Dracos* drehen neugierig die Köpfe zu uns. Ich beiße mir auf die Zunge und wünschte, ich könnte die – augenscheinlich dumme – Frage zurücknehmen. Dennoch flehe ich Rhia stumm an, mir endlich zu antworten, weil ich das Brennen der Schuppe an meinem Rücken kaum noch aushalte.

»Ganz und gar nicht«, sagt sie schließlich. »Es ist das größte Geschenk, das eine Frau von einem Drachen erhalten kann. Du musst wissen, dass der Schuppenpanzer eines Drachen nahezu undurchdringlich ist. Er ist hart, unnachgiebig und unempfindlich gegenüber Feuer und auch den anderen Elementen. Bei uns weiblichen Drachen allerdings sind die Schuppen weicher und biegsamer, wodurch wir in der Vergangenheit vermehrt das Ziel von Angriffen gewesen sind. Wollte man einen Drachenclan ausrotten, musste man sich nur die *Dracae* vornehmen, da sie auch mit einfachen Waffen getötet werden können.«

»Kam das ... oft vor?«, frage ich.

Rhia legt den Kopf schief. »Vor vielen Äonen gab es auf der ganzen Welt Drachen. Heute ist dies die letzte Zuflucht, die wir haben. Beantwortet das deine Frage?«

Ich schlucke angestrengt und nicke.

»Wenn ein *Draco* seine Herzschuppe – das ist die Schuppe direkt über seinem Herzen – entfernt, macht er sich angreifbar, denn an dieser Stelle können nun auch ihn Waffen verletzen und sogar töten. Die Lücke im Schuppenpanzer ist zwar vergleichsweise klein, aber sie ist und bleibt eine Schwachstelle. Die Frau, die die Herzschuppe annimmt, erhält jedoch einen Schutz, den sie sonst nicht hätte.«

»Selbst bei uns Menschen wirkt die Herzschuppe«, wirft die Älteste ein.

Rhia legt eine Hand auf die Stelle, unter der sich ihr Herz befindet. »Erleidet ein *Draco* Verletzungen, wachsen die Schuppen an der betroffenen Stelle normalerweise nach, genauso, wie sich auch bei euch Menschen die Haut wieder schließt, wenn ihr euch geschnitten habt. Aber eine Herzschuppe wächst niemals wieder nach, auch über viele hundert Jahre nicht. Er kann sie nur einmal im Leben verschenken – und die Frau, die dieses kostbare Geschenk erhält, ist für gewöhnlich seine *rwy'nary*, seine Geliebte, mit der er den Rest seines Lebens verbringen will.«

Mein Herz krampft sich zusammen und ich schließe die Augen. *Verdammt, Drayce! Warum hast du mir das nicht gesagt? Ich hätte ...*

Ja, was? Hätte ich die Kette mit seiner Schuppe als Anhänger nicht angenommen, wenn ich es gewusst hätte? Seine Herzschuppe hat mir das Leben gerettet, als ich Ronnyd gegenüberstand. Ohne sie wäre von mir nicht mehr als ein Häufchen Asche übrig.

»Kann ...« Ich räuspere mich, weil mir die Stimme beinahe versagt. »Kann es auch einen anderen Grund geben, warum ein *Draco* einer Frau seine Herzschuppe schenkt? Oder wäre es möglich, einem Drachen die Herzschuppe einfach abzunehmen und ...?«

»Nein«, unterbricht mich Rhia. »Auf beide Fragen. Eine Herzschuppe ist wie gesagt ein kostbares und einmaliges Geschenk, das ein *Draco* niemals leichtfertig hergeben würde. Und sollte es jemandem – wie auch immer – gelingen, eine Herzschuppe zu stehlen, hat derjenige davon keinen Nutzen. Der Zauber, der ihr innewohnt, greift nur, wenn der *Draco* sie aus freien Stücken und den richtigen Gründen verschenkt – und die Frau sie freiwillig annimmt. Würde es dir gelingen, einer *rwy'nary* die Herzschuppe ihres *Dracos* zu stehlen, sie würde dich nicht unverwundbar machen. In deinen Händen wäre sie nichts weiter als eine gewöhnliche Drachenschuppe.«

»Und ... kann man sie vielleicht zurückgeben?«, krächze ich.

Rhia sieht mich an, als würde sie mich für geisteskrank halten. »Warum sollte das jemand tun wollen?«

»Nun ja, vielleicht ... wusste die Frau nicht, was sie ... geschenkt bekam«, murmele ich kleinlaut. »Vielleicht dachte sie, dass es nichts weiter wäre als ein schicker Anhänger.«

Ich möchte mir auf die Zunge beißen, doch die Worte sprudeln trotzdem aus mir heraus. Ja, ich hielt die Schuppe an der Kette für einen wunderschönen Anhänger und wäre nicht im Traum darauf gekommen, Drayces Geschenk zu hinterfragen oder gar abzulehnen.

Aber hätte ich es angenommen, wenn ich gewusst hätte, worum es sich handelt? Er hat mir seine *Herzschuppe* geschenkt – einfach so. Ein einmaliges Geschenk, das er an *mich* verschwendet hat.

Er wollte gehen ... Nachdem er seinen Teil des Blutschwurs erfüllt hatte, wollte er verschwinden. Vielleicht nicht sofort, aber er wäre nie für immer geblieben. Erst recht nicht, als ihm klar wurde, dass es *meine* Cressa ist, die *er* unbedingt leiden sehen wollte. Allein deswegen hätte er mich verlassen.

Und nun habe ich seine Herzschuppe. Er wird sie nie seiner wahren Geliebten schenken können, wenn ich sie ihm nicht zurückgebe.

»Wie ich schon sagte«, entgegnet Rhia, »kein *Draco* verschenkt seine Herzschuppe leichtfertig. Abgesehen davon, dass es sehr schmerzhaft sein soll, sie zu entfernen«, bei diesen Worten verziehe ich qualvoll das Gesicht, »entfaltet sie ihre Wirkung nur, wenn sie aus den richtigen Gründen verschenkt und angenommen wird.« Sie schürzt die Lippen. »Vielleicht ist das für einen Menschen – noch dazu einen, der gerade erst hier angekommen ist – zu schwierig zu verstehen.«

»Ich weiß nicht, wo du herkommst«, schaltet sich die Älteste wieder ein, »aber auf dieser Insel gehen Dinge vor, an die ich früher auch nicht geglaubt hätte. In meinem alten Leben existierte so etwas wie Magie oder solche Wesen wie die Drachen nicht. Und folglich auch nicht die Macht, die einer Herzschuppe innewohnt.«

Ich wende mich zu ihr um. »Und welche Macht soll das sein?«

Ein nachsichtiges Lächeln umspielt ihre Mundwinkel. »Liebe.«

Kapitel 9

Ezlain

Die darauffolgende Nacht wälze ich mich unruhig in dem durchaus bequemen Bett hin und her. Ich teile mir eine Hütte mit der Ältesten, deren Name Daphne ist, und zwei anderen, jüngeren Mädchen, deren Namen so unaussprechlich für meine Zunge sind, dass ich es nach einigen Versuchen aufgegeben habe.

Jede von uns hat ein eigenes kleines Zimmer mit Bett, Waschtisch und einer Feuerstelle.

Als ich mir sicher bin, dass die drei schlafen, ziehe ich die rote Herzschuppe unter meinem Gewand hervor und lege sie mir auf die Handfläche. Im schwachen Licht des Feuers in meinem Zimmer betrachte ich ihr Schimmern.

»Drayce«, wispere ich beinahe tonlos. »Warum hast du es mir nicht gesagt?«

Mein Herz zieht sich zusammen, denn ich kenne die Antwort selbst: Weil ich es nicht hören wollte. Ich war so besessen davon, Cressa zu finden, dass ich für alles andere um mich herum fast blind und taub war. Drayce gelang es zwar, zu mir durchzudringen, doch Gedanken an eine mögliche Zukunft verdrängte ich, weil mir Cressas Rettung wichtiger war. Ich hatte keine Zeit, über die Gefühle nachzudenken, die Drayce in mir geweckt hat. Hin und wieder drängten sie sich in den Vordergrund, aber ich zwang mich dazu, mich auf das Wesentliche zu konzentrieren. Hätte er mir gesagt, wie er empfindet … Ich weiß nicht, was ich getan hätte. Wahrscheinlich hätte ich abgewunken und das dumme Herzflattern wieder tief in mir eingesperrt. *Später,* hätte ich mir gesagt. *Später, wenn Cressa gerettet ist, haben wir genug Zeit, um solche Dinge zu klären.* Ich hätte sein Geständnis als unwichtig eingestuft und ihn auf den zweiten Platz verdrängt.

Und davor hatte er Angst. Es hätte ihn verletzt.

Wahrscheinlich habe ich ihn die ganze Zeit über verletzt.

Vorsichtig fahre ich mit dem Zeigefinger an den Rändern der Schuppe entlang. Ich wünschte, ich könnte jetzt mit ihm reden und ihm sagen, dass es mir leidtut, wie ich ihn behandelt habe, und dass ich es nicht wert bin, ein solches Geschenk von ihm zu erhalten.

Ich muss ihm sagen, dass jemand wie ich unmöglich seine *rwy'nary* sein kann.

***

Am nächsten Morgen holt mich Rhia noch vor dem ersten Sonnenstrahl ab.

Wie erwartet habe ich die Nacht kaum geschlafen. Ständig schreckte ich hoch und tastete im Halbschlaf nach dem warmen Körper, der so lange direkt neben mir lag. Doch da war niemand. Drayce ist nicht hier. Ronnyd prophezeite zwar, dass er kommen und mich holen würde, aber nun, da ich hier bin, verflüchtigt sich diese Hoffnung mit jeder verstreichenden Stunde.

Rhia kommentiert meine wahrscheinlich dunkelblauen Augenringe nur mit einer hochgezogenen Augenbraue, ehe sie mich aus der Hütte führt, um die anderen Frauen nicht zu wecken.

»Ich möchte dir heute dein neues Zuhause zeigen«, sagt sie, als wir draußen stehen. »Vielleicht fällt es dir dann leichter, dein altes Leben loszulassen.«

Ich verkneife mir einen Kommentar. Es ist zu früh und ich bin zu unausgeruht, um einen Streit anzuzetteln. Wahrscheinlich ist es nicht die dümmste Idee, mich in die Gemeinschaft einzufügen – für den Fall, dass Ronnyd nicht recht behält.

»Du siehst aus, als hättest du nicht gut geschlafen«, sagt Rhia, während wir an Feldern und Weiden vorbeilaufen. »War das Bett denn nicht bequem?«

Ich schüttele den Kopf. »Es war gestern einfach alles ein bisschen viel.«

Und es war zu kalt in dem riesigen Bett. Ich vermisse meine persönliche Wärmequelle. Auch jetzt reibe ich mir mit beiden Händen über die Arme, weil ich fröstele.

»Ich fürchte, ich werde dir gleich noch mehr zeigen, was du erst nach und nach verarbeiten wirst«, murmelt Rhia eine Spur zerknirscht. »Aber das mache ich bei jedem Neuankömmling. Es ist wichtig, dass die Mädchen von Anfang an wissen, wie wir leben und was uns wichtig ist. Nur so können sie sich integrieren.«

»Und was ist mit denen, die sich nicht integrieren wollen?«, frage ich. »Die gegen ihren Willen hier sind?«

»Wie du, meinst du?« Rhia wartet nicht, bis ich ihr antworte. »Im Grunde sind sie alle gegen ihren Willen hier, nicht wahr? Aber wir brauchen sie. Im Gegenzug führen die Mädchen hier ein besseres Leben als irgendwo sonst. Auch du wirst das noch erkennen.«

Schweigend passieren wir die Felder, auf denen sich die goldenen Ähren im lauen Morgenwind wiegen.

»Ich will dich nicht anlügen«, sagt Rhia schließlich. »Natürlich kommt es hin und wieder vor, dass sich eines der ehemaligen Opfer nicht eingliedern will. Einige … haben in ihrem alten Leben derart viele Schrecken gesehen, dass ein normales Leben für sie undenkbar ist. Schrecken, die sie beim kleinsten Geräusch zusammenzucken lassen. Schrecken, die ein Zusammensein mit einem Mann unvorstellbar machen. Diese Mädchen gibt es.«

»Und was macht ihr mit ihnen?«, frage ich. »Da euch der Schutz eurer Insel über alles geht, werdet ihr sie wohl kaum wieder zurück in ihr altes Leben schicken, nicht?«

»Nein. Sie bleiben hier. Aber ihre Siedlung ist so weit von denen der anderen entfernt wie nur möglich. Sie bleiben unter sich und manchmal vergesse ich, dass sie überhaupt existieren.« Ihr Blick huscht zu mir. »Aber du bist keines dieser ängstlichen Mädchen. Welchen Grund hast du, um dich nicht integrieren zu wollen?«

»Ich sagte es bereits gestern Abend – ich hatte ein Leben und Freunde. Und zu denen will ich zurück.«

Rhia zuckt mit den Schultern. »Vielleicht können diese Freunde auch hier leben. Zumindest, wenn es Frauen sind.«

Ich werfe ihr einen Seitenblick zu. »Warum nehmt ihr keine Männer auf?«

»Genau das will ich dir heute erklären.«

***

Rhia führt mich zu den hohen, steilen Bergen, die die Insel zu allen Seiten begrenzen. Vor einem Höhleneingang, der mindestens dreimal so hoch ist wie ich, bleiben wir stehen.

»Das ist die Bruthöhle«, erklärt Rhia, während ich mit offenem Mund die immensen Ausmaße des Eingangs begutachte. »Darin schlüpfen die jungen Drachen. Oder zumindest sollten sie das.«

»Schlüpfen?«, echoe ich.

»Natürlich, Dummerchen. Reinblütige Drachen schlüpfen aus Eiern. Was dachtest du denn?«

Keine Ahnung, was ich dachte, aber damit habe ich nicht gerechnet. Sofort fallen mir die schwangeren Frauen von gestern Abend wieder ein.

»Ich habe Schwangere gesehen. Nicht jeder Drache schlüpft also aus einem Ei.«

Rhia schüttelt den Kopf. »Halbdrachen werden geboren. Komm, ich zeige dir das Gelege.«

Mit einem mulmigen Gefühl folge ich ihr ins Innere der Höhle. Alle paar Meter sind Fackeln an den Gesteinswänden angebracht.

Als wir im riesigen Innenraum der Höhle ankommen, bleibe ich wieder mit offenem Mund wie angewurzelt stehen. Bestimmt fünfzig, wenn nicht gar sechzig Eier befinden sich direkt vor mir. Einige von ihnen sind braun oder grünlich gefleckt, andere einfach nur weiß. Sie alle reichen mir etwa bis zum Knie.

Und wir sind nicht allein. Mehrere junge Frauen sind hier und halten je eines der Eier auf dem Schoß, als würden sie ein Baby wiegen.

»Was machen sie da?«, will ich wissen.

»Sie wärmen die Eier«, sagt Rhia, während sie sich neben das nächstgelegene Ei kniet und liebevoll über die Schale streichelt. »Ohne die gelegentliche Körperwärme würden unsere Jungen in den Eiern verkümmern und sterben. Deshalb wechseln sich die Frauen ab und spenden den Eiern Wärme und Nähe. Ich bin davon überzeugt, dass die Jungen es spüren, wenn jemand bei ihnen ist.«

Ich knie mich neben sie und strecke ebenfalls die Hand nach dem Ei aus. Etwas bewegt sich unter der Schale und ich ziehe meine Hand schnell zurück.

»Nein, mach nur!«, ermuntert mich Rhia. »Es ist immer ein gutes Zeichen, wenn sie sich bewegen.«

Nach kurzem Zögern greife ich mit beiden Händen nach dem Ei und lege es mir in den Schoß, so, wie die anderen Frauen es machen. Rhia schenkt mir ein dankbares Lächeln, während sie mich beobachtet.

»Jedes dieser Eier ist kostbar«, sagt sie nach einer Weile. »Wir hüten sie wie unseren größten Schatz. Und doch sind sie gleichzeitig unser größter Fluch.«

»Wie meinst du das?«

Rhias Blick gleitet über jedes einzelne Ei, ehe er zu mir zurückkehrt. »Weibliche Drachen sind äußerst selten. Nur aus etwa jedem einhundertsten Ei schlüpft eine *Dracae*.«

Kurz lasse ich den Blick über die Eier vor mir schweifen. Wenn das, was Rhia sagt, stimmt, ist es gut möglich, dass sich in keinem dieser Eier ein weiblicher Drache befindet.

Sie scheint meine Gedanken zu erraten. »Deshalb ist es unserem Volk so wichtig, seine wenigen weiblichen Drachen mit allen Mitteln zu beschützen.«

»Wie etwa durch die Herzschuppe«, murmele ich.

Rhia nickt. »Jeder *Draco* würde, ohne zu zögern, sein Leben geben, um das seiner *rwy'nary* zu beschützen. Diese bedingungslose Liebe und Hingabe, die zwischen den beiden bestehen, sind einzigartig. Darum ist es auch keinem aus dem Clan gestattet, sich gegen die Wahl einer *Dracae* zu stellen. Denn jeder von uns weiß, dass wir nur durch dieses Wunder fortbestehen können. Ich will mir gar nicht ausmalen, wie viele Abertausende *Dracae* durch Menschenhand den Tod gefunden haben, weil sie ein leichtes Ziel waren! Es ist unser großes Glück, dass wir einen Weg gefunden haben, unsere Frauen zu beschützen. Mich eingeschlossen, gibt es nur sieben weitere reinblütige *Dracae* bei uns.«

Wieder regt sich der junge Drache im Ei auf meinem Schoß und ich ziehe es näher an mich.

»Es scheint dich zu mögen«, sagt Rhia lächelnd. »Wäre es dir recht, hin und wieder herzukommen und die Eier für eine Weile zu wärmen?«

»Natürlich«, antworte ich. »Sehr gern sogar.« Ich betrachte die Musterung des Eis, das ich wärme. Dunkelbraune Sprenkel überziehen die helle Schale. »Wie lange dauert es in etwa, bis die jungen Drachen schlüpfen?«

Rhia verzieht das Gesicht und wendet den Blick ab. »Es ist lange her, seit ein junger Drache geschlüpft ist«, murmelt sie nach einer Weile. »Ich selbst gehöre zu den letzten reinblütigen Drachen, die zur Welt gekommen sind.«

Ich runzele die Stirn und betrachte die Fülle an Eiern. »Wie ... alt bist du, wenn ich fragen darf?«

»Vielleicht vierzig Jahre.« Sie zuckt gleichgültig mit den Schultern. »Ich habe aufgehört, meine Jahre zu zählen. Zeit hat hier keine große Bedeutung.«

»Und in all dieser Zeit ist keines der Eier geschlüpft?«, hake ich erstaunt nach.

»Nicht eines«, sagt Rhia. »Und das ist auch der Grund, warum wir die Opfer brauchen. Als die Ältesten, zu denen auch mein Vater gehört, bemerkten, dass mit den Eiern etwas nicht stimmt, mussten sie eine Entscheidung treffen. Es gibt schon seit Urzeiten Halbdrachen, deshalb war uns bekannt, dass sich Drachen und Menschen untereinander fortpflanzen können. Uns fehlten Frauen ...«

»Dafür bringt dein Vater die Opfer hierher«, murmele ich.

Rhia nickt. »Wir betrachten jeden neuen Halbdrachen als ein Geschenk. Solange ein Tropfen Drachenblut in ihm zirkuliert, stirbt unsere Rasse nicht aus. Und währenddessen hoffen wir, dass seines Tages doch noch ein echter

Drache aus den Eiern schlüpfen wird. Es wäre ein Wunder – ein sehr unwahrscheinliches Wunder, aber wir geben die Hoffnung nicht auf. Deshalb ist es uns wichtig, auch die Menschenfrauen wie *Dracae* zu behandeln. Sie werden als *rwy'nary* erwählt und bekommen die Herzschuppe ihres *Dracos* geschenkt. Wir machen keine Unterschiede. Daher bringt mein Vater nur wenige Frauen hierher. In der Vergangenheit haben wir erlebt, dass nicht jede von ihnen würdig ist oder anerkannt wird. Das hat zu Problemen geführt. Daher wählt mein Vater die Frauen sehr sorgfältig aus.« Ein vorsichtiges Lächeln zupft an ihren Mundwinkeln. »In diesem Jahr brachte er nur eine mit.«

»Und warum müssen es Jungfrauen sein?«, frage ich stirnrunzelnd nach.

»Die Erfahrung hat uns gezeigt, dass es mit ihnen einfacher ist«, antwortet Rhia. »Es fällt ihnen leichter, sich anzupassen und auf neue Dinge einzustellen. Sie sind mehr von ihrer Neugier getrieben. Anfangs ... haben wir auch ältere Frauen herholen lassen, die zwar noch im gebärfähigen Alter waren, aber ... Nun, einige von ihnen hatten in ihrem Leben wohl bereits derart schlechte Erfahrungen mit Männern gemacht, dass sie schon angefangen haben zu schreien, wenn ein *Draco* sich ihnen nur vage näherte. Außerdem ... ist das Blut der Jungfrauen stärker.«

»Inwiefern?« Verwundert hebe ich eine Augenbraue.

»Weißt du, dass wir Drachen Blutschwüre eingehen können?«

In letzter Sekunde kann ich ein Nicken unterdrücken und reiße stattdessen erstaunt die Augen auf, als würde ich zum ersten Mal davon hören.

Nachdem mir Rhia im Groben den Sinn eines Blutschwurs erklärt hat, sagt sie: »Das Blut einer Jungfrau soll so rein und stark sein, dass der Drachenpartner des Schwurs in der Lage ist, zusätzliche Kraft aus der Verbindung zu ziehen.«

Sofort denke ich an die Begegnung mit Feodor und seiner Crew in der Schatzhöhle. Drayce hatte sich unwissentlich an meiner Kraft bedient, um die Männer zu verbrennen.

»Und der letzte Grund für eine Jungfrau«, fährt Rhia fort, »ist der, dass wir uns bei ihr sicher sein können, dass das Kind, das sie austrägt, auch wirklich ein Halbdrache ist. Wie ich schon sagte, wir tun alles uns Mögliche, um unsere Rasse fortzuführen, aber wir zwingen keine der Frauen zu irgendetwas. Jede von ihnen geht freiwillig den Bund mit einem *Draco* ein. Und selbst wenn ihre Verbindung nicht mit einem Kind gesegnet sein sollte, bleibt sie ein wichtiges und vollwertiges Mitglied unseres Clans.«

Ihre Erklärungen klingen schlüssig, aber auch zu schön, um wahr zu sein. Ein Ort, an dem Frauen wertgeschätzt werden – ich hätte nicht gedacht, dass es so etwas gibt. Seit ich mit Cressa geflohen bin, habe ich darüber nachgedacht, wo wir uns niederlassen wollen, sobald wir Ilgaron hinter uns gelassen haben. Egal in welches Land es uns verschlagen hätte, wir hätten es niemals leicht gehabt. In der Welt, aus der ich stamme, ist man als Frau ohne Ehemann oder einflussreiche Familie nichts wert. Wahrscheinlich hätten wir uns letztendlich auch in der Fremde einem Mann unterordnen oder heiraten müssen, um überleben zu können.

»Wisst ihr, warum die jungen Drachen nicht aus ihren Eiern schlüpfen?«, frage ich, um mich von den schwermütigen Gedanken abzulenken.

»Sie brauchen Wärme«, erklärt Rhia. »Die menschliche Wärme hält sie zwar am Leben. Deshalb ist es so wichtig, dass sich regelmäßig jemand um sie kümmert. Aber sie reicht nicht aus, um sie schlüpfen zu lassen.«

»Was brauchen sie stattdessen?«

Rhia stößt geräuschvoll den Atem aus. »Sie brauchen das Feuer eines roten Drachen.«

Kapitel 10

Drayce

Nicht zum ersten Mal verfluche ich mich dafür, dass ich die verdammte Hexe nicht einfach gegen Gold eingetauscht habe. Dadurch wären mir ihre Nähe und das ständige Gezeter erspart geblieben. Irgendeines der schäbigen Bordelle in Makio hätte sie schon genommen.

Stattdessen verfolgt sie mich nun auf Schritt und Tritt und gibt zu allem ihre Meinung zum Besten – die mich nicht im Geringsten interessiert. Mehrmals knurre ich sie deswegen an, aber das kümmert sie nicht. Da sie nun weiß, dass ich ihr um Ezlains willen nichts antun werde, tanzt sie mir auf der Nase herum.

Ich habe versucht, sie zurückzulassen. Ich habe gewartet, bis sie endlich eingeschlafen war, und wollte mich aus dem verfallenen Gebäude schleichen, doch sie wachte erschrocken auf und klebt seitdem regelrecht an mir, damit es mir nicht doch noch gelingt, zu verschwinden.

Auch einen Tag nach dem jährlichen Opfer befindet sich die ganze Stadt in einer Art Rausch. Es ist beinahe zu einfach, ein paar Geldbörsen zu stehlen, die neben ihren betrunkenen Besitzern auf den Tischen liegen.

Normalerweise würde ich es vorziehen, das benötigte Gold durch Arbeit zu verdienen, aber dafür haben wir keine Zeit. Zwar glaube ich nicht, dass

Ezlain etwas vor Ronnyd zu befürchten hat, doch … ich will keine Minute länger als nötig von ihr getrennt sein. Es wird Tage, wenn nicht gar eine Woche oder länger dauern, um mit dem Schiff in die Nähe der Dracheninsel zu gelangen; je nachdem, wie uns die Winde gewogen sind.

Jede Stunde ohne ihre Gegenwart lässt mich rastloser und gereizter werden.

Und die verdammte Hexe trägt nicht gerade dazu bei, dass ich mich entspanne.

»Du bist also nicht nur ein Mörder, sondern auch ein gemeiner Dieb«, kommentiert sie mit gerümpfter Nase meine Tat, als ich eine Geldbörse unter meinem Hemd verschwinden lasse.

Ich stoße ein Knurren aus und genieße die Sekunde, in der sie zusammenzuckt. »Wenn dir meine Methoden nicht gefallen, kannst du gern verschwinden.«

Leider tut sie mir den Gefallen nicht.

Wir befinden uns am Hafen und ich halte unablässig Ausschau nach einem Schiff mit einem möglichst hohen Mast. Wir könnten die Strudel und Riffe vor der Dracheninsel mit einem Schiff nicht passieren, das weiß ich. Aber von seiner Spitze aus kann ich es gleitend zur Insel schaffen – und nur auf diese Weise. Anschließend werde ich die Berge hinaufklettern müssen. Das musste ich schon einmal, nur von der anderen Seite – als ich vor vielen Jahren von der Insel geflohen bin. Trotz der lang vergangenen Zeit erinnere ich mich noch gut daran, wie hoch und steil diese Berge sind und wie anstrengend es war, sie zu erklimmen. Möglich war es mir einzig und allein dank meiner Krallen. Als ich schließlich oben war, schwor ich mir, diesen Irrsinn niemals in meinem Leben zu wiederholen. Kein Weg sollte mich je wieder auf diese vermaledeite Insel führen.

Und nun stehe ich hier – drauf und dran, die Insel, auf die ich nie wieder einen Fuß setzen wollte, erneut zu betreten.

Wie ich anschließend mit Ezlain von dort verschwinden soll, weiß ich noch nicht. Es war schon schwer genug, damals allein von dort zu entkommen. Einem Menschen kann es unmöglich gelingen, die Abhänge emporzuklettern.

Ich schüttele den Kopf. Darüber mache ich mir erst Gedanken, wenn es so weit ist. Zunächst muss ich zu ihr gelangen, nur das zählt im Moment!

Vor einem besonders großen Schiff mit imposantem Mast bleibe ich so abrupt stehen, dass die Hexe in mich hineinläuft. Ich ignoriere ihr Schimpfen und winke stattdessen einen der Matrosen herbei.

»Wohin segelt ihr?«, will ich wissen.

Mit knappen Sätzen und sichtlich angetrunken weist er in eine Richtung, die der, in die ich unbedingt will, sehr ähnlich ist. Wenn ich den Kapitän dazu bringen kann, den Kurs leicht zu ändern, müssten wir direkt an der Dracheninsel vorbeikommen. Ich schaue nach oben. Der Mast dürfte hoch genug sein, um mich zumindest bis zum Rand der Insel und über die Strudel hinwegzubringen.

»Wie viel kostet es mich, bei euch mitzusegeln?«, frage ich.

»Uns!«, kräht die Hexe dazwischen und stellt sich mit verschränkten Armen neben mich. »Wir wollen beide mitkommen.«

Der Drang, ihr hier und jetzt die Kehle herauszureißen, ist so übermächtig, dass nur die Antwort des Matrosen mich davon abhält.

»Wir nehmen keine Frauen mit«, stellt er sofort klar. »Das bringt Unglück.«

Ohne mich eines weiteren Blickes zu würdigen, wendet er sich ab und versucht, einen Knoten zu knüpfen. Eindeutig, dass er sich auf keine weiteren Verhandlungen mit mir einlassen wird. Ich blecke die Zähne und packe die Hexe grob am Arm, um sie beiseitezuzerren.

»He, du tust mir weh!«, zischt sie. »Nimm die Finger weg!«

Stattdessen grabe ich meine Finger noch fester in ihren Unterarm, was sie aufkeuchen lässt. Ihr Arm ist jedoch nur ein schwacher Ersatz für ihren Hals, um den ich viel lieber die Hände legen würde.

»Du wirst dich nie wieder einmischen, wenn ich mit jemandem verhandele«, grolle ich, nachdem wir außerhalb der Hörweite des Matrosen sind. »Nie. Wieder. Am besten machst du den Mund in meiner Gegenwart gar nicht mehr auf!«

Sie verengt die Augen zu Schlitzen und reckt das Kinn. »Hast du solch gemeine Dinge auch zu Ezlain gesagt?«

Für den Bruchteil einer Sekunde spüre ich ein vorsichtiges Lächeln auf meinen Lippen. Nein, ihr habe ich nicht gesagt, dass sie den Mund nicht aufmachen solle. Ganz im Gegenteil. Jedes Mal, wenn ich sie küsste, flehte ich sie regelrecht an, den Mund zu öffnen, damit ich noch mehr von ihr schmecken konnte. Und ich wäre nie im Traum darauf gekommen, ihr zu sagen, dass sie schweigen solle, auch wenn mich ihre ständigen Fragen manchmal an den Rand des Wahnsinns gebracht haben.

»Das geht dich nichts an!«, knurre ich. »Hör endlich auf, mir nachzulaufen.«

Ruckartig entwindet sie sich meinem Klammergriff. »Vergiss es! Du wirst mich nicht in diesem stinkenden Rattenloch zurücklassen, wo ich darauf warte, dass du dich vielleicht irgendwann daran erinnerst, dass ich noch existiere.«

»Ach nein?« Es fällt mir schwer, meine Wut zu zügeln. Wäre sie nicht Ezlains beste und einzige Freundin, würde sie schon lange bei den Fischen schlafen. »Genauso hast du es doch mit mir gemacht, als du mich auf die Insel verbannt und mich meinem Schicksal überlassen hast. Und jetzt erzähl mir nicht, dass du deswegen ein schlechtes Gewissen gehabt hättest! Wahrscheinlich hast du nicht einen Gedanken an mich verschwendet.«

An den zuckenden Muskeln unter ihren Augen erkenne ich, dass ich mitten ins Schwarze getroffen habe.

»Sag mir, Hexe«, grolle ich, »welchen Grund sollte ich haben, dich mitzunehmen? Sei dankbar dafür, dass du noch am Leben bist, und fordere dein Glück nicht heraus!«

»Wenn du mich hättest töten wollen, hättest du es schon längst getan«, schießt sie zurück. »Hör auf, den großen, bösen Halbdrachen zu spielen und sieh lieber zu, dass wir endlich Ezlain retten!«

»Ich brauche dich dazu nicht«, grolle ich.

»Ich werde aber trotzdem mitkommen. Du bist nicht der Einzige, der sich Sorgen um sie macht.« Geräuschvoll stößt sie den Atem aus. »Ich weiß, dass du mich hasst, und ich verstehe es sogar. Wären unsere Rollen vertauscht, würde ich dich auch aus tiefstem Herzen hassen. Aber wir haben keine Zeit, um uns darauf zu konzentrieren. Ich bereue nicht, dass ich dich verbannt habe, denn das war der Preis für Ezlains Leben, schon vergessen?« Sie zieht die Augenbrauen zusammen. »Glaub mir, ich hätte weitaus schrecklichere Verbrechen begangen, um sie zu retten.«

Ich knirsche mit den Zähnen und wende den Blick ab. Hoffentlich bemerkt sie nicht, dass ich ihr nun, da ich die ganze Geschichte kenne, sogar dankbar bin. Irgendwie zumindest, denn ohne sie wäre Ez nicht mehr am Leben. »Jetzt trägst du aber keine Magie mehr in dir. Zu welchem Nutzen sollte ich dich also mitnehmen?«

Sie streckt mir die Hand entgegen. »Gehe einen Blutschwur mit mir ein. Dann besäße ich wieder Magie und könnte …«

»Nein«, falle ich ihr barsch ins Wort.

Verdutzt lässt sie die Hand sinken. »Warum nicht?«

»Weil du nichts anzubieten hast, was mich interessiert.«

Und weil mein Schwur mit Ezlain der letzte war, den ich je eingegangen bin. Das binde ich der Hexe aber nicht auf die Nase. Bisher konnte ich mein Leben dank der Blutschwüre verlängern, indem ich Lebensjahre meines Schwurpartners forderte. Ich brauche jedoch kein längeres Leben mehr. Sobald ich Ezlain zurückhabe, wird es mir nichts ausmachen, gemeinsam mit ihr zu altern.

Wenn sie mich haben will.

Gedankenverloren streiche ich mit dem Daumen über die kleine, in meiner menschlichen Gestalt kaum wahrnehmbare Narbe direkt über meinem Herzen. Ich wünschte, ich hätte ihr gesagt, worum genau es sich bei dem Anhänger handelt. Ich wünschte, ich hätte nicht nur *»Zu'u rwy'n dy«* gesagt, sondern es ihr in der Sprache mitgeteilt, die auch sie versteht.

Ich liebe dich.

Hoffentlich ist es nicht zu spät. Auch über die Entfernung spüre ich ihr Blut in mir. Bisher hat es sich normal verhalten: keine Spur von Eiseskälte, die es annimmt, wenn Ezlain Angst hat. Zwar ist es einige Jahrzehnte her, seit ich die Dracheninsel verlassen habe, doch ich habe nicht vergessen, mit welcher Inbrunst Drachen ihre Auserwählte umwerben. Was, wenn ich dort ankomme und Ezlain sich in der Zwischenzeit für einen anderen entschieden hat? Sie weiß weder die Wahrheit über die Herzschuppe noch hat sie meine Gefühle verstanden.

»Du hast recht«, murmelt die Hexe und unterbricht damit meine schmerzlichen Gedanken. »Ich habe nichts anzubieten. Ich kann weder kämpfen noch zaubern. Aber ich bitte dich: Nimm mich mit! Ich werde alles tun, was nötig ist, um Ezlain zu retten. Ich werde beweisen, dass ich auch ohne Kräfte nützlich sein kann.«

Ich gebe ein Grollen von mir. »Wenn du mich aufhältst und mir ein Klotz am Bein bist, werfe ich dich eigenhändig über Bord, verstanden?«

Ein aufgeregtes Funkeln stiehlt sich in ihre Augen. »Verstanden!«

»Und nur, damit das klar ist: Ich kann dich nicht leiden. Aber vielleicht kannst du wirklich nützlich sein.«

Ronnyd wird Ezlain nicht ohne Weiteres gehen lassen; erst recht nicht, wenn ich ihm keinen Ersatz für das fehlende Opfer anbiete. Ich habe keinerlei Skrupel, die Hexe gegen Ezlain einzutauschen. Und wenn sie mir unterwegs auf die Nerven geht, werfe ich sie einfach schon den Haien zum Fraß vor.

»Du musst dich wieder als Mann verkleiden«, teile ich ihr knapp mit. »Hoffentlich kriegst du das diesmal besser hin als beim letzten Versuch.«

Sie rümpft die Nase. »Das war ein dummer Zufall, nichts weiter. Gib mir eine Stunde. Bis dahin sollte ich Kleidung aufgetrieben haben.« Sie deutet auf den Dolch an meinem Gürtel. »Und gib mir den.«

»Wozu?«, frage ich.

Auffordernd streckt sie mir die Hand entgegen und nach kurzem Zögern greife ich nach dem Dolch und reiche ihn ihr. Sollte sie so unklug sein, mich anzugreifen, werde ich mich verteidigen. Wenn sie dabei *zufällig* umkommen sollte, wäre das nicht mein Problem. Ich täte der Welt sogar einen Gefallen.

Doch anstatt mit dem Dolch auf mich loszugehen, setzt sie die Klinge an ihrem Hinterkopf an und schneidet sich kurzerhand das schwarze Haar ab. Mehrmals muss sie die Klinge durch den dicken Ansatz des Zopfes führen, bis sie ihn in der Hand hält. Seufzend gibt sie mir den Dolch zurück.

»Sicher ist sicher«, murmelt sie, als sie das abgeschnittene Haar ins Meer wirft.

Kurz und stachelig steht ihr die übrig gebliebene Haarpracht vom Kopf ab. Unsicher reibt sie sich über den Nacken. Dann atmet sie tief ein und dreht sich wieder zu mir um.

»Du suchst nach einem Schiff, während ich mich um meine Verkleidung kümmere«, sagt sie. »Und wage es ja nicht, mich doch hier zurückzulassen! Ich schwöre, ich werde dich finden und dafür schlimmer leiden lassen als beim letzten Mal. Mir egal, mit wem ich dafür einen Blutschwur eingehen muss.«

Ich verdrehe die Augen. »Ist ja gut. Beeil dich aber gefälligst!«

Kapitel 11

Ezlain

Die Tage verschwimmen ineinander. Ich habe den Überblick verloren, wie lange ich bereits hier bin. Seit einer Woche? Oder sind es schon zwei?

Die Tage sind arbeitsreich: Ich helfe den anderen Mädchen und Frauen bei der Feldarbeit und wechsele mich mit ihnen beim Wärmen der Dracheneier ab. Abends bereite ich das Essen zu, wobei ich mich mehr als ungeschickt anstelle, sodass ich nur Hilfsarbeiten verrichten darf, nachdem ich zweimal alles versalzen habe.

Dennoch finde ich jeden Tag die Zeit, um beim Training der *Dracos* vorbeizuschauen. Da sie sowohl in ihrer imposanten Drachengestalt als auch mit ihrem menschlichen Äußeren kämpfen können, trainieren sie in beiden Gestalten. Und das Beste ist, dass sie nichts dagegen haben, wenn wir Frauen ebenfalls am Training teilnehmen. Sogar im Gegenteil: Die Männer scheinen erfreut darüber zu sein, dass ihre Frauen sich im Ernstfall zu verteidigen wissen. Ich wünschte, diese Akzeptanz würde überall auf der Welt herrschen.

Rhia ist mir im Laufe der Zeit eine gute Freundin geworden und beantwortet geduldig all die Fragen, die ich zu ihrem Leben und ihrer Kultur habe.

Auf die Frage, warum nahezu alle Drachen in ihrer menschenähnlichen Gestalt anzutreffen sind, lachte sie und erklärte mir, dass es andernfalls sehr schnell sehr eng auf der Insel werden würde. Dann wunderte mich, dass einige *Dracos* auch in ihrer menschlichen Form über Schwingen verfügen. Rhia winkte ab und meinte, es müsse ein »Männerding« sein, dass sie ständig die Größe ihrer Flügel miteinander vergleichen und sie zur Schau stellen müssten.

Mir entgeht jedoch nicht, wie sie einige Themen immer wieder geschickt umschifft und schnell von ihnen ablenkt. So habe ich noch nicht aus hier herausbekommen, warum sie mich immer so seltsam ansieht, wenn ich mich zum Essen zu den anderen jungen Frauen setze, die mit mir in der Hütte wohnen, obwohl mir die ungebundenen *Dracos* bereits mehrmals angeboten haben, bei ihnen zu sitzen.

So auch heute, als wir gemeinsam beim Abendbrot sind. Ich gebe vor, die *Dracos*, die nur ein paar Meter von uns entfernt ihren Stammplatz haben, nicht zu bemerken und lausche lieber Rhias Ausführungen zu den Clanmitgliedern, die ich noch nicht persönlich kennengelernt habe.

»Die dort drüben«, Rhia deutet mit einer Kopfbewegung auf die einzige alte Frau der Insel, die abseits bei den reinblütigen Drachen sitzt, »ist Morghan. Keiner weiß, wie alt sie wirklich ist, aber jeder sagt, dass sie schon hier war, als er geboren wurde. Sogar mein Vater, der mehrere Jahrhunderte alt ist.«

»Was kann sie?«, frage ich neugierig.

Von Rhia weiß ich auch, dass jeder reinblütige und auch manche Halbdrachen eine besondere Gabe haben, wie der rote Drache, dessen Feuer das einzige ist, das die Jungdrachen dazu bringen kann, aus den Eiern zu schlüpfen. Die meisten orientieren sich an den Elementen. Rote Drachen beherrschen das Feuer in sämtlichen Abstufungen. Wie schon mehrmals zuvor frage ich mich wieder, ob Drayce wohl wegen der Dracheneier von hier geflohen ist. Wegen der Aufgabe und der damit einhergehenden Bürde, die auf ihm lastete. Bisher ist mir zumindest kein anderer Grund eingefallen, warum er aus diesem Paradies geflohen sein sollte.

Ich schüttele den Kopf und dränge die Gedanken an Drayce wieder in die Tiefen meines Bewusstseins zurück.

Der schwarze Drache Ronnyd kann zwar auch Feuer speien, aber seine Flammen sind aufgrund der Dunkelheit, über die er gebietet, derart heiß und zerstörerisch, dass sie die Eier in Sekundenbruchteilen zu Asche zerfallen lassen würden. Er ist auch der einzige schwarze Drache, der mir bisher auf der Insel untergekommen ist. Mein Blick huscht hinüber zu den anderen reinblütigen Drachen, deren Schuppen an Armen und Beinen im Feuerschein funkeln. Blaue Drachen, so habe ich gelernt, beherrschen das Wasser und sind für die Wirbel verantwortlich, die die Insel beschützen. Drachen mit grünlichen Schuppen gebieten über den Wind und können Stürme heraufbeschwören.

Ich hätte niemals für möglich gehalten, dass es derart viele unterschiedliche Arten von Drachen geben könnte. Für mich waren sie immer bloß Sagengestalten – geschuppte, echsenartige Wesen, die Feuer speien können. Doch nicht alle können das.

»Morghan«, beantwortet Rhia meine Frage, »ist etwas Besonderes. Sie beherrscht keins der Elemente, sondern Zeit und Raum.«

Ich stutze. »Sie beherrscht die Zeit?«

Rhia nickt. »Sie kann sie für eine gewisse Spanne zurückdrehen.« Sie legt den Kopf schief. »Aber ich habe es noch nie selbst miterlebt. Als ich sie vor Ewigkeiten danach gefragt habe, sagte sie, dass ihre Gabe verflucht sei und sie deshalb keinen Gebrauch davon mache. Es ginge nie gut aus, wenn man versuchen würde, die Begebenheiten der Vergangenheit zu ändern.«

Sie klingt mit einem Mal derart niedergeschlagen, dass ich die Hand nach ihr ausstrecke und ihr über den Arm streichele.

»Hast du sie gefragt, ob sie für dich die Zeit zurückdreht?«, schaltet sich Daphne, die Älteste unserer Gruppe, plötzlich ein.

Nach kurzem Zögern nickt Rhia. »Das habe ich. Kurz nachdem der *Draco*, der mir sehr viel bedeutet hat, verstorben war. Ich war nicht seine *rwy'nary* – so weit waren wir noch nicht gekommen, aber ich fühlte tief in mir, dass ich es eines Tages geworden wäre. Wir waren beide jung und … wollten uns Zeit lassen. Wir wussten nicht, dass *Zeit* das Einzige war, was wir nicht hatten.« Sie seufzt herzzerreißend. »Ich flehte Morghan auf Knien an, die Zeit zurückzudrehen. Ich bot ihr alles, was ich besaß und ihr geben konnte. Ich war sogar bereit, ihr die Hälfte meiner Lebensjahre zu geben.«

Die Mädchen neben mir ziehen scharf die Luft ein.

»Aber sie lehnte ab«, murmelt Rhia und schaut dabei gedankenverloren in die Flammen des Feuers vor uns. »Ganz gleich, wie oft ich flehte und was ich anbot. Und irgendwann ... hörte ich auf und versuchte, so gut es ging, mein Leben weiterzuleben. Ohne ihn. Bis heute ist es mir noch nicht ganz gelungen.«

Eine Weile ist es still, während jede von uns Rhia mehr oder weniger unauffällig mustert.

Schließlich ist es eine der Jüngsten, die das Wort an sie richtet. »Wenn du noch gar nicht seine *rwy'nary* gewesen bist, wieso erwählst du dir dann keinen anderen *Draco*?« Sie runzelt die Stirn, als müsse sie angestrengt nachdenken. »Oder warum wirbt keiner der *Dracos* um dich? Ich habe noch nie gesehen, dass sich einer von ihnen um dich bemüht hätte. Dabei bist du doch ...«

Auf einen stechenden Blick von Rhia hin verstummt sie, doch jede von uns weiß, was sie sagen wollte.

Dabei bist du doch eine reinblütige Dracae. Und seit unserem ersten Besuch in der Bruthöhle weiß ich, dass reinblütige *Dracae* etwas Seltenes und sehr Wertvolles sind. Gerade auf die Gefahr hin, dass die Eier niemals schlüpfen, sollte Rhia alles dafür tun, um ihr Volk vor dem Aussterben zu bewahren. Stattdessen trauert sie jemandem nach, der vor wer weiß wie vielen Menschenleben gestorben ist. Ich bemitleide sie um ihren Verlust, aber ich verstehe nicht, warum sie nicht darüber hinwegkommen will. Sie lebt und ist hier – er nicht.

Wie von selbst wandern meine Gedanken zu Drayce. Normalerweise hebe ich mir die Erinnerungen an ihn für die Stunden der Nacht auf, wenn ich unbeobachtet bin und die Herzschuppe betrachten kann. Doch jetzt gelingt es mir nicht, die Gedanken an ihn wieder zurückzuschieben. Ich vermisse ihn so sehr, dass mir ganz eng um die Brust wird. Nicht nur einmal habe ich mich in einen unruhigen Schlaf geweint, wenn ich an unsere gemeinsame Zeit dachte.

Ich bin nicht in der Position, Rhia Vorwürfe zu machen. Zwar sind bei mir erst Wochen anstatt Menschenleben vergangen, aber auch ich bin außerstande, einfach weiterzumachen. Natürlich entgehen mir die Blicke, die einige der *Dracos* mir immer wieder zuwerfen, nicht. Sie warten nur darauf, dass ich ihnen gestatte, sich mir zu nähern.

Aber das wird nicht passieren. Nicht heute, nicht morgen und auch nicht in Zukunft.

***

Der nächste Tag beginnt wie die anderen vor ihm. Ich stehe mit den ersten Sonnenstrahlen auf und kümmere mich mit zwei der Mädchen aus meiner Hütte um das Frühstück. Rhia begleitet mich zu den Ställen, wo ich Hühnereier und etwas Milch holen soll.

»Du hast dich gut eingelebt«, sagt sie beiläufig, während ich die Kuh tätschele, die ich gleich melken will.

Ich werfe Rhia einen kurzen Blick über die Schulter zu. »Vielleicht. Es ist schön hier.«

Und das ist untertrieben. Diese Insel ist das Paradies, nach dem ich mich gesehnt habe. Ich habe eine Aufgabe und werde geschätzt. Niemand versucht, mich in eine Form zu pressen, in die ich nicht passe. Ich darf tun und lassen, was ich will, solange es nicht dem Allgemeinwohl schadet.

Alles könnte perfekt sein. Doch zwei Personen fehlen, um es für mich perfekt zu machen.

»Keine erneuten Fluchtversuche?«, will Rhia wissen.

Ich presse fest die Lippen zusammen. Am zweiten und vierten Tag habe ich versucht, von der Insel zu entkommen. Beim ersten Mal scheiterte ich schon daran, unsere kleine Siedlung zu verlassen. Ein *Draco*, der in dieser Nacht Wachdienst hatte, spürte mich auf und brachte mich höflich, aber bestimmt zurück zu meiner Hütte. Als ich durchs Fenster nach draußen spähte, sah ich ihn immer noch vor der Tür stehen.

Beim zweiten Versuch schaffte ich es immerhin bis zu den steilen Bergen, die die Insel umgeben. Als ich davorstand und den Kopf in den Nacken legte, konnte ich die Gipfel nicht erkennen, obwohl der Vollmond alles um mich herum erhellte. Dennoch versuchte ich hochzuklettern. Ich kam nur ein paar Meter weit. Beim Sturz kam ich unglücklich auf dem Fuß auf und verstauchte mir den Knöchel.

Es war Vargon, der *Draco,* der mich gleich am ersten Abend angesprochen hatte, der mich fand, unter Protest meinerseits zurück zu meiner Hütte trug und mich ins Bett legte.

Er muss Ronnyd von meinem kläglichen Fluchtversuch erzählt haben, denn am nächsten Morgen stand der schwarze Drache in seiner wahren Gestalt vor unserer Tür und wies mich an, auf seinen Rücken zu klettern. Er flog mich auf den Gipfel der Gebirgskette und fragte mich, was nun mein Plan sei, da ich es auf den Berg geschafft hätte. Ein Blick in die Tiefe genügte, um zu verstehen, dass ich einen Sprung unmöglich überleben würde, selbst wenn ich im Wasser – und nicht auf einem der zahlreichen spitzen Felsen – landen würde.

Zähneknirschend musste ich Ronnyd bitten, mich zurückzufliegen.

Seitdem habe ich meine Fluchtpläne erst einmal auf später verschoben. Der einzige Weg, von hier zu entkommen, wäre, einen der reinblütigen Drachen dazu zu bringen, mich zu fliegen. Aber so dumm ist keiner von ihnen. Selbst Rhia, die ich mittlerweile als gute Freundin bezeichne, würde das niemals tun.

Ich stoße den Atem aus. »Keine weiteren Fluchtversuche«, murmele ich also.

»Gut«, sagt sie. »Dann kannst du anfangen, dich etwas freundlicher den anderen gegenüber zu benehmen.«

Ich ziehe den halb vollen Milcheimer unter der Kuh hervor und wende mich wieder Rhia zu. »Ich bin nicht freundlich genug?«

Sie zuckt mit den Schultern. »Nicht gegenüber den *Dracos*. Sie haben bereits eine Wette laufen, ob du ein Herz aus Eis hast.«

Ich spüre, wie sich meine Miene verdüstert. »Nein, ich habe eines aus Stein.«

Rhia blinzelt mehrmals, ehe sie mir aus dem Stall folgt. »Wie meinst du das?«

»Ist nicht wichtig. Was sollte ich deiner Meinung nach tun?«

Sie zuckt mit den Schultern. »Es würde schon helfen, wenn du mit ihnen sprichst. Du hältst dich ausschließlich in der Gruppe der jungen Frauen auf.«

»Sie können doch zu uns kommen, wenn sie reden wollen«, gebe ich zurück.

»So läuft das nicht, Ezlain«, murmelt sie und seufzt dabei. »Sei einfach etwas aufgeschlossener, in Ordnung?«

»Bin ich doch«, murre ich.

Rhia verschränkt die Arme und sieht mir dabei zu, wie ich die Eier fürs Frühstück einsammele. Der Hühnerstall grenzt direkt an den der Kuh. »Das letzte Mal, als dich einer der *Dracos* angesprochen und dir angeboten hat, den Milcheimer zu tragen, hast du ihm einen solch eisigen Blick zugeworfen, dass selbst mir das Blut in den Adern gefroren ist.«

»Ich kann den Eimer problemlos allein tragen«, murre ich. »Ich brauche dazu keine Hilfe.«

»Jeder von uns weiß, dass du das kannst«, sagt sie begütigend. »Aber sie möchten dir trotzdem helfen. Nicht, weil sie der Meinung sind, dass du es allein nicht schaffst, sondern um dich zu unterstützen.«

»Ich habe sie nicht darum gebeten.«

Rhia nickt seufzend. »Das wissen wir. Trotzdem möchten einige der *Dracos* mehr von dir kennenlernen als deine spitze Zunge und eisigen Blicke.«

Ich verstaue die Eier in einem mit Stroh ausgelegten Körbchen und greife wieder nach dem Milcheimer. »Viel mehr gibt es nicht an mir, was man kennenlernen könnte.«

»Doch, Ezlain. Da gibt es eine ganze Menge mehr.«

***

Vor dem Stall lehnt Vargon am Gatter zur gegenüberliegenden Weide und schenkt mir ein strahlendes Lächeln, als er mich sieht. Ich verdrehe die Augen hinter geschlossenen Lidern und werfe dann Rhia einen bitterbösen Blick zu. Ihre entschuldigende Miene reicht mir, um zu wissen, dass sie dieses »zufällige« Treffen eingefädelt hat.

Vargon hat die Arme vor der Brust verschränkt und zum ersten Mal erhasche ich einen Blick auf die Farbe seiner Schuppen. Ein warmes Braun, also gehört er zu den Erddrachen. Seine Augen haben fast den gleichen Farbton, wie mir auffällt, als er auf mich zugeschlendert kommt und direkt vor mir stehen bleibt. Seine ausladenden Schwingen, die er selbst in der menschlichen Gestalt zur Schau trägt, werfen einen langen Schatten.

»Darf ich dir etwas abnehmen?«, fragt er mit einem Lächeln, das die anderen Mädchen aus meiner Hütte und Daphne in helle Aufregung versetzt hätte.

In mir jedoch regt sich nichts. Wie all die Jahre zuvor, in denen ich in der grauen Welt eines steinernen Herzens gefangen war, bemerke ich zwar sein gutes Aussehen und die geschliffenen Manieren, aber nichts davon berührt mich.

Erleichtert atme ich aus. Nach Rhias Ansprache vorhin hatte ich tatsächlich etwas Sorge, einem der *Dracos* gegenüberzutreten. Ich fürchtete mich davor, einer von ihnen könnte ähnliche Gefühle in mir auslösen wie Drayce. Ich wäre mir wie eine Verräterin vorgekommen.

Doch hier mit Vargon zu stehen und mit ihm zu reden, fühlt sich nicht anders an als damals, als ich mich auf dem Anwesen meiner Tante mit einem der Sklaven unterhielt. Auch für sie empfand ich nichts. Keiner von ihnen konnte mein Herz aus Stein erweichen. Jedoch musste ich in ihrer Gegenwart nicht darauf achten, was ich sagte, oder krampfhaft das wohlerzogene Mädchen aus gutem Hause mimen wie gegenüber den Gästen eines Empfangs. Sie waren ... so etwas wie Freunde.

Auch bei Vargon habe ich das Gefühl, dass wir uns ungezwungen unterhalten könnten. Ein wenig erinnert er mich sogar an Tiro, den Sklaven, der sich dazu erbarmte, mir ein paar Kniffe mit improvisierten Waffen zu zeigen, und für den Cressa eine Schwäche hat.

Fragend huscht Vargons Blick zu dem Körbchen mit den Eiern, dann zum Milcheimer und schließlich zurück zu meinem Gesicht. Wortlos halte ich ihm das Körbchen hin, das er mit einem solch strahlenden Lächeln entgegennimmt, als hätte ich ihm gerade den größten Schatz der Welt überreicht.

Ich möchte Rhia dafür, dass sie dieses Treffen arrangiert hat, den Hals umdrehen, doch ich schlucke den aufkommenden Ärger hinunter. Mit einem seligen Grinsen folgt sie uns wie eine Anstandsdame.

»Wie geht es deinem Knöchel?«, fragt Vargon, nachdem er sich eine Weile neben mir gehalten hat.

»Besser«, antworte ich. »Er hat schon nach dem Sturz nicht sonderlich wehgetan. Ich hätte allein zurück zur Hütte laufen können.«

Rhia hinter mir gibt ein genervtes Stöhnen von sich.

»Ich weiß«, sagt Vargon und tut so, als ob er es nicht bemerkt hätte. »Aber ich konnte es nicht mit mir vereinbaren, dich zurückhumpeln zu lassen. Dass du meine Hilfe nicht wolltest, hast du aber lautstark und wiederholt deutlich gemacht.«

Ich schürze die Lippen und überlege, ob ich darauf etwas antworten oder lieber den Mund halten soll. Als mir Rhia von hinten in die Kniekehlen tritt, lande ich beinahe auf der Nase. Ich werfe ihr einen giftigen Blick zu, den sie nur mit einem auffordernden Kopfnicken in Richtung Vargon quittiert. Ich muss ihm zugutehalten, dass er weiterhin so tut, als würde er nichts davon bemerken, weshalb ich mich nicht sofort in Grund und Boden schämen muss.

»Trotzdem … danke«, presse ich schließlich hervor, während ich den Blick stur geradeaus gerichtet halte.

»Gern geschehen«, murmelt Vargon sanft. »Wäre es für dich in Ordnung, wenn ich mich heute Abend zu euch setze?«

Ich will Nein sagen, aber ich habe keinen Grund dazu. Er will nur bei unserer Gruppe sitzen; die Mädchen werden vor Freude an Herzversagen sterben, wenn er mitten unter ihnen ist und sie ihn nicht nur aus der Ferne anhimmeln müssen. Für mich aber bedeutet das rein gar nichts. Ich ringe mich also zu einem Nicken durch.

An der Kreuzung, von der aus ein Weg zu unserer Hütte führt, bitte ich ihn, mir das Körbchen zurückzugeben. Mich von Vargon bis direkt vor die Hütte begleiten zu lassen, würde zu viele Fragen aufwerfen. Die Gerüchte würden sich in Windeseile verbreiten und es wäre mir unmöglich, sie einzudämmen. Gerüchte, denen ich keinen Nährboden geben will.

Vargon scheint meine Gedanken zu erraten, denn er verbeugt sich leicht vor mir, ehe er murmelt: »Bis heute Abend.«

Als er außer Hörweite ist, kann Rhia ein erfreutes Jauchzen nicht mehr unterdrücken. Der hohe, quietschende Laut klingelt mir noch in den Ohren, als ich die Hütte bereits erreicht habe.

***

Die Zeit verrinnt mit unaufhaltbarer Geschwindigkeit. Da ich tagsüber viel zu tun habe, gelingt es mir, die Gedanken an Vargon zu verdrängen. Als mich Rhia gegen Abend mit einem breiten Grinsen an der Hütte erwartet, sind sie jedoch schlagartig wieder da.

»Weißt du schon, was du anziehen wirst?«, fragt sie, als ich mich an ihr vorbeischiebe, und wippt dabei vor Aufregung auf den Fußballen vor und zurück. Ihre Unruhe springt auf mich über und ich würde sie am liebsten aus der Hütte werfen. »Und wie machst du dir die Haare? Soll ich dir helfen?«

»Es ist ein Abendessen, Rhia«, gebe ich seufzend zurück. »Ich werde genauso dort auftauchen wie die Abende zuvor.«

»Aber Vargon wird da sein«, führt sie an.

Ich verdrehe die Augen. »Das ist er jeden Abend und sitzt nur ein paar Meter entfernt.«

»Aber diesmal sitzt er *bei* uns.«

Sofort steckt Daphne den Kopf aus ihrem Zimmer. »Was?«, kiekst sie.

Auch die anderen beiden Mädchen umringen uns augenblicklich.

»Toll gemacht, Rhia«, murre ich und versuche, mich in mein Zimmer zu flüchten.

»Vargon wird ... *bei* uns sitzen?«, fragt Daphne.

Rhia nickt voller Stolz. »Er hat Ezlain heute Morgen gefragt, ob das für sie in Ordnung wäre.«

»Ich habe nur Ja gesagt, weil ich keinen Grund hatte, abzulehnen«, werfe ich ein, werde aber von den anderen ignoriert.

»Bei allen Göttern! Was soll ich nur anziehen?« Daphne stürmt zurück in ihr Zimmer.

Genervt stoße ich die Luft aus, bevor ich mich wieder Rhia zuwende. »Ich werde mir weder von dir noch von irgendjemandem sonst vorschreiben lassen, wie ich mich zu kleiden habe. Ist das klar?«

Rhia zieht eine Augenbraue nach oben. »Ich wollte dir nur helfen. Das Oberteil da«, mit einer Kopfbewegung deutet sie auf mich, »trägst du schon, seit du hier angekommen bist.«

»Ich habe es zwischendurch gewaschen.«

»Das ist nicht der Punkt, Ezlain. Es sieht an dir aus wie ein Sack und betont keine deiner ...«

»Wenn du jetzt ›Vorzüge‹ sagst, vergesse ich mich«, zische ich. »Es gibt keinen Grund für mich, mich auszustaffieren oder in Szene zu setzen. Es ist und bleibt ein Abendessen, verdammt noch mal!«

Völlig unbeeindruckt von meinem Ausbruch schaut Rhia mich mit gerunzelter Stirn an. »Aber ein Abendessen mit Vargon.«

»Na und? Ich interessiere mich nicht auf die Art für ihn, wie du es gern hättest. Vielleicht hat er ein Einsehen und wählt Daphne. Sie würde sich freuen.«

»Und du nicht?«, fragt Rhia.

Ich wende den Blick ab. »Nein. Er ist bestimmt ein netter Kerl, aber mehr als einen Freund werde ich nie in ihm sehen.«

»Warten wir's ab«, murmelt Rhia. »Ich kenne keine Frau, die Vargons Charme nicht erlegen ist.«

»Und was ist mit dir?«

Sie winkt ab. »Ich bin außen vor. Seit dem Verlust meines *Dracos* bin ich blind für andere Männer geworden.«

Ich schlucke angestrengt und murmele zu mir selbst: »Vielleicht bin ich das auch.«

Kapitel 12

Ezlain

Rhia redet so lange auf mich ein, bis sie mir eine von Daphnes Tuniken bringen darf, die nicht aus langweiligem beigefarbenem Leinen gewebt und ohne jegliche Form ist, wie sie sagt. Ich tue ihr den Gefallen, wofür sie mir im Gegenzug verspricht, die Finger von meinen Haaren zu lassen. Nachdem sie aus dem Zimmer gegangen ist, schlüpfe ich in die geborgte Tunika, die mir bis zur Hüfte reicht und meine Figur sanft umspielt. Sie ist aus dunklem Stoff, nur der Halsausschnitt und die Ärmel sind von einem dunklen Gold, das mich schmerzlich an Drayces Augen erinnert. Aus purem Protest trage ich dieselbe Hose wie die Abende zuvor.

Vorsorglich schließe ich die Schnüre am Hals bis oben und verberge so die Kette samt Anhänger. Wenn ich Rhia erlaubt hätte, mir das Haar zu flechten, hätte ich ständig Angst haben müssen, dass sie die rote Schuppe entdeckt. Deshalb mühe ich mich nun selbst damit ab. Ich flechte nur an den Schläfen einzelne Strähnen zurück, die mir sonst im Gesicht – und auch im Essen – hängen, und lasse den Rest offen.

Rhia gibt ein anerkennendes Pfeifen von sich, als ich aus dem Zimmer komme, woraufhin ich die Augen verdrehe.

Daphne seufzt. »Neben dir sehen wir anderen aus wie einfache Dorfmädchen. Vargon wird uns keines Blickes würdigen.«

»Doch, das wird er«, sage ich. »Ihr seht alle toll aus! Verwickelt ihn einfach in ein Gespräch.«

»Denn das ist etwas, was du nicht kannst«, stichelt Rhia. »Dich zivilisiert mit anderen unterhalten, ohne zu seufzen oder mit den Augen zu rollen.«

»Und wenn schon!«, grummele ich. »Können wir los?«

Ohne auf eine Antwort zu warten, wende ich mich um und verlasse die Hütte.

***

Es sind schon alle auf dem großen Platz versammelt, als wir ankommen. Wie immer brennt ein großes Feuer in der Mitte und mehrere kleine an den Sitzplätzen der Clans und Familien, die über den Platz verstreut sind. Mein ursprünglicher Plan, möglichst unauffällig zu unserem Platz zu huschen und zu hoffen, dass es sich Vargon mittlerweile anders überlegt hat, wird in dem Moment zunichte gemacht, als er sofort aufsteht und zu uns kommt. Die Mädchen neben mir halten die Luft an und ich muss mich dazu zwingen, nicht herumzuwirbeln und zurück zur Hütte zu rennen. Überdeutlich spüre ich die Blicke aller Anwesenden auf mir, spüre, wie sie jede meiner und Vargons Bewegungen beurteilen.

Ich hasse es. Ich hasse jede Sekunde, die ich hier stehen und mich beurteilen lassen muss.

»Guten Abend, Ezlain«, sagt Vargon mit einem verschmitzten Lächeln und einer leichten Verbeugung, als er vor uns stehen bleibt. »Die Damen.«

Entzücktes Seufzen und Gestammel wird hinter mir laut. Ich muss mich dazu zwingen, nicht mit den Augen zu rollen. Rhia würde mich ewig damit aufziehen.

»Vargon«, murmele ich schließlich, umrunde ihn und lasse mich auf meinem angestammten Platz nieder.

Aus den Augenwinkeln sehe ich, wie Rhia ihn mit einem eindeutigen Kopfnicken dazu auffordert, mir zu folgen. Ich wünschte, sie würde sich einfach heraushalten und sich um ihren eigenen Kram kümmern …

Zum Glück reagieren die anderen jungen Frauen schneller als er und setzen sich ebenfalls, sodass ihm nichts anderes übrig bleibt, als mir gegenüber Platz zu nehmen. Direkt neben mir hätte ich ihn nicht ertragen. Ich war noch nie gut darin, die Nähe anderer – Fremder! – auszuhalten, mit einer Ausnahme.

Ich bin froh darüber, dass Daphne meinen Rat beherzigt und ein Gespräch mit Vargon beginnt. Dennoch spüre ich, dass er mich die ganze Zeit über den Schein des Feuers hinweg betrachtet. Den Blick starr auf meinen Teller gerichtet gebe ich vor, dass es mich nicht interessiert, aber es macht mich nervös.

Als ich aufstehe, um mir Nachschlag zu holen, erhebt sich Vargon ebenfalls und streckt die Hand nach meinem Teller aus.

»Wenn du erlaubst, hole ich dir noch etwas zu essen«, bietet er lächelnd an.

Sofort kommen alle Gespräche um uns herum zum Erliegen. Es ist, als würden alle Anwesenden die Luft anhalten, um meine Antwort auf keinen Fall zu verpassen. Die Luft vibriert förmlich vor lauter Anspannung und ich habe keine Ahnung, warum das so ist. Aber ich habe das Gefühl, dass sein vermeintlich schlichtes Angebot sehr viel mehr beinhaltet, als mir bloß einen Nachschlag zu holen.

Ich presse den Teller an mich. »Nein. Bleib … Bleib nur sitzen. Ich mache das schon.«

Er öffnet den Mund, um etwas zu erwidern, doch ich warte nicht darauf, sondern wende mich schnell um und eile zu den Tischen mit dem Abendessen.

Als ich zurückkomme, schießt mir Rhia böse Blicke zu, die ich jedoch ignoriere. Schweigend esse ich auf und entschuldige mich dann. Vargons Angebot, mich zurück zur Hütte zu begleiten, schlage ich aus.

***

Wie jede Nacht schlafe ich schlecht bis gar nicht. Diesmal hält mich auch die Frage wach, warum ich mich derart abweisend gegenüber Vargon verhalten habe. Er wollte nur nett sein.

Aber ich will nicht, dass er nett zu mir ist.

Wenn ich ebenfalls freundlicher zu ihm wäre, würde das nur falsche Hoffnungen in ihm wecken. Rhias unverhohlene Versuche, ihn und mich zu verkuppeln, lassen nur den Schluss zu, dass er sich für mich interessiert. Und genau das will ich verhindern. Wenn ich ihn das nächste Mal sehe, werde ich ihm ganz klar sagen, dass ich ihm nicht mehr als Freundschaft anbieten kann. Weder ihm noch einem der anderen *Dracos.*

Müde und schlapp quäle ich mich aus dem Bett, als endlich die Sonne aufgeht. Obwohl meine Tage arbeitsreich sind und ich sie bis in die Knochen spüre, kann ich nicht schlafen. Auch das ist ein Grund, warum ich so gereizt auf Vargons Annäherungsversuche und Rhias Vorhaltungen reagiere.

Ich bin nicht verwundert darüber, dass die junge, weißhaarige *Dracae* bereits auf mich wartet, als ich aus dem Zimmer schlurfe. Mit verkniffenem Gesichtsausdruck betrachtet sie mich, während ich so tue, als hätte ich sie nicht gesehen.

»Mach's kurz«, murre ich, nachdem ich mir den nicht vorhandenen Schlaf mit eiskaltem Wasser aus dem Gesicht gewaschen habe. »Obwohl ich schon genau weiß, was du mir sagen willst.«

»Tatsächlich?« Rhias Stimme klingt eisig. »Du hast dich gestern Abend mehr als unhöflich verhalten.«

»Ist das alles?« Ich umrunde sie, da sie mitten im Flur steht, und greife nach dem Körbchen für die Hühnereier. »Weil ich mich ihm nicht an den Hals geworfen habe, war ich gleich unhöflich?«

»Er war freundlich zu dir«, hält sie mir vor. »Hättest du das nicht auch sein können?«

Sehr zu meinem Verdruss folgt sie mir nach draußen und Richtung Stall. Dabei hatte ich gehofft, sie einfach stehen lassen zu können.

»Ich habe ihn nicht beleidigt und ...«

»Doch, das hast du!«, fällt sie mir ins Wort. »Mehr als einmal. Du hast seine Eignung in Zweifel gezogen.«

Ich bleibe stehen und wende mich halb zu ihr um. »Seine Eignung? Wozu?«

Einen Moment presst sie die Lippen fest zusammen. »Das weißt du ganz genau.«

Ich stoße ein Schnauben aus. »Ich bin nicht an ihm interessiert.«

»Aber ...«

»Nein, Rhia«, unterbreche ich sie. »Die Wahl der Frau ist bei euch absolut, nicht wahr? Und meine wird nicht auf ihn fallen. Nicht heute, nicht morgen und auch nicht übermorgen.«

Sie starrt mich an, als hätte ich in einer fremden Sprache mit ihr gesprochen. »Aber ... warum?«

Ich schlucke angestrengt. Bisher ist es mir gelungen, nicht ein Wort über Drayce zu verlieren. Bis auf Ronnyd weiß keiner der Dracheninselbewohner, dass ich ihn kenne. Nun wollen die Worte unbedingt aus mir heraus, obwohl mich der bloße Gedanke daran schmerzt. Über ihn zu reden, während er wahrscheinlich am anderen Ende der Welt ist, gleicht einer Wunde, die immer wieder aufreißt und einfach nicht heilen will und die mich immer wieder daran erinnert, wie ich mich in seiner Gegenwart gefühlt habe. Es war, als wäre ich ... *vollständig*.

Nun bin ich nur noch ein Schatten meiner Selbst, wenn ich mich nicht in Arbeit flüchte. Ohne ein klares Ziel vor Augen und Drayces Stütze beraubt fühle ich mich so einsam wie noch nie zuvor in meinem Leben. Ich weiß nicht, was ich tun soll, lebe von einem Tag zum anderen und stumpfe innerlich mehr und mehr ab. Was, wenn ich wieder genauso gefühlskalt werde wie damals in Ilgaron, als ich noch ein Herz aus Stein hatte? Da kannte ich es nicht anders, aber jetzt ... Nachdem ich durch meine Reise und nicht zuletzt dank Drayce über mich selbst hinausgewachsen bin, kommt mir mein jetziges Leben trist und einsam vor.

Keiner der *Dracos* ruft auch nur ansatzweise das Herzflattern oder die Hitze in mir hervor, die in Drayces Nähe allgegenwärtig war.

»Ich werde keinen Mann erwählen, der mir nicht *dieses* Gefühl gibt«, murmele ich.

Rhia runzelt die Stirn. »Was meinst du damit?«

Ich schüttele den Kopf. »Es tut mir leid, Rhia. Wirklich. Aber ich will ...«

Mitten im Satz breche ich ab, weil etwas mit halsbrecherischer Geschwindigkeit gegen mich prallt. Ich taumele zur Seite und kann im letzten Moment verhindern, dass ich das Gleichgewicht verliere und im Gras lande.

»Was zum …?«, stoße ich aus.

Verdattert starre ich auf einen kurzen, unordentlichen und kohlschwarzen Haarschopf. So fest, dass ich fast keine Luft mehr bekomme, presst sich eine zierliche Person an mich, als würde ihr Leben davon abhängen.

»Ich hab dich zuerst gefunden«, nuschelt sie undeutlich an meiner Schulter.

Und erst da erkenne ich sie an ihrer Stimme und mein Herz setzt für einen Schlag aus. »Cres…sa.«

Das ist unmöglich! Wahrscheinlich spielt mir mein übermüdetes Gehirn einen Streich. Sie kann nicht hier sein. Sie ist bei …

Tränen schwimmen in ihren dunklen Augen, als sie endlich zu mir aufsieht und mich anlächelt. »Es geht dir gut. Ich bin so froh.«

Ich betrachte sie mit gerunzelter Stirn, wobei ich immer noch der festen Überzeugung bin, dass sie eine Ausgeburt meiner Fantasie ist. Doch ihr Körper presst sich warm und fest an mich.

»Was … ist mit deinen Haaren passiert?«, ist das Erste, was ich sie frage.

So lange ich zurückdenken kann, hatte Cressa wunderschön glänzend schwarzes Haar, das sie meistens zu einem Zopf gebunden trug. Der ihr noch immer fast bis zur Hüfte reichte. Sie mit unordentlich geschnittenen und so kurzen Haaren wie ein Mann zu sehen, ist derart abwegig, dass ich es nicht einmal auf meinen Schlafmangel zurückführen kann. So etwas könnte ich mir niemals zusammenfantasieren.

Cressas Lächeln wird auf meine Frage hin breiter und ich erwidere es nur zu gern, ehe ich sie in eine feste Umarmung ziehe, die diesmal von mir ausgeht.

»Du bist hier«, wispere ich. »Und du lebst.«

»Wer bist du?«, will Rhia wissen, die nun auch ihre Stimme wiedergefunden hat. »Wie kommst du …?«

Sie verstummt und als ich ihr einen kurzen Blick zuwerfe, bemerke ich, dass sie einen Punkt hinter mir fixiert. Mein Herz setzt einen Schlag aus und ein fast vergessenes, aufgeregtes Kribbeln stiehlt sich in meinen Bauch. Jeder Muskel in meinem Körper spannt sich vor Erwartung an, doch es gelingt mir nicht, mich umzudrehen.

Alles in mir, jede einzelne Zelle weiß, dass *er* hinter mir steht.

»Drayce«, haucht Rhia beinahe tonlos und mein dummes Herz zieht sich bei der Art, wie sie seinen Namen ausspricht, qualvoll zusammen.

Sie stürmt an Cressa und mir vorbei und wie von selbst dreht sich mein Kopf in die Richtung, in die sie eilt.

Ein paar Meter von uns entfernt, im Schatten zweier Bäume, steht Drayce in seiner Halbdrachengestalt, die Flügel hinter dem Rücken gefaltet, und sieht uns an.

Nein, nicht uns – nur *mich*. Der Blick aus seinen in der Morgensonne hellgolden glänzenden Augen ist noch genauso durchdringend wie in meiner Erinnerung. Nur kurz huscht mein Blick über ihn: Seine Kleidung ist zerknittert und das Hemd sieht aus, als wolle es jede Sekunde in seine Einzelteile zerspringen, weil es nicht für den massigen Körper seiner Halbdrachengestalt gemacht ist. Die Hose endet knapp unter den Knien und erinnert mich entfernt an die, die ich im Steinlabyrinth dem Skelett gestohlen habe.

Drayce ist hier. Gemeinsam mit Cressa. Seit meiner Ankunft auf dieser Insel habe ich mir nichts sehnlicher gewünscht. Doch nun, da es endlich eingetreten ist, weiß ich nicht, wie ich mich verhalten soll. Als wäre ich mit dem Gras unter meinen Füßen verwachsen, stehe ich da und verfolge stumm, wie Rhia sich an Drayces Brust wirft und ihm die Arme um den Hals schlingt. Eine seltsame Enge schnürt mir bei diesem Anblick die Luft ab.

»Drayce«, sagt Rhia immer wieder, während sie sich an ihn schmiegt.

Derart widersprüchliche Gefühle toben in mir, dass ich nicht weiß, welchem ich nachgeben soll. Der Drang, Rhia von ihm wegzuzerren, ist beinahe übermenschlich stark und bevölkert mein Denken, bis ich mir detailliert ihren Gesichtsausdruck vorstelle, während ich die Hände in ihrem fast schneeweißen Haar vergrabe und so lange daran ziehe, bis sie ihn endlich loslässt. Ich schimpfe mich deswegen eine Närrin. Rhia kennt Drayce sicher von früher und freut sich darüber, dass er zurück ist, wie ich mich freue, Cressa wiederzuhaben. Dennoch ist mir die Art, wie sie ihm nahe kommt, zu viel.

Ich knirsche mit den Zähnen und bin kurz davor, meinen Gedanken Taten folgen zu lassen, als Cressa mein Gesicht mit beiden Händen umschließt und meinen Kopf zu sich dreht.

»Ich hätte nie gedacht«, flüstert sie so leise, dass nur ich sie verstehen kann, »einmal Eifersucht in deinem Blick zu sehen.«

Ich verdrehe die Augen und stoße den Atem durch die Nase aus. Noch nie in meinem Leben war ich eifersüchtig und hätte mich Cressa nicht darauf gebracht, hätte ich das unbekannte Gefühl nicht benennen können.

Einzig Drayces Blick, der immer noch auf mir ruht, hält mich davon ab, mich zwischen ihn und Rhia zu drängen. Auch die Tatsache, dass er sie nicht umarmt und nur ein kurzes »Rhia« murmelte, als sie ihm um den Hals fiel, beruhigt mich etwas.

Ich will mich von Cressa losmachen und zu Drayce gehen, doch er hebt eine Hand und hält mich zurück. Es grenzt an Folter, ihn beinahe in Reichweite zu haben, aber ihn dennoch nicht berühren zu können. Ich will seine Wärme spüren, seinen Duft nach heimeligem Feuer riechen und mich endlich wieder vollständig fühlen. Stattdessen muss ich dabei zusehen, wie eine andere Frau meinen Platz eingenommen hat. Ich sollte dort stehen und mich an ihn schmiegen.

Drayce zieht die Augenbrauen zusammen, während sein Blick zu meinem Hals huscht, als suche er etwas. Schnell ziehe ich die Kette ein Stück vor, sodass ich die Schuppe zwischen den Schulterblättern spüren kann, und nicke. Der angespannte Ausdruck verschwindet aus seinem Gesicht und er schenkt mir ein vorsichtiges Lächeln, das meinen Ärger über Rhia augenblicklich verpuffen lässt. Eine sanfte Wärme durchströmt mich bis in die Fingerspitzen, während ich mein Bestes gebe und die Frau an seinem Hals ausblende.

»Du glaubst gar nicht, wie sehr ich mich darüber freue, dass du …« Rhias Stimme versagt. »Komm. Mein Vater wird sich auch freuen, dich zu sehen.«

»Irgendwie bezweifele ich das«, stichelt Cressa leise. »So, wie er auf dem Turm auf ihn reagiert hat …«

Als Rhia sich bei Drayce unterhaken will, zieht sie plötzlich scharf die Luft ein und weicht einen Schritt vor ihm zurück. »Dein … Flügel … Was …?«

Drayce verzieht schmerzlich das Gesicht und legt die rechte Hand auf die Schulter, als könne er so den verkrüppelten linken Flügel vor ihr verbergen. Rhia hingegen sieht derart schockiert und angewidert aus, als müsse sie sich jeden Moment übergeben. Mir entgeht nicht, dass er bis auf Rhias Namen noch nicht einen Ton von sich gegeben hat. Auch jetzt sagt er nichts, um die junge *Dracae* zurechtzuweisen oder sich zu verteidigen. Es kommt mir vor, als hätte er mit dieser abwertenden Reaktion gerechnet.

Ich blecke die Zähne und will Rhia anschreien, dass es keinen Grund dafür gibt. Dass mit Drayce alles in Ordnung ist. Dass sie sofort damit aufhören soll, ihn anzusehen, als wäre er nichts wert. Der Wunsch, ihr wirklich wehzutun, lässt mich einen Schritt nach vorn machen, doch Cressa hält mich zurück.

»Ich bin total erledigt«, sagt sie laut genug, dass auch Rhia und Drayce uns ihre Aufmerksamkeit schenken. »Hast du einen Platz, wo ich schlafen kann? Du siehst auch so aus, als hättest du eine durchgemachte Nacht hinter dir.«

Ich tausche einen verstohlenen Blick mit Drayce, in dem ich alles lesen kann, was ich wissen muss. Ein kaum merkliches Grinsen zupft an seinem rechten Mundwinkel. Allein die Vorstellung, dass ich mich nun nicht mehr Nacht für Nacht allein herumwälzen muss, ohne Schlaf zu finden, lässt meinen Körper vor Freude summen.

Rhia runzelt die Stirn, während sie Cressa betrachtet. »Wer ist die Kleine überhaupt?«

Ich muss mich regelrecht zwingen, mich auf sie zu konzentrieren. »Meine beste Freundin«, antworte ich.

»Diejenige, wegen der du fliehen und zurück in dein altes Leben wolltest?«

Mein Blick huscht zurück zu Drayce. »Auch.«

Ein warmes Glimmen, das nur für mich bestimmt ist, huscht durch seine Augen und befeuert das Kribbeln in meinem Bauch.

Rhia zuckt mit den Schultern. »Dann hast du jetzt also keinen Grund mehr wegzulaufen. Vielleicht bist du nun auch Vargon gegenüber etwas offener. Glaub nicht, ich hätte unsere Diskussion vergessen!« Sie hakt sich bei Drayce unter, wählt dabei aber seine rechte, unverletzte Seite. »Du kannst deine

Freundin vorerst bei dir in der Hütte unterbringen. Wir sehen uns heute Abend und reden dann.«

Selig lächelnd schmiegt sie den Kopf an Drayces Schulter, was mich beinahe überkochen lässt. Ich balle die Hände zu Fäusten und bohre mir die Nägel in die Handflächen, um mich davon abzuhalten, etwas Dummes zu tun. Ihr die Augen auszukratzen, zum Beispiel.

Drayce wird seine Gründe haben, warum er nicht sofort erwähnt hat, dass er und ich uns kennen. Dass wir ... vielleicht mehr sind als Bekannte. Wir haben so vieles, worüber wir uns klar werden und reden müssen. Nun dabei zusehen zu müssen, wie eine andere Frau ihn mitschleift, lässt mich kaum atmen.

Als sie auf unserer Höhe angekommen sind, streift Drayce im Vorbeigehen meine verkrampfte Hand. Sofort schießt ausgehend von dieser winzigen Berührung eine gleißende Hitze meinen Arm hinauf und vertreibt die dunklen Gefühle. Wie von selbst lehne ich mich näher zu ihm, in der Hoffnung, so seine Wärme besser spüren oder seinen fast vergessenen Duft riechen zu können. Auch er beugt sich mit halb geschlossenen Augen ein Stück zu mir. Am liebsten würde ich mich auf die Zehenspitzen stellen und so die wenigen Zentimeter überbrücken, die uns noch voneinander trennen.

Doch Rhia zerrt ihn unbarmherzig weiter. Mit schmerzendem Herzen sehe ich ihnen nach.

»Sie kann froh sein, dass ich dich zurückgehalten habe«, raunt Cressa, als Rhia und Drayce außer Hörweite sind.

Ich schmunzele. »Sie ist ein reinblütiger Drache. Wenn es hart auf hart kommt, wäre sie diejenige, die mich auseinandernimmt.«

»Tatsächlich? Ich hab nicht vergessen, dass du das Feuer und die Angriffe eines riesigen schwarzen Drachen unbeschadet überlebt hast – mehrmals. Du schaffst es locker, der Kleinen in den Hintern zu treten.«

Mit den Fingern fahre ich an der Kette entlang, die eng an meinem Hals anliegt. Gut möglich, dass auch Rhia mich nicht hätte verletzen können, doch in den letzten Tagen und Wochen ist sie für mich eine wichtige Stütze geworden, auch wenn wir wegen Vargon nicht immer einer Meinung waren. Wahrscheinlich interpretiere ich nur zu viel in ihren Umgang mit Drayce hinein und sie sind wirklich einfach Freunde aus Kindertagen. Ich habe Cressa schließlich auch umarmt.

Ich wende mich zu ihr um. »Wie kommt ihr eigentlich hierher?«

Sie verdreht seufzend die Augen. »Lange, unschöne Geschichte. Die Kurzform ist, dass ich mehr als froh sein kann, überhaupt noch am Leben zu sein, denn dein Halbdrache wollte mir mehr als einmal das Genick brechen.«

Ich stutze bei der Art, wie sie Drayce bezeichnet, doch so tief ich auch in mich hineinhorche, finde ich keinen Grund, ihr zu widersprechen oder sie deswegen zu berichtigen.

In der Zeit, die ich hier auf der Insel bin, habe ich so vieles erfahren, dass die Gedanken an Cressa fast vollständig in den Hintergrund gerückt sind. Sie nun vor mir zu sehen – ihre zierliche Gestalt, die mir gerade bis zur Nasenspitze reicht, und das kurz geschnittene rabenschwarze Haar, das ihr wild und verwegen vom Kopf absteht –, kommt einem Wunder gleich. Gleichermaßen habe ich das Gefühl, rein gar nichts über sie zu wissen.

Und mir fällt wieder ein, warum Drayce so großen Groll gegen sie hegt.

»Bist du … wirklich eine Hexe?«, frage ich.

Cressa verschränkt die Arme vor der Brust. »Ich war eine. Keine sehr mächtige, aber ich kam zurecht. Meine Macht war begrenzt, sodass ich größtenteils ein normales Leben geführt habe. Eines inmitten von Freunden, für die ich alles getan hätte. Das beinhaltete auch, einen Blutschwur mit einem Furcht einflößenden schwarzen Drachen einzugehen. Ich musste ihm fast meine ganze verbliebene Macht bieten, um im Gegenzug jemanden zu retten, der mir wichtig war.«

Ich nicke verständnisvoll. Keine Ahnung, ob ich mich zu einem Blutschwur mit Drayce durchgerungen hätte, wenn er mir von Anfang an in seiner Halbdrachengestalt erschienen wäre. Ich erinnere mich nur zu gut an meine Reaktion, als ich Ronnyd zum ersten Mal sah. Ich hatte solche Angst, dass ich keinen Muskel mehr rühren konnte. Diese Freunde, von denen Cressa spricht, müssen ihr sehr wichtig gewesen sein, wenn sie die eigene Angst besiegen konnte und etwas derart Bedeutendes wie ihre magische Kraft im Austausch angeboten hat.

»Wen hast du gerettet?«, will ich wissen.

Sie schüttelt den Kopf. »Das spielt keine Rolle. Fakt ist, dass ich jeden Handel eingegangen wäre, um diese Person zu beschützen. Deshalb habe ich auch der Forderung, den roten Halbdrachen verschwinden zu lassen, zugestimmt.« Der Blick, mit dem sie mich bedenkt, ist unnachgiebig und durchdringend. »Falls das also deine nächste Frage ist: Ja, ich war diejenige, die Drayce in die Höhle verbannt hat. Und ich bereue es nicht, sondern würde es wieder tun, wenn genauso viel auf dem Spiel stünde.«

Noch nie ist mir meine ehemalige Sklavin derart kalt und entschlossen vorgekommen. Für einen kurzen Moment erhasche ich einen Blick auf die Hexe, die sie einst gewesen sein muss – eine mächtige Frau, in deren Adern Magie floss, die stark genug war, einen Halbdrachen wie Drayce zu bannen.

»Aber ... sein Flügel ... Hätte es nicht gereicht, ihn nur auf die Insel zu verbannen?«

»Das war ich nicht«, sagt Cressa sofort. »Die Stadtbewohner hatten ihn gefesselt und seinen Flügel traktiert, als ich ihn schließlich fand. Ich musste nur der Spur der Zerstörung folgen und als ich ankam, war er gerade dabei, ein Blutbad anzurichten.«

Ich recke das Kinn. »Sie haben ihn verletzt«, grolle ich. »Er hat sich bloß gewehrt. Und die Narben dieser Nacht wird er ein Leben lang mit sich herumtragen.«

»Ich werde nicht sagen, dass es mir leidtut, denn das ist nicht der Fall.«

Ich schnaube. »Kein Wunder, dass Drayce dir den Hals umdrehen wollte.«

Zu meiner Verwunderung nickt sie. »Von seinem Standpunkt aus betrachtet ist das durchaus nachvollziehbar. Und er war mehrmals kurz davor, seinen Drohungen wirklich Taten folgen zu lassen.«

Es fällt mir nicht schwer, mich in Drayce hineinzuversetzen. Ich habe ihm aufgetragen, ausgerechnet den Menschen zu beschützen, den er unbedingt leiden sehen wollte.

Als ich noch bei meiner Tante lebte und den ganzen Tag nur langweilige Dinge zu tun hatte, habe ich mir oft ausgemalt, wie mein Leben verlaufen könnte, wenn ich irgendwo anders leben würde. Drayce wird in der endlosen Einsamkeit der Höhle sehr viele Wege ersonnen haben, sich an Cressa zu rächen, sollte er sie eines Tages in die Finger bekommen. Und ich habe ihm diese Möglichkeit genommen.

Wenn ich die Gelegenheit hätte, Kyle, der mich vergewaltigen wollte, und Feodor, der mich verraten hat, für ihre Taten büßen zu lassen, würde ich denjenigen hassen, der mich davon abhalten würde. Wahrscheinlich hätte ich mich über den Schwur hinweggesetzt, um meinen Rachedurst zu stillen.

Doch Cressa ist hier – äußerlich unversehrt und bei bester Gesundheit.

»Warum hat er es nicht getan?«, wispere ich.

»Deinetwegen«, antwortet sie.

Ich schaue auf die verblasste Narbe auf meiner Handfläche. »Aber unser Blutschwur muss längst erfüllt sein. Sobald er dich vom Turm weggebracht hatte, war … Ihm hätten keine Konsequenzen gedroht.«

»Das vielleicht nicht, aber er hätte dich trotzdem damit verletzt.« Cressa legt ihre Hand auf meine. »Zumindest hoffe ich, dass wir trotz allem noch Freundinnen sind.«

Nach kurzem Zögern lehne ich die Stirn an ihre. »Das sind wir. Wenn Drayce es geschafft hat, dir zu vergeben, werde ich das allemal können.«

Sie kichert. Und dieser Laut erinnert mich an ein fast vergessenes Leben, in dem ich nichts von der Existenz von Drachen, Halbdrachen und Hexen gewusst habe. »Ich bezweifele, dass er mir je vergeben wird, aber ich glaube, dass er meine Beweggründe verstanden hat.«

Ich ziehe sie fester an mich. Ihr weicher Körper schmiegt sich an mich, als sie ebenfalls die Arme um mich schlingt.

»Ich bin so froh, dass du da bist«, flüstere ich. »Ich habe dich vermisst.«

Sie lacht. »Eigentlich hast du deinen grummeligen Halbdrachen vermisst, mit dem ich mich herumschlagen musste. Aber ich freue mich auch, endlich wieder bei dir zu sein. Die Wochen, nachdem sie dich ins Meer geworfen hatten, waren die schlimmsten meines Lebens. Um nicht in den Fluten zu sterben, habe ich meinen letzten Rest Magie geopfert, um dich irgendwo hinzubringen, wo du in Sicherheit warst.«

»Deine Magie hat mich zu Drayce gebracht?«, murmele ich. »Dafür danke ich dir.«

»Dadurch konnte ich dich nicht nur in dieser verfluchten Nacht retten, sondern auch dein Herz aus Stein heilen.« Sie zuckt mit den Schultern. »Abgesehen davon, dass Drayce ein riesengroßer Idiot ist, hatte es nur Vorteile.« Ihr Blick findet meinen. »Aber was hast du jetzt vor? Wir sind aus Ilgaron geflohen mit der Absicht, irgendwo ein neues Leben zu beginnen. Nun sitzen wir auf dieser Insel fest.« Sie runzelt die Stirn. »Und die Drachenfrau vorhin kam mir etwas zu interessiert an Drayce vor, wenn du mich fragst.«

Ich schüttele den Kopf. »Drayce ist hier aufgewachsen. Sie kennen sich bestimmt von früher. Abgesehen von ein paar aufdringlichen *Dracos* ist es hier wirklich sehr schön. Ich stelle dich gleich den anderen Mädchen vor und vielleicht kannst du dich genauso schnell einleben wie ich.«

»Du ... willst hierbleiben?«

Der ungläubige Unterton in ihrer Stimme lässt mich aufhorchen. »Hier ist es genauso gut wie irgendwo sonst, wohin wir hätten fliehen können. Sogar besser. Egal in welches Land wir uns abgesetzt hätten, früher oder später hätten wir uns einem Herrn unterordnen oder Entscheidungen treffen müssen, für die keine von uns bereit gewesen wäre.«

»Und hier soll das anders sein?«, fragt Cressa.

Ich zucke mit den Schultern. »Es ist zumindest eine Überlegung wert.«

Kapitel 13

Drayce

Egal wie oft ich den Arm aus Rhias Klammergriff winde, sie hängt sich sogleich wieder an mich. Sie ist der einzige Grund, warum die verdammte Hexe vor mir bei Ezlain war. Schon von Weitem hörte ich Rhias Schimpfen und Ezlains genervte Erwiderungen. Der jungen *Dracae* über den Weg zu laufen, ist etwas, was ich eigentlich unter allen Umständen vermeiden wollte …

Der Plan war, Ezlain zu finden und sie von hier wegzubringen. Wie ich das schaffen wollte, weiß ich bis jetzt nicht. Es grenzt an ein Wunder, dass ich – mit der lästigen Hexe im Schlepptau – überhaupt die Klippen emporklettern konnte. Zwischendurch hatte ich das Gefühl, sie würde mich jede Sekunde erwürgen, so fest hielt sie sich an meinem Hals. Ich hätte sie am liebsten von vornherein auf dem Schiff zurückgelassen, entschied mich jedoch dagegen. Zur Not werde ich sie gegen Ezlain eintauschen, damit Ronnyd und dem Clan das diesjährige Opfer nicht entgeht.

Ich wollte mich vor Rhia verstecken, doch als ich Ezlains Stimme hörte, hielt mich nichts mehr hinter dem breiten Baumstamm. Und ihr Blick, als sie mich sah, war die drohende Konfrontation mit Ronnyd und seiner Tochter allemal wert.

Ohne Punkt und Komma plappert Rhia auf mich ein. Ich gebe zwischendurch nur ein paar Laute von mir, doch das hält sie nicht davon ab, weiterzureden. Es scheint ihr völlig egal zu sein, ob ich ihr zuhöre oder mich am Gespräch beteilige. Sie zerrt mich über Wiesen und verschlungene Wege, als wäre ich ein unartiges Haustier, das sie an einer Leine hinter sich herführen muss.

Ich habe schon immer gehasst, wie sie mich behandelt hat.

Doch ich trete lieber jetzt Ronnyd gegenüber und schaffe klare Verhältnisse. Wenn ich es aufschiebe oder gar versuche, heimlich mit Ezlain zu verschwinden, wird es nur noch größere Probleme geben. Im Ernstfall wird er den ganzen verdammten Clan auf uns hetzen. Ronnyd konnte noch nie leiden, wenn ihm etwas gestohlen wurde, was er für sein Eigentum hielt. Anders als die meisten Drachen, die Schätze aus Gold und Edelsteinen horten, hat sich Ronnyd mittlerweile darauf spezialisiert, menschliche Jungfrauen zu sammeln.

Und Ezlain ist seine neueste Errungenschaft.

Es ist fast dreißig Jahre her, seit ich diese Insel verlassen habe, dennoch erinnere ich mich gut daran, wo Ronnyds Familie lebt. Bis auf ihn und Rhia ist allerdings nicht mehr viel davon übrig. Als Heranwachsender war ich oft bei ihnen zu Hause, vor allem, als Rhias Mutter noch lebte. Dunkel erinnere ich mich an eine gütige *Dracae*, die in mir wahrscheinlich ihren verstorbenen Sohn gesehen hat.

Als ob Ronnyd bereits von meiner Ankunft gewusst hat, erwartet er uns an der Tür seines Hauses. Am liebsten würde ich ihm das gönnerhafte Grinsen, mit dem er Rhias Klammern bedenkt, aus dem Gesicht schlagen, doch ich beherrsche mich.

»Du kommst spät, Halbdrache«, brummt er.

Rhia legt den Kopf schief. »Du wusstest, dass er …?«

Ronnyd nickt. »Ich hatte so eine Ahnung.« Sein Blick huscht zurück zu mir. »Was hat dich aufgehalten?«

Ich straffe die Schultern. »Der Weg ist ziemlich weit, wenn man mit dem Schiff hersegeln muss und die Winde sich gegen einen verschworen haben.«

Er beugt sich zu seiner Tochter. »Wärst du so lieb und machst uns einen von deinen wohlschmeckenden Tees? Drayce ist sicher durstig nach der langen Reise.«

Sichtlich widerwillig macht sie sich von mir los und huscht ins Haus. Ich reibe mir mit der Hand über den Arm, als könnte ich so das Gefühl ihrer eiskalten Berührung abwischen.

»Manche Dinge ändern sich wohl nie«, sinniert Ronnyd. »Ich habe sie übrigens im Glauben gelassen, du seist tot.«

Ich stoße ein Schnauben aus. »Wenn es nach dir gegangen wäre, wäre ich das auch. Aber lass uns die Höflichkeiten nun, da wir allein sind, überspringen und gleich zum Wesentlichen kommen. Du weißt, warum ich hier bin.«

»Deine kleine *rwy'nary* hat sich gut eingelebt«, entgegnet Ronnyd. »Wenn dir die Winde noch eine Weile länger nicht gewogen gewesen wären, wärst du vielleicht zu spät gekommen.«

Ich knirsche mit den Zähnen. Bereits vorhin habe ich Rhia über Vargon reden hören. Auch an ihn erinnere ich mich gut, aber es sind keine Erinnerungen, an die ich gern zurückdenke.

»Was meinst du damit?«, knurre ich.

Der Anflug des Grinsens, mit dem er mich bedenkt, bereitet mir eine Gänsehaut. »Sie trägt zwar deine Herzschuppe und für dich ist sie deine *rwy'nary*, aber sie selbst hat keine Ahnung, was das bedeutet. Sie kann sich ohne Weiteres umentscheiden und wenn du noch ein wenig länger gebraucht hättest, um hier aufzukreuzen, hätte sie das vielleicht bereits getan. Nicht nur *ein* reinblütiger *Draco* hat Interesse an ihr bekundet.«

Obwohl ich mein Bestes gebe, mir nichts anmerken zu lassen, weiß Ronnyd ganz genau, dass er einen Nerv bei mir getroffen hat. Sein Grinsen wird breiter, während er jede Regung in meinem Gesicht, jedes noch so kleine Muskelzucken, aufmerksam studiert.

»Sag mir, Halbblut: Was hast du mit der kleinen Sterblichen vor, falls ich sie dir tatsächlich überlassen sollte? Wohin willst du mit ihr gehen? Du besitzt nichts – keinen Schatz, von dem ihr leben könntet. Um einen zu bekommen, müsstest du einen neuen Blutschwur eingehen – was dich wahrscheinlich weiter von ihr entfernen würde, als dir lieb wäre.«

Ich presse fest die Lippen zusammen. Was er anspricht, sind Punkte, die ich bisher weit vor mir hergeschoben habe. Weder Ezlain noch ich besitzen ein Vermögen oder haben eine wohlhabende Familie hinter uns, die uns unterstützen würde. Mittellos müssten wir leben wie die ärmsten Menschen in Makio – ein Leben, das ich Ezlain unter allen Umständen ersparen will. Aber um uns irgendwo anders niederzulassen, fehlt uns das Geld. Es stimmt, ich könnte einen neuen Handel eingehen und mich dieses Mal mit Reichtümern anstatt Lebensjahren bezahlen lassen, aber das würde bedeuten, wieder etwas bewachen oder in einem Krieg kämpfen zu müssen, der nicht der meine ist. Beides würde mich von Ezlain trennen.

»Sie hat Feuer, deine kleine *rwy'nary*«, murmelt Ronnyd, als ich ihm eine Antwort schuldig bleibe. »Mit ihrer Art hat sie sofort für Aufsehen gesorgt. Anders als die meisten Jungfrauen, die ich Jahr für Jahr herbringe, schlich sie nicht mit gesenktem Haupt zum Versammlungsplatz, sondern hat die Reihen wie eine Königin durchschritten.«

Es fällt mir nicht schwer, mir den Moment vorzustellen und mein Herz schwillt an vor lauter Stolz auf meine *rwy'nary*. Ich weiß, wie anmutig sie sich bewegen kann und kenne ihren durchdringenden Blick, der ausreicht, um andere auf Abstand zu halten. Gleichwohl habe ich nicht vergessen, dass sich Drachen jeher von Selbstbewusstsein und Stärke angezogen fühlen.

Ezlain weiß genau, wann sie diese Fassade aus ihrem früheren Leben nach außen kehren muss. Die anderen *Dracos* kennen nicht die tollpatschige Ezlain, die sich mit den Füßen in der Decke verheddert und aus dem Bett fällt, oder die, die einfach nicht weiß, wann es besser ist, den Mund zu halten.

Diese Ezlain kenne nur ich. Und ich werde alles daransetzen, dass es dabei bleibt!

»Was willst du, Ronnyd?«, grolle ich.

»Im Austausch für die Kleine?«, hakt er nach. »Ich bezweifele, dass du etwas besitzt, was sie aufwiegen würde. Meine Tochter allerdings …«

Wie aufs Stichwort kommt Rhia mit einem Tablett zurück, auf dem drei dampfende Tassen Tee stehen. Schon aus mehreren Schritten Entfernung beißt mir der süße Geruch des Tees in der Nase.

Ronnyd greift nach einer der Tassen und nimmt einen Schluck, ehe er den Satz von eben beendet. »... würde sich sehr freuen, wenn du hierbleiben würdest.«

Die verbliebenen beiden Teetassen klappern auf dem Tablett, als sich Rhia versteift und erwartungsvoll zu mir aufschaut. Bei dem unverhohlenen Flehen in ihrem Blick wird mir flau im Magen. Ich muss so schnell wie möglich klare Verhältnisse schaffen, doch zu allererst will ich wissen, wie es um Ezlain steht.

Ronnyds fallen gelassene Bemerkung, dass sich andere *Dracos* um sie bemühen würden, haben ihr Ziel nicht verfehlt.

Andere *Dracos* wie Vargon – reinblütig und nicht verkrüppelt.

Jeder von ihnen könnte besser für sie sorgen als ich; trotzdem sträubt sich alles in mir gegen den Gedanken, sie kampflos aufzugeben. Jedoch würde ich es verstehen, wenn sie einen anderen wählt. Auch wenn es mich zerstören würde.

»Du ... willst wieder gehen?«, haucht Rhia kaum wahrnehmbar. »Aber hier wärst du in Sicherheit. Mit dem kaputten Flügel kannst du nicht ...« Sie verstummt abrupt, als sie mein zweifelsohne wütender Blick trifft. »Tut mir leid, ich wollte nicht ...«

Unsicher schaut sie zu meinem linken Flügel, während sich Mitleid und Abscheu in ihrer Mimik vermischen. Es kommt nicht oft vor, dass die Flügel eines Drachen verletzt werden, weil ein jeder sie wie seinen Augapfel hütet. Geschieht es dennoch, ziehen es die meisten Drachen vor, ihr Leben zu beenden. Ohne die Fähigkeit zu fliegen, sind sie nichts weiter als zu groß geratene Eidechsen. Aber ich konnte sowieso noch nie fliegen.

»Du musst dich nicht sofort entscheiden«, wirft Ronnyd ein. »Sei unser Gast, so lange du willst. Wenn du bleiben möchtest, haben wir eine Aufgabe für dich, wie du weißt. Falls du jedoch gehen solltest, wirst du das allein tun.«

Kapitel 14

Ezlain

Ich verbringe den restlichen Tag gemeinsam mit Cressa in meinem Zimmer. Wie früher haben wir uns zu zweit im Bett eingerollt und reden. Es dauert jedoch nicht lange, bis sie völlig erschöpft an meiner Schulter einschläft.

Ich mache hingegen kein Auge zu. Die ganze Zeit denke ich darüber nach, wo Drayce gerade ist und wie ich zu ihm gelangen kann. Ihn einfach zu suchen, wage ich nicht. Bei meinem Glück laufe ich noch Vargon in die Arme, der sich in den letzten Tagen immer nah an unserer Hütte herumgetrieben hat.

Neidisch betrachte ich Cressas völlig entspannten Gesichtsausdruck. Ich weiß, was ich tun muss, um endlich wieder tief und fest schlafen zu können, aber es ist ausgeschlossen, dass ich Drayce in die Hütte der Mädchen schmuggeln kann, ohne dass jemand etwas bemerkt. Also muss ich mich woanders mit ihm treffen.

Vorsichtig klettere ich über Cressa und aus dem Bett, schnappe mir die Tagesdecke, die auf dem Boden liegt, und ein Kissen und verberge beides hinter der Hütte.

Danach klopfe ich an Daphnes Tür.

Als sie öffnet, frage ich: »Macht es dir etwas aus, mir für heute Abend noch mal deine Tunika mit den goldenen Stickereien zu leihen? Und hast du vielleicht auch eine Hose, die mir passen könnte?«

Verwundert über meine Fragen zieht sie die Augenbrauen hoch. Nachdem ich mich gestern Abend fast mit Händen und Füßen dagegen gewehrt habe, mich ausstaffieren zu lassen, bitte ich nun aus freien Stücken darum.

»Willst du Vargon doch eine Chance geben?«, fragt Daphne, nachdem sie mich hereingebeten hat.

Sie klingt so niedergeschlagen, dass ich schnell den Kopf schüttele. »Keine Angst. Ich werde ihn dir nicht wegnehmen. Vargon und ich sind höchstens Freunde.« *Und vielleicht nicht mal das,* füge ich in Gedanken hinzu.

Nach kurzem Zögern kramt sie die Tunika und eine dunkle Hose aus weichem Leder aus der Truhe am Fuße ihres Bettes hervor.

»Ich weiß nicht, ob sie dir passt«, murmelt sie, als ich beides entgegennehme, und deutet auf die Hose. »Ich habe sie nur einmal getragen. Mir ist sie etwas zu lang.«

Ich bedanke mich und husche zurück in mein Zimmer, wo ich mich umziehe. Murrend erwacht Cressa hinter mir.

»Musst du solch einen Krach machen?«

Ich winke ab. »Verfügst du auch ohne Zauberkraft noch über deine magischen Finger?«

»Hmm?«

Nachdem ich Tunika und Hose, die außerordentlich gut passt, angezogen habe, wende ich mich zu Cressa um. »Ich weiß, du bist nicht mehr meine Sklavin, aber ich könnte deine Hilfe gebrauchen.«

Sie beißt sich auf die Unterlippe, kann das aufsteigende Lachen jedoch nicht mehr daran hindern, aus ihrem Mund zu entschlüpfen. »Dass irgendwann der Tag kommt, an dem du mich bittest, dir mit den Haaren zu helfen, anstatt vor mir zu fliehen, hätte ich nie für möglich gehalten! Na los, was stellst du dir vor?«

Ich fahre mir mit den Fingern durch mein leicht gewelltes, kupferrotes Haar. »Ich möchte es offen lassen, aber ein paar Strähnen ...«

Cressa hebt die Hand. »Sag nichts mehr! Ich hab schon ganz genau im Kopf, was ich machen werde.«

Sie greift nach der Bürste und zieht sie so lange durch mein Haar, bis es glänzt und auf der dunklen Tunika beinahe leuchtet. Anschließend flicht sie einzelne Strähnen an den Schläfen zurück, sodass sie mir nicht ins Gesicht hängen, und schiebt zur Befestigung zwei goldene Spangen hinein, die sie sich von Daphne geliehen hat.

Es dauert nicht lange, bis die anderen Mädchen in mein Zimmer huschen und Cressas Künste im Haarefrisieren loben. Als meine ehemalige Sklavin anbietet, ihnen ebenfalls die Haare zu machen, ist die Aufregung fast mit Händen greifbar. Innerhalb weniger Minuten fügt sich Cressa in die Gemeinschaft ein und wird von den anderen akzeptiert – ein Kunststück, für das ich fast eine Woche gebraucht habe. Schmunzelnd beobachte ich sie und die anderen, ehe ich beginne, an meiner Tunika herumzuzupfen, die mir bis zur Hälfte des Pos reicht. Als Cressa meine aufkommende Nervosität bemerkt, hält sie mir grinsend einen Spiegel hin.

Ich lächle sie verlegen, aber dankbar an. Nachdem ich die letzten Wochen keinen zweiten Gedanken an mein Äußeres verschwendet habe, überlasse ich heute nichts dem Zufall. Dabei weiß ich nicht einmal, warum ich derart aufgeregt bin. Drayce hat mich bei unserer ersten Begegnung halb nackt gesehen. Wahrscheinlich ist ihm völlig egal, was ich anhabe, aber ich weiß, dass er es mag, wenn ich das Haar offen trage. Und ich werde nie die Bemerkungen vergessen, die er über die Hose gemacht hat, die er mir in dem kleinen Hafenort kaufte. Die Hose, die ich jetzt trage, ist zwar etwas dunkler, aber das weiche Leder schmiegt sich genauso an mich wie eine zweite Haut. Meine Aufregung und die Mühe, die ich hier betreibe, sind völlig irrational, doch zum ersten Mal seit sehr langer Zeit möchte ich schön sein.

Auch Cressa bekommt von den Mädchen in unserer Hütte Wechselkleidung angeboten und steckt kurz darauf in einem knielangen Kleid aus hellem Leinen, was ihre olivfarbene Haut betont, und flachen Schuhen.

Gerade als ich in die kniehohen Stiefel schlüpfe, klopft es an der Tür zur Hütte. Ohne eine Antwort abzuwarten, tritt Rhia ein. Sie stutzt, als sie sieht, wie wir uns herausgeputzt haben. Auf mir verweilt ihr Blick besonders lange.

Betont langsam richte ich mich auf; ein erhebendes Kribbeln durchzuckt mich, als ich sie um eine halbe Kopfeslänge überrage.

Ich habe gedacht, dass Rhia eine wahre Freundin für mich sein könnte, wenn sie nur endlich aufhören würde, mich verkuppeln zu wollen.

Die Art, wie sie sich heute an Drayce geklammert hat, weckte jedoch etwas in mir auf, das der Meinung ist, dass eine Freundschaft mit Rhia nicht möglich ist. Ein Monster ist in mir erwacht, das ich bisher nur aus Büchern und Erzählungen kannte. *Eifersucht* nannte Cressa dieses Monster und traf damit mitten ins Schwarze.

Stirnrunzelnd wendet Rhia den Blick von mir ab. »Seid ihr so weit?«, fragt sie die anderen.

Die Mädchen nicken und folgen ihr nach draußen.

Cressa schmuggelt ein verschwörerisches Lächeln in meine Richtung. »Ich werde heute Abend Wetten entgegennehmen, wer von euch beiden zuerst auf die andere losgeht.«

Ich schürze die Lippen. »Rhia hat wahrscheinlich gar nicht mitbekommen, dass ich anders auf sie reagiere. Außerdem musste sie mich bisher regelrecht dazu zwingen, etwas Schönes anzuziehen und mich ein wenig herzurichten.«

»Ich habe Mitleid mit ihr. Das Drama habe ich gut fünfzehn Jahre lang mitgemacht«, brummelt Cressa und erntet dafür einen Stoß in die Seite. »Mach dir keine Sorgen! Wer dich übersieht, ist blind.«

Ich schüttele den Kopf. »Darum geht es mir nicht. Mir ist gleichgültig, ob mich die anderen sehen oder was sie über mich denken.«

»Nur bei Drayce ist es anders, nicht wahr?«

Ich nicke. »Er hat … kein einziges Wort zu mir gesagt, als er mich heute Morgen wiedergesehen hat. Habe ich … irgendwas falsch gemacht?«

Cressa zieht die Augenbrauen zusammen und schlingt dann beide Arme um meine Mitte. »Hast du nicht. Er wird seine Gründe haben.«

Ich werfe ihr einen abwägenden Blick zu. »Hast du gerade Partei für ihn ergriffen?«

Sie verdreht die Augen und macht sich von mir los. »Nein. Aber ich musste die ganzen letzten Wochen seine Trauermiene und die ständigen Fragen über dich ertragen. Glaub mir, du hast rein gar nichts falsch gemacht. Der Kerl ist verrückt nach dir, sonst wäre er dir nicht bis ans andere Ende der Welt gefolgt. Die kleine Drachenfrau hingegen hat er mit keinem einzigen Wort erwähnt.«

»Danke«, murmele ich, greife nach ihrer Hand und so folgen wir den anderen.

***

Als wir am Versammlungsort ankommen, herrscht schon reger Betrieb. Wie immer müssen wir an der Gruppe der jungen *Dracos* vorbei, um an unseren Platz zu gelangen. Ihre Unterhaltungen kommen zum Erliegen und ich spüre, wie sie mich anschauen. Wie von selbst recke ich das Kinn vor.

»Ganz ruhig«, murmelt Cressa neben mir. »Du bist nicht in Beatrices großer Halle.«

»Fühlt sich aber genauso an«, entgegne ich. »Da wurde ich auch immer so angestarrt.«

Einer der *Dracos* erhebt sich und macht einen Schritt in unsere Richtung. Ich muss ihm nur einen Blick zuwerfen, damit er sich wieder setzt und angestrengt den Teller vor sich betrachtet. Ein schnaubendes Lachen ertönt in der Gruppe und erst jetzt entdecke ich Drayces feuerroten Haarschopf hinter Vargon. Ich verfluche das niedrig brennende Feuer und den verhangenen Mond, die beide nicht genug Licht spenden, um ihn richtig erkennen zu können.

Mit Cressa setze ich mich etwas abseits unserer Gruppe und stelle ihr in Ruhe die anderen jungen Frauen vor, die nicht in unserer Hütte wohnen.

Wir sind noch nicht fertig mit der Vorstellungsrunde, als ein Schatten auf mich fällt. Mein Herz macht einen Satz, weil ich hoffe, dass es Drayce ist. Doch ich werde enttäuscht.

»Ezlain«, raunt Vargon. Ich verdrehe die Augen. »Die Damen«, begrüßt er die anderen mit einiger Verspätung. »Darf ich mich heute wieder zu dir setzen?«

Ich straffe die Schultern. »Die Mädchen wären sicher erfreut darüber, wenn du dich zu ihnen setzt. Ich aber möchte den Abend mit meiner Freundin Cressa verbringen. Sie ist die Anwesenheit von *Dracos* nicht gewohnt und ich will sie am ersten Abend nicht überfordern.«

Er zieht geräuschvoll die Luft durch die Nase ein und auch Rhia sieht alles andere als erfreut aus.

»Aber …«, beginnt er.

Ich hebe den Blick. Obwohl ich auf dem weichen Boden sitze und er mich mit seinen knapp zwei Metern Körpergröße auch überragen würde, wenn ich vor ihm stünde, starre ich ihn unnachgiebig nieder. Nach einigen Sekunden weicht er meinem Blick aus und trollt sich zu seiner angestammten Gruppe.

Cressa gibt ein leises Pfeifen von sich, als er außer Hörweite ist. »Irgendwie habe ich Mitleid mit dem armen Kerl.«

»Du hast ihn schon wieder beleidigt!«, zischt Rhia. »Kannst du nicht einmal …?«

»Nein«, falle ich ihr ins Wort. »Kann ich nicht. Weil ich nicht will. Ich will *ihn* nicht. Hör endlich auf, mir etwas anderes einreden zu wollen.«

Rhia gibt ein Grollen von sich, das dem ihres Vaters in nichts nachsteht, und erhebt sich abrupt. Mit sehr ausladenden Schritten für eine solch zierliche Person stapft sie hinüber zum Clan der Ältesten, bei dessen Mitte Ronnyd sich meistens aufhält.

»Erzählt sie es etwa ihrem Vater?«, flüstert Daphne.

»Ist mir egal, ob sie petzen geht«, grummele ich. »Ich habe nichts Falsches getan.«

Daphne zuckt mit den Schultern. »Stimmt schon. Wahrscheinlich sind sie und Vargon einfach keine Widerworte gewöhnt. Ich meine, von uns würde keine so mit …«

Sie bricht ab und starrt mit großen Augen hinter mich. Auch mir ist der erneut aufgetauchte Schatten nicht entgangen.

Seufzend drehe ich mich um. »Vargon, ich hab dir doch eben gesagt, dass …«

Dann verstumme auch ich. Jedes Wort, das jetzt aus meinem Mund kommen würde, wäre nichts weiter als ein Krächzen.

Die Hände in die Hosentaschen geschoben grinst Drayce auf mich herab. »Guten Abend«, raunt er in einem Tonfall, der es in meinem ganzen Körper kribbeln lässt. Nachdem ich Wochen auf den Klang seiner Stimme verzichten musste, gleichen diese zwei unerheblichen Worte einer Antwort auf alle Fragen, die ich mir in der einsamen Zeit gestellt habe. »Darf ich mich zu euch setzen?«

Kapitel 15

Drayce

Kurz zuvor …

Nachdem es mir endlich gelungen ist, von Ronnyd und Rhia loszukommen, schlage ich den Weg zu den Hütten in der Nähe des Flusses ein. Früher lebten dort die jungen, ungebundenen *Dracos* und ich hoffe einfach, dass es heute immer noch so ist. Keinesfalls werde ich – wie angeboten – in das leere Zimmer neben Rhias einziehen! Lieber ertrage ich ein paar Halbstarke um mich herum, auch wenn ihre Gesellschaft nicht mehr das Richtige für mich ist.

Wenn es nach mir ginge, würde ich die Nächte sowieso nicht dort verbringen.

Ich muss nur aufpassen, dass mich keine der Wachen erwischt, die des Nachts die Sicherheit der Insel gewährleisten.

Ich treffe die anderen *Dracos* vor den Hütten, als sie gerade im Begriff sind, zum großen Platz aufzubrechen, wo seit jeher alle Clans gemeinsam das Abendessen einnehmen. Ich kenne nur zwei von ihnen: Vargon ist etwas älter als ich und es wundert mich, dass er immer noch zu den *Dracos* ohne *rwy'nary* gehört. Wahrscheinlich hält es keine lange genug mit seiner selbstverliebten Art aus. Der andere ist ein ebenfalls reinblütiger *Draco* namens Athor, der sich in all den Jahren nicht verändert hat – immer noch etwas pummelig und schüchtern, beäugt er mich, während er sich halb hinter den anderen, größeren *Dracos* verbirgt.

»Dann sind die Gerüchte also wahr«, sagt Vargon mit einer Prise Spott in der Stimme, als ich vor ihm stehen bleibe. »Das rote Halbblut ist zurück. Das letzte Mal, als ich dich gesehen habe, hast du getönt, dass du nie wieder einen Fuß auf diese verdammte Insel setzen willst.«

»Vargon«, sage ich gedehnt. »Hängen in deinem Zimmer immer noch so viele Spiegel, damit du dich ständig aus einer anderen Perspektive sehen kannst? Du selbst bist schließlich deine einzige wahre Liebe. Oder gibt es einen anderen Grund, warum ein stolzer großer *Draco* wie du noch immer im Clan der Ungebundenen festhängt?«

Hier und da wird Gelächter laut, was den Muskel unter Vargons rechtem Auge zucken lässt. Sein Name ist im Gespräch zwischen Ez und Rhia für meinen Geschmack einmal zu oft gefallen, weshalb ich mir keine Mühe gebe, mich zu zügeln.

Nachdem er sich wieder gefangen hat, verzieht Vargon gehässig den Mund. »Da du nun wieder da bist, werde ich nicht derjenige sein, der am längsten in diesem Clan festhängen wird. Wer will schon einen Halbdrachen mit einem verkrüppelten Flügel?«

Ich zucke zusammen, als hätte er mir einen Kinnhaken verpasst. Die ganze Zeit über halte ich meine Flügel eng hinter dem Rücken gefaltet, sodass niemandem, der nicht davon weiß, die Narben auf der Haut und die schlecht zusammengewachsenen Knochen auffallen. Doch Vargon war schon immer gut darin, die Schwächen seines Gegners zielsicher ausfindig zu machen.

»Außerdem«, fügt er hinzu, »werde ich nicht mehr lange Teil dieses Clans sein. Es ist nur eine Frage der Zeit, bis sie es ebenfalls erkennt.«

»Sie?«, hake ich nach.

Er nickt selbstgefällig. »Meine zukünftige *rwy'nary*. Sie ist erst seit Kurzem hier und hatte noch nicht genug Zeit, um mich näher kennenzulernen.«

»Könnte auch daran liegen, dass sie dich mehrmals und betont deutlich abgewiesen hat«, stichelt einer der anderen *Dracos* leise, aber laut genug, dass sowohl Vargon als auch ich ihn hören können.

Vargon bleckt die Zähne, weist den anderen aber nicht zurecht, sondern wendet sich ab und stapft in Richtung des Versammlungsplatzes davon.

Ich grinse. Ja, das klingt sehr nach Ezlain. Sie lässt sich nicht durch ein nettes Lächeln oder ein ansehnliches Äußeres täuschen und wird ihm sehr deutlich gesagt haben, dass er sie in Ruhe lassen soll. Wenn Vargon klug ist, sollte er sich daran halten.

Doch Vargon ist nicht klug, sondern ein aufgeblasener Idiot, der uns Halbdrachen schon immer spüren ließ, dass er etwas Besseres ist.

Bleibt nur abzuwarten, ob ich es sein werde, der ihm den Kopf abreißt, oder ob Ezlain mir zuvorkommt. Die Vorstellung, wie sie diesen Wichtigtuer in seine Schranken weist, hat etwas ungemein Erregendes.

Ich wende mich an den *Draco*, der eben die Bemerkung über Ezlain gemacht hat. »Diese Neue ... Wie ist sie so?«

Seine Augen leuchten auf, während wir den anderen Richtung Versammlungsplatz folgen. »Ich habe noch nie mit ihr gesprochen, sondern sie nur aus der Ferne angesehen. Die meisten, die es gewagt haben, mit ihr zu reden, versuchen es kein zweites Mal. Nur Vargon scheint darauf zu stehen, dass sie ihn immer wieder abblitzen lässt. Ich schwöre, in ihren Adern fließt Feuer anstatt Blut.«

Ja, das tut es, stimme ich ihm in Gedanken zu und streiche mit dem Daumen über meine rechte Handfläche.

»Sie ist nicht wie die anderen«, fährt er fort. »Sie sticht allein durch die Art, wie sie sich bewegt, heraus. Den anderen Mädchen sieht man deutlich an, dass sie aus ärmeren Verhältnissen stammen. Sie sind abgemagert und halten stets den Kopf gesenkt. Wenn man sie etwas fragt, erntet man nur Gemurmel, wenn überhaupt. Aber diese Neue ...« Verschwörerisch lehnt er sich im Laufen ein Stück zu mir. »Ihre spitze Zunge ist legendär, aber meistens muss sie sie gar nicht einsetzen. Es heißt, dass ihr eiskalter Blick ausreicht, um das Herz eines *Dracos* zerspringen zu lassen.«

»Und deshalb fürchtet ihr euch vor ihr?«

»Wo denkst du hin!«, sagt er sofort. »Jeder von uns will sie haben. Die meisten haben nur noch nicht genug Mut gesammelt, um sich ihr zu stellen. Ich meine, wenn sie sogar Vargon abweist …« Er zuckt hilflos mit den Schultern. »Wie sollen wir dann eine Chance haben?«

***

Als wir den Versammlungsplatz erreichen, scheint sich die Nachricht über meine Rückkehr bereits wie ein Lauffeuer verbreitet zu haben. Sogleich werde ich von alten Bekannten von früher umringt, die mir abwechselnd auf die Schultern klopfen und mich ausfragen, wo ich all die Zeit über gesteckt hätte. Ich beantworte ihre Fragen knapp und ohne ins Detail zu gehen und entschuldige mich anschließend, um wieder zu den jungen *Dracos* aufzuschließen.

Viele derjenigen, die mich eben begrüßt haben, waren früher meine Freunde, ganz gleich, ob Halb- oder reinblütiger Drache. Nun fehlt auch jedem von ihnen eine Schuppe auf Höhe ihres Herzens. Mich zu denen zu setzen, deren Schuppenpanzer noch vollständig ist, fühlt sich wie ein Fehler an. Ich habe vorsorglich zwei Schlitze für die Flügel in den Rücken des Hemdes geschnitten, bevor ich mich verwandelt habe, sodass ich es noch immer trage und bisher niemandem meine fehlende Herzschuppe aufgefallen ist. Aber ich möchte auch dort drüben bei den gebundenen *Dracos* sitzen, die ihre *rwy'nary* im Arm haben und sie mit Häppchen füttern.

Doch das kann ich nicht. Niemand weiß von Ezlain und mir – bis auf die Hexe. Und bis ich alles geregelt habe, soll das auch so bleiben. Zuerst muss ich mit Ezlain reden und ihr erklären, was es mit der Schuppe auf sich hat. Ich hätte es ihr von Anfang an sagen sollen, doch ihre Gedanken waren zu der Zeit einzig und allein bei Cressa und deren Rettung. Ich wollte sie nicht noch zusätzlich mit meinen Problemen belasten.

Seufzend kehre ich also zu den jungen *Dracos* zurück und setze mich an den äußeren Rand der Gruppe. Wie erwartet bestimmt Vargon den Gesprächsverlauf. Ich tue es den anderen gleich und konzentriere mich auf das Essen. Nachdem ich mehr als zwei Wochen nur karge Schiffskost zwischen die Zähne bekommen habe, gleicht das Essen hier einem Festmahl. Verschiedene Fleischsorten, gebratenes Gemüse und frisch gebackenes Brot – mehr als genug, um jeden Bewohner der Insel satt zu machen.

Ezlain muss ähnlich gestaunt haben. Wann hatte sie vor dem Morgen der Opferung zuletzt etwas Ordentliches gegessen? Wenn ich nicht darauf geachtet hätte, hätte sie sich während des Trainings auf dem Schiff zu Tode gehungert.

Ich verziehe den Mund, als sich Ronnyds Worte mehr und mehr in mir festsetzen. Kann ich ihr irgendwo anders ein Leben bieten, das sie verdient? Oder wird sie wieder Hunger leiden müssen, während hier doch alles im Überfluss vorhanden ist?

Ich schaue auf, als die Gespräche um mich herum zum Erliegen kommen. Lange muss ich nicht nach dem Auslöser der Stille suchen und der letzte Bissen bleibt mir beinahe im Hals stecken. Ezlain ist allein durch ihre Ausstrahlung und die Art, wie sie sich in der Menge bewegt, eine Erscheinung, aber heute Abend will sie es scheinbar darauf anlegen, die armen *Dracos* um den Verstand zu bringen.

Und mich gleich mit.

Die restlichen Mädchen, selbst Rhia, verblassen neben ihr. Ich muss mich regelrecht dazu zwingen, sie nicht mit Blicken zu verschlingen. Selbst wenn ich nicht wüsste, wie sie darunter aussieht, würde die Hose nicht sehr viel meiner Fantasie überlassen.

Heute Morgen grenzte es an Folter, nur wenige Meter von ihr entfernt zu stehen und sie nicht berühren zu können. Jetzt schreit alles in mir danach, sie an mich zu ziehen, die Flügel um sie zu legen und jedem verdammten *Draco* hier klarzumachen, dass sie zu mir gehört. Jedem einzelnen will ich das verträumte Starren aus dem Gesicht schlagen, auf dass er nie wieder in einer Art, die ich nicht gutheiße, an meine *rwy'nary* denkt.

Vorsorglich grabe ich die Klauen in den weichen Erdboden, um nicht doch noch aufzuspringen. Denn soeben hat sich ein *Draco* am anderen Ende unserer Gruppe wie in Trance erhoben und macht einen Schritt auf Ezlain zu. Es bedarf nur eines eiskalten Blickes von ihr, damit er sich schleunigst wieder setzt.

Ich schaffe es nicht, ein Lachen zu unterdrücken. Ich durfte Ezlains Bandbreite an Blicken bereits kennenlernen und es wundert mich nicht, dass die *Dracos* sich davor fürchten.

Ein Teil von mir hat Mitleid mit dem armen Kerl. Der andere Teil will ihn dafür, dass er nur daran gedacht hat, meine *rwy'nary* gegen ihren Wunsch anzusprechen, immer noch windelweich prügeln.

Doch neben Mitleid und Wut herrscht vor allem ein Gefühl in mir: unbändiger Stolz. Ezlain ist meine Königin, meine Kriegerin und so viel mehr als eine Partnerin.

Sie ist meine *rwy'nary.*

»Sie ist der Wahnsinn, nicht wahr?«, flüstert der junge *Draco* neben mir. »Mein ganzer Körper vibriert, sogar wenn sie mich ignoriert.«

»Was glaubst du, wie ich mich fühle, wenn sie mit mir redet?«, tönt Vargon. »Das hat sie schon öfters getan. Einmal durfte ich sie sogar in den Armen halten.«

Bevor ich auf ihn losgehen kann, wirft der junge *Draco* ein: »Aber auch nur, weil sie sich beim Versuch, über die Klippen zu klettern, den Knöchel verstaucht hat.«

Wieder kann ich mir ein Lachen nicht verkneifen. »Andernfalls hätte sie dir wohl sämtliche Finger gebrochen, was, Vargon?«

»Was weißt du schon, Halbblut?«, knurrt er. »Im Gegensatz zu dir durfte ich sie immerhin anfassen. Gestern habe ich beim Abendessen bei ihr gesessen.«

»Und du sitzt heute hier, weil … es so gut gelaufen ist?«, stichele ich weiter.

Die anderen beginnen zu lachen. Nur Vargon verzieht das Gesicht.

»Ich kann jederzeit dort hinübergehen und mich wieder zu ihr setzen. Sie wird sich darüber freuen.«

Ich lehne mich ein Stück zurück und verschränke die Arme vor der Brust. »Tatsächlich? Was hältst du dann von einer kleinen Wette? Wenn sie dir erlaubt, dich zu ihr zu setzen, werden wir anderen das akzeptieren. Wenn sie dich jedoch abweist, darf ich mein Glück versuchen, ohne dass du mich deswegen zum Zweikampf forderst.«

»Und wenn du ebenfalls scheiterst?«, will Vargon wissen.

Ich zucke mit den Schultern. »Die anderen hier wollen vielleicht auch eine Chance haben.«

Der Erddrache stößt schnaubend die Luft aus. »Von mir aus! Ich verliere sowieso nicht gegen dich. Welche Frau will schon die *rwy'nary* eines Krüppels sein?«

Ich weiß, dass er es darauf anlegt, mich so lange zu reizen, bis ich ihm einen Grund liefere, mich fertigmachen zu können. Ich bin kurz davor, auf seine Kränkungen anzuspringen, doch ich halte mich zurück. Mit einem Kopfnicken gebe ich ihm zu verstehen, dass unsere Wette gilt und er zu Ezlains Gruppe gehen soll.

»Vargon ist ein Idiot«, flüstert der junge *Draco* neben mir. »Nimm dir das, was er gesagt hat, nicht zu Herzen. Die Mädchen schwärmen für ihn, weil er gut aussieht, aber sobald ihn eine näher kennenlernt, wählt sie lieber einen anderen von uns.«

Ich ringe mir ein knappes Nicken ab, während ich jeden von Vargons Schritten genau beobachte. Ich wünschte, ich könnte hören, was er zu Ezlain sagt und was sie antwortet, doch sie sind zu weit weg und reden zu leise. Die Art, wie sie ihm von Anfang an die kalte Schulter zeigt, lässt mich jedoch Hoffnung schöpfen und der Blick, den sie ihm anschließend zuwirft, hat wirklich das Potenzial, Herzen zerspringen zu lassen.

Sichtlich wütend wendet er sich von der Gruppe ab und stapft zu uns zurück, wo er sogleich von der ein oder anderen höhnischen Bemerkung erwartet wird.

»Dann bin ich wohl dran«, raune ich.

»Als ob du eine Chance bei ihr hättest!«, grollt Vargon. »Du kennst sie gar nicht.«

Ich zucke mit den Schultern. »Eine Wette ist eine Wette und du bist ein schlechter Verlierer.«

Aus den Augenwinkeln sehe ich, dass auch Rhia eilig die Gruppe der jungen Frauen verlässt. Das ist meine Chance! Ohne ein weiteres Wort mache ich mich auf zu Ezlain. Schon aus mehreren Metern Entfernung spüre ich die eisige »Wage-es-nicht-mich-noch-mal-anzusprechen«-Aura, die sie umgibt und wohl vor Vargons Hartnäckigkeit schützen soll. Im ersten Moment hält sie mich tatsächlich für den Erddrachen.

Mit einem lauten Seufzen fährt sie zu mir herum. »Vargon, ich hab dir doch eben gesagt, dass ...«

Ihr wundervoller Mund steht weiterhin offen, doch kein Wort kommt mehr heraus. Mit großen Augen schaut sie mich an, während ich Mühe habe, das lässige Grinsen aufrechtzuerhalten, wo ich doch nichts anderes tun will, als sie endlich wieder zu küssen.

»Guten Abend«, grüße ich sie und die anderen unbekannten jungen Frauen.

Nur die Hexe übergehe ich. Ihre Gegenwart musste ich lange genug ertragen.

Als mein Blick schließlich wieder bei Ezlain ankommt, muss ich mich daran erinnern, wie man spricht. In ihrer Gegenwart neige ich dazu, alles andere auszublenden. Nun, da ich für eine kleine Ewigkeit auf sie verzichten musste, ist es noch schlimmer. Mein Herz setzt für einen Schlag aus, als ich mich in ihren funkelnden grünen Augen verliere, verpasst auch den nächsten Schlag und stolpert anschließend vor sich hin, im Versuch, die verlorenen Schläge wieder aufzuholen. Ich schlucke angestrengt, während ich mich dazu zwingen muss, mich nicht zu sehr auf ihre Lippen zu konzentrieren.

»Darf ich mich zu euch setzen?«, frage ich so galant wie möglich.

Das Blut rauscht mir übernatürlich laut in den Ohren, während ich auf ihre Antwort harre. Doch sie sieht mich nur an, als würden meine Worte keinerlei Sinn für sie ergeben. Erst nach einem Ellenbogenstoß von Cressa kommt Ezlain blinzelnd wieder zu sich.

»Äh ... n-natürlich«, murmelt sie und rutscht ein Stück zur Seite, damit ich neben sie passe.

Die Hexe zieht die Augenbrauen nach oben und bedenkt die stammelnde Ezlain mit einem zweifelnden Blick.

»Hast du nicht noch etwas anderes zu tun?«, frage ich Cressa.

»Wie bitte?«, hakt sie knurrend nach.

Ezlain nickt. »Du ... wolltest doch die anderen Mädchen besser kennenlernen.« Mit einem Kopfnicken deutet sie nach rechts, wo sie ein Stück entfernt sitzen und uns unverhohlen beäugen.

Die Hexe schaut zuerst Ezlain und dann mich an, ehe sie seufzt und hinüber zu den anderen Mädchen rutscht. Echte Privatsphäre haben Ezlain und ich zwar immer noch nicht – erst recht nicht, da uns die anderen *Dracos* garantiert sehr genau beobachten –, aber ich entspanne mich trotzdem ein wenig. Ich rücke so nah an Ezlain heran, dass sich unsere Knie berühren. Sie seufzt leise, ebenso wie ich.

»Ich weiß, dass du Fragen hast«, flüstere ich. »Und ich schwöre, ich werde sie dir beantworten. Ich muss dich trotzdem bitten, mir zu vertrauen. Das Leben auf dieser Insel ist geprägt von unsinnigen, uralten Traditionen und wenn wir uns nicht daran halten, bringt uns das nur unnötigen Ärger ein.«

Sie nickt nach kurzem Zögern. »Das ist mir schon aufgefallen. Jede Frage, jede Geste eines *Dracos* scheint eine besondere Bedeutung zu haben, die ich nicht immer verstehe.«

»Du verstehst sie gut genug«, wispere ich. »Immerhin hast du sie bisher stets abgewiesen.« Ich lehne den Kopf ein Stück zu ihr und atme tief den frischen Duft nach Minze ein, der sie ständig umgibt. »Ich habe dich so sehr vermisst.«

Ihre Finger zucken, als könnte sie sie nur mit Mühe davon abhalten, sich nach mir auszustrecken. »Ich habe dich auch vermisst«, gibt sie leise zu und ein riesiger Stein fällt mir vom Herzen. »Nun sitzt du ganz nah neben mir, aber ich kann dich trotzdem nicht berühren.«

»Ich weiß genau, wie du dich fühlst. Aber ich bin hier nicht mehr als ein geduldeter Gast. Ein Fehler und ich werde verbannt oder Schlimmeres. Deshalb müssen wir nach ihren Regeln spielen.«

Sie plustert die Wangen auf – eine in meinen Augen hinreißende Geste, wann immer sie sich über etwas ärgert. »Wie kann ich nach ihren Regeln spielen, wenn ich sie nicht einmal kenne?« Ezlain runzelt die Stirn. »Gestern hat mir Vargon angeboten, mir etwas zu essen zu holen und die anderen haben sehr seltsam darauf reagiert. Hat das etwas mit diesen Regeln zu tun?«

Ich knirsche mit den Zähnen. Dieser verdammte Erddrache! Er hat tatsächlich versucht, meiner *rwy'nary* Essen anzubieten?!

Auf Ezlains fragenden Blick hin nicke ich. »Das ist eine dieser uralten Traditionen, von denen ich gesprochen habe. Vor vielen Jahrhunderten, als die Drachen noch über die ganze Welt verteilt lebten, war es nicht einfach, für Nahrung zu sorgen. Hier auf der Insel ziehen die Drachen ihr eigenes Vieh groß und bauen Getreide und andere Feldfrüchte an, aber früher war es allein die Aufgabe des *Dracos*, für seine Familie zu sorgen. Wenn er die Nahrung dann zu der Frau brachte, die er umwarb, und sie sie annahm, bedeutete das, dass sie daran glaubte, er könne für sie sorgen.«

Ezlain schweigt eine Weile und murmelt dann: »Du hast recht, heute ist diese Tradition unsinnig. Aber ... sie ist euch wichtig. Sie ist *dir* wichtig, nicht wahr?«

Ich nicke. »Irgendwie schon. Es ist der erste Schritt. Das erste Zeichen, dass die Angebetete das Werben erhört oder zumindest darüber nachdenkt. In deinen Augen mag es nur eine Kleinigkeit sein – Höflichkeit vielleicht –, aber für uns hat es eine tiefere Bedeutung. Es ist eine Art Vertrauen in die Zukunft.«

Ezlain mustert mich. Ich genieße jede Sekunde, die ihr Blick, einer Liebkosung gleich, über mein Gesicht gleitet. Dann greift sie nach ihrem Teller und hält ihn mir hin. »Ich habe einen anstrengenden Tag hinter mir und könnte einen Nachschlag vertragen. Würdest du mir noch etwas zu essen holen?«

Ich suche nach dem Spott in ihrer Miene, irgendeinem Anzeichen dafür, dass sie sich über die Tradition und mich lustig macht, doch ich finde nichts. In meiner Brust explodieren so viele Gefühle, dass ich sie am liebsten an mich ziehen will.

Vor einigen Wochen schenkte ich ihr meine Herzschuppe und sagte, dass es nichts weiter als ein Schmuckstück sei. Ezlain nahm sie an, ohne zu wissen, was sie wirklich ist und für mich bedeutet. Jetzt aber weiß sie von der Tradition des Essenbringens und kennt ihre Bedeutung. Und trotzdem bittet sie mich darum, ihr etwas zu essen zu holen. Diesmal wählt sie mich aus freien Stücken, obwohl sie sich anders entscheiden könnte. Auswahl hätte sie genug; Vargon würde ganz vorn in der Reihe stehen.

Ich nehme ihr den Teller ab und genieße das Lächeln purer Erleichterung, das sich auf meinen Lippen ausbreitet. »Natürlich. Was möchtest du haben?«

Kapitel 16

Ezlain

Ich wäre blind, wenn mir die Blicke der anderen Anwesenden nicht auffallen würden. Wahrscheinlich kann ich froh sein, dass Rhia noch nicht zurückgekehrt ist. Daphne kriegt den Mund nicht mehr zu und auch die anderen Mädchen wirken überrascht. Sie kennen Drayce nicht; vermutlich sprechen sie mir gerade sämtlichen Geschmack ab, weil ich ihn und nicht Vargon wähle. Doch das stört mich nicht. Von mir aus können sie sich um Vargon und jeden anderen *Draco* prügeln. Sie sind mir gleichgültig.

Vielmehr sonne ich mich in dem liebevollen Lächeln, mit dem mich Drayce bedenkt, während er mir beim Essen zusieht. Wir reden weiterhin leise und halten uns an allgemeine Themen, obwohl ich ihn so vieles fragen will. Doch das muss warten, bis wir allein sind – was hoffentlich bald ist! Meine Finger kribbeln bereits vor Verlangen, ihn endlich wieder berühren zu können.

Als sich die anderen Mädchen und Cressa erheben, um zurück zur Hütte zu gehen, lehne ich mich so weit zu Drayce vor, wie es die Schicklichkeit gerade noch erlaubt, und flüstere: »In der Nähe der Quelle des südlichen Flusses steht ein Stall auf einer Weide. Komm dorthin, wenn du es einrichten kannst.«

Er hebt den rechten Mundwinkel ein Stück weiter als den linken. »Ich werde mit Freuden jeden bewusstlos schlagen, der mich daran hindern will. Wann?«

»Ich schleiche mich weg, sobald die Mädchen schlafen. Spätestens in einer Stunde sollte es so weit sein.«

»Das ist noch viel zu lange hin«, wispert er. »Ich werde da sein.«

Ich nicke und stehe auf. Drayce tut es mir gleich und streicht im Vorbeigehen über meine Hand. Schnell beiße ich mir auf die Unterlippe, um ein wohliges Seufzen zu unterdrücken.

Erst mit einigen Sekunden Verzögerung erinnere ich mich daran, dass ich den Mädchen folgen wollte. Als ich zu ihnen aufschließe, bedrängen sie mich sofort mit Fragen zu Drayce: wer er ist, woher ich ihn kenne und warum ich ausgerechnet ihm erlaubt habe, sich zu mir zu setzen und mir Essen zu holen, wo ich doch Vargon zuvor abgewiesen habe. Ich gebe vor, ihre Fragen nicht zu hören und halte mich stattdessen an Cressa. Zum Glück verlieren die Mädchen schnell die Lust, mich weiter zu löchern, aber ich weiß, dass ich sie nicht ewig hinhalten kann.

»Du strahlst förmlich«, murmelt Cressa, während wir Seite an Seite gehen. »So habe ich dich noch nie erlebt.« Sie schenkt mir ein Lächeln. »Dieser Ausdruck steht dir.«

»Danke«, murmele ich.

»Wann trefft ihr euch?« Auf meinen erschrockenen Seitenblick hin, gibt sie ein Kichern von sich. »O bitte, dachtest du ernsthaft, ich würde nicht dahinterkommen? Du hast dich schon in Ilgaron immer weggeschlichen, um den Lektionen deiner Tante zu entkommen, und hast dich lieber mit den Sklaven auf den Feldern gebalgt wie ein Welpe. Mit Stöcken und Harken habt ihr trainiert. Ich wusste immer, wo ich dich finden konnte. Und da glaubst du, ich ahne nicht, dass du dich heute Nacht wegschleichen wirst, wenn Drayce auf dich wartet?«

Ich kaue mir einen Moment auf der Unterlippe herum. »Sobald die anderen Mädchen schlafen.«

Cressa nickt. »Wann beginnt hier der Tagesablauf? Muss ich dich irgendwo abholen oder Arbeiten für dich verrichten, falls du zu spät kommst?«

»Ich werde pünktlich sein.«

Sie stößt ein amüsiertes Schnauben aus. »Ez, es würde mich zutiefst erschüttern, wenn dem so wäre.«

»Wieso?«

Sie lehnt sich ein Stück zu mir und senkt die Stimme, sodass die anderen, die einige Meter vor uns laufen, sie nicht hören können. »Weil du dann entweder doch ernsthafter in Mitleidenschaft gezogen worden wärst, als ich angenommen hatte, oder weil Drayce es nicht bringt.«

Ich verstehe nicht, worauf sie hinauswill. »*Was* soll er nicht bringen?«

Cressa wirft mir einen Blick zu, der mich an meiner eigenen Intelligenz zweifeln lässt, doch ich habe wirklich keine Ahnung, wovon sie spricht.

»Willst du mir gerade weismachen, dass ihr es noch nicht getan habt?«, zischt sie.

»Was getan?«

Seufzend verdreht sie die Augen. »Das, was Männer und Frauen gewöhnlich tun, wenn sie sich mögen und nachts allein sind.«

»Oh, das meinst du«, murmele ich. »Nein, wir ... Es ... kam noch nicht ... Also, nicht wirklich ... Nur ...«

Ich spüre, dass mein Gesicht bis zum Haaransatz rot anläuft, und beeile mich, zu den anderen aufzuschließen, um Cressas Fragen zu entgehen. Natürlich habe ich daran gedacht, dass es heute Nacht geschehen könnte. Ich fürchte mich nicht davor. Die Schrecken, die ich auf der *Meereswind* erleiden musste, scheinen ein ganzes Menschenleben weit weg zu sein. Bei Drayce habe ich nie den Drang verspürt, mich seinen Berührungen zu entziehen. Aber vorhin sagte er, wir müssten es langsam angehen, da viel auf dem Spiel stünde.

***

Alle paar Minuten husche ich hinaus in den Flur und lausche an den Türen von Daphne und denen der anderen Mädchen. Erst als ich sicher bin, aus allen Zimmern gleichmäßiges Atmen oder gar leises Schnarchen zu hören, schleiche ich mich aus der Hütte. Mit der vorhin draußen versteckten Tagesdecke und dem Kissen unter dem Arm, mache ich mich auf den Weg zum Stall und halte mich abseits der Wege, um keiner der nächtlichen Patrouillen in die Arme zu laufen. Ich kenne den Weg in- und auswendig und der fast volle Mond spendet mir genug Licht, um mich auch des Nachts zwischen den Bäumen zurechtzufinden.

Im Stall angekommen entzünde ich die kleinen Lampen in jeder der vier Ecken.

Drayce ist noch nicht da. Ich beiße mir auf die Unterlippe, um das beunruhigende Kribbeln in meinem Bauch zu ignorieren. Er wird kommen. Er wurde bestimmt kurz aufgehalten und konnte sich noch nicht ungesehen wegschleichen.

Um mich abzulenken und mir nicht doch noch Gründe zu überlegen, warum er mich wissentlich versetzt, tätschele ich die eine Kuh im Stall, ehe ich ihren Strick löse.

»Komm, mein Mädchen«, murmele ich und führe sie von ihrer Box nach draußen auf die Weide. »Die Nacht ist warm. Heute darfst du draußen schlafen.«

Nachdem ich ihr Halfter entfernt habe, fängt sie sogleich selig an zu grasen. Ich sehe ihr einen Moment dabei zu, bis ich zurück zum Stall gehe. In der hinteren Box steht keine Kuh, seit ich auf der Insel angekommen bin, und außerdem ist sie vom Eingang aus nicht einsehbar. Dort werde ich etwas frisches Stroh aufschichten und die Tagesdecke darauf ausbreiten.

Als ich den Stall betrete, werde ich sogleich von dunklen, halb durchsichtigen Schwingen umhüllt. Ich schnappe nach Luft, wirbele herum und schaue zu Drayce auf. Das kleine Lächeln auf seinen Lippen lässt mein Herz schneller schlagen.

»Entschuldige die Verspätung«, murmelt er, während er die Stalltür hinter mir schließt. »Vargon wollte einfach nicht aufhören, mich zu beschimpfen, weil ich ihn angeblich ausgetrickst hätte. Wartest du schon lange?«

»Nein, ich …« Ich atme tief ein und strecke die Hand nach ihm aus. Erst als er sie mit seiner umfasst, atme ich aus und fühle mich, als wäre mir ein Stein von der Brust genommen worden. »Ich bin auch eben erst eingetroffen.«

Ohne eine Regung zu zeigen, betrachtet er mich. Seine goldenen Augen glühen beinahe magisch im schummrigen Licht des Stalls. Vorsichtig, als hätte er Angst, dass ich vor ihm zurückweichen könnte, streckt er die freie Hand nach mir aus und legt sie mir an die Wange. Sofort schmiege ich mich dagegen und schließe seufzend die Augen.

»Ich bin so froh, dass es dir gut geht«, wispert er. »Als Ronnyd dich auf dem Turm mitnahm … Als ich dich nicht beschützen konnte …«

Schnell schüttele ich den Kopf. »Das war nicht deine Schuld. Ich habe dir gesagt, dass du Cressa mitnehmen und verschwinden sollst.«

»Warum?«, raunt er. »Warum war ausgerechnet das dein Befehl an mich?«

Ich senke den Blick. »Du hattest Ronnyd abgelenkt, erinnerst du dich? Währenddessen habe ich versucht, mit Cressa vom Turm zu fliehen, doch die Tür war verriegelt. Ihre einzige Chance auf Rettung warst du. Und ich … konnte keine Sekunde länger zusehen, wie er dir wehtut. Du hast … aus unzähligen Wunden geblutet, während er mir kein Haar krümmen konnte.« Hilflos zucke ich mit den Schultern. »Es war für mich die einzige logische Konsequenz, diejenigen, die mir am wichtigsten sind, vor Gefahr zu beschützen.«

Gequält verzieht er den Mund, ehe er mich in eine feste Umarmung zieht. Seinen starken, heißen Körper überall an mir zu spüren, jagt ein wohliges Kribbeln nach dem anderen durch mich hindurch.

Die seltsame Fremdheit, die nach der Zeit der Trennung doch zwischen uns herrscht, verschwindet mit jedem Atemzug.

»Ich konnte keine Sekunde länger zusehen, wie er dir wehtut«, wispere ich rau. »Ich konnte nicht tatenlos danebenstehen, während du nach jedem Schlag größere Schwierigkeiten hattest, wieder aufzustehen.«

»Ich hätte euch mehr Zeit verschaffen können«, grollt Drayce. »So leicht hätte er mich nicht besiegt.«

»Ich weiß«, sage ich schnell. Meine Stimme ist nicht mehr als ein heiseres Flüstern. »Aber ich habe es nicht mehr ausgehalten.«

»Mach das nie wieder«, raunt er mir ins Ohr und löst damit ein weiteres Prickeln in mir aus. »Schick mich nie wieder weg. Verlange nie wieder von mir, dass ich dich zurücklassen soll. Erlaube mir, für dich zu kämpfen und an deiner Seite zu stehen.«

Stirnrunzelnd sehe ich zu ihm auf. Das Gold seiner Augen ist starr wie gefrorener Honig und sein Blick unnachgiebig. Ich wusste zwar, wie gut Drayce kämpfen kann, aber bisher hielt ich ihn für jemanden, der einem Kampf lieber aus dem Weg geht – ganz im Gegensatz zu mir. Ich habe mich mein Leben lang gefügt; nun wähle ich den Weg nach vorn. Leider übersehe ich dabei viel zu oft andere Möglichkeiten, während Drayce auch in gefährlichen Situationen einen kühlen Kopf bewahrt. Ich hätte nie damit gerechnet, dass ich ihn mit meinem Befehl verletzt haben könnte.

Ich wollte doch nur, dass er in Sicherheit ist! Aber in seinem Blick liegt so viel Stolz und Ehrgefühl, dass es mir die Sprache verschlägt. Die Art, wie er mich ansieht – entschlossen und stark und unerschütterlich –, versetzt meinen ganzen Körper in helle Aufregung. Ich könnte eine Ewigkeit damit verbringen, auf diese Weise von ihm angesehen zu werden, ohne eine einzige Sekunde davon zu bereuen.

Drayce lehnt sich zu mir nach unten und hält nur einen Hauch vor meinen vor Verlangen brennenden Lippen inne.

»Versprich es«, flüstert er.

Ich blinzele mehrmals, ehe mir wieder einfällt, worüber wir geredet haben. In diesem Moment würde ich ihm wahrscheinlich alles versprechen, was er hören will, wenn er mich nur endlich küsst.

»Ich verspreche es«, hauche ich.

Noch bevor ich das letzte Wort fertig ausgesprochen habe, presst er bereits die Lippen auf meine. Hungrig verschlingt er mich, während ich mich Halt suchend an seinen Hals hänge.

Als Halbdrache ist er ein ganzes Stück größer als in seiner menschlichen Gestalt, sodass ich mich auf die Zehenspitzen stellen muss, um ihn zu erreichen. Bereitwillig öffne ich den Mund, als er mit der Zunge über meine Unterlippe streicht, wofür ich mit seinem kehligen Stöhnen belohnt werde, das noch tief in mir nachvibriert. Jede seiner Berührungen entfacht ein neues Feuer in mir, das mich von innen heraus verbrennt und mich keinen klaren Gedanken mehr fassen lässt.

Drayce schlingt einen Arm um meine Mitte und ich strecke die Hand nach dem Flügel aus, der mir am nächsten ist, noch immer sind beide schützend um mich ausgebreitet. Als ich sacht mit der Fingerspitze über die dünne Haut streiche, stößt Drayce ein heiseres Seufzen aus, unterbricht dann aber den Kuss und macht einen Schritt zurück. Seiner Stütze und seines Schutzes beraubt bleibe ich auf wackeligen Beinen stehen und schaue ihn erschrocken an.

»Dir ...« Er räuspert sich. »Dir hat keiner erklärt, was du darfst und was nicht, oder?«

Ich runzele die Stirn, weil ich keine Ahnung habe, was er meint.

»Erinnerst du dich daran, dass ich dir sagte, die Haut der Flügel sei sehr empfindlich?«

Ich nicke. »Entschuldige, habe ich ...?«

Schnell hebt er die Hand. »Nein. Es ist nur so, dass du niemals – und ich meine wirklich niemals! – die Flügel eines Drachen berühren solltest, wenn du alle deine Finger behalten willst.«

Verdutzt starre ich ihn an. »Ich ... wollte nicht ...« Mein Blick huscht unstet umher, während ich nach den richtigen Worten suche. »Es tut mir leid, wenn ich etwas getan habe, was falsch war. Du hast recht, mir hat niemand gesagt, wie ich mich hier inmitten von Drachen und Halbdrachen zu verhalten habe. Niemand hielt es für nötig, mir alle Traditionen oder die Feinheiten der Verhaltensregeln zu erklären. Ich ...« Ich zwinge mich dazu, ihn wieder anzusehen. »Ich hatte nur noch nicht die Gelegenheit, diese, deine andere Gestalt in Ruhe zu betrachten. Nach unserem Sturz hast du dich fast augenblicklich zurückverwandelt und auf dem Turm war ich zu sehr mit Cressa und Ronnyd und meiner Sorge um dich beschäftigt, um dich ... anschauen zu können.«

Sichtlich mühsam schluckt Drayce und legt die Flügel nah am Rücken an. »Warum ... solltest du mich ansehen wollen?«

So viel Unausgesprochenes liegt in dieser scheinbar simplen Frage, dass es mir schier das Herz zerreißt. Die Art, wie er die Flügel – vor allem den linken – hinter sich versteckt und meinem Blick ausweicht, lässt mich wissen, dass er sich alles andere als wohl in seiner zweiten Gestalt fühlt. Selbst mir gegenüber schämt er sich für den gebrochenen Flügel und das nur drachen*ähnliche* Aussehen. Es bedarf nicht viel Fantasie, um mir vorzustellen, was geschehen sein muss, um Drayces Selbstbild von sich derart zu erschüttern.

Dabei gibt es dafür keinen Grund.

Wie oft muss er schon unter dem Spott der reinblütigen Drachen wie Vargon gelitten haben? Wie viele Stunden hat er wohl einsam in der Höhle gesessen und auf seinen Flügel gestarrt, der ohne Hilfe nur schlecht zusammenwuchs?

Doch anders als er selbst oder die anderen Drachen definiere ich ihn nicht anhand seiner Fähigkeit zu fliegen.

»Weil ich deine Halbdrachengestalt wunderschön finde«, antworte ich wahrheitsgemäß auf seine Frage.

Drayce versteift sich. Ich bin nicht einmal sicher, ob er noch atmet. Wahrscheinlich hat er mit dieser Antwort nicht gerechnet. Fieberhaft überlege ich, wie ich ihm verständlich machen kann, dass das, was andere über ihn und seine Drachengestalt sagen, auf mich nicht zutrifft. Dass ich anders denke als Vargon oder Ronnyd und auch Rhia. Dass ich ihn nicht verurteile, weil er nach der Verletzung nicht mehr richtig gleiten kann.

»Ich möchte dich betrachten«, sage ich. »Ich möchte, dass mir dein jetziger Körper genauso vertraut wird wie dein anderer.« Ich mache einen kleinen Schritt auf ihn zu. Er beobachtet mich aus den Augenwinkeln. »Ich will nicht wieder etwas tun, was nicht erlaubt ist. Deshalb … Würdest du mir die Grundlagen erklären? Ich habe es satt, bei jedem Satz, den ich sage, bei allem, was ich tue, auf der Hut sein zu müssen. Ich will wissen, welche Gesten für die *Dracos* eine tiefere Bedeutung haben, damit ich sie ihnen gegenüber vermeiden kann.«

Es versetzt mir einen Stich, seinen zerrissenen Gesichtsausdruck sehen zu müssen, also strecke ich die Hände nach ihm aus und lege sie ihm an die Wangen, um seinen Kopf wieder zu mir zu drehen. Langsam lasse ich sie ein Stück nach hinten gleiten und fahre mit den Fingerspitzen seine nach oben hin spitz zulaufenden Ohren nach.

»Ich mag deine Ohren«, sage ich lächelnd.

Mit dem Daumen streiche ich knapp unter seinem Auge entlang, spüre die Beschaffenheit der Schuppen – glatt und kühl wie Glas.

»Ich werde mich nie am Farbspiel deiner Schuppen sattsehen können. Jetzt im Licht der Laternen wirken sie rot wie das Laub im Herbst. Als die Morgensonne auf dem Turm auf sie schien, erinnerten sie mich an eine flackernde Flamme.«

Ich lasse die Hände hinab zu seinen Schultern wandern, streichele über die muskulösen Arme bis hinab zu seinen Händen, deren Finger in spitzen Klauen enden. Vorsichtig halte ich sie in meinen und hebe sie ein Stück an. Drayce will sie mir entziehen, doch ich umschließe sie fester.

Er räuspert sich. »Ich habe … Menschen mit diesen Händen getötet.«

Ich atme tief ein, lehne ich mich nach vorn und hauche einen sanften Kuss auf einen seiner Finger. Geräuschvoll zieht Drayce die Luft ein und zuckt zusammen, als wäre das das Letzte, womit er gerechnet hat.

»Sich selbst oder das, was man zu beschützen geschworen hat, zu verteidigen, ist kein Verbrechen«, murmele ich, ehe ich den nächsten Finger küsse. »Jeder Mensch mit einem Funken Verstand sollte wissen, dass man sich nicht mit einem Halbdrachen anlegt.«

»Aber ich …«

Ich sehe zu ihm auf. Als er meinen Blick bemerkt, verstummt er. »Was glaubst du, wie viele Männer ich in der Nacht auf der *Meereswind* getötet hätte, wenn es mir möglich gewesen wäre? Nicht einen von denen, die mir Gewalt antun wollten, hätte ich verschont. Und ich hätte es mein Leben lang nicht bereut. Es gibt keinen Grund für dich, dich zu schämen, weil du die Möglichkeit hattest, dich zu verteidigen.« Ich drehe seine rechte Hand, sodass ich die Handfläche sehen kann. »Was geschehen ist, nachdem dein alter Blutschwur gebrochen wurde, ist nicht deine Schuld. Du hattest keine Kontrolle mehr über dein Handeln. Die Bewohner der Stadt hätten dir den Dieb ausliefern sollen. Dann hättest du keinem von ihnen ein Haar gekrümmt. Sie waren töricht, sich mit dir anzulegen, aber das macht dich noch lange nicht zu einer Bestie.«

Schweigen legt sich über uns, doch es ist nicht unangenehm. Ich habe alles gesagt, was ich sagen wollte. Jedes Wort meinte ich ehrlich.

»Seit ich dich kenne«, murmelt er rau, »frage ich mich, woher du immer genau weißt, was du zu mir sagen musst, um meine schlimmsten Ängste zu zerstreuen. Und warum ich dir jedes einzelne Wort glaube.«

»Weil es die Wahrheit ist«, entgegne ich. »Du warst lange mit dir und deinen dunklen Gedanken allein und hast vielleicht vergessen, dass es Lebewesen gibt, die es ehrlich mit dir meinen. Tief in dir aber weißt du, dass ich all das nicht sage, damit du dich besser fühlst. Sondern weil ich es genauso meine. Wenn die Definition einer Bestie ist, dass sie Menschen tötet, dann wäre genau genommen auch ich eine, denn ich habe mir mehr als einmal vorgestellt, wie es wäre, Kyle oder Marik oder Feodor zu töten.« Ich lege ihm wieder eine Hand an die Wange und diesmal schmiegt er sich in die Berührung. »Denk niemals, dass ich dich für deine Taten in der Vergangenheit anders betrachten werde. Ich kenne dich, Drayce. Ich weiß, was für ein Mann du bist. Und weder das noch was jemand wie Vargon oder Ronnyd über dich zu erzählen wissen, könnte mein Bild von dir ändern.«

Er dreht den Kopf, haucht mir einen Kuss in die Handfläche und macht einen Schritt zurück. Panisch überlege ich, was ich gesagt habe, um ihn zu kränken, doch da breitet er die Schwingen aus, so weit es ihm im Stall möglich ist.

»Du wolltest mich ansehen«, raunt er.

Der Klang seiner Stimme schickt heiße Wellen durch mich hindurch. Ich gebe mir Mühe, sie zu unterdrücken, weil ich weiß, dass er sie durch mein Blut in seinen Adern ebenfalls spüren kann, wenn sie überhandnehmen. Meine Blutstropfen fangen dann an zu kochen – so hat er es mir zumindest erklärt. Ich wüsste gern, ob er mein Blut immer noch in sich spüren kann, jetzt, nachdem wir beide unseren Schwur erfüllt haben.

»Und du«, setze ich an, »wolltest mir etwas über die Drachenkultur erzählen, damit ich nicht jeden Abend fürchten muss, gleich mit Vargon verlobt zu sein, nur weil er mir einen Becher Wasser reicht.«

Drayce verzieht den Mund und ich beiße mir auf die Unterlippe, um ein Kichern zu verhindern.

»Gibt es da, wo du herkommst, keine gesellschaftlichen Regeln?«, fragt er.

»Doch, durchaus«, antworte ich, während ich mich ganz nah vor ihn stelle und die Hände langsam seine Arme hinaufgleiten lasse. Die Muskeln unter seinen Schuppen zucken leicht, als ich über sie streichele. Ansonsten hält er vollkommen still. »Aber sie sind nicht derart unterschwellig wie bei euch. Wenn bei uns ein Mann der Frau den Hof machen will, bringt er ihr nichts zu essen, sondern spricht zunächst mit der Familie und lässt seine Beziehungen spielen. Geld, Besitztümer, Titel – du weißt schon, je mehr, desto besser. Erst wenn die Familie ihre Zustimmung gibt, erfährt die Frau überhaupt von dem Interessenten.« Ich stoße die Luft durch die Nase aus. »Und meistens hat sie keinerlei Mitspracherecht.«

Eine Weile schweigt Drayce, ehe er fragt: »Wie oft ist dir das passiert?«

Bisher habe ich Themen zu meiner Vergangenheit vermieden. Es war schlimm genug für mich, Drayce von der Nacht auf der *Meereswind* zu erzählen. Er weiß, dass ich aus Ilgaron komme und dass ich aus gutem Hause stamme, was er selbst herausgefunden hat, aber über Details haben wir nie gesprochen.

»Zu oft«, murmele ich. »Öfter, als ich zählen kann. Ich hatte jedoch immer Glück, dass die Interessenten mit meiner Art nicht zurechtkamen. Ich war ihnen zu wild und zu vorlaut und sie hießen meine Meinung über die Sklaven nicht gut. Dadurch gelang es mir, die meisten von ihnen in die Flucht zu schlagen. Kaum, dass sie mich kennenlernen durften, zogen sie ihr Verlobungsangebot zurück.«

»Zu wild?«, wiederholt Drayce stirnrunzelnd.

Ich nicke. »Von einer Dame meines Standes wird erwartet, dass sie den Mund zu halten und zu nicken hat, wenn ihr Mann etwas von ihr verlangt.«

Drayce schmunzelt. »Du und den Mund halten – das kann ich mir tatsächlich beim besten Willen nicht vorstellen.« Er beugt sich vor und küsst mich auf die Stirn. »Und ich will es auch nicht.« Versonnen beobachtet er mich, während ich über seine Brust streiche und mir wünsche, er würde endlich das verdammte Hemd ausziehen. »Du sagtest, dass du mich anschauen willst«, wispert er. »Kannst du neuerdings mit den Händen sehen?«

Kurz begegne ich seinem Blick, finde aber nichts anderes als den feinen, neckischen Spott darin, mit dem er mich so gern bedenkt – keinen Vorwurf oder gar den Anflug von Missfallen. Also mache ich weiter.

»Nein, leider nicht. Ich bin einfach fasziniert von den Temperaturunterschieden deiner Haut. Die Stellen mit menschlicher Haut sind so heiß, wie ich sie in Erinnerung habe, die Schuppen dagegen sind kalt. Wie fühlt sich meine Körperwärme für dich an?«

Gerade so kann ich das goldene Funkeln hinter seinen halb geschlossenen Lidern ausmachen. »Kühl, aber auf eine sehr angenehme Art.«

Seine Antwort ist knapp, aber der Blick, den er mir dabei zuwirft, verschlimmert das Kribbeln in meinem Bauch, das sich mittlerweile bis zu den Fingerspitzen und Zehen ausgebreitet hat. Ich möchte ihn überall berühren, vor allem locken mich seine Schwingen. Nur kurz habe ich sie nach unserem Sturz im Steinlabyrinth berührt, bevor ich überhaupt wusste, was sie sind. Sie hüllten mich ein wie ein sicherer Kokon, sodass ich keinerlei Verletzung davontrug. Und vorhin hat sich Drayce schnell zurückgezogen. So schnell, dass ich befürchten musste, ich könnte ihm wehgetan haben.

»Gibt es noch einen Grund, warum man die Flügel eines Drachen nicht berühren sollte, außer dass sie empfindlich sind?«

»Sie können schnell Schaden nehmen«, sagt Drayce zögerlich. »Eine falsche Bewegung, ein zu fester Druck und die feine Haut könnte einreißen. Abgesehen von den Schmerzen hat das Auswirkungen auf die Flugfähigkeit. Deshalb hütet jeder *Draco* und auch jeder Halbdrache, der in dieser Gestalt über Flügel verfügt, sie wie seinen Augapfel. Selbst im dichtesten Gedränge achtet ein jeder darauf, niemals die Schwingen eines anderen zu berühren.«

Ich ringe einen Moment mit mir, ob ich die nächste Frage tatsächlich stellen soll, und überwinde mich letztendlich. »Dann … hat es sich … vorhin … nicht gut angefühlt, als … ich sie berührt habe?«

Wegen meines Gestammels hat Drayce sichtlich Mühe, ein Grinsen zu unterdrücken. Vielleicht habe ich mich ihm gegenüber auch wieder plump und ungeschickt ausgedrückt, wie so oft.

»Für dich …« Er umschließt meine Hand mit seiner, führt sie an die Lippen und haucht einen Kuss darauf. »… gelten diese Regeln nicht, zumindest nicht bei mir.«

»Aber vorhin hast du …«

Drayce breitet die Flügel um uns aus; nur spärlich dringt das goldgelbe Licht der Lampen durch die feine Haut hindurch und ich kann die feinen Verästelungen der Äderchen sehen. Am liebsten würde ich sie sofort mit dem Finger nachzeichnen – jede einzelne.

»Abgesehen … von der Nacht, als sie mir den Flügel brachen«, murmelt Drayce, »hat noch nie jemand meine Schwingen berührt, auch nicht aus Versehen. Ich wusste nicht, dass … es sich so gut anfühlen kann.«

Ich schlucke angestrengt, überwältigt von dem Flattern, das in meinem Bauch wütet und auf mein Herz überspringt, das beinahe schmerzhaft gegen die Rippen donnert. Zögerlich, um ihm die Chance zu geben, mich aufzuhalten, strecke ich die Hand nach seinem linken Flügel aus, der mich ebenso umhüllt wie der rechte. Kurz huscht ein Anflug von Angst über Drayces Miene. Deutlich sehe ich die stumme Frage in seinem Blick: *Warum diese Seite?* Doch allein die Tatsache, dass er sich diese Frage stellt, zeigt mir, dass ich die richtige Wahl getroffen habe.

»Ich liebe deine Flügel«, wispere ich, während ich so sanft wie möglich über eine der vielen wulstigen Narben streichele, die die dünne Haut durchziehen und wahrscheinlich von einem Schwert stammen. »Den verletzten wie den gesunden. Für mich sind sie beide gleich: wunderschön.«

Ich wage nicht mehr, zu ihm aufzuschauen, doch ich spüre seinen Blick überdeutlich auf mir. Er brennt sich mir in die Haut und lässt mich vollends in Flammen aufgehen. Seine Flügel zucken unter meinem sanften Streicheln zusammen.

»Du …«, krächze ich. »Du wolltest mir noch einen Grundkurs in Drachenverhalten geben. Teil eins, dass ich keine Flügel anfassen darf, hätten wir abgehakt.«

Drayce gibt ein schnaubendes Lachen von sich. »Ja, ich merke, dass du diese Lektion durchaus verinnerlicht hast.«

Ich ziehe die Hand zurück und schaue unsicher zu ihm auf. »Soll ich aufhören?«

»Bist du wahnsinnig?«, knurrt er, umschließt mein Handgelenk und führt die Hand wieder dorthin, wo sie eben war.

Mit einem ergebenen Seufzen lehnt er die Stirn gegen meine Schulter. Vorsichtig fahre ich mit den Fingern über die Knochen am oberen Ende der linken Schwinge und spüre deutlich die Erhebungen, wo sie gebrochen gewesen sein muss. Ich zähle fünf. Ich kann mir nicht vorstellen, welche Qualen Drayce durchlitten haben muss. Ein einzelner Bruch ist sicherlich schon schmerzhaft genug – aber fünf?

»Wir Drachen«, murmelt er an meiner Schulter, »halten uns nicht damit auf, die Familie der Frau kennenzulernen. Wenn wir Interesse an ihr haben, ist sie die Erste, die es erfährt. Sie ist diejenige, die die Entscheidung trifft, nicht ihr Vater oder ein anderer Vormund.«

Ich schmunzele und halte einen Moment mit meinen Händen inne. »Mir hätte es großen Spaß gemacht, all diese aufgeblasenen Wichtigtuer rundheraus abzulehnen. Aber um das Ansehen meiner Familie zu wahren, musste ich wenigstens Interesse heucheln, um sie anschließend mit meinem ›einnehmenden‹ Wesen zu vergraulen.«

Drayce lacht. »Ich kann mir dich gar nicht als sittsame Jungfer in ausladenden Kleidern inmitten eines Saals vorstellen, während du höfliche Konversation betreibst. Ich kenne dich nur mit Hosen bekleidet, vorlaut und neugierig.«

»Oder fast erfroren und halb nackt«, werfe ich ein und spiele damit auf unsere erste Begegnung an.

»Ja, das auch«, raunt er. Er holt Luft, als wolle er noch etwas sagen, entscheidet sich jedoch dagegen. »Jedenfalls … ist unser Werben geprägt von allerlei alten Ritualen wie dem Essenbringen.«

»Welche gibt es noch?«, frage ich, während ich mich wieder der Flügelhaut zuwende.

Drayces Körper erschauert. »Also … Da gäbe es …« Er seufzt. »Tut mir leid.« Seine Stimme klingt rau. »Irgendwie will es mir gerade nicht einfallen.«

»Hmmm …«, mache ich gedehnt und ziehe ganz leicht den Nagel meines Zeigefingers über die Flügelhaut.

Drayce zieht scharf die Luft ein und hebt so ruckartig den Kopf, dass ich befürchte, ich hätte eine Grenze überschritten. Doch als er seinen Atem in einem tiefen Stöhnen entweichen lässt, beruhige ich mich wieder. Der Laut, den er eben von sich gegeben hat, schießt mir direkt in den Unterleib und gesellt sich dort zu dem seit unserem Kuss noch immer schwelenden Feuer.

Ich ziehe die Hand zurück und begegne seinem verständnislosen Blick schmunzelnd. »Wie es aussieht, lenkt es dich zu sehr ab, wenn ich deine Flügel berühre. Kannst du dich so besser konzentrieren?«

Er verengt die Augen zu Schlitzen. Ohne das schiefe Grinsen würde es bedrohlich wirken. »Du bist noch durchtriebener, als ich dachte. Wenn ich keine Angst hätte, dich mit meinen Krallen zu verletzen, würde ich den Spieß jetzt umdrehen.«

Fast beiläufig streicht er mit dem Handrücken über meine Brust. Ich schnappe nach Luft. Mein Körper reagiert schneller als mein Bewusstsein auf die Berührung und reckt sich ihm entgegen. Als er jedoch mit einem listigen Grinsen die Hand sinken lässt, entweicht mir ein Wimmern.

»Mal sehen, an wie viel *du* dich noch erinnern kannst, wenn ich dich auf vollkommen andere Gedanken bringe«, raunt er.

Tu es!, würde ich am liebsten flehen, doch ich beiße mir auf die Unterlippe.

Stattdessen verschränke ich die Arme vor dem Körper, im Versuch, die aufgerichteten Brustwarzen zu verstecken. »Also?«, frage ich. »Woran kannst du dich noch erinnern?«

»Nahezu alles, was in deinen Augen vielleicht nur eine zuvorkommende Freundlichkeit zu sein scheint, ist Ausdruck von Interesse«, murmelt er. »Ein *Draco,* der nicht in diesem Sinne an einer Frau interessiert ist, verhält sich zwar auch höflich, aber bleibt distanziert. Er würde nie von sich aus ihre Nähe suchen oder sie gar berühren. Das Werben an sich zieht sich über einen längeren Zeitraum und ist keine Sache, die schnell an einem Tisch ausgehandelt wird.«

»Wie lange dauert so etwas?«, frage ich.

Drayce zuckt mit den Schultern. »Das ist ganz unterschiedlich und kommt auf die Frau an. Manche lassen sich schneller umwerben als andere.«

»Was geschieht am Ende des Werbens?«

Er versteift sich sichtlich bei der Frage und wendet den Blick ab. »Dann ... sind sie zusammen.«

Ich schnaube. »Was? Nach all den Traditionen und Regeln gibt es kein weiteres Ritual? Selbst bei uns Menschen gibt es eine Hochzeit.«

»So etwas wie eine Hochzeit haben wir nicht«, räumt er ein. »Nur ...« Er schüttelt den Kopf und sieht mich wieder an. »Gab es für dich denn nie jemanden, der zumindest dein Interesse geweckt hat?«

Ich ziehe eine Augenbraue nach oben. »Ich hatte ein Herz aus Stein, bis ich dich getroffen habe, schon vergessen? Männer, Frauen – sie alle haben mich nicht interessiert. Ich habe sie gesehen, aber es war, als schaute ich direkt durch sie hindurch. Meiner Tante ging es nur darum, mich möglichst gewinnbringend zu verheiraten. Meine eigenen Wünsche spielten dabei keine Rolle. Ich habe mich oft gefragt, warum ich es mir nicht leicht gemacht und mich einfach gefügt habe. Ich konnte doch sowieso nichts fühlen, also wäre es egal gewesen, mit wem ich verheiratet werde.« Ich schlinge die Arme fester um mich. »Beinahe war ich so weit, und das nur, um aus dem goldenen Käfig zu entkommen, den ich doch nur gegen einen anderen eingetauscht hätte. Doch der Mann, den mir meine Tante an dem Punkt vor die Nase setzte, war ...«

Krampfhaft schlucke ich bei der Erinnerung an Kommandant Marik. Beinahe spüre ich seine eiskalten Hände, die sich um meinen Hals legten und so fest zudrückten, dass ich keine Luft mehr bekam.

»Er war der schlimmste von allen«, murmele ich. »Er hätte es darauf angelegt, meinen Willen zu brechen und ihm traue ich zu, dass er Mittel und Wege gefunden hätte, damit es ihm gelingt.«

Wilder Zorn blitzt in Drayces Blick auf. Unendlich vorsichtig umschließt er mein Gesicht mit beiden Händen. »Weißt du, was mir als Erstes aufgefallen ist, als ich dich gesehen habe?«

Ich kann nur mit Mühe ein Schnauben unterdrücken. »Dass ich wenig anhatte?«

Er verdreht die Augen. »Ja, das auch. Ich meine aber den Moment, als du wieder zu dir kamst und dich zu mir umgewandt hast.«

Ich erinnere mich daran. Kaum, dass ich in seine Höhle gewankt kam, wurde ich vor Kälte und Erschöpfung ohnmächtig. Als ich wieder erwachte, lag ich in seinen Armen und spürte nichts als wohlige Wärme. Natürlich war ich in der ersten Sekunde schockiert – schließlich war er ein völlig Fremder für mich.

»Ich sah …«, beginnt er stockend. »Ich rechnete damit, dass du gleich schreien würdest. So laut, dass mir womöglich das Trommelfell explodieren würde. Es wäre … die logischste Reaktion deinerseits gewesen. Ich nahm an, du würdest so sehr in Panik geraten, dass du dann wieder ohnmächtig werden würdest. Aber stattdessen … hast du mich angeschaut – unnachgiebig und kampfbereit. Ich könnte schwören, dass du darüber nachgedacht hast, wie du mich am besten überwältigen kannst. Da sah ich zum ersten Mal das Feuer in deinem Blick. Das war …« Seufzend schüttelt er den Kopf. »Ich weiß nicht, wie ich es beschreiben soll. Dieses feurige Glimmen in deinen Augen war wie die Antwort auf eine Frage, die ich mich nie zu stellen gewagt hatte.«

Mein Atem geht flach und abgehackt, während mich seine Worte direkt ins Herz treffen. Ich habe noch nie etwas Schöneres gehört und gleichzeitig habe ich keine Ahnung, was ich darauf erwidern soll.

Als ich schweige, fährt Drayce fort: »Sowohl die Frage als auch die Antwort machten mir anfangs so viel Angst, dass ich vorhatte, dich irgendwo zurückzulassen. Sobald wir von der Insel entkommen waren, wollte ich mich umdrehen und gehen. Doch jedes Mal, wenn ich dir in die Augen sah, schien dein Feuer nach meinem zu rufen, und ich … *konnte* nicht gehen. Und nachdem du die erste Nacht in meinen Armen geschlafen hattest, habe ich keinen Gedanken mehr daran verschwendet, dich zurückzulassen.«

»Drayce, ich …« Mein Hals ist wie zugeschnürt, während ich krampfhaft nach den richtigen Worten suche, um das, was ich fühle, halbwegs beschreiben zu können. »Ich … habe die meiste Zeit, die ich dich kenne, nicht verstanden, was mit mir geschieht, wenn ich bei dir bin. Die Art, wie es in meinem Bauch kribbelt, wenn du mir etwas zuraunst. Oder diese seltsame Freude, die ich jedes Mal empfand, wenn ich dich ansah und bemerkte, dass du mich ebenfalls beobachtet hast, die war mir so fremd und verwirrte mich so sehr, dass ich dich am liebsten auf Abstand gehalten hätte. Aber ... ich habe schnell gemerkt, dass es nur noch schlimmer wurde, wenn du nicht da warst. Bei dir fühle ich mich ... vollständig und habe nie das Gefühl, dass ich vorgeben muss, jemand zu sein, der ich nicht bin.«

»Ich will dich genauso, wie du bist«, raunt er und lehnt die Stirn an meine. »Nie würde ich etwas tun, was dein Feuer flackern oder gar verlöschen lassen könnte.«

Zittrig atme ich aus. Seine Worte sind genau das, was ich hören muss, um die nächste Frage zu stellen. »Wir ... sollten ehrlich miteinander sein, findest du nicht?«

Drayce zieht sich ein Stück zurück und mustert mich eingehend. »Was meinst du damit?«

»Du hast gesagt, dass niemand die Flügel eines Drachen berühren darf. Warum hast du es mir erlaubt?«

Er presst die Lippen zusammen und schluckt angestrengt.

»Warum ... hast du mir die Kette mit der Schuppe geschenkt?«

Das Herz klopft mir bis zum Hals, während ich gebannt auf eine Antwort warte.

Doch Drayce schweigt beharrlich. Das verletzt mich mehr, als ich es je für möglich gehalten hätte. Und ich beginne zu glauben, dass ich mich getäuscht habe. Wie ich es mir von Anfang an dachte: Jemand wie ich kann unmöglich seine ...

Die Anspannung schnürt mir die Kehle zu, doch ich zwinge mich dazu, das eine Wort auszusprechen, das mir die ganze Zeit über im Kopf herumgeistert. »*Rwy'nary.*«

Es kommt mir vor, als sei eine kleine Ewigkeit vergangen, als er schließlich den Mund öffnet. »Deine Aussprache ... ist ziemlich gut.«

Möglichst beiläufig zucke ich mit den Schultern, obwohl mein ganzer Körper angespannt ist wie eine Bogensehne. »Das Wort habe ich mittlerweile so oft gehört, da hat es sich eingeprägt.«

Als er nichts weiter dazu sagt, strecke ich die Hand aus, öffne den Schnürverschluss seines Hemdes und ziehe den Ausschnitt zu seiner linken Seite. Mein Mund ist staubtrocken, als ich die Stelle finde, an der die Schuppe sitzen müsste, die nun an einer Kette um meinen Hals hängt. Durch die Lücke im rötlichen Schuppenpanzer, die etwa halb so groß wie mein Daumen ist, kann ich direkt auf das rosige Fleisch schauen und meine sogar, das Schlagen des darunterliegenden Herzens sehen zu können.

Schützend lege ich die Hand über die Stelle und stoße den Atem aus. »Wann … wolltest du es mir sagen?«

»Ich weiß es nicht«, gibt er heiser zu. »Vielleicht … gar nicht. Wenn wir deine Freundin gefunden hätten, wollte ich bei dir bleiben, solange du es zulassen würdest. Ich wollte sogar auf meine Rache verzichten, wenn ich nur … mit dir hätte zusammen sein können. Du hättest nichts von Drachen oder unseren Traditionen wissen müssen.« Gequält schließt er die Augen. »Und dann stand plötzlich ein riesiger schwarzer Drache auf dem Turm und deine Freundin entpuppte sich als die verdammte Hexe.«

»Du wolltest mich im Ungewissen lassen?«

Eine unendliche Traurigkeit liegt in seinem Blick, als er mich wieder ansieht. »Ich habe nicht darüber nachgedacht. Ich wusste nur, dass ich dir meine Herzschuppe geben *musste.* Jeder Tropfen Drachenblut, der in mir fließt, verlangte danach und nachdem wir uns im Steinlabyrinth geküsst hatten … Danach konnte ich mich nicht mehr gegen das uralte Verlangen in mir wehren, das für dich jedoch fremdartig sein muss. Aber alles andere …« Drayce schüttelt den Kopf. »Ich wollte dich nicht vor vollendete Tatsachen stellen. Um nichts in der Welt wollte ich, dass du denken könntest, du wärst zu irgendwas gezwungen, indem du die Schuppe annimmst. Vielmehr wäre ich mit allem zufrieden gewesen, was du mir zu geben bereit gewesen wärst. Selbst wenn das bedeutet hätte, nur weiter in deiner Nähe sein zu dürfen.«

»Aber …« Ich räuspere mich, weil mir die Stimme versagt. »Nehmen wir an, ich … wäre nicht an dir interessiert gewesen. Dann hättest du deine Herzschuppe an mich verschwendet und sie nie einer anderen geben können.«

Ein trauriges Lächeln stiehlt sich auf seine Lippen. »Es hätte nie eine andere gegeben, der ich meine Herzschuppe hätte schenken wollen. Dieses Geschenk ist eine einmalige Sache. Denk nie wieder, dass es eine Verschwendung gewesen sein könnte! Ich wusste genau, was ich tat. Und ich würde es jederzeit wieder tun.«

Die Zeit, die wir getrennt waren, habe ich damit zugebracht, mir all die Gründe zurechtzulegen, warum ich unmöglich seine *rwy'nary* sein kann. Einer klang logischer als der andere. Meine Tante wurde nie müde, mir vorzuhalten, dass ich niemals eine gute Partie abgeben würde. Dass sich nie ein Mann für mich interessieren würde. *Zu wild. Zu vorlaut. Zu widerspenstig. Zu eigensinnig.* Irgendwann glaubte ich ihre Worte. Sie sickerten so tief in mein Bewusstsein, dass sie zu einem Teil von mir wurden. Ich störte mich nicht daran, denn ich habe mich nie für einen Mann interessiert. Aber auf eine gewisse Weise zerstörten mich diese Worte. Sie vernichteten mein Selbstbewusstsein und das Bild, das ich von mir hatte.

Dass der einzige Mann, der je mein Interesse geweckt und mein Herz aus Stein erweicht hat, mich genau so will, wie ich bin, kommt für mich einem Wunder gleich. Ich habe mir eingeredet, dass es ein Fehler sein muss. Dass es eine andere, viel logischere Erklärung geben muss. Ein Teil von mir hatte Angst, Drayce gegenüberzutreten und von ihm zu hören, dass alles nur ein dummes Missverständnis gewesen sei und er doch viel lieber die schöne, zierliche Rhia als *rwy'nary* haben wolle als mich tollpatschige Wilde.

Doch er steht vor mir und vertreibt mit jedem Wort, jeder Geste und jeder Berührung die dunklen Schatten der Unsicherheit, die sich in mir angesammelt haben. Ich befürchte, dass mein Herz, das bisher keinerlei Liebe kannte, gleich vor lauter Emotionen zerspringen wird.

»Wie … wie sagt man ›Ich liebe dich‹ in der Drachensprache?«, frage ich leise.

Drayce lehnt sich ein Stück zu mir vor. *»Zu'u rwy'n dy.«*

Ich blinzele. »Das … kommt mir bekannt vor. Hast du das schon mal zu mir gesagt?«

Er nickt. »Mehr als einmal. Aber wahrscheinlich war ich ganz froh darüber, dass du mich nicht verstanden hast. So konntest du mich nicht zurückweisen oder mich auslachen.«

»Warum hast du das gedacht?«

Er zuckt mit den Schultern. »Ich kann dich bei allem, was auch nur im Entferntesten mit Liebesdingen zu tun hat, schlecht einschätzen. Manches Mal reagierst du abweisend, dann wieder, als hättest du deine Zunge verschluckt. Und manchmal …« Sein Blick verdunkelt sich und gleitet wie flüssiger Honig über mein Gesicht. »Manchmal tust du solche Dinge wie in der Nacht vor der Opferung.«

Ich beiße mir auf die Unterlippe, spüre aber dennoch das bekannte Brennen in den Wangen, als ich mich an die besagte Nacht erinnere. Ich weiß noch genau, wie viel Überwindung es mich kostete, meine Bitte zu formulieren. Nach dem, was auf der *Meereswind* mit Kyle und zuvor auf dem Anwesen meiner Tante mit Kommandant Marik geschehen war, glaubte ich nicht daran, dass es sich gut anfühlen könnte, von einem Mann berührt zu werden. Doch die Nächte, die ich in Drayces Armen verbrachte, um überhaupt schlafen zu können, belehrten mich eines Besseren. Er war der Einzige, den ich darum bitten konnte. Der Einzige, den ich darum bitten *wollte.* Und was er mir zeigte, stellte alles in den Schatten, was ich zu hoffen gewagt hatte.

»Verdammt, Ez«, murmelt er. »Wenn du wüsstest, wie zauberhaft du aussiehst, wenn du rot wirst.«

»Was … muss ich tun?«, frage ich, während ich vorsichtig über die Lücke im Schuppenpanzer über seiner linken Brust streiche. »Ich habe deine Herzschuppe angenommen, ohne zu wissen, welch kostbares Geschenk du mir gemacht hast. Das kann ich nicht ungeschehen machen, aber … es gibt doch sicherlich einen Part, den die *rwy'nary* übernimmt, wenn sie und ein *Draco* … oder *Demi-Draco* … sich lieben.«

»Den gibt es durchaus, aber der spielt sich hinter verschlossenen Türen ab.« Er zwinkert mir zu, sodass ich nur noch stärker erröte. »Normalerweise gibt der Älteste der Verbindung noch seinen Segen.«

»Ronnyd?«, frage ich alarmiert.

»Nein, er ist zwar sehr alt, aber nicht der älteste Drache des Clans. Das dürfte Morghan sein.«

Morghan. Irgendwo habe ich den Namen doch schon einmal gehört. Hat mir nicht Rhia etwas über sie erzählt?

»Aber«, unterbricht Drayce meine Gedanken, »wir haben das Pferd sozusagen von hinten aufgezäumt. Es ist Brauch, dass die Herzschuppe öffentlich überreicht und angenommen wird, damit jeder sehen kann, dass die Frau die Wahl aus freien Stücken trifft.«

Ich runzele die Stirn. »Und wenn wir so tun, als würdest du sie mir zum ersten Mal überreichen?«

Drayce schüttelt den Kopf. »Das wird nicht funktionieren, denn auch das Heraustrennen der Herzschuppe gehört zu diesem öffentlichen Ritual.«

Ich schaue wieder auf die Lücke über seinem Herzen. »Ich habe gehört, dass es sehr schmerzhaft ist, seine Herzschuppe zu entfernen.«

Drayce stößt ein Grummeln aus. »Frag lieber nicht! Es war fast so schlimm wie die Verletzung meines Flügels. Von einem *Draco* wird während der Zeremonie jedoch erwartet, dass er keinen Laut von sich gibt.«

»Und was machen wir nun?«

Er zuckt mit den Schultern. »Das Einfachste ist, wenn wir alle vor vollendete Tatsachen stellen. Ich befürchte nur, dass es einige geben wird, die deine Entscheidung anzweifeln. Und wenn wir ehrlich sind, haben sie recht: Du wusstest nicht, worum es sich handelt, als du die Schuppe angenommen hast. Wenn wir Pech haben, kommt es zu einem *Barcud.*«

»Davon haben die Mädchen schon einmal gesprochen. Das ist eine Art Turnier, nicht wahr?«

Drayce wiegt den Kopf hin und her. »Nicht ganz. Manchmal wird es wie eines veranstaltet, ja, aber im Grunde ist es ein simpler Zweikampf um die Gunst einer Frau.« Er verzieht den Mund. »Und ich weiß genau, wer für dich in den Ring steigen wird.«

»Aber die Wahl der Frau ist doch absolut«, halte ich dagegen. »Wenn ich offen dich wähle, wie können die anderen Drachen annehmen, meine Entscheidung sei falsch?«

Er bedenkt mich mit einem Lächeln, bei dem mir ganz warm ums Herz wird. »Es gibt sehr viel weniger weibliche Drachen als männliche. Weißt du das?«

Ich nicke.

»Deshalb ist es in der Vergangenheit oft vorgekommen, dass mehrere *Dracos* um eine Frau buhlten. Das war völlig normal und die meisten Frauen fanden durchaus Gefallen daran. Manchmal ging es so weit, dass sie keine endgültige Entscheidung treffen wollten. Also traten die Männer in einem Zweikampf gegeneinander an.« Auf mein verwirrtes Stirnrunzeln hin fügt er hinzu: »Drachen – auch weibliche Drachen – lieben Stärke, Stolz und Ehre. Daher wählten die Frauen oft den Gewinner.«

»Das hat aber nichts mit uns zu tun«, sage ich. »Mir ist egal, wie stark du bist oder gegen wie viele andere *Dracos* du gewinnst. Meine Wahl wird so oder so auf dich fallen.«

Sanft küsst er mich auf den Mund. »Du kannst dir nicht vorstellen, wie viel es mir bedeutet, dass du mich wählen willst, obwohl auch alle anderen dich wollen. Dass du mich wählst, obwohl du jeden anderen haben könntest. Aber …« Er lehnt sich zurück. »… dieses Privileg werde ich nicht leichtfertig annehmen. Wenn es zu einem *Barcud* kommt, werde ich kämpfen.«

»Warum?«, frage ich verwirrt.

»Weil ich mich als würdig erweisen will«, antwortet er. »Weil ich beweisen will, dass ich deine Wahl verdient habe. Für mich – vor allem für den Drachenteil in mir – ist es eine Ehre, für und um dich zu kämpfen. Vielleicht ist das für einen Menschen nicht so leicht zu verstehen, aber …«

»Ich verstehe«, unterbreche ich ihn.

Und das tue ich wirklich. Beklommen erinnere ich mich an seinen Kampf gegen Ronnyd und die zahllosen Wunden, die seinen Körper übersäten. Wenn er wieder gegen einen reinblütigen Drachen kämpfen muss … Aber ich verstehe seine Beweggründe. Für ihn gibt es eine Menge Traditionen, deren Bedeutung tief in ihm verankert ist und die für mich nicht immer Sinn ergeben. Doch das müssen sie auch nicht. Ich werde hinter Drayce stehen und seine Entscheidung akzeptieren. Selbst wenn er verlieren sollte, werde ich ihn wählen und keinen anderen.

»Und … was passiert dann?«, frage ich. »Nach diesem *Barcud* und wenn wir den Segen der Ältesten haben.«

Ein übermütiges Funkeln erscheint in seinen goldenen Augen. »Wie ich sagte, *das* geschieht hinter verschlossenen Türen.«

Ich werfe einen kurzen Blick zum Stalleingang. »Diese Tür ist auch verschlossen.«

Drayce beißt sich auf die Unterlippe, während er mich ganz genau mustert. »Tu das nicht, Ez. Führe mich nicht in Versuchung.«

»Aber ich …«

»Nein«, unterbricht er mich. »Aus … mehreren Gründen, die nicht wirklich einen Sinn ergeben, aber nein. Einerseits, weil wir schon den halben Ablauf durcheinandergebracht haben und ich wenigstens das, was uns geblieben ist, richtig machen will. Andererseits …« Er hebt die Hände und betrachtet die spitz zulaufenden Klauen. »… weil ich dich nicht so berühren kann, wie ich es will, ohne befürchten zu müssen, dich zu verletzen. Du sollst dich gut fühlen – das ist alles, was ich mir wünsche. Doch darum kann ich mich in dieser Gestalt nicht kümmern.«

»Du könntest dich zurückverwandeln«, werfe ich ein.

»Das werde ich auch, sobald wir alles geklärt haben. Nur wird auch dann nichts passieren. Eine Rückverwandlung ist verdammt schmerzhaft. Wahrscheinlich werde ich dabei wieder ohnmächtig. Deshalb ist es ausgeschlossen, dass wir gleich danach …« Er stößt geräuschvoll die Luft aus. »Ich will dich, Ez. Du kannst dir gar nicht vorstellen, wie sehr ich dich will. Dein Herz, deine Seele und deinen Körper. Aber … bitte, lass es uns richtig machen.«

»In Ordnung«, wispere ich.

Er greift nach meiner Hand und küsst die Fingerspitzen. »Bleibst du bei mir, während ich mich zurückverwandle? Ich hatte das Gefühl, dass es mir dann leichter fällt.«

Ich nicke. »Natürlich. Und dann werde ich endlich wieder neben dir schlafen. Nichts beruhigt mich mehr als das Gefühl deines warmen Körpers neben meinem.«

»Zu'u rwy'n dy«, flüstert er, ehe er sanft mit den Lippen über meine streicht.
»Ich liebe dich auch«, antworte ich.

Kapitel 17

Drayce

Wie erwartet litt ich furchtbare Qualen bei der Rückverwandlung. Ich spürte jede Schuppe, die sich unter die Haut zurückzog. Spürte jeden Knochen brechen, während sich die Muskeln anspannten und verschoben, um sich der kleineren Form anzupassen. Ezlain hielt mich die ganze Zeit über fest. Ich hatte Angst, sie zu verletzen, als ich mich aufbäumte und verzweifelt nach Halt suchte, doch dann erkannte ich: Sie *war* der Halt, nach dem ich immer gesucht hatte. Nachdem ich es geschafft hatte, mich auf sie zu konzentrieren, konnte ich die Schmerzen leichter ertragen. Danach fielen wir in einen tiefen Schlaf.

Nun ist es noch vor Sonnenaufgang, doch ich bin schon eine ganze Weile wach und betrachte meine selig schlummernde *rwy'nary* in meinen Armen. Wann immer ich über ihr Gesicht streichele, zucken ihre Mundwinkel kurz nach oben. Deshalb tue ich es immer wieder, nur, um sie kurz lächeln zu sehen.

Es kommt mir vor wie ein Traum, dass ich dieses Wunder verdient haben soll. Dass Ezlain nun alles weiß und trotzdem hier bei mir liegt. Dass sie … mich erwählt hat, obwohl sie jeden anderen hätte haben können. Ständig strecke ich die Hand nach ihr aus, streiche über ihr Gesicht oder den herrlich kühlen Körper, um mich davon zu überzeugen, dass sie wirklich hier und nicht doch die Ausgeburt meiner innigsten Träume ist.

Während sie schläft, wirkt sie so zerbrechlich und schützenswert, dass mir das Herz vor lauter Empfindungen beinahe überquillt. Ich bin stolz darauf, derjenige zu sein, der sie so verletzlich sehen darf, während die anderen nur ihre königliche Fassade und die kühlen Blicke kennen. Aber ein Teil von mir hat auch Angst. Wenn ich beim *Barcud* verliere, wird Ezlain vielleicht doch einsehen, dass ich ihrer nicht würdig bin, weil ich sie nicht beschützen könnte. Doch das ist nicht alles: Sollte Ez sich im Falle meiner Niederlage trotzdem für mich entscheiden, sind wir immer noch vom Urteil der Ältesten abhängig. Es ist in der Vergangenheit nur selten vorgekommen, aber sie haben einem *Draco* auch schon mal die *rwy'nary* verweigert.

Und ich wäre ein perfekter Anwärter für ihre Verweigerung …

Ich ziehe sie näher an mich und bete zu jedem Gott, der mir einfällt, dass er mir die nötige Stärke verleiht, um in den Augen meiner *rwy'nary* zu bestehen.

***

Die Sonne taucht das Innere des Stalls langsam in ein goldenes Licht, als sich Ezlain zum ersten Mal in meinen Armen regt. Sie brummelt etwas Unverständliches, ehe sie sich wieder fester an meine Brust kuschelt.

»Guten Morgen«, flüstere ich.

Bald wird das Clanleben beginnen und es ist nur eine Frage der Zeit, bis jemandem auffallen wird, dass Ezlain verschwunden ist. Wir können uns nicht für immer hier verstecken, auch wenn ich das gern täte. Aber wie ich gestern Abend bereits sagte: Von nun an will ich es richtig machen. In meiner Idealvorstellung hätte Ezlain nie etwas von Drachen und deren Traditionen, von Herzschuppen und *rwy'nary* erfahren müssen, doch es kam anders. Und wenn unsere Verbindung in den Augen des Clans nun Bestand haben und gültig sein soll, müssen wir uns an gewisse Regeln halten.

»Es ist noch viel zu früh«, murmelt sie gedämpft. »Lass mich noch ein wenig schlafen.«

Ich schmunzele. Als ich sie wiedersah, sind mir sofort die dunklen Schatten unter ihren Augen aufgefallen. Sie wirkte, als hätte sie seit Tagen – wenn nicht gar Wochen – nicht mehr richtig geschlafen. Doch die letzte Nacht, nach meiner Rückverwandlung, ist sie nicht ein einziges Mal aufgewacht.

»Das würde ich gern«, sage ich. »Aber bald wird jemand nach dir suchen.«

Sie neigt den Kopf ein Stück nach hinten und öffnet die Augen einen Spalt breit. »In den Stall kommt niemand. Die Kuh ist den Mädchen mehrmals auf die Füße getreten, seitdem weigern sie sich, sie zu melken. Das ist meine Aufgabe: Ich kümmere mich um die Kuh und die Hühner.« Ezlain gähnt und rückt noch näher an mich. »Sie werden denken, dass ich schon hier im Stall bin, wenn sie mich nicht in der Hütte finden.«

Anstatt wieder einzuschlafen, zieht sie den Kragen meines Hemdes ein Stück zur Seite und fährt mit den Fingerspitzen über meine Brust.

»In deiner jetzigen Form sieht man gar nichts«, murmelt sie. »Hier klaffte in deiner anderen Gestalt ein Loch.«

»Es ist nur eine feine Narbe, die niemandem auffällt, der nicht weiß, wonach er suchen muss.«

Bedächtig lässt sie die Finger hinauf zum Schlüsselbein gleiten. Trotz der behaglichen Kühle, die ihre Berührungen stets ausstrahlen, hinterlässt sie eine heiße Spur auf meiner Haut.

»Hast du … dir eigentlich schon überlegt, ob du hierbleiben willst?«, frage ich, um mich halbwegs auf andere Gedanken zu bringen.

Ezlain zuckt mit den Schultern, ohne ihre Erkundungen zu unterbrechen. Mittlerweile ist sie an meinem Hals angelangt, macht sich aber gerade wieder auf den Weg nach unten. »Es ist wunderschön hier«, murmelt sie, während sie mit dem Blick aufmerksam die Bewegungen ihrer Finger verfolgt. »Es gibt keine Bedrohungen und Essen im Überfluss. Außerdem habe ich mich ganz gut eingelebt. Ich wäre eine Närrin, wenn ich das hier freiwillig gegen das Unbekannte eintauschen würde.« Kurz huscht ihr Blick zu meinem Gesicht. »Es sei denn, du willst nicht hierbleiben.«

»Ich bin hier geboren«, sage ich.

»Und bist gegangen.« Sie legt den Kopf schief. »Warum eigentlich?«

Ich überdenke meine Antwort einen Moment. »Im Grunde aus demselben Grund wie du aus Ilgaron. Weil ich mich an jemanden binden sollte, den ich nicht haben wollte.«

Ezlain richtet sich ein Stück auf und schaut mich aus großen Augen an. »Wen?«

»Rhia«, antworte ich.

Ihre Augen weiten sich noch mehr. »Deshalb hat sie gestern früh so ... freudig auf dich reagiert.«

Ich nicke. »Wir sind zusammen aufgewachsen und waren Freunde, zumindest aus meiner Perspektive. Für Rhia war es jedoch ... mehr.«

»Und für dich wirklich nicht?«

Ich schüttele den Kopf. »Ich mochte sie, aber eher, wie man eine kleine, nervige Schwester mag. Nie hätte ich mehr in ihr sehen können, doch das wollte sie nicht wahrhaben. Und da die Wahl der Frau Gewicht hat, hatte ich nicht viel Mitspracherecht. Normalerweise ist jeder *Draco* froh, wenn er eine Frau findet, die sich für ihn interessiert. Aber Rhia ...« Ich verziehe den Mund. »Jedes Mal, wenn sie mich berührte, befürchtete ich, gleich zu Eis zu erstarren. Sie strahlte für mein Empfinden eine solche Kälte aus, dass ich mir nicht vorstellen konnte, in irgendeiner Weise mit ihr zusammen zu sein. Ronnyd hingegen ... Obwohl ich ein Halbdrache bin und er sich für seine einzige Tochter wahrscheinlich etwas Besseres gewünscht hätte, stimmte er Rhias Wunsch zu. Ich wurde nicht nach meiner Meinung gefragt.«

Mitleid und Verständnis schimmern in Ezlains grünen Augen.

»Deshalb ... bin ich gegangen«, murmele ich.

»Ich dachte, es wäre wegen der Dracheneier«, sagt sie nach einer Weile.

»Nein, das hätte ich gern gemacht«, entgegne ich. »Es hätte mich zwar an die Insel gebunden, aber ich hätte mein Bestes gegeben, um die Drachen schlüpfen zu lassen.« Geräuschvoll stoße ich die Luft aus. »Es würde mich nicht wundern, wenn Ronnyd die Tatsachen so verdreht hat, dass alle meinen, ich sei vor meiner Aufgabe geflohen. Damit hätte er den halben Clan gegen mich aufbringen können. Die Kränkung, dass ich seine geliebte Tochter zurückgewiesen habe, war aber wohl der Hauptgrund für seinen Handel mit Cressa.«

»Er wollte dich deshalb töten«, flüstert Ez. »Und nur, weil er sich vage ausgedrückt und Cressa diese Lücke in seiner Forderung genutzt hat, bist du noch am Leben.«

Ich nicke. »Zu dem Schluss bin ich auch gekommen.«

Schweigen senkt sich über uns und ich beobachte Ezlain, deren Blick unstet umherhuscht, als denke sie angestrengt über etwas nach. Gerade als ich sie fragen will, worüber sie sich schon wieder ihr hübsches Köpfchen zerbricht, schiebt sie eine Hand unter mein Hemd und streicht mir über die Haut. Ich halte die Luft an.

»Gestern«, beginnt sie zögernd, ohne mein Gesicht eine Sekunde aus den Augen zu lassen, »hab ich dich gefragt, wie sich meine Berührungen für dich anfühlen. Du meintest … sie seien kühl.«

Ich unterdrücke ein Schmunzeln. Was ich eben über Rhia und ihre Kälte sagte, muss sie zum Grübeln gebracht haben. Ich beeile mich, ihre Bedenken zu zerstreuen, denn sie sind grundfalsch.

»Aber auf eine angenehme Art«, raune ich. »Auch das habe ich dir gesagt. Natürlich, im Vergleich zu meiner Körpertemperatur fühlt sich alles kühler an. Oder eiskalt wie Rhia. Doch du …« Ich schiebe ebenfalls eine Hand unter ihre Tunika und lege sie ihr auf die Taille. Mit einem leisen Seufzen schließt sie die Augen und es kostet mich eine ungeheure Menge Willenskraft, die Hand nicht weiter über ihre zarte Haut wandern zu lassen. »Du hast genau die richtige Temperatur, um meine innere Hitze zu besänftigen. Ich könnte mich die ganze Zeit an dich schmiegen und dich jede einzelne Minute des Tages am liebsten ganz nah bei mir haben.«

Sie schenkt mir ein kleines Lächeln. »Ich würde mich nicht darüber beschweren.«

Eng aneinander gekuschelt reden wir noch eine Weile über die letzten Wochen. Ich habe Mühe, mich auf das Gespräch zu konzentrieren, während Ezlain scheinbar gedankenverloren mit den Fingern kleine Kreise auf meinen Bauch malt. Jedes Mal, wenn ich sanft über ihre Taille oder den unteren

Rücken streichele, kommt auch Ezlain ins Stocken oder gibt entzückende, halb unterdrückte Laute von sich.

»Gestern Abend«, sagt sie schließlich eine Spur verlegen, »habe ich lange darüber nachgedacht, was ich anziehen könnte, damit ich dir gefalle. Das ist mir noch nie passiert.«

»Keiner der ungebundenen *Dracos* konnte gestern den Blick von dir abwenden«, murmele ich undeutlich.

»Und du?«

Ich schmunzele über ihre beinahe kindliche Freude. »Natürlich auch nicht. Aber meinetwegen musst du dir keine Gedanken machen. Ich beurteile dich nicht danach, was du trägst.«

Sie denkt eine Weile über meine Worte nach. »Da muss es doch etwas geben, worin du mich gern einmal sehen würdest.«

»Willst du wissen, was mir am meisten gefallen würde?«, frage ich und halte ihren Blick fest. Sie nickt sofort. »Das geht aber nur, wenn dich sonst niemand sieht.«

Ezlain legt fragend den Kopf schief. Ich strecke die freie Hand aus und ziehe vorsichtig die Kette mit meiner Herzschuppe aus ihrem Kragen hervor.

»Die Kette mit dem Anhänger«, murmele ich, ohne den Blick davon abzuwenden. Es kommt mir noch immer unwirklich vor, dass sie tatsächlich um ihren Hals hängt.

»Und was noch?«

Ich spüre, wie sich mein rechter Mundwinkel zu einem Lächeln hebt. »Nichts. Nur die Kette.«

Ich ergötze mich an den Sekunden, die es dauert, bis sich langsam ihre Wangen rot färben, und küsse sie dann auf die Nasenspitze. Doch anstatt sich vor mir zurückzuziehen, wie ich es eigentlich erwartet habe und wie sie es normalerweise tut, wenn ich sie in Verlegenheit bringe, drückt sie meine Schulter nach hinten ins Stroh und klettert auf meinen Schoß. Völlig überrumpelt schaue ich zu ihr auf. Ihre Miene ist seltsam konzentriert, deshalb wage ich nicht, ihr zu sagen, dass sie von mir heruntergehen soll, solange ich mich noch beherrschen kann. Vorsichtshalber lasse ich die Hände knapp über ihren Knien liegen.

»Gestern Abend«, murmelt sie, »ist mir vieles klar geworden. Unter anderem auch, dass ich keine Angst mehr habe.«

»Angst wovor?«, frage ich leise.

»Davor, dass er mich gebrochen haben könnte.« Auf mein verwirrtes Stirnrunzeln hin fügt sie hinzu: »Kyle. Der Kerl, vor dem du mich in der Höhle retten musstest.«

Ich verziehe den Mund. »Der Kerl, den ich dort hätte töten sollen.«

Ezlain nickt. »Vielleicht hättest du das tun sollen, doch ich weiß nicht, ob sein Tod etwas geändert hätte. Die Angst wäre trotzdem noch in mir gewesen. Davor, mich hilflos und benutzt zu fühlen.« Sie lässt die Hand, die bis eben locker auf meiner Brust gelegt hat, höher zu meinem Herzen wandern. »Aber das ist vorbei. Seit ich auf dieser Insel bin, hatte ich viel Zeit, mir über Dinge klar zu werden. Und auch gestern Abend, als du nicht mit der Sprache herausrücken wolltest, warum du mir deine Herzschuppe gegeben hast, hatte ich Gelegenheit, mir Gedanken zu machen.«

Stumm lausche ich ihr; aus Angst, dass sie nicht mehr weiterspricht, wenn ich sie unterbreche. Aber auch weil ich unbedingt hören will, was sie zu sagen hat. Nur wenige Male erlaubte sie mir bisher einen Blick hinter ihre gefasste Fassade auf die gebrochene und ängstliche Ezlain, die manchmal nicht weiß, wie ihr nächster Schritt aussehen soll. Mir ist klar, dass auch dieser Moment dazu gehört.

»Früher, mit meinem Herzen aus Stein«, fährt sie fort, »war es mir egal, wenn mir ein Mann nahekam. Im besten Fall war ich davon genervt. Aber es gab zwei Begegnungen, die mich erschüttert haben. So sehr, dass ich befürchtet habe, ich könnte nie … auf normalem Weg mit einem Mann zusammen sein.«

»Ez, wenn ich mit dem, was ich eben gesagt habe, zu weit gegangen bin, werde ich …«

»Nein, bist du nicht«, unterbricht sie mich schnell. »Das versuche ich doch damit zu sagen. Bei dir ist es anders. Das war es schon immer. Ich wollte es zu Beginn nur nicht sehen, aber jetzt kann ich die Augen nicht mehr davor verschließen. Bei dir … habe ich keine Angst. Ich musste nur erst lernen, mit deiner direkten Art umzugehen.« Sie beugt sich ein Stück vor, bis ich ihren warmen Atem auf dem Gesicht spüren kann. »Bei dir habe ich mich noch nie hilflos gefühlt. Nie dachte ich, dass du gegen meinen Willen eine Grenze überschreiten würdest. Deine lockeren Sprüche und frechen Bemerkungen dienten nur dazu, mich aus meinem Schneckenhaus hervorzulocken. Und das ist dir gelungen.«

Ich hebe eine Hand und lege sie ihr an die Wange. Kurz schließt sie die Augen und atmet tief aus, als würde ihr eine Last von den Schultern fallen. Dabei bin ich derjenige, dem es so gehen müsste. Von Ezlain zu hören, dass sie bei mir ihre Ängste aus der Vergangenheit und vor der Zukunft vergessen kann, ist mehr, als ich je zu hoffen gewagt habe. Dass ich sie zudem noch meine *rwy'nary* nennen darf, macht mein Glück perfekt.

Und ich werde dieses Glück gegen jeden verteidigen, der es wagt, uns in irgendeiner Weise zu schaden.

»Lass mich nie wieder allein«, wispert sie.

»Nicht, wenn du es nicht verlangst«, flüstere ich zurück.

Sie schenkt mir ein seltenes, ehrliches Lächeln, das mir das Herz vor Liebe beinahe überquellen lässt. Sanft ziehe ich ihren Kopf zu mir herunter und küsse sie. Als ich mit der Zunge über ihre Unterlippe fahre, öffnet sie willig den Mund. Mir entweicht ein raues Seufzen und ich kämpfe mit aller Macht dagegen an, sie noch fester an mich zu ziehen, um sie überall auf mir spüren zu können.

»Ich will dich, Drayce.«

Ihre Stimme klingt heiser und trifft damit einen Nerv bei mir. Ein wohliger Schauer nach dem anderen rauscht durch mich hindurch. Ich wünschte, sie würde immer so klingen, wenn wir allein sind. Doch jetzt trägt es nicht gerade dazu bei, mich zurückzuhalten.

Ezlain setzt sich etwas auf und übt dabei einen köstlichen Druck auf meinen Schoß aus, der mich beinahe aufstöhnen lässt. Augenblicklich werde ich hart.

»Ich will dich auf jede erdenkliche Weise«, flüstert sie, während ihr dunkler Blick auf meinem Gesicht ruht. Ich bin sicher, dass sie genau weiß, was sie mit mir anstellt. »Ich fühle mich geehrt, dass du mich als deine *rwy'nary* auserwählt hast, auch wenn ich nicht verstehe, warum deine Wahl ausgerechnet auf mich gefallen ist.« Sie schmunzelt. »Aber ich werde mich nicht beklagen.«

»Ich werde alles tun, um dich glücklich zu machen und dir keinen Grund zu geben, dich je zu beklagen«, verspreche ich.

Ihr Lächeln nimmt berauschende Züge an und ich spüre die wenigen Tropfen ihres Blutes in meinen Adern heißer werden.

»Wirklich alles?«, fragt sie und legt den Kopf schief.

Ich kratze den letzten Rest Selbstbeherrschung zusammen, den ich in mir finde, und lege ihr die Hände auf die Oberschenkel. »Ich finde durchaus Gefallen an dem, worauf du hinauswillst«, raune ich, »aber ich möchte es erst offiziell machen. Hältst du es bis dahin aus?«

Sie zieht einen niedlichen Schmollmund. »Können wir ... dann diese Sache wiederholen, die wir im Turm gemacht haben? Nur dass du diesmal ... keine Angst haben musst, die Tinte zu verschmieren.«

Allein bei der Vorstellung werde ich noch härter. Dennoch möchte ich widersprechen. Nicht, weil ich nicht will, sondern weil ich weiß, dass ich mich nicht mehr zurückhalten kann, sobald ich einmal angefangen habe, sie auf diese Weise zu berühren. Das Wissen, dass sie es ebenso will wie ich, tut sein Übrigens, um mein Blut zum Kochen zu bringen.

»Ez, ich weiß nicht, ob das eine gute Idee ist«, höre ich mich sagen und möchte mir dafür einen Kinnhaken verpassen. »Wenn jemand uns sieht ...«

Sie legt mir zwei Finger an die Lippen. »Das wird nicht passieren. Vertrau mir! Oder gibt es einen anderen Grund, warum du nicht willst?«

Ja, den gibt es durchaus, denke ich. Weil ich wenigstens eine Sache richtig machen will, die mit uns zu tun hat. Aber das sage ich nicht noch mal laut. Ich kann kaum noch geradeaus schauen vor lauter Verlangen nach meiner *rwy'nary* – wie könnte ich ihr da widersprechen? Nur der Wille, das Richtige zu tun, lässt mich standhaft bleiben.

Ehe ich den Mund öffnen kann, murmelt Ezlain mit gesenktem Blick: »Berühre mich. So, wie du es im Turm getan hast, und noch mehr. Und zeig mir, wie ich dich berühren soll. Mehr verlange ich nicht, denn auch ich will es richtig machen. Aber …« Sie stößt geräuschvoll die Luft aus. »Ich kann nicht mehr klar denken, seit du zurück bist. Dieses Kribbeln macht mich noch wahnsinnig! Ich denke an nichts anderes mehr, als mit dir zusammen zu sein, von dir gehalten und geküsst und berührt zu werden.« Ihre Unterlippe zittert, als sie tief einatmet. »Doch genau wie du mich nie zu etwas zwingen würdest, werde ich es auch nicht bei dir tun, also …«

»Stopp«, unterbreche ich sie. »Es geht hier nicht darum, dass du mich zu irgendetwas zwingen würdest, was ich nicht will.«

Ich verstärke den Druck an ihren Beinen und presse sie fester gegen meinen Schritt. Als sie spürt, wie bereit ich für sie bin, stößt sie ein leises Wimmern aus. Dieser kleine Laut ist für mich derart berauschend, dass ich ebenfalls aufstöhne.

»Dann … zeige mir, was du willst, und lass uns gemeinsam herausfinden, was mir gefällt«, wispert sie.

Mehr braucht es nicht, um den letzten Rest meiner Zurückhaltung zu zerstören. Von einer Sekunde auf die andere löst er sich in Luft auf und ich höre auf zu denken. Ich bestehe nur noch aus heißem Verlangen, das gemeinsam mit ihrem und dem instinktiven Wunsch, meiner *rwy'nary* Freude und Lust zu bereiten, durch meine Adern peitscht.

Ich lege ihr die Hände an die Hüften und bringe sie durch leichten Druck dazu, sich auf mir zu bewegen und an mir zu reiben.

»Ist das … in Ordnung?«, frage ich, weil ich ihren Gesichtsausdruck nicht deuten kann.

Ezlain hält inne und sieht mit zusammengezogenen Augenbrauen zu mir hinab. »Wenn du mich bei allem, was du tust, fragen willst, ob das für mich in Ordnung ist, sind wir bis heute Abend noch nicht fertig«, tadelt sie mich. »Du solltest wissen, dass ich sehr wohl in der Lage bin, dir zu Bescheid zu sagen, sollte ich mit irgendetwas ein Problem haben.«

Ich blinzele mehrmals und schaue atemlos in ihre königliche Miene, die mich gleichermaßen fasziniert und erregt. So sehr, dass ich kurz davor bin, sie anzuflehen, gemeinsam mit mir auf sämtliche Regeln und Rituale zu pfeifen. Ich ringe mich zu einem Nicken durch, woraufhin sie sich wieder gemächlich auf mir wiegt und mit dem Druck, den sie dabei verursacht, um den Verstand bringt.

»Drayce«, raunt sie, ohne ihren Rhythmus zu unterbrechen. »Du musst mit mir reden. Sag mir, was du willst.«

Es dauert einen Moment, bis ihre Worte in mein lustvernebeltes Hirn vordringen. Ich hake den Zeigerfinger unter den Saum ihrer Tunika.

»Ausziehen«, verlange ich rau.

Ganze Sätze zu bilden ist nicht mehr möglich. Ich bin froh, dass ich noch halbwegs gleichmäßig atmen kann.

Mit einem zufriedenen Lächeln kommt sie meiner Aufforderung nach – nur, um sich mit der Tunika kurz darauf in ihrem vom Schlaf noch zerzausten Haar zu verfangen. Mit vor dem Gesicht überkreuzten Armen und die Tunika so weit hochgezogen, dass ich ihren nackten Bauch und den Ansatz ihrer Brüste sehen kann, versucht sie vergebens, sich aus dem Kleidungsstück zu winden.

Ich schaffe es nicht, ein Lachen zu unterdrücken. Die Situation ist so typisch Ezlain, dass es einfach zu komisch ist.

»Hilf mir lieber, anstatt zu lachen«, brummt sie undeutlich durch den Stoff.

»Bist du sicher, dass ich dir helfen soll?«, hake ich nach.

»Drayce, wenn du mich noch einmal fragst, ob ich mir sicher bin, fange ich an zu schreien.«

Sie hat kaum zu Ende gesprochen, da packe ich den Stoff mit beiden Händen und zerreiße ihn mit einem Ruck. Ihre vollen, wunderschönen Brüste purzeln mir förmlich entgegen, doch ich betrachte ihr Gesicht, suche immer noch nach einer Spur Unbehagen oder – schlimmer noch! – Ablehnung, die ich von anderen Zusammenkünften dieser Art gewohnt bin.

Doch langsam müsste selbst ich begriffen haben, dass es mit Ezlain nie so ist, wie ich es aus der Vergangenheit kenne.

»So geht's natürlich auch«, murmelt sie, während sie sich die Fetzen der ehemaligen Tunika von Schultern und Armen streift.

Mit angehaltenem Atem beobachte ich sie. Das letzte Mal war ihre helle Haut mit der dunklen magischen Tinte aus Makio beschmiert. Diesmal schimmert sie makellos im Schein der aufgehenden Sonne, während ihren Oberkörper nichts mehr bedeckt als die Kette mit meiner Herzschuppe.

Sinnlos schweben meine Hände knapp über ihren Beinen, während ich noch mit mir ringe, ob ich sie anfassen soll oder nicht. Würde ich sie damit verschrecken? Aber ich will es so sehr ... Ihre aufgerichteten Brustwarzen flehen mich geradezu an, dass ich sie zwischen Daumen und Zeigefinger nehme und sanft zwicke. Aber ich will nicht, dass ...

Ezlain unterbricht meine Gedanken, indem sie mir eine Hand auf die Brust legt und wartet, bis ich ihr ins Gesicht schaue. »Hör auf, dich zurückzuhalten«, murrt sie. »Du wirst mir nicht wehtun und ich werde keine Angst haben. Wenn mir etwas nicht passt, werde ich es dir sagen, aber bis dahin will ich nicht mit Samthandschuhen angefasst werden.«

Ich lasse ihr genau drei Herzschläge lang Zeit, ihre Aussage zu überdenken. Dann gebe ich jede Reserviertheit auf, packe sie an den Hüften und werfe sie mit dem Rücken ins Stroh. Ihr entweicht ein niedlicher Laut des Erschreckens, doch in ihrem Blick kann ich nichts davon entdecken. Stattdessen zerrt sie mir ungeduldig das Hemd über den Kopf und wirft es achtlos beiseite. Mit beiden Armen stütze ich mich seitlich von ihr ab und rage über ihr auf. Das aufgeregte Funkeln in ihren Augen, während sie den Blick träge über meine Arme und die Brust wandern lässt, löscht auch die letzten Zweifel in mir aus, dass wir hier und jetzt etwas tun könnten, wofür sie noch nicht bereit ist.

Mit den Fingern streicht sie über die kaum sichtbare Narbe direkt über meinem Herzen. Ich greife nach ihrer Hand, hauche einen Kuss auf die Innenfläche, wo nur noch ein Streifen hellerer Haut beweist, dass wir einst einen Blutschwur geschlossen haben, und beiße ihr sanft in den Handballen. Als hätte ich alle Zeit der Welt, arbeite ich mich an ihrem Arm weiter vor bis zur Schulter, küsse sie und knabbere an ihr, bis sie sich unruhig unter mir windet. Mit der Zunge male ich kleine Kreise zwischen ihren Brüsten, während ich mir einen Weg nach unten bahne. Mir entgeht nicht ihr empörtes Aufkeuchen, weil ich ihren Brüsten keinerlei Beachtung schenke und sie nicht einmal ansatzweise berühre.

Das hebe ich mir aber für später auf. Und ich werde es genießen.

Kurz versenke ich die Zunge in ihrem Bauchnabel, ehe ich ihr den Hosenbund so weit nach unten schiebe, wie es möglich ist, ohne die Hose zu öffnen. Ich vergesse nicht einen Zentimeter freigelegte Haut und widme mich jedem ausgiebig und hingebungsvoll, küsse und lecke und knabbere, bis ihre Atmung in ein keuchendes Stöhnen übergeht.

Ich spüre sie: ihre Erregung und die feuchte Hitze, die von ihr ausgeht und sich sogar für mich warm anfühlt. Noch nie hat sich eine Frau für mich warm angefühlt, im Gegenteil. Sie alle waren eiskalt oder kühl – jedoch nicht das passende, kühle Gegenstück zu meiner Wärme wie Ezlain, sondern einfach frostig. Mir nur vorzustellen, wie es sich anfühlen wird, diese Wärme um mich zu spüren, lässt mich beinahe kommen.

Doch ich beherrsche mich und streife mit den Fingern nur kurz über ihren Schritt. Ezlain gibt einen frustrierten Laut von sich, als ich wieder nach oben krieche.

»Warum hast du aufgehört?«, fragt sie atemlos, als ich sie zuerst auf die Stirn und anschließend auf die Nasenspitze küsse.

»Wer sagt, dass ich aufhöre?«, erwidere ich. »Ich mache nur woanders weiter und komme später dorthin zurück.«

»Aber ...«

Ihr Protest geht in einem Stöhnen unter. Mit Daumen und Zeigefinger kneife ich leicht in ihren Nippel, gerade fest genug, dass sie vor Wonne den Rücken durchdrückt und sich mir weiter entgegenreckt. Ich könnte ihr den ganzen Tag dabei zusehen.

»Erstaunlich, wie schnell die stolze Königin sich in meinen Händen zu Wachs verwandelt«, raune ich ihr ins Ohr.

In ihren Augen liegt ein angriffslustiges Funkeln, als sie den Kopf ein Stück hebt, um mich anzusehen. Allein dieses Funkeln lässt mich sie noch mehr wollen; zusammen mit ihrer hoheitsvollen Miene ist es eine absolut tödliche Kombination für meine Selbstbeherrschung.

»Hast du nichts Besseres mit deiner Zunge zu tun, als mich zu ärgern?«, fragt Ezlain heiser.

Ich bin kurz davor, sämtliche guten Vorsätze über den Haufen zu werfen. Diese Frau bringt mich so dermaßen um den Verstand, dass ich nicht mehr klar denken kann. Ich muss sie spüren, wenigstens mit den Fingern – die Hitze, die sie verströmt und die mich mehr lockt als irgendetwas je zuvor. Ob ich mich nach einer kurzen Kostprobe jedoch stoppen kann, weiß ich nicht.

Und es ist mir auch egal. Solange sie mich nicht darum bittet, werde ich nicht aufhören.

Ich lege mich neben Ezlain auf die Seite, liebkose noch einen Moment ihre Brust, ehe ich die Hand langsam über ihren Rippenbogen und den Bauch nach unten gleiten lasse – so sanft, dass sie unter der federleichten Berührung erschauert. Ihr Atem geht schneller, unkontrollierter – genau wie meiner. Schmerzhaft pocht meine Erektion in der Hose und um den Druck zu lindern, presse ich sie gegen Ezlain. Wieder stöhnt sie und wiegt leicht die Hüften.

Als ich mit den Händen wieder an ihrem Hosenbund ankomme, warte ich, bis ihr Blick meinen findet. Ich bin unendlich erleichtert, dass ich darin keine Spur von Angst erkenne.

»Bitte«, wispert sie, »berühre mich.«

Damit löscht sie jeden Zweifel aus, der noch irgendwo tief in mir existierte. Ich schiebe die Hand in ihre Hose, nähere mich langsam der lockenden Wärme. Ezlain scheint es wieder einmal nicht schnell genug zu gehen, denn sie hebt die Hüften an, um meine Finger endlich dorthin zu lenken, wo sie sie haben will.

»Sie muss aber hier sein«, ertönt plötzlich Vargons tiefe Stimme von draußen – nur einen Moment, bevor ich endlich Ezlains Wunsch nachkommen kann. »Die Kuh ist auf der Weide, also muss Ezlain hier gewesen sein.«

Eine Schrecksekunde lang halten wir beide die Luft an und rühren keinen Muskel.

»Ich bringe ihn um«, zischt Ezlain leise.

»Ich sagte dir doch schon, dass Ezlain beschäftigt ist!«, kräht jetzt auch Cressas Stimme jenseits der Holzwände.

Ich verziehe den Mund. »Und ich übernehme die Hexe.«

Deutlich sehe ich Ezlains Kiefermuskeln arbeiten. »Wie hoch stehen unsere Chancen, dass sie einfach wieder gehen?«, flüstert sie und sieht hoffnungsvoll zu mir auf.

Seufzend ziehe ich die Hand zurück und küsse sie auf die Stirn. »Ich will es nicht herausfinden müssen.«

Ezlain setzt sich auf und ist drauf und dran, nach draußen zu stürmen und Vargon an die Gurgel zu gehen. Obwohl ich gutes Geld bezahlen würde, um zu sehen, wie meine *rwy'nary* diesen aufgeblasenen Erddrachen in seine Schranken weist, greife ich nach ihrer Hand und halte ihr mein Hemd hin.

»Tu mir den Gefallen und zieh das über«, bitte ich sie und lasse kurz den Blick über ihre Brüste wandern.

Sie folgt meinem Blick, wobei ihr anscheinend erst jetzt wirklich bewusst wird, dass sie halb nackt ist und ihre Tunika in Fetzen neben uns liegt.

»Was ist mit dir?«, fragt sie.

Ich zucke mit den Schultern. »Ich schleiche mich durch das Fenster hinaus, während du Vargon ablenkst. Bei mir werden nicht so viele Fragen gestellt, wenn ich mit freiem Oberkörper herumlaufe.«

Sie nickt und zieht sich das Hemd über den Kopf. Weil es ihr viel zu weit ist, steckt sie den Saum in die Hose und fährt sich anschließend mit den Händen durchs Haar. Routiniert, als hätte es sie schon unzählige Male getan, nimmt sie vorsichtig meine Herzschuppe zwischen die Finger und schiebt den Anhänger an der Kette nach hinten, um ihn so unter dem Hemd zu verstecken. Ich wünschte, sie müsste das Zeichen unserer Verbindung nicht verbergen, aber ich bin dankbar dafür, dass sie derart geistesgegenwärtig reagiert.

Ezlain stellt sich auf die Zehenspitzen und stiehlt sich einen schnellen Kuss, ehe sie Richtung Ausgang eilt, weil die Stimmen immer näher kommen. Ich raffe die Überreste ihrer Tunika zusammen und klettere aus dem Fenster.

Kapitel 18

Ezlain

Mein gesamter Körper pocht und ziept vor ungestilltem Verlangen und brodelnder Wut. Ich hätte nicht wenig Lust, Vargon sofort den Hals dafür umzudrehen, dass er uns unterbrochen hat. Meine Schritte sind wackelig, das Pulsieren zwischen den Beinen macht sich bei jeder noch so kleinen Bewegung bemerkbar und erinnert mich daran, was ich gerade verpasst habe.

Mit einem kurzen Blick über die Schulter vergewissere ich mich, dass Drayce es geschafft hat, sich durch das kleine Fenster auf der Rückseite des Stalls zu zwängen und öffne dann die Tür. Direkt davor steht Vargon, die Hand bereits ausgestreckt, um ebenfalls zu öffnen. Ein paar Schritte hinter ihm entdecke ich Cressa, die mir sofort einen entschuldigenden Blick zuwirft.

»Hier bist du!«, sagt Vargon. »Ich habe dich schon überall gesucht.«

Die Art, wie er es sagt – als müsse ich ihm Rechenschaft über jeden meiner Schritte ablegen –, lässt mich beinahe die Beherrschung verlieren. Ich wünschte, ich könnte einfach an ihm vorbeigehen und ihn ignorieren, doch das ist mir in meinem momentanen Zustand unmöglich.

»Was willst du?«, knurre ich.

Cressa macht unauffällig einen Schritt zurück.

Vargon blinzelt, offenbar überrascht über meinen barschen Tonfall.

»Eigentlich ... wollte ich dich heute Morgen abholen und fragen, ob ich dir bei der Stallarbeit helfen darf. Aber ... eines der Mädchen, das ich bei deiner Hütte traf, meinte, du wärst nicht mehr da. Sie wusste aber nicht, wohin du gegangen bist und da dachte ich ...«

»Ich brauche deine Hilfe nicht«, stelle ich sofort klar. »Außerdem informiere ich weder dich noch eines der Mädchen über jeden meiner Schritte.«

Vargon zieht die Augenbrauen zusammen. »Ich versuche nur, freundlich zu dir zu sein.«

Ich straffe die Schultern. »Das ist nett von dir, aber ich denke, ich habe dir nun oft genug klargemacht, dass ich kein Interesse an dir habe. Ganz gleich, wie freundlich du zu mir bist oder wie oft du mir bei der Stallarbeit hilfst – ich werde nie deine *rwy'nary* werden.«

Seine Miene verdüstert sich bei jedem meiner Worte mehr. »Warum?«, grollt er. Mit einem großen Schritt überbrückt er die restliche Distanz zwischen uns und packt mich an der Schulter. »Ich habe dir nie einen Grund gegeben, dass du mich derart abweisend behandelst.«

Vargons Griff ist so fest, dass ich das Gesicht verziehe, doch ich gebe keinen Laut von mir. »Ich habe kein Interesse an dir«, wiederhole ich, wobei ich jedes Wort einzeln betone. »Und jetzt wäre ich dir sehr dankbar, wenn du die Hand von mir nehmen würdest.«

»Nein«, knurrt er und verstärkt den Druck noch. Nicht so sehr, dass es wehtut, und ich bin dankbar dafür. Denn ansonsten wäre schon längst der Schutz der Herzschuppe dazwischengegangen und Vargon hätte sofort bemerkt, dass ich sie besitze. Solange er mir aber nicht bewusst schaden will und ich mich nicht vollends gegen seine Berührung sträube, kann ich die Wirkung unterdrücken. »Ich habe dich als meine *rwy'nary* auserwählt, also wirst du ...«

»Nimm die Hand von ihr, Vargon.« Der tiefe, wütende Klang von Drayces Stimme direkt hinter mir lässt mich beinahe vor Freude aufseufzen. »Oder ich werde dir jeden Finger einzeln brechen.«

Ich drehe den Kopf ein Stück zur Seite, um Drayce aus den Augenwinkeln wahrnehmen zu können. »Ich komme schon allein zurecht.«

»Ich weiß.« Deutlich kann ich das Grinsen aus seinen Worten heraushören. »Aber lass mir doch die kleine Freude, diesem selbstverliebten Idioten zu zeigen, wo sein Platz ist.«

Ich verdrehe die Augen. »*Dracos* und ihr verdammter Stolz«, murmele ich mehr zu mir selbst.

»Misch dich nicht ein, Halbblut!«, zischt Vargon. »Das geht dich nichts an.«

Mit jeder Zelle meines Körpers spüre ich Drayces Nähe und muss den Drang unterdrücken, mich sofort an ihn zu schmiegen. Die Stärke und Entschlossenheit, die er verströmt, sind derart präsent, dass sie mir auf der Haut prickeln.

»Doch, ich denke, das geht mich etwas an«, erwidert er gefährlich ruhig. »Die Lady hat dir deutlich gesagt, dass du sie loslassen sollst und sie kein Interesse an dir hat. Willst du wissentlich eines der grundlegendsten Gesetze unseres Volkes missachten und sie weiter bedrängen?«

Kurz huscht Vargons abschätzender Blick zu mir, als erwarte er einen Widerspruch meinerseits, doch ich ziehe nur eine Augenbraue nach oben. Es vergehen mehrere Sekunden, bis er langsam seinen Klammergriff löst und mich freigibt.

»Ich werde mit dem Ältestenrat reden«, stellt Vargon zähnefletschend in Aussicht.

»Tu das«, erwidert Drayce gelassen. »Keiner wird es wagen, sich über den Willen einer Frau hinwegzusetzen, ganz gleich, wie dringend du sie haben willst.«

Vargon verzieht das hübsche Gesicht zu einer Fratze. »Das werden wir noch sehen!«

Ohne ein weiteres Wort wirbelt er herum und stapft davon.

»Alles in Ordnung?«, murmelt Drayce. Warm streicht sein Atem über meinen Nacken. »Hat der Mistkerl dir wehgetan?«

Ich schüttele den Kopf. »Mir geht es gut. Ich bin nur froh, dass mich deine Herzschuppe nicht beschützt hat, sonst wüsste er nun von uns.«

Drayce greift nach meiner Hand und zieht mich zu sich. »Das macht nichts«, murmelt er. »Dann wüsste er es eben. Früher oder später wird er es sowieso erfahren. Wenn er wirklich wie angekündigt schnurstracks zum Rat geht, wird er heute Abend öffentlich um dich anhalten.«

Ich lege die Hand auf seine glatte Brust und streichele über die winzige Narbe über seinem Herzen. »Und ich werde ihm vor dem versammelten Clan eine Abfuhr erteilen.«

Mit einem ergebenen Seufzen lehnt Drayce die Stirn an meine und zieht mit der Hand den Anhänger mit der Herzschuppe nach vorn. »Er wird nicht aufgeben. Er ist derart besessen von dir, dass er sogar in Kauf nimmt, gegen unsere ältesten Gesetze zu handeln. Ich werde ebenfalls zum Rat gehen und ihnen von uns erzählen.«

»Könnten ...« Ich schlucke angestrengt und wage nicht, den Blick zu heben. »Könnten sie uns auseinanderbringen?«

Drayce schweigt viel zu lange. »Sie könnten uns ihren Segen verweigern. Dann müssten wir die Insel verlassen. Das will ich um jeden Preis vermeiden. Und sie könnten anzweifeln, dass du meine Herzschuppe aus freien Stücken angenommen hast, weil es keine Zeugen gab.«

»Was bedeutet das?«, meldet sich Cressa zu Wort, die sich bis jetzt im Hintergrund gehalten hat.

Drayce presst weiterhin die Stirn gegen meine. »Das heißt, sie könnten einen *Barcud* einberufen, eine Art Zweikampf, bei dem sich diejenigen messen, die das Herz der Frau erobern wollen.«

»Aber ... Ezlains Herz gehört bereits dir«, sagt Cressa. »Das bemerkt selbst ein Blinder. Wie könnten sie das anzweifeln?«

»Alte, komplizierte Traditionen«, brummelt Drayce. »Ezlain lässt sich vielleicht nicht davon beeinflussen, aber andere Frauen – besonders Drachenfrauen – werden magisch von Stärke angezogen. Nicht nur einmal habe ich miterlebt, wie die Frau sich am Ende des *Barcuds* für den Sieger entschieden hat, ungeachtet ihrer vorangegangenen Gefühle.«

»So bin ich nicht«, sage ich sofort. »Ich würde niemals ...«

»Ich weiß«, unterbricht er mich sanft und legt die Finger um die Herzschuppe. »Aber ich werde beweisen, dass du deine Wahl nicht nur aus Unwissenheit getroffen hast. Ich will beweisen, dass ich für dich sorgen und dich im Notfall verteidigen kann. Unter keinen Umständen werde ich mich davor drücken und mich auf deiner Wahl ausruhen.«

»Gibt es keinen Weg, diesen unsinnigen Zweikampf zu umgehen?«, fragt Cressa.

»Nicht, ohne die Insel zu verlassen«, entgegnet Drayce. »Und ich will ehrlich sein: Ich weiß nicht, wie wir von hier fortkommen sollen. Als ich damals ging, konnte ich noch sehr weit gleiten. Aber jetzt und zusammen mit euch ... Selbst wenn es uns gelingen würde, die Insel heil zu verlassen und irgendwo anders anzukommen ... Wovon wollen wir leben? Hierzubleiben ist unsere beste Option und ich danke den Göttern dafür, dass du dich hier wohlfühlst, Ez.« Er küsst mich auf die Nasenspitze. »Aber wenn wir bleiben, muss auch ich meinen Teil beitragen. Nichts verabscheuen die Ältesten mehr als nutzlose Esser.«

»Du meinst die Dracheneier«, murmele ich.

Drayce nickt. »Sie brauchen mich – zumindest so lange, bis aus einem der Eier ein neuer roter Drache schlüpft, der die Aufgabe übernehmen kann. Aber bis dahin bin ich für den Clan von entscheidender Bedeutung. Deswegen werden sie darüber hinwegsehen, dass ich vor vielen Jahren gegangen bin und eigentlich nicht zurückkommen wollte. Ein Drache vergisst nie und Ronnyd und ich ... sind nicht im Guten auseinandergegangen.«

Er spricht es nicht aus, aber ich weiß, dass er die Sache mit Rhia meint. An sie habe ich keinen Gedanken mehr verschwendet, seit Drayce mir gestern von seiner Vergangenheit erzählt hat. Wahrscheinlich kann ich froh sein, dass Cressa in Vargons Begleitung war und nicht Rhia.

»Ronnyd will das Beste für den Clan«, sage ich. »Und er weiß sowieso schon von uns. Ihm bleibt gar nichts anderes übrig, als zuzustimmen.«

Drayce weicht meinem Blick aus. »Wenn du dich da mal nicht irrst.«

»Was meinst du damit?«, frage ich zögernd.

»Ronnyd wird der Erste sein, der für einen *Barcud* stimmt«, prophezeit Drayce düster. »Weil er mich verlieren sehen will.«

»Aber selbst wenn du verlierst ...«, setze ich an.

»Die Ältesten könnten urteilen, dass ich nicht stark genug bin, um eine *rwy'nary* zu haben«, murmelt er. »Es kam ... in der Vergangenheit nur selten vor, doch hin und wieder verweigert der Ältestenrat einem *Draco* eine *rwy'nary.* Meistens wenn ...« Seine Hand rutscht von der Herzschuppe und er kneift die Augen zusammen. »... der *Draco* zu schwach ist oder bei ihm ... Missbildungen vorliegen.«

»Dein linker Flügel ist keine Missbildung!«, begehre ich auf.

»Ronnyd wird es aber als solche hinstellen«, entgegnet Drayce. »Und er wird versuchen, es so zu drehen, dass ich mich glücklich schätzen sollte, seine Tochter zur Frau zu nehmen. Nicht als *rwy'nary,* denn die kann ich nicht mehr wählen, selbst wenn ich es wollte.«

Vom Zusammensein eines *Dracos* mit einer Frau, die aber nicht seine *rwy'nary* ist, höre ich zum ersten Mal. Ich habe Rhia oder eines der anderen Mädchen nie danach gefragt. Doch angesichts der existenzbedrohenden Lage, in der die Drachen sich befinden, ist es nur verständlich, dass sie sich erneut binden, wenn der vorherige Partner stirbt.

Aber ich bin nicht tot und Drayce ist es auch nicht – zum Glück!

»Und was ... würde dann aus mir werden?«, frage ich unsicher. »Wie kann Ronnyd sich über meinen Willen hinwegsetzen?«

»Jede Regel und jede Tradition kann gebrochen werden – augenscheinlich aus wohlwollenden Gründen«, antwortet Drayce. »Wenn sie mich als ›nicht würdig‹ ansehen, ist unsere Verbindung in ihren Augen wertlos. Sie würden dir ...« Er hebt wieder die Hand und legt sie schützend auf den Anhänger. »... die Herzschuppe wegnehmen und dir die Wahl zwischen den anderen *Dracos* lassen. Sozusagen zu deinem eigenen Wohl. Aber mich ... könntest du nicht mehr wählen.«

»Das sollen sie ruhig versuchen!«, knurre ich. »Niemand kann mich gegen meinen Willen anrühren.«

»Ich habe es gesehen«, wispert Drayce. »Ich habe mit eigenen Augen gesehen, wie sie einmal einer anderen Frau die Herzschuppe wegnahmen. Eine der Ältesten drang in den Geist der Frau ein und gaukelte ihr vor, ihr *Draco* würde von ihr verlangen, die Schuppe abzulegen. Für sie ... war es real, doch es war nur eine Illusion. Und als sie wieder zu sich kam ... war es zu spät. Sie zertrümmerten die Schuppe, während sie die Frau und den *Draco* zusehen ließen.«

»Das ist grausam«, hauche ich tonlos.

Ich will mir nicht einmal vorstellen, was in der Frau und ihrem *Draco* vorgegangen sein muss.

»Sie finden Mittel und Wege, glaub mir. Wir dürfen ihnen keinen Grund geben, an uns zu zweifeln. Und ich darf nicht verlieren.« Er stößt geräuschvoll den Atem aus. »Ich kann nur hoffen, dass sie Vargon verbieten, in seiner Drachengestalt zu kämpfen, um das Gleichgewicht zu wahren. Ich habe nämlich keine Ahnung, wie ich gegen einen Erddrachen bestehen soll.«

Ich habe Vargon noch nie vollständig in seiner Drachengestalt gesehen, doch ich gehe davon aus, dass er als Erddrache über einen extrem harten Schuppenpanzer verfügt, gegen den Drayce auch in seiner Halbdrachengestalt nichts wird ausrichten können. In der menschlichen Gestalt aber könnte es ihm gelingen, ihn zu besiegen. Als wir auf der Schatzinsel auf Feodors Crew trafen, durfte ich schon einmal miterleben, wie gut Drayce in einem Kampf mit Waffen umgehen kann.

»Geh zu den Ältesten und rede mit ihnen«, bitte ich. »Ich komme mit und …«

»Nein«, unterbricht er mich schnell. »Du wirst dich im Hintergrund halten, bis sie eine Entscheidung getroffen haben. Ich will nicht noch einmal miterleben, wie eine Herzschuppe zerstört wird – erst recht nicht, wenn es meine eigene ist.« Drayce legt mir einen Finger unters Kinn und drückt meinen Kopf nach oben. »Lass mich zuerst allein mit ihnen reden. Dir werden sie nur vorwerfen, dass du keinerlei Ahnung von unseren Gebräuchen und deshalb aus purer Unwissenheit meine Herzschuppe angenommen hast.«

»Wann … weißt du, wie sich die Ältesten entschieden haben?«

Er streicht mir über die Wange. »Sehr bald. Eine schwelende Rivalität zwischen *Dracos* war noch nie gut für den Clan. Die Ältesten werden es so schnell wie möglich unterbinden.«

Drayce küsst mich – langsam und sanft und voll stummem Versprechen. Es fällt mir schwer, ihn allein gehen zu lassen, aber ich verstehe den Sinn dahinter. Durch meine vielen Fragen und Unsicherheit würde den Ältesten schnell auffallen, dass ich von den Traditionen des Clans nur wenig Ahnung habe.

Nachdem er sich von mir gelöst hat, wendet sich Drayce Cressa zu. »Bring sie zurück zur Hütte. Es würde mich nicht wundern, wenn Vargon noch in der Nähe herumlungert.«

Als er sich zum Gehen wendet, tritt Cressa an meine Seite und greift nach meiner Hand.

»Er wird es schaffen«, flüstert sie. »Was trägst du da eigentlich für ein Hemd?«

***

Nachdem ich die Kuh und die Hühner versorgt habe, gehe ich mit Cressa zurück zur Hütte. Von Vargons Annäherungsversuchen bleiben wir zum Glück verschont. Als wir ankommen, sitzen die anderen Hüttenbewohnerinnen bereits am Tisch und frühstücken. Während Cressa die Mädchen ablenkt, husche ich schnell in mein Zimmer und ziehe mir ein anderes Hemd über, bevor es jemandem außer meiner besten Freundin auffällt, dass ich Männerkleidung trage. Wehmütig lege ich Drayces Hemd zusammen und verstecke es unter meinem Kopfkissen. Bereits jetzt vermisse ich seinen Duft, der noch im Stoff haftete und mich umgab.

Ohne richtigen Appetit schiebe ich die gebratenen Eier von einer Seite des Tellers auf die andere. Alles hätte so perfekt sein können, wäre Vargon heute Morgen nicht aufgetaucht … Warum lässt er mich nicht in Ruhe, obwohl ich ihm doch mehr als einmal deutlich gesagt habe, dass ich nicht an ihm interessiert bin? Nach Rhias Erklärungen, dass die Wahl der Frau hier absolut sei, dachte ich, dass ein *Draco* auch ein Nein als solches akzeptiert. Doch bei Vargon stoße ich offenbar auf taube Ohren.

»Alles in Ordnung?«, wispert Cressa, als sich die anderen Mädchen angeregt über den Tisch hinweg unterhalten. Ich habe keine Ahnung, worum es geht, weil ich von Anfang an nicht zugehört habe. »Du siehst blass aus.«

Ich zucke mit den Schultern, weil ich selbst nicht weiß, was ich fühlen soll.

Die unterschwellige Angst will ich mir nicht eingestehen, denn das würde bedeuten, dass ich Drayce nicht zutraue, zu gewinnen. Ich will auch nicht an die Konsequenzen denken. Vielleicht kommt alles aber auch ganz anders und die Ältesten haben keine Einwände gegen unsere Verbindung, auch wenn sie nicht auf die Weise geschlossen wurde, wie es ihre Traditionen vorsehen.

»Heute Abend helfe ich dir wieder bei den Haaren«, stellt Cressa leise in Aussicht. »Wenn sie deinetwegen diesen *Barcud* verkünden, sollst du wenigstens aussehen wie eine Königin.«

Unter dem Tisch greife ich nach ihrer Hand und drücke sie. »Gegen ein wenig Hilfe habe ich nichts einzuwenden.«

Kapitel 19

Ezlain

Es dauert nicht bis mal zum Abend, bis sich die Kunde über einen bevorstehenden *Barcud* wie ein Lauffeuer im gesamten Clan verbreitet hat.

Cressa, die gerade Dienst in der Bruthöhle hatte, kommt überstürzt zur Hütte gerannt, lotst mich sofort in unser gemeinsames Zimmer und beginnt sogleich, mein Haar zu kämmen. Ehe ich fragen kann, was los ist, beginnt sie zu erzählen.

»Es heißt, Drayce und Vargon waren beim Ältestenrat – beide deinetwegen.« Ich sehe sie im Spiegeln mit den Schultern zucken. »Wir wussten es ja, aber für die anderen kam es überraschend. Schließlich dachten sie, dass du Drayce gestern Abend zum ersten Mal getroffen hast. Nun zu erfahren, dass du sogar seine Herzschuppe besitzt, war für viele ein Schock.«

»Du … besitzt eine Herzschuppe?«, kiekst Daphne aus Richtung der Tür.

Ich gebe ihr mit einem Kopfnicken zu verstehen, dass sie eintreten darf, und ziehe dann vorsichtig den Anhänger mit der roten Schuppe nach vorn, ehe ich ihn auf meine Handfläche lege.

Nach einigen verzückten Lauten fragt Daphne: »Aber bist du sicher, dass es eine Herzschuppe ist? Könnte es nicht eine … ganz gewöhnliche Schuppe sein?«

Behutsam lasse ich die Kette samt Anhänger wieder unter mein Hemd gleiten. »Es ist eine Herzschuppe.«

Sie zweifelt es nicht erneut an. »Und der *Draco,* dem sie gehört, ist der, der gegen Vargon um dich kämpfen wird?«

Ich nicke. »Du hast ihn gestern gesehen. Er saß bei mir. Sein Name ist Drayce.«

»Deshalb hattest du kein Interesse an Vargon«, murmelt sie.

Ich stoße ein Schnauben aus. »Ich hätte auch kein Interesse an ihm gehabt, wenn es Drayce nicht gegeben hätte. Aber ... nun kämpft er trotzdem um mich, obwohl ich ihn mehrmals abgelehnt habe.«

Im Spiegel sehe ich, wie sie sich auf die Unterlippe beißt. »Und wenn ... Vargon gewinnt, wirst du dann ...?«

»Nein«, sage ich schnell. »Ich würde ihn nicht einmal wählen, wenn er der letzte Mann auf der Welt wäre. Es gibt einfach nichts, was uns verbindet.«

Sie kann nicht vollständig verbergen, wie erleichtert sie über meine Antwort ist. »Soll ich dir wieder eine meiner Tuniken leihen?«

Dankbar lächele ich ihr zu, nicht, ohne dabei ein sehr schlechtes Gewissen zu haben, dass ihre andere Tunika im Eifer von Drayces und meinem »Gefecht« zerstört worden ist. Und ich es noch nicht gebeichtet habe. »Das wäre sehr nett von dir.«

»Und die goldenen Spangen, bitte«, fügt Cressa hinzu. »Wenn sich deinetwegen schon zwei Männer prügeln, sollst du nicht aussehen wie ein dahergelaufener Bauerntrampel.«

***

Kurz nach Mittag trifft sich beinahe der gesamte Clan am Versammlungsplatz. Es hat keinerlei Anordnung gegeben – trotzdem scheint jeder zu wissen, wann er sich einfinden muss.

Meine Hände sind schweißnass und ich bin dankbar für Cressas festen Griff um meinen Arm. Sie zieht mich hinter sich her, bahnt uns einen Weg durch die bereits versammelten Massen aus Menschen, Halbdrachen und

Drachen. Darauf bedacht, keine Flügel zu berühren, ducke und schiebe ich mich bis zur vordersten Reihe.

Sämtliche Feuerstellen wurden entfernt. Wo wir normalerweise abends sitzen, stehen nun Drayce und Vargon, umgeben vom nahezu kreisrunden Pulk der Zuschauer. Vor ihnen stehen drei Drachen in Menschengestalt, sicherlich der Rat der Ältesten. Ich kenne zwei von ihnen. Ronnyd, der schwarze Drache, steht in der Mitte. Zu seiner Rechten befindet sich Morghan, die älteste *Dracae* des Clans. Dass sie zum Rat der Ältesten gehört, wundert mich also nicht. Den dritten Drachen zu Ronnyds Linken kenne ich nur vom flüchtigen Sehen.

Die in der Luft liegende Spannung ist beinahe mit Händen greifbar; das Herz klopft mir bis zum Hals, während ich Drayce mustere. Er wirkt entschlossen und zeigt nach außen hin nichts von den Zweifeln, die in ihm wüten. Doch ich kenne ihn ... Ich weiß, dass er sich Sorgen macht.

Als sein Blick auf mich fällt, straffe ich die Schultern und nicke ihm zu. Ein kaum merkliches Lächeln, das nur für mich bestimmt ist, umspielt seine Lippen, ehe er wieder stur geradeaus zum Ältestenrat schaut.

Ich gebe mein Bestes, äußerlich genauso stoisch zu wirken wie er, während ich innerlich am liebsten den Rat auf Knien anflehen würde, dieses Spektakel zu beenden und unsere Verbindung zu segnen. Mehr wollen wir doch nicht!

»Er wird es schaffen«, flüstert Cressa neben mir. »Er wird nicht erneut versagen.«

»Erneut?«, wispere ich, doch meine beste Freundin schüttelt sogleich den Kopf.

»Vergiss, was ich gesagt habe. Er wird dich nicht enttäuschen.«

Jemand greift nach meiner freien Hand. Die Berührung ist kühl, beinahe eisig und ich weiß, ohne hinzusehen, wer sich an meiner anderen Seite befindet.

»Ein *Barcud!*«, murmelt Rhia aufgeregt. »Ich habe es eben durch Zufall erfahren und bin schnell hergeeilt.« Sie drückt meine Hand. »Ich wollte mich wegen gestern Abend entschuldigen. Ich hätte dich nicht zu etwas drängen sollen, was du …« Sie verstummt und schaut blinzelnd auf die beiden Männer in der Mitte des Platzes. »Warum …? Was machen Drayce und Vargon dort? Sind sie etwa …?«

Ihr Blick huscht zurück zu mir und bei dem Ausmaß des Unglaubens, das ich darin erkenne kann, will ich am liebsten woanders hinsehen.

»Ezlain.« Ronnyds kraftvolle, tiefe Stimme hallt über das Gemurmel der Anwesenden hinweg, fährt mir direkt in den Magen und löst dort ein unheilvolles Kribbeln aus.

Tapfer setze ich einen Fuß vor den anderen, auch wenn meine Schritte hölzern wirken. Ich bin mir der Aufmerksamkeit aller Anwesenden überdeutlich bewusst. Ginge es nicht um Drayce und mich, würde ich mich am liebsten irgendwo verkriechen. Stattdessen gebe ich vor, furchtlos zu sein, damit Drayce genauso stolz auf mich sein kann, wie ich es auf ihn bin.

Vor dem Ältestenrat bleibe ich stehen und neige respektvoll den Kopf, ehe ich Ronnyd fixiere. Der schwarze Drache hat seit dem Flug zur Insel seine Schrecken für mich verloren, wohingegen ich die anderen beiden nicht einschätzen kann.

Zum Glück ist es wieder Ronnyd, der das Wort ergreift. »Ist dir bewusst, warum wir hier sind?«

»Ist es«, antworte ich knapp.

»Da ich deine Antwort schon kenne, erspare ich mir die Frage, auf wen deine Wahl fällt. Zeige uns stattdessen die Herzschuppe.«

Behutsam ziehe ich an der Kette und bette den rot schimmernden Anhänger auf der schwarzen Tunika. Aus der Menge höre ich überdeutlich Rhias schockiertes »Was?!« heraus, doch ich lasse mich nicht davon beirren.

Die alte Morghan macht einen Schritt auf mich zu und kneift die Augen etwas zusammen, um besser sehen zu können. »Dich habe ich gesehen, Mädchen«, murmelt sie mit rauer Stimme.

Ich will ihr gerade sagen, dass das durchaus möglich ist, schließlich lebe ich seit einigen Wochen auf der Insel, doch sie schüttelt den Kopf.

»Nicht hier auf der Insel«, flüstert sie verschwörerisch und tippt sich mit dem Zeigefinger gegen die Schläfe, »sondern hier drin. Ich wusste, dass du kommst, bevor Ronnyd dich herbrachte. In meiner Vision hieltst du eine rote Drachenschuppe in den Händen. Dein Schicksal ist schon länger mit dem von Drayce verknüpft, als du ahnst. Deshalb habe ich Rhia ihren Wunsch stets verwehrt.«

»Ich ... verstehe nicht«, wispere ich und runzele die Stirn.

Doch Morghan schüttelt erneut den Kopf. »Das ist jetzt nicht von Belang. Wichtig ist nur, dass ich wusste, du würdest kommen. Und dass du ihn«, sie zeigt mit dem Finger auf Drayce, der sich sichtlich anspannt unter der Aufmerksamkeit der Ältesten, »wählen würdest.«

»Meine Wahl wird auch auf ihn fallen, wenn er verlieren sollte«, sage ich bestimmt.

Ronnyd zieht eine Braue nach oben. »Willst du damit andeuten, dass dieser *Barcud* sinnlos ist?«

Beinahe hätte ich Ja gesagt, doch ich beiße mir im letzten Moment auf die Zunge. »Ich verstehe, dass es ein wichtiger Bestandteil eurer Tradition ist. Und ich werde meinem *Draco* nicht die Möglichkeit nehmen, ehrenvoll zu kämpfen, denn ihm ist diese Tradition ebenfalls wichtig.«

»Sie würde sich an der Seite eines reinblütigen Drachen besser machen«, brummt der dritte Älteste.

»Wir werden uns nicht über ihre Wahl hinwegsetzen!«, widerspricht Ronnyd scharf. Gerade als ich erleichtert – und ein Stück weit überrascht – aufatmen will, fügt er hinzu: »Aber wir werden uns sehr genau ansehen, ob sich der Halbdrache als würdig erweist.«

Ich wünsche mir von ganzem Herzen, Ronnyd würde durch die giftigen Blicke, die ich ihm zuwerfe, tot umfallen. Doch den Gefallen tut er mir leider nicht.

»Wir sollten anfangen«, murmelt Morghan.

Ronnyd nickt, sichtlich unbeeindruckt von meinem Versuch, ihn niederzustarren. Er umrundet mich, als sei ich nichts weiter als ein lästiges Möbelstück, das ihm im Weg steht. »Ihr kennt die Regeln«, sagt er laut genug, dass alle Anwesenden ihn verstehen können. Sofort kommen sämtliche Gespräche zum Erliegen. »Eine Waffe. Keine Verwandlung und keine Magie. Wer sich verwandelt oder Magie benutzt, wird umgehend disqualifiziert. Hat einer von euch einen bestehenden Blutschwur?« Die beiden Kontrahenten schütteln die Köpfe. »Gut, denn die Kraft daraus zu ziehen, wäre auch verboten. Der Verlierer schwört, sich dem Urteil des Ältestenrates zu unterwerfen.«

»Ich schwöre«, antwortet Vargon. »Obwohl ich sowieso nicht verlieren werde.«

Ich habe nicht wenig Lust, ihn dort hinzutreten, wo es richtig wehtut. Krampfhaft muss ich mich davon überzeugen, an Ort und Stelle stehen zu bleiben.

Drayces Blick ruht nun schon die ganze Zeit über auf mir. Erst als ich mich zu einem Nicken durchringe, antwortet auch er: »Ich schwöre.«

Ronnyd wendet sich zu mir um. »Und was ist mit dir, Mädchen? Wirst auch du dich unserem Urteil unterwerfen?«

Nein wäre die passende Antwort. *Ich will mir nicht von euch dreien sagen lassen, wie meine Zukunft aussehen wird.* Um mich herum ist es so still, dass mir mein eigener Atem unnatürlich laut erscheint. Sie alle warten darauf, dass ich den Mund öffne, doch ich weiß nicht, was ich erwidern soll. Mein Blick huscht zu Drayce, der mir ebenso zunickt wie ich ihm vor ein paar Augenblicken. Wenn ich widerspreche, gebe ich offen zu, dass ich nicht daran glaube, er könnte gewinnen. Ich würde ihm die Möglichkeit nehmen, nach den Traditionen seines Volkes zu handeln. Aber wenn ich zustimme und er Vargon unterlegen ist ... Ronnyd würde nicht zögern, seiner Drohung von vorhin Taten folgen zu lassen.

»Ich schwöre«, presse ich schließlich hervor, ohne die Ältesten anzuschauen. Mein Blick liegt weiterhin auf Drayce, der mir ein dankbares Lächeln schenkt.

»Dann bereitet alles vor«, dröhnt Ronnyds Stimme.

Die Menge zerstreut sich. Geschäftig schaffen die Anwesenden hölzerne Zäune herbei, die als Absperrung dienen und den Kampfplatz begrenzen sollen. Andere schleppen verschiedene Waffen heran – Schwerter, Speere und Dolche, die ich bereits während des Trainings gesehen habe, an dem ich hin und wieder teilnehme. Ich weiß, dass die Klingen nicht sonderlich scharf sind, aber Drayce und Vargon verzichten auf jeglichen Schutz in Form von Armschienen oder ledernen Protektoren. Und in ihre Drachengestalt dürfen sie nicht wechseln. Scharf oder nicht, die Waffen können immensen Schaden anrichten, wenn sie mit genügend Kraft geführt werden.

Neben den Stapeln mit Waffen stehen verschiedene Tiegel voll flüssiger Farbe. Vargon taucht die Finger in einen Tiegel mit brauner Farbe und schmiert sie sich anschließend quer übers Gesicht. Drayce tut es ihm gleich, allerdings wählt er die rote Farbe. Mit dieser Bemalung erinnern sie mich an Kämpfer aus einem fernen Land, von denen die Krieger aus Ilgaron einst erzählten. Nur, dass die Kämpfer das Blut ihrer gefallenen Gegner statt Farbe verwendeten.

»Was machen sie da?«, wispere ich der alten Morghan zu, die neben mir steht.

»Wenigstens die Farbe ihrer Drachenschuppen soll ihnen Glück bringen, wenn sie schon nicht in ihre andere Gestalt wechseln können«, erklärt sie. »Ein uralter Brauch, der ursprünglich dazu diente, die verschiedenfarbigen Clans während eines Gefechts auseinanderzuhalten und sie besser zu erkennen, wenn sie gegen Menschen kämpften. Heute ist die Farbe eher symbolisch.«

Ich murmele ein »Danke« für ihre Erklärung und beobachte weiter die beiden Kontrahenten, die nun bei den aufgestapelten Waffen angekommen sind.

Vargon entscheidet sich für eine zweischneidige Axt, die so schwer aussieht, dass ich sie wahrscheinlich nicht einmal mit beiden Händen hochheben könnte. Bei ihm wirkt es jedoch, als wöge sie nicht mehr als ein dürrer Zweig. Mit Leichtigkeit schlendert er zurück in die Mitte des eilig errichteten Kampfplatzes.

Drayce wählt ein Schwert. Damit habe ich gerechnet, schließlich war das auch während des Trainings auf dem Schiff seine bevorzugte Waffe und ich weiß, dass er damit umzugehen weiß.

»Bist du bald fertig, Halbdrache?«, tönt Vargon. »Oder hast du es dir anders überlegt?«

Ich kralle beide Hände um die hölzerne Absperrung, die mir bis zur Hüfte reicht. »Mach ihn fertig!«, knurre ich, als Drayce an mir vorbeiläuft.

Er bleibt stehen. Ein schiefes, aber gefährliches Grinsen liegt auf seinen Lippen. »Worauf du dich verlassen kannst, *rwy'nary.*«

Der Stolz, den ich in diesem Moment empfinde, überwiegt sogar die Angst. Trotzdem fühlt sich mein Hals an wie zugeschnürt, als ich Drayce dabei zusehe, wie er jetzt erhobenen Hauptes in die Mitte des Platzes tritt.

»Zu welchem Kriegsgott betet dein Volk, Kindchen?«, fragt Morghan wie aus dem Nichts.

»Kein Gott«, erwidere ich zögernd. »Eine Göttin – *Shirvalla.*«

Schon lange habe ich nicht mehr an einen der Götter meines Landes gedacht. Jetzt den Namen der obersten Göttin auszusprechen, kommt einer Gotteslästerung gleich.

»Du solltest anfangen zu beten«, murmelt Morghan.

»Warum?«, frage ich und kann nichts dagegen tun, dass meine Stimme bei diesem einen Wort zittert.

Morghan schürzt die faltigen Lippen. »Vargon hat die letzten Jahrzehnte damit verbracht, regelmäßig zu trainieren und unsere Insel vor denjenigen zu verteidigen, die es doch irgendwie geschafft haben, die natürlichen Schutzmauern zu überwinden.« Sie wirft mir einen berechnenden Seitenblick zu. »Was hat Drayce während dieser Zeit getan?«

»Er ...« Meine Hände sind eiskalt. Selbst das Holz unter ihnen fühlt sich plötzlich warm an. »Er war ...«

... gefangen. In einer Höhle, die er nicht verlassen konnte. Auf einer Insel, die sein Gefängnis war.

Obwohl ich keinen Ton mehr von mir geben kann, nickt Morghan. »Wahrscheinlich wird er jede Hilfe benötigen, die er kriegen kann. Auch die einer Kriegsgöttin, deren Hilfe du noch nie erbeten hast.«

Ich falte die eiskalten und steifen Hände und beginne zu beten.

Kapitel 20

Drayce

Trotz der übergroßen, zweischneidigen Axt, sind Vargons Bewegungen leichtfüßig, als würde er ihr Gewicht gar nicht bemerken. Alle Erddrachen verfügen über eine sehr große physische Stärke, doch Vargon scheint die Zeit seiner Ungebundenheit mehr als andere zum Trainieren genutzt zu haben. Ich weiß, dass die Waffen stumpf sind – ich habe es getestet, ehe ich mich für ein Schwert entschieden habe –, aber ich zweifele nicht daran, dass es verdammt wehtun wird, wenn er mich mit der Axt trifft.

Ich kann nur darauf hoffen, dass das Gewicht ihn doch irgendwie in seinen Bewegungsabläufen beeinträchtigt, denn bisher habe ich keinen anderen Plan, wie ich gegen ihn ankommen soll.

»Ich hätte nicht damit gerechnet, dass du den Mumm hast, hier aufzukreuzen«, sagt er glucksend und bedenkt mich mit einem höhnischen Blick. »Soweit ich mich erinnere, warst du immer sehr gut im Weglaufen.«

»Ich habe einen guten Grund, hier zu sein«, erwidere ich und versuche, mir seine Worte nicht zu nahe gehen zu lassen. Er legt es nur darauf an, mich zu reizen, doch diesen Gefallen werde ich ihm nicht tun. Wenn ich nur den Hauch einer Chance haben will, muss ich besonnen vorgehen.

Gegenüber Ezlain fiel es mir leicht, ruhig zu bleiben und das Richtige zu tun. Ich zweifele auch jetzt nicht an meiner Entscheidung. Ich wünschte nur, die Ältesten würden nicht auf ein solches Schauspiel bestehen. Vargon war schon immer jemand, der sich an der Aufmerksamkeit der Menge berauschte. Ich hingegen bevorzuge es, ungesehen zu bleiben.

»Mach dir keine Hoffnungen, Halbblut«, tönt Vargon. »Ich werde der Sieger sein und den Preis gewinnen.«

Ich blecke die Zähne. »Ezlain ist kein Preis!«

Er verzieht den Mund zu einem wissenden Grinsen. »Doch, das ist sie. Ich werde darüber hinwegsehen, dass sie nichts ahnend deine Herzschuppe angenommen hat. Ein kleiner Makel, den ich gern korrigiere.«

Jeder Muskel in meinem Körper ist zum Zerreißen gespannt. Sie zittern in Erwartung des Befehls, ihm endlich das selbstgefällige Grinsen aus dem Gesicht schlagen zu dürfen. Ich wage nicht, zum Ältestenrat zu blicken. Ohne meinen Gegner aus den Augen zu lassen, wirbele ich das Übungsschwert zweimal in der Hand, um mich an das ungewohnte und schlecht ausbalancierte Gewicht zu gewöhnen.

»Fangt an!«

Ronnyds lauter Befehl ist noch nicht verklungen, da geht Vargon bereits auf mich los. Die Axt über den Kopf erhoben holt er aus und lässt sie auf mich niedersausen. Im letzten Moment reiße ich das Schwert hoch und fange seinen Angriff ab. Das Klirren des Stahls dröhnt mir in den Ohren und mir zittern die Arme, doch ich weiche keinen Zentimeter zurück.

Vargons Gesicht ist mir ganz nahe, während er versucht, mich zurückzudrängen. »Mit der Wahl deiner Waffe hast du deinen ersten Fehler begangen«, raunt er. »Willst du wissen, was dein zweiter war?«

Ich hole Schwung und stoße ihn zurück. »Wir sind nicht zum Reden hier!«, knurre ich.

Diesmal nutze ich die Sekunden, die er benötigt, um mit seiner großen Waffe auszuholen, um ihn anzugreifen. Während er noch damit beschäftigt ist, die Axt hochzuhieven, versetze ich ihm mit dem Schwert einen Hieb in die Seite. Sein Ächzen ist Musik in meinen Ohren. Vargon taumelt zur Seite, fängt sich jedoch schnell wieder und setzt zu einem erneuten Angriff an.

Diesmal versucht er, mit der Axt auf meine Beine zu zielen, aber auch dafür benötigt er zu viel Zeit. Ich weiche aus; er schafft es nicht mehr, seinen Angriff zu stoppen. Durch das Gewicht der Waffe ist der Schwung so enorm, dass sie ihm aus den Händen gleitet und ein paar Meter entfernt auf der Erde landet.

Ich zögere nicht und nutze meine Chance. Es stört mich nicht im Geringsten, dass mein Gegner unbewaffnet ist. Einmal erwische ich ihn am Rücken, ehe Vargon sich mit einem behänden Sprung zur Seite rettet.

»Wollen wir jetzt über *deinen* Fehler bei der Waffenwahl reden?«, frage ich leichthin und setze zur Verfolgung an.

Vargon hechtet hinüber zur Axt, bekommt sie aber nicht richtig zu fassen. Mit einem Ende bleibt sie im Boden stecken. Das ist meine Chance! Frontal gehe ich auf ihn los, verliere jedoch plötzlich den Halt unter den Füßen und falle der Länge nach hin.

Ich rappele mich auf. »Magie ist gegen die Regeln!«, knurre ich.

Vargon zuckt desinteressiert mit den Schultern. »Magie? Ich habe keine Magie gesehen.«

Dummerweise haben das die Anwesenden und der Ältestenrat ebenfalls nicht. Aber eine andere Erklärung gibt es nicht. Er muss die Erde unter meinen Füßen manipuliert haben, anders kann es nicht sein.

Mittlerweile ist es ihm gelungen, die Axt aus dem Boden zu ziehen. »Ich gebe zu, du bist schneller, als ich erwartet habe. Aber irgendwas muss ein Halbblut wie du schließlich können. Das heißt jedoch nicht, dass du mich besiegen wirst.«

Ich lasse mich nicht auf eine weitere sinnlose Diskussion mit ihm ein und greife erneut an. Mit einem Sprung nach hinten rettet er sich vor meinem Hieb und holt seinerseits aus. Nicht so weit diesmal und auch mit weniger Schwung. Verdammt, er lernt viel zu schnell! Ich schaffe es nicht, mich rechtzeitig in Sicherheit zu bringen. Die Axt trifft mich mit solcher Wucht an der Seite, dass mir die Luft aus den Lungen gepresst wird. Ich fliege ein Stück durch die Luft und lande wieder auf dem Boden, brauche aber diesmal länger, um mich aufzurappeln. Ein Stechen durchzuckt mich bei jeder Bewegung;

selbst das Atmen verursacht mir Schmerzen. Trotzdem halte ich den Schwertgriff fest umklammert.

»Glaubst du ernsthaft, dass du eine Chance gegen mich hast?«, fragt Vargon und verzieht mitleidig das Gesicht. »Warum tust du dir das überhaupt an? Du könntest Ronnyds Tochter haben. Vergiss das Menschenmädchen und gib auf!«

»Niemals!«, grolle ich.

»Wie du willst. Dann sollten wir jetzt ernst machen.«

Sein nächster Angriff kommt unerwartet. Zur Verteidigung hebe ich das Schwert, würde es aber am liebsten sofort wieder sinken lassen. Scharf ziehe ich die Luft ein, während der Schmerz wellenartig, ausgehend von meiner eben getroffenen rechten Seite, durch den Rest meines Körpers rauscht und einen normalen Bewegungsablauf unmöglich macht. Kalter Schweiß rinnt mir den Nacken und Rücken hinunter und meine Atmung gerät außer Kontrolle. Vargon hat nun mehr Zeit für seinen Angriff, wodurch er noch vehementer ausfällt als der vorherige. Bis in die Schultern spüre ich die Wucht seines Hiebes. Es fehlt nicht viel und ich sacke auf die Knie, weil mich meine Beine nicht mehr tragen können.

Verbissen kämpfe ich darum, stehen zu bleiben und seinen Angriff abzuwehren.

Grinsend beugt sich Vargon zu mir vor, bis unsere Gesichter nur wenige Zentimeter voneinander entfernt sind, während er mehr und mehr Druck mit der Axt auf mein Schwert ausübt. »Soll ich dir den Gesichtsausdruck der Kleinen beschreiben? Oder kannst du dir vorstellen, wie sie dich gerade ansieht? Wie sie dabei zuschauen muss, wie du verlierst. Es bricht mir beinahe das Herz, sie derart verzweifelt zu sehen.« Sein Grinsen wird breiter. »Auch sie wird mittlerweile verstanden haben, dass du mir gnadenlos unterlegen bist. Der Einzige, der es noch nicht begriffen hat, bist du.«

Zu sehr damit beschäftigt, seine Worte nicht zu nah an mich heranzulassen, reagiere ich zu spät auf seine nächste Attacke. Kurz zieht er sich zurück, wodurch ich einen Moment lang das Gleichgewicht verliere und beinahe nach vorn stolpere. Diesen Moment nutzt Vargon, um mit der Axt auszuholen und sie mir wieder in die Seite zu rammen. Ein Knacken und Bersten durchfahren mich wie während einer Wandlung, doch diesmal sind die Schmerzen schlimmer. Durch die Wucht des Angriffs werde ich zur Seite geschleudert und pralle gegen eine Absperrung. Vergebens, wie ein Fisch an Land, schnappe ich hektisch nach Luft, weil jeder tiefe Atemzug meine Qualen nur noch verschlimmert. Dunkle Punkte tanzen unablässig vor meinen Augen und ich schaffe es nicht, wieder auf die Füße zu kommen. Der Boden unter mir hat sich in rutschigen Schlamm verwandelt und ich verliere immer wieder den Halt.

Keuchend halte ich einen Arm um die Absperrung geschlungen, um nicht gänzlich zu Boden zu gehen. Den Schwertgriff umklammere ich nur noch mit drei Fingern; für mehr fehlt mir die Kraft.

Vielleicht wäre es besser, wenn ich nicht wieder aufstehe. Ich war dumm zu glauben, ich hätte auch nur den Hauch einer Chance gegen einen reinblütigen Erddrachen wie Vargon. Das Schwert gleitet mir aus den verkrampften Fingern. Wie konnte ich annehmen, dass …?

»Steh auf, Drayce.«

Ich blinzele die verdammten schwarzen Punkte weg und hebe den Kopf. Selbst diese simple Bewegung stellt mich vor ungeahnte Herausforderungen.

Auf der anderen Seite der Absperrung und flankiert von der Ältesten Morghan auf der einen und der Hexe auf der anderen Seite steht Ezlain. Ihr Gesicht ist blasser als gewöhnlich, aber ihre Augen glühen vor ungebrochenem Kampfeswillen. Nichts an ihr strahlt die Verzweiflung aus, mit der mich Vargon zuvor konfrontiert hat. Ich hätte wissen müssen, dass er lügt … Ezlain würde nie inmitten all dieser Leute die Fassung verlieren, solange noch ein Funken Leben in mir ist.

Eine Kriegerin. Eine Königin. Und meine *rwy'nary*, die ich mir von niemandem wegnehmen lasse!

Ich greife nach dem Schwert, das neben mir im Schlamm liegt, und stemme mich zurück auf die Füße.

»Und jetzt …«, sagt Ezlain laut genug, dass jeder der Anwesenden sie hören kann, »… zeig ihm, was du kannst.«

Ich lege die freie Hand auf mein Herz und neige den Kopf vor ihr. Als ich sie wieder ansehe, hält sie eine Hand schützend um die Herzschuppe geschlossen. Beinahe muss ich schmunzeln bei der Vorstellung, für welchen Aufruhr Ezlain sorgen würde, wenn jemand versuchen sollte, ihr die Herzschuppe wegzunehmen. Und solange sie nicht aufgibt, darf ich es erst recht nicht. Mein Körper ist daran gewöhnt, auseinandergerissen zu werden; selbst nach dem Sturz im Steinlabyrinth heilte ich innerhalb weniger Stunden. Bis dahin werde ich die Zähne zusammenbeißen.

Ich wende mich wieder Vargon zu, der mich mit einer Mischung aus Ärger und Enttäuschung anstarrt. Wahrscheinlich hat er damit gerechnet, dass ich kniend um Gnade flehe. Ich schäme mich dafür, dass ich für einen Augenblick tatsächlich darüber nachgedacht habe.

Doch das wird nicht erneut passieren. Niemals!

Durch die angeknacksten, wenn nicht gar gebrochenen Rippen, die ich seinem letzten Angriff verdanke, werde ich keine weit ausholenden Attacken mehr ausführen können. Es muss mir also gelingen, ihn mit weniger vehementen, aber dafür präzise ausgeführten Hieben außer Gefecht zu setzen.

Bevor ich in Reichweite für einen Angriff bin, holt Vargon bereits mit der Axt aus. Diesmal bin ich darauf vorbereitet und kann auch in etwa die Geschwindigkeit vorhersagen, mit der er sie schwingen wird. Ich ducke mich unter der Waffe hinweg, die mich ansonsten direkt am Hals getroffen hätte, und führe einen Hieb auf seine Brust aus. Da auch die Spitze des Schwertes stumpf ist, verursache ich damit keine Wunde, aber ich habe genug Schwung in meinen Angriff gelegt, um ihn zurücktaumeln zu lassen. Zusammen mit der wuchtigen Axt, die ihr Ziel verfehlt hat, verliert Vargon das Gleichgewicht.

Ich warte nicht darauf, dass er zu Boden geht, sondern setze nach. Ohne Rücksicht auf meine eigenen Verletzungen hole ich wieder und wieder aus und lasse das Schwert auf ihn niedersausen. Ich gebe ihm keine Sekunde, um eine weitere Attacke ausführen, und treibe ihn immer weiter zurück.

Als er schließlich mit dem Rücken gegen die Absperrung stößt, ist sein Gesicht verzerrt vor Schmerz und Wut. Ich genieße jeden gequälten Laut, der ihm trotz der zusammengepressten Lippen entfleucht. Nicht mehr lange und er wird am Ende sein.

Doch auch ich stehe kurz vor der völligen Erschöpfung. Das Schwert in meiner Hand wiegt plötzlich mindestens fünfmal mehr als zu Beginn des Kampfes und jeder abgehackter Atemzug schickt eine weitere Schmerzwelle durch mich hindurch.

Ich muss es beenden – jetzt! Oder ich werde nicht mehr die Kraft dafür haben.

Erneut hole ich aus, zu meinem finalen Schlag.

Doch bevor das Schwert auf Vargon treffen kann, ertönt das Reißen von Kleidung und dunkelbraune Schwingen schießen aus seinem Rücken hervor. Ein kräftiger Flügelschlag reicht aus, um ihn vom Boden abheben zu lassen und sich aus meiner Reichweite zu manövrieren.

Völlig schockiert stehe ich da, das Schwert noch immer erhoben. Überdeutlich höre ich das Blut in meinen Ohren rauschen. Die Zeit scheint stillzustehen.

»Das verstößt gegen die Regeln«, murmelt endlich einer der Zuschauer und reißt mich dadurch aus meiner Schockstarre.

Ich wende den Kopf hin zu den Ältesten und beschwöre sie mit Blicken, den Kampf für beendet zu erklären. Ich habe Verständnis dafür, dass sie Vargons Magie nicht wahrgenommen haben, als er den Boden unter meinen Füßen manipuliert hat, aber seine verdammten Flügel *können* sie nicht übersehen!

Es ist Ezlain, die sich vor Ronnyd aufbaut. »Seid ihr blind? Vargon betrügt!«

Zustimmendes Gemurmel erhebt sich unter den Anwesenden. Doch noch immer schweigen die Ältesten. Solange sie den Kampf nicht für beendet erklären, geht er weiter, bis einer von uns beiden aufgibt. Aber wie soll ich an Vargon herankommen, solange er fliegt? Selbst wenn ich ebenfalls in meine andere Gestalt wechseln würde, könnte ich nicht …

»Ronnyd«, murrt Morghan tadelnd. »Die Verwandlung verstößt gegen die Regeln. Ich habe darüber hinweggesehen, dass du die eingesetzte Erdmagie nicht getadelt hast, aber die Flügel gehen zu weit.«

Selbst auf die Entfernung kann ich Ronnyds genervtes Augenrollen sehen. »Gerade als es anfing, interessant zu werden … Willst du wirklich wegen dieser Lappalie den Kampf beenden?«

»Lappalie?«, echot Ezlain; sie klingt dabei nur um einiges angefressener.

Ronnyd ignoriert sie jedoch. »Es war ein solcher Aufwand, den Kampfplatz herzurichten.«

Eine glatte Lüge. Da jeder mit angepackt hat, waren die Absperrung innerhalb weniger Minuten aufgebaut und die Trainingswaffen herbeigeschafft. Doch ich schlucke den Kommentar hinunter. Er hat sich sowieso gegen mich gestellt; mein Einwand würde mir nur schaden.

»Warum stellt ihr Regeln auf, wenn ihr sie ohnehin nicht befolgen wollt?«, knurrt Ezlain.

Seelenruhig zupft Ronnyd an seinem schwarzen Hemd herum. »Ich denke nur an die Zerstreuung des Clans. Sie mussten schon viele Jahre auf einen *Barcud* verzichten, weil keins der letzten Opfer, das ich herbrachte, einen erfordert hätte. Und nun willst du wegen eines kleinen Regelverstoßes alles abblasen?«

Ich erwarte, dass Ezlain hitzig widersprechen wird, doch es ist eine andere Stimme, die das anschwellende Gemurmel der Menge übertönt.

»Beende den Kampf.«

Obwohl ich genau weiß, wem die Stimme gehört, recke ich den Kopf, um Rhias zierliche Gestalt inmitten der Anwesenden ausmachen zu können. Alle anderen verstummen; auch ich höre auf zu atmen, um sie verstehen zu können.

Furchtlos macht Rhia einen Schritt auf ihren Vater zu. »Vargon hat verloren. Das hatte er schon vorher, aber du hast es vorgezogen, beide Augen zuzudrücken. Und warum? Wegen der Zerstreuung des Clans?« Sie neigt den Kopf, sodass ihr silbrigweißes Haar im Sonnenlicht glitzert. »Dann habe ich etwas Besseres für dich. Und für diejenigen, die unterhalten werden wollen.«

Sichtlich gespannt wendet sich Ronnyd seiner Tochter zu. »Und was wäre das?«

»Das sage ich dir, wenn du diesen Kampf für beendet erklärt hast«, entgegnet sie.

Ronnyd zögert. Anscheinend kann nicht einmal er Rhia einschätzen. »Na schön: Der Kampf ist beendet«, sagt er schließlich. »Da Vargon die Regeln missachtet hat, ist Drayce der Sieger.«

Das Schwert entgleitet meinen schweißnassen Fingern. *Gewonnen.* Ich habe gewonnen! Jetzt kann niemand Ezlain und mich …

Als ich jedoch zu meiner *rwy'nary* schaue, verraucht jeder Anflug von Freude. Ihr Blick ist starr auf Rhia gerichtet, die sie wiederum ebenfalls nicht aus den Augen lässt. Die Spannung, die zwischen den beiden Frauen herrscht, ist beinahe mit den Händen greifbar. Nur am Rande bekomme ich mit, dass Vargon neben mir landet.

»Ich beanspruche den Sieger dieses *Barcuds*«, verkündet Rhia mit klarer Stimme.

Mir klappt die Kinnlade herunter, doch ich bin unfähig, einen Ton von mir zu geben.

»Rhia«, murmelt die alte Morghan nachsichtig, als würde sie mit einem kleinen Kind reden. »Du bist nicht diejenige, deretwegen dieser *Barcud* abgehalten wurde. Du kannst ihn nicht für dich fordern.«

Es gibt noch eine Menge mehr Gründe, weshalb das völliger Schwachsinn ist – der augenscheinlichste ist, dass *ich* sie nicht will. Aber das ist für Rhia ja noch nie ein Hindernis gewesen. Während sie sich schon als meine *rwy'nary* sah, hatte ich alle Hände voll damit zu tun, sie auf Abstand zu halten.

»Deshalb biete ich etwas Besseres als diesen *Barcud* zwischen Drayce und Vargon«, verkündet Rhia. Ihr stechend kalter Blick fällt wieder auf Ezlain, die ihn jedoch hoheitsvoll mit gestrafften Schultern erwidert. »Nämlich einen *Barcud* zwischen *ihr*«, sie deutet auf Ezlain, »und mir.«

»Das … das gab es noch nie«, wirft Ronnyd ein, der vom Vorschlag seiner Tochter ebenso überrascht ist wie der Rest von uns. »Noch nie haben zwei Frauen um einen *Draco* gekämpft. Das ist …«

Rhias selbstsicheres Lächeln verursacht mir eine Gänsehaut. »Ich sagte ja, ich hätte etwas Besseres, um euch alle zu unterhalten.« Sie taxiert Ezlain von oben bis unten. »Folgende Regeln: Entweder du legst die Herzschuppe ab und ich kämpfe in meiner menschlichen Gestalt gegen dich oder du behältst die Kette an und ich darf auf alle mir verfügbaren Mittel zurückgreifen.«

Mir gefriert das Blut in den Adern. Doch ehe ich etwas einwenden kann, fährt Rhia bereits fort.

»Wenn ich gewinne, will ich nicht nur Drayce, sondern auch seine Herzschuppe.«

Ezlains leicht verengte Augen sind der einzige äußerliche Hinweis auf ihren inneren Gemütszustand. »Sie würde dir nichts nützen, weil er sie dir nicht geschenkt hat. In deinen Händen wäre sie nichts weiter als eine gewöhnliche Schuppe. Hast du mir das nicht selbst erklärt?«

Rhia zuckt mit den Schultern. »Ich pfeife auf ihren Schutz.«

Durch die Menge geht ein entsetztes Raunen, gefolgt von einem Zischen. Mit dieser kurzen Aussage hat sie die wichtigste Tradition unserer Rasse mit Füßen getreten.

»Ich will die Schuppe. Mir egal, ob sie bei mir wirkt oder nicht.«

»Und was ist, wenn ich gewinne?«, fragt Ezlain.

Ich fasse es nicht, dass sie ernsthaft in Erwägung zieht, gegen Rhia …

»Dann werde ich euch in Frieden leben lassen«, antwortet Ronnyds Tochter.

Ezlain stößt ein gepresstes Lachen aus. »Und wenn ich ablehne, würdest du das nicht? Du überschätzt dich, Rhia. Es ist nicht so, dass ich Angst vor dir hätte.«

Rhias Lächeln wird breiter. »Das solltest du aber. Ich teile nicht gern, was mir gehört.«

»Drayce gehört dir nicht!«, knurrt Ezlain und macht einen wütenden Schritt auf sie zu. »Du bist nur eifersüchtig, weil er dich nicht haben wollte.«

Beinahe desinteressiert zuckt sie mit den Schultern. »Er wird mich haben wollen, wenn ich gewonnen habe. Auch *Dracos* werden von Stärke angezogen, sowohl von körperlicher als auch der des Geistes. Sobald du vor mir besiegt im Dreck liegst, wird er seine Meinung ändern.«

»Rhia«, grolle ich. Sofort dreht sie den Kopf in meine Richtung. »Du weißt, dass das nicht stimmt. Hör auf damit.«

Das Lächeln verblasst auf ihren Lippen. »Ich war zu schwach … Deshalb bist du doch gegangen, nicht wahr? Vater ließ mich in dem Glauben, du seist tot. Dich aber nun vor mir zu sehen … während eine andere deine Herzschuppe um den Hals trägt …« Sie ringt die Hände. »Das ist fast noch schlimmer. Ich ertrage es nicht. Ich werde dir beweisen, dass ich nicht mehr schwach bin. Dass ich den Schutz deiner Herzschuppe nicht mehr brauche. Aber ich werde nicht noch einmal zulassen, dass du aus meinem Leben verschwindest.«

Ich habe keine Ahnung, was ich darauf erwidern soll. Ihr ist es egal, dass ich sie nicht gewählt habe. Mit Worten komme ich nicht weiter, solange sie sich gegen diese Tatsache sträubt.

Ezlain verschränkt die Arme. »Ich akzeptiere.«

Ich schnappe geräuschvoll nach Luft. »Was?«

Meine Frage geht komplett im Stimmengewirr unter. »Ein *Barcud* mit zwei Frauen?« – »Das gab es noch nie!« – »Rhia hat in den letzten Jahren hart trainiert.« – »Ich glaube nicht, dass die Neue ihr etwas entgegenzusetzen hat.« – »Aber sie trägt eine Herzschuppe.« – »Niemand darf ihre Wahl anzweifeln!« – »Aber Rhia hat ihn schon viel früher erwählt … Hat sie nicht dadurch ein Recht auf ihn?« – »Doch er will sie nicht.« – »Wie kann jemand eine reinblütige *Dracae* ablehnen?« – »Aber dennoch trägt eine andere seine Herzschuppe.« – »Rhia hat ihre Wahl nie öffentlich gemacht.«

Ich blende sie alle aus und konzentriere mich nur auf Ezlain. Wie gern würde ich ihr sagen, dass sie keinerlei Ahnung hat, worauf sie sich da einlässt. Ich bezweifele, dass sie Rhia zuvor in ihrer wahren Gestalt gesehen hat, ansonsten hätte sie keinesfalls derart leichtfertig zugestimmt, überhaupt gegen sie anzutreten. Aber mein Hals ist wie zugeschnürt.

Keiner kommt auf die Idee zu fragen, was *ich* will. Einen Frauen-*Barcud* – das gab es noch nie. Würde es dabei nicht um mich gehen, wäre ich wahrscheinlich genauso aus dem Häuschen wie die anderen Clanmitglieder. Die Wahl einer Frau ist unumstößlich; es gab stets genug Auswahl, da viel mehr *Dracos* geboren werden als Frauen, weshalb jede Frau aus mehreren Bewerbern wählen kann. Dass sich je zwei unumstößlich für denselben entschieden hätten, ist mir nicht bekannt.

Und nun bin ausgerechnet ich es, dem diese zweifelhafte Ehre zuteilwird.

Dabei steht meine Wahl fest. Der Ausgang des *Barcuds* wird nichts daran ändern, doch Rhia ist taub für diese Konsequenz. Sie ist gefangen in ihrer eigenen Welt, das war sie schon immer. Eine Welt, in der ich ihr genau die gleichen Gefühle entgegenbringe wie sie mir. Doch diese Welt existiert seit jeher nur in ihrem Kopf. Ich empfand nie mehr für sie als für eine kleine Schwester. Allein die Vorstellung, sie könnte meine *rwy'nary* sein, lässt mich erschaudern.

»Also, was ist? Willst du mit oder ohne Herzschuppe antreten?«, fragt Rhia.

»Mit«, antwortet Ezlain.

Rhia verzieht den Mund; offenbar hat sie gehofft, Ezlain würde ihr schutzlos gegenübertreten. »Von mir aus. Sofern die Herzschuppe tatsächlich wirkt, werde ich einen Weg finden, den Schutz zu umgehen.«

Ein kleines Lächeln umspielt Ezlains Lippen. »Wenn du dich da mal nicht irrst.«

Sie sagt etwas zu Cressa, was ich nicht verstehen kann. Die Hexe nickt und folgt Ezlain zum Stapel mit den Waffen. Endlich kommt wieder Bewegung in mich. Obwohl jeder Schritt eine Tortur ist und ich mir mehrmals einen Schmerzenslaut verkneifen muss, schleppe ich mich zu ihnen hinüber.

Ezlain kniet auf dem Boden und durchsucht die unordentlich gestapelten Waffen, während Cressa ihr das Haar nach hinten flicht.

»Was denkst du dir dabei?«, knurre ich.

Ez hält inne und schaut zu mir auf. In ihrem Blick liegt pure Willensstärke. »Das fragst du noch?«

»Du kannst nicht … Rhia wird …« Ich presse die Lippen zusammen, als ich bemerke, dass ich stammele.

Cressa bindet Ezlains ihr in der Sonne bronzefarben schimmerndes Haar am unteren Ende zusammen, ehe sie sich umwendet. »Ich lasse euch einen Moment allein.«

Seufzend steht Ezlain auf. Ihr stoischer Blick ruht auf mir. »Du hast mir gestern Abend etwas von Ehre erzählt und dem Wunsch, um mich zu kämpfen. Du sagtest, das wäre das einzig Richtige, denn nur so würden sie unsere Verbindung anerkennen. Und du wolltest dich auch in meinen Augen als würdig erweisen.«

Ich schlucke geräuschvoll und nicke, weil ich eine Ahnung habe, worauf sie hinauswill.

Ezlain hebt die Hand und legt sie sanft an meine Brust, direkt über mein Herz. »Ich habe dir diese Ehre gewährt. Obwohl dieser Kampf rein gar nichts an meinen Gefühlen oder meiner Entscheidung geändert hätte, habe ich zugestimmt. Ich habe verstanden, dass es dir wichtig war, dass der gesamte Clan unsere Verbindung anerkennt, wenn wir weiterhin hier leben wollen. Ich bin das Risiko, dass sie uns trennen könnten, eingegangen, weil ich an dich geglaubt habe. Nun erwarte ich, dass du mir diese Ehre ebenfalls erweist und an mich glaubst.«

Ich schlucke jeden Widerspruch hinunter. Ich könnte eine Menge Gründe anführen, warum ihr Vorhaben nackter Wahnsinn ist, doch ich bleibe stumm. Nichts, was ich sagen würde, könnte Ezlain vom Gegenteil überzeugen. Auch der Clan will diesen Kampf; erst danach werden sie uns akzeptieren. Die Ältesten werden nur dann über die ohne Zeugen überreichte Herzschuppe hinwegsehen.

Ich lege die Finger an die Herzschuppe um Ezlains Hals und lehne die Stirn an ihre. *Bitte,* flehe ich in Gedanken, *beschütze sie, egal was passiert.* Tief inhaliere ich ihren frischen Duft, ehe ich die Zweifel und Ängste zusammen mit allen anderen Gefühlen in mir einschließe.

»Du brauchst ein Kurzschwert«, sage ich, ohne mich von ihr zu lösen. »Oder eine ähnliche Waffe, die für dich auch während eines längeren Kampfes nicht zu schwer wird.«

Sie nickt, was sich seltsam an meiner Stirn anfühlt, doch auch Ezlain macht keinen Schritt zurück.

»Rhia hat früher mit zwei Dolchen gleichzeitig gekämpft. Ich weiß nicht, ob sie das immer noch tut, aber ich bin sicher, dass sie nicht lange in ihrer menschlichen Gestalt bleiben wird.«

Ezlain schluckt hörbar und hebt den Blick. »Was kann sie? In ihrer Drachengestalt, meine ich.«

Ich schließe die Hand fest um die Herzschuppe. »Nichts, was dir etwas anhaben könnte.«

Zumindest hoffe ich das. Der Schutz einer Herzschuppe ist nichts, was mit klaren Regeln erklärt werden könnte. Zudem bin ich nur ein Halbdrache und die Übergabe der Schuppe geschah ... eher aus einem egoistischen Bedürfnis heraus. Deshalb ging ich anfangs nicht davon aus, dass sie meine *rwy'nary* tatsächlich beschützen könnte.

Ich küsse Ezlain – fest und ohne Zurückhaltung –, ehe ich sie hinüber zu den Tiegeln mit der Farbe ziehe. Ich tauche zwei meiner Finger in den mit der roten Farbe und fahre mit einem über Ezlains Augen und dem anderen darunter entlang, dann setze ich noch einen Strich senkrecht über ihre Lippen.

Sie mit meiner Farbe zu sehen, lässt mich beinahe platzen vor Stolz. Doch ich vergesse nicht, warum sie sie trägt. »Nun siehst du wahrlich aus wie eine furchtlose Kriegerin«, sage ich und zwinge mich zu einem Lächeln, das garantiert mickrig ausfällt.

Doch Ezlains Versuch ist noch schlechter. Anders als ich scheint sie keine Angst zu haben, sondern wirkt nur konzentriert. Ihr letzter Kampf liegt Wochen zurück und auch da blieb das meiste an mir hängen. Rhia hat Ezlain mehrere Jahrzehnte Training voraus.

»Hier.« Unbemerkt ist Cressa zurückgekehrt und reicht Ezlain Bandagen aus dickem Stoff, die sie sich um Hände und Handgelenke wickelt.

Ich durchwühle unterdessen die Trainingswaffen auf der Suche nach einer, die für Ezlain geeignet wäre, finde aber nur Schwerter oder Äxte, die viel zu schwer für sie sind und von durchtrainierten *Dracos* genutzt werden. Am liebsten hätte ich frustriert aufgeseufzt, aber ich will Ezlain nicht zeigen, wie es tatsächlich in mir aussieht.

Schließlich finde ich ein Stilett. Die perfekte Waffe für meine *rwy'nary*. Die schlanke Stichwaffe ist nicht schwer, aber lang und spitz genug, um den vergleichsweise dünnen Schuppenpanzer eines weiblichen Drachen zu durchdringen.

»Wohin soll ich zielen?«, fragt sie, als ich ihr die Waffe reiche.

»Du kannst versuchen, die Panzerung an ihrem Hals zu durchbrechen«, murmele ich. »Um ihn beweglich zu halten, sitzen dort die Schuppen meistens weiter auseinander. Oder ...« Ich schlucke angestrengt. »... wenn du sie sehr nah an dich heranlässt ...«

»Was?« Ihr entschlossener Blick ist durchdringend auf mich gerichtet.

»Selbst eine stumpfe Trainingswaffe könnte in Rhias Maul beträchtlichen Schaden anrichten«, presse ich hervor und verdränge den Gedanken, wie verdammt nah sie Rhia dafür kommen muss. »Dort ist das Fleisch ungeschützt und dünn und empfindlich.«

»Du erwartest von ihr, dass sie diesen Dolch in das *Maul eines Drachen* rammt?« Die Stimme der Hexe überschlägt sich beinahe vor Unglauben.

Ich schüttele den Kopf. »Ich erwarte gar nichts von ihr. Wenn es nach mir ginge, würde dieser Kampf gar nicht stattfinden. Ich versuche nur ...«

»Ihr Maul«, unterbricht mich Ezlain. »Verstanden. Ich werde mein Bestes geben.«

Kurz wiegt sie das ungewohnte Stilett in Händen, dann betritt sie erhobenen Hauptes den Kampfplatz. Ich umklammere die Absperrung so fest, dass mir die Finger schmerzen.

»Ihr kann doch nicht ernsthaft etwas passieren, oder?«, fragt die Hexe, die neben mich getreten ist.

Ich wünschte, sie würde verschwinden und mich allein lassen. Und mir vor allem keine Fragen stellen, auf die ich selbst keine Antwort habe.

»Ihr wird nichts geschehen«, sage ich mit mehr Überzeugung in der Stimme, als ich tatsächlich verspüre.

Hat meine Herzschuppe Ezlain gegen Ronnyd nur aus Zufall geholfen? Oder lag es daran, dass sie sie so kurz zuvor erhalten hatte? Kann sich der Effekt im Laufe der Zeit verringern? Ich habe nie damit gerechnet, je eine Frau zu finden, die ich meine *rwy'nary* nennen und der ich meine Herzschuppe geben würde. Deshalb habe ich nie viel auf die Erzählungen über Herzschuppen gegeben. Jahrzehnte habe ich keinen Gedanken daran verschwendet – bis ich eine Frau traf, bei der es mir mit der Zeit zu einem dringenden

Bedürfnis wurde, mir die Herzschuppe herauszureißen und sie ihr zu Füßen zu legen.

Auch Rhia betritt nun den Kampfplatz – allerdings gänzlich unbewaffnet. Das habe ich befürchtet. Da Ezlain – zum Glück! – darauf verzichtet hat, meine Herzschuppe abzulegen, wird sich Rhia nicht lange damit aufhalten, sie mit Dolchen zu attackieren. Sie wird gleich alle Register ziehen.

Ein weißer Dunst umwabert ihre Füße und hüllt sie für einen kurzen Moment ein, ehe ihr zierlicher Körper auseinandergerissen wird. Bei ihr – einem reinblütigen Drachen – geschieht es jedoch viel schneller als bei mir. Arme und Beine verlängern sich und enden in scharfen Klauen. Weiße, fast durchscheinende Schwingen schießen aus ihrem Rücken, während sie sich mehr und mehr in einen Drachen verwandelt. Im Vergleich zur riesigen Gestalt ihres Vaters ist Rhia auch als Drache schmal und zierlich, jedoch nicht minder gefährlich. Ihre blau-weißen Schuppen schimmern im Sonnenlicht wie ein gefrorener See und aus den Nasenlöchern stößt sie weißen Dunst aus, während sie sich vor Ezlain aufbaut. Sie überragt meine *rwy'nary* um das Zweifache.

Ezlains Haltung wirkt steif, doch wahrscheinlich bin ich der Einzige, dem das auffällt, weil ich sie besser kenne als die anderen. Wie ich es ihr während des Trainings auf der *Windsbraut* gezeigt habe, stellt sie die Füße weiter auseinander, um einen festeren Stand zu haben. Den wird sie gegen Rhia brauchen …

»Was kann sie?«, wispert mir die Hexe zu, die mir noch immer viel zu nah steht.

Im selben Moment holt Rhia tief Luft und lässt ihr Element auf Ezlain los. Sofort kühlt sich unsere Umgebung merklich ab.

»Eis«, presse ich durch zusammengebissene Zähne hervor. »Rhia ist ein Eisdrache.«

Unzählige messerscharfe Eissplitter prasseln auf Ezlain nieder, zerspringen und tauchen den Kampfplatz in schneeweißen Nebel. Das Herz schlägt mir bis zum Hals, während ich die Absperrung so fest umklammere, dass das Holz unter meinen Fingern knarzt. *Bitte,* wiederhole ich stumm wieder und wieder, *beschütze sie.*

Rhia stellt den Angriff ein. Kein einziger Laut ist zu vernehmen – bis auf meinen Herzschlag, der so unüberhörbar ist, dass ich beinahe taub werde.

Dann sehe ich eine Bewegung inmitten des Nebels. Mit einer Armbewegung schleudert Ezlain die Eissplitter ab, die sich an ihrer Kleidung festgesetzt haben.

Ich stoße den bis jetzt angehaltenen Atem aus und schließe kurz die Augen.

»Dafür, dass ihr nichts passieren kann, siehst du mir gerade etwas zu erleichtert aus«, knurrt die Hexe angesäuert.

»Ihr kann nichts passieren«, sage ich, auch um mich selbst davon zu überzeugen. »Das bedeutet aber nicht, dass mir nicht jedes Mal das Herz stehen bleibt, wenn sie getroffen wird.«

Aus den Augenwinkeln sehe ich sie nicken. »Dann sollten wir hoffen, dass dieses Spektakel bald vorbei ist. Ich meine, wenn die *Dracae* Ezlain nicht schaden kann, was ist dann ihr Ziel? Sie wird irgendwann aufgeben ... Oder?«

Ich knirsche mit den Zähnen. Rhia wird nicht aufgeben, das weiß ich. Und nur, weil ihre direkten Attacken Ezlain nichts anhaben können, bedeutet das nicht, dass sie meiner *rwy'nary* nicht schaden kann. Ronnyd hat innerhalb kürzester Zeit herausgefunden, wie er den Schutz der Herzschuppe umgehen kann. Hoffentlich gelingt das seiner Tochter nicht genauso schnell ...

Kapitel 21

Ezlain

Rhias Drachengestalt ist längst nicht so beeindruckend wie Ronnyds, dennoch muss ich einen Schauer unterdrücken, als sie fertig verwandelt vor mir aufragt und ich den Kopf in den Nacken legen muss, um Blickkontakt zu halten. Ihre Pupillen sind zu schmalen Schlitzen geworden und ihr Blick ist so eisig, dass ich Gänsehaut bekomme. Die Kälte, die von ihr ausgeht, wird durch die Eissplitterattacke noch verschlimmert. Mir klappern die Zähne, als sie endlich aufhört, die harten Splitter auf mich niederprasseln zu lassen. Dank der Herzschuppe habe ich keinen einzigen Kratzer, doch ich spüre ihre durchschlagende Wirkung bis in die Knochen. Wie ich auch Ronnyds Feueratem spürte, der mir beinahe die Lungen versengt hat, frisst sich nun Rhias Eiseskälte durch meine Haut.

Als sich der Nebel lichtet und sie sieht, dass ich unversehrt bin, verzieht sie angewidert das mit unzähligen spitzen Zähnen bewehrte Drachenmaul.

Hinter der Absperrung wird die Menge, die ich völlig vergessen habe, unruhig.

»Sie hat sie direkt getroffen.« – »Aber sie ist trotzdem unverletzt.« – »Also wirkt die Herzschuppe!« – »Es muss anerkannt werden … Alles andere …«

»Ruhe!«, kreischt Rhia. Ihre Stimme klingt schauderhaft: schrill und klar, als würde man Eis zertrümmern. Sie wendet den langen Hals in die Richtung des letzten Sprechers. »Das hat nichts zu bedeuten!«

Ich blecke die Zähne. »Bis vor ein paar Minuten wolltest du sie noch unbedingt haben«, zische ich. »Obwohl sie in deinen Händen auf jeden Fall wertlos gewesen wäre.«

Rhias Eisblick schießt zu mir zurück. »Das spielt keine Rolle. Sie ist von Drayce. Nichts von ihm ist wertlos.«

Ich schnaube. »Ach ja?« Vorsorglich senke ich die Stimme. »Ich erinnere mich noch sehr genau daran, wie du auf seinen gebrochenen Flügel reagiert hast. Du hast Drayce angesehen, als sei *er* wertlos.«

Sie schlägt mit einer Pranke nach mir, doch ich weiche mit einem Sprung nach hinten aus. »Du bist ein Mensch«, zischt sie. »Du hast keine Ahnung, was es für einen Drachen bedeutet, einen verletzten oder nutzlosen Flügel zu haben. Er wird dadurch ...«

»... wertlos?«, helfe ich ihr aus und ernte dafür ein unwirsches Knurren. »Im Gegensatz zu dir ist es mir völlig egal, ob er einen gebrochenen Flügel oder überhaupt Flügel hat. Ich kenne ihn nur so und würde ihn nicht anders sehen, wenn er ein normaler Mensch wäre.«

Sie gibt einen Laut von sich, der entfernt an ein Lachen erinnert. »So kann nur ein Mensch reden und denken. Wir Drachen besitzen so etwas wie Stolz.«

Wieder geht sie mit der Pranke auf mich los. Mir bleibt nicht genügend Zeit, um auszuweichen, also vertraue ich auf die Herzschuppe. Ihr Angriff prallt an mir ab und sie zieht mit einem schmerzerfüllten Brüllen die Pranke zurück, doch ich spüre den Aufprall gegen den unsichtbaren Schutzschild und taumele ein paar Schritte nach hinten. Rhia verengt die Augen, während sie mich beobachtet, und ich kann förmlich sehen, dass sie in Gedanken die richtigen Schlüsse zieht.

Ehe ich mich in Sicherheit bringen kann, wirbelt sie herum, holt mit ihrem beschuppten Schwanz aus und lässt ihn gegen mich prallen. Durch die Wucht des Schlages werde ich durch die Luft geschleudert und krache gegen die Absperrung. Ein Knirschen rauscht durch mich hindurch, gefolgt von stechenden Schmerzen, die mich aufschreien lassen. Kniend presse ich beide

Hände gegen die verwundete Seite. Gut möglich, dass dabei nicht nur eine Rippe zu Bruch ging ... Meine Atmung geht flach und abgehackt und ich habe das Gefühl, nicht genügend Luft zu bekommen und ersticken zu müssen.

»Wie es aussieht«, grollt Rhia, während sie in aller Ruhe auf mich zukommt, »kennt auch die Macht einer Herzschuppe Grenzen.«

Obwohl jede Bewegung nur noch mehr Schmerzen verursacht, greife ich nach dem Stilett, das neben mir im Schlamm liegt. Keine Sekunde zu früh, denn Rhia schlägt mit den Flügeln und verursacht damit einen Windstoß, der mich nach hinten stößt. Ich rolle durch den Matsch, finde keinen Halt und rutsche im Versuch, wieder aufzustehen, mehrmals weg.

»Willst du nicht lieber aufgeben, Mensch?«, fragt Rhia und überbrückt mit wenigen riesigen Schritten die Distanz zwischen uns.

Ich zittere am ganzen Körper. Vor Schmerzen. Vor Erschöpfung. Vor Kälte. Sie hat viel zu schnell herausgefunden, wie sie mich quälen kann, ohne mich direkt angreifen zu müssen. Und wie ich sie einschätze, wird sie dieses Spielchen so lange weiterspielen, bis ich mich nicht mehr rühren kann.

Mir muss dringend etwas einfallen!

Ich kämpfe mich zurück auf die Füße und verfluche meine angeknacksten oder gebrochenen Rippen dafür, dass ich nur noch gebückt stehen kann.

Wenn ich nur irgendwie an ihren Hals oder gar ihr Maul herankäme, dann wäre das Stilett nicht völlig nutzlos ... Aber dazu müsste ich ...

Plötzlich kommt mir eine Idee. Rhia ist längst nicht so groß wie ihr Vater, der mir auf seinen Rücken helfen musste. Auf ihren könnte ich allein klettern und von dort aus käme ich auch an ihren Hals heran. Aber dazu müsste ich zunächst an ihren Klauen vorbeikommen ...

Mir bleibt nur der Weg nach vorn. Wenn ich weiterhin nur ausweiche, werde ich früher oder später völlig entkräftet sein.

Ich setze alles auf eine Karte, tauche unter ihrem nächsten Hieb hinweg, der mich wieder gegen die Absperrung gestoßen hätte, und schlittere über den Schlamm näher an sie heran. Als sie bemerkt, was ich vorhabe, springe ich bereits auf ihre Schulter. Meine Rippen protestieren und ich gebe ein Wimmern von mir, doch ich ziehe mich am Ansatz von Rhias Flügel weiter nach oben. Sie buckelt und versucht, mich abzuschütteln, aber ich habe ihren Hals bereits erreicht. Wie Drayce gesagt hat, liegen hier die schützenden Schuppen weiter auseinander.

Ich hole mit dem Stilett aus. Die stumpfe Waffe rutscht an den glatten Schuppen ab und entgleitet um ein Haar meiner Hand.

Verdammter Mist!

Dann bleibt mir keine andere Wahl … Ich ignoriere die hartnäckigen Proteste meines Körpers und klettere an Rhias Hals empor. Wild wirft sie den Kopf hin und her, doch ich schiebe die Finger zwischen die lockere Schuppenpanzerung und kann mich dadurch auf ihr halten. Ihr wütendes Brüllen ist ohrenbetäubend. Ich warte den Moment ab, als sie erneut das Maul öffnet und stemme einen Fuß in den Unterkiefer.

Das ist die blödeste Idee, die ich je hatte … Ich klettere freiwillig in das Maul eines Drachen!

Rhia scheint darüber genauso erstaunt zu sein wie ich und ich nutze ihre Schrecksekunde, um mich gänzlich zwischen ihre spitzen Zähne zu begeben. Die Schulter stemme ich gegen den Oberkiefer und spüre bereits die immense Kraft, mit der sie versucht, das Maul zu schließen.

Ich habe keine Ahnung, ob die Herzschuppe mich auch gegen die eigene Dummheit schützt.

So schnell wie möglich zücke ich wieder das Stilett und ramme es mit aller Kraft in Rhias scharlachroten Gaumen.

Diesmal rutscht die Spitze nicht ab, sondern durchdringt die weiche Haut. Rhia kreischt so laut, dass mir die Ohren klingeln, doch ich nehme noch die zweite Hand zu Hilfe, um das Stilett bis zum Heft hineinzutreiben. Bläuliches Blut strömt aus der Wunde und läuft mir die Arme hinab. Es ist so kalt, dass es auf meiner Haut brennt.

»Aufhören!«, brüllt Ronnyd. Beinahe hätte ich ihn über Rhias Kreischen hinweg nicht gehört. »Verschone meine Tochter!«

Mit einem Ruck ziehe ich das Stilett aus Rhias Gaumen und springe schleunigst aus ihrem Maul. Fast augenblicklich sackt sie neben mir in den Schlamm und beginnt, sich zurückzuverwandeln. Wie Ronnyd, trägt auch sie nach der Rückverwandlung unversehrte Kleidung, jedoch sickert Blut aus ihrem Mund und sie rührt sich nicht.

Ronnyd springt über die Absperrung und rennt zu seiner Tochter. Im nächsten Moment taucht Drayce neben mir auf. Erschöpft lehne ich mich gegen ihn, nehme begierig die Hitze auf, die er abstrahlt und meinen halb erfrorenen Körper wärmt. Vorsichtig schließt er mich in die Arme und murmelt etwas, was in meinem schmerzvernebelten Hirn keinen Sinn ergibt.

»Sie lebt«, höre ich Ronnyd erleichtert sagen, ehe er seine Tochter vorsichtig hochhebt. »Du hast gewonnen. Ich überlasse es den anderen Ältesten, euch zu segnen.«

Drayce stößt den Atem aus und ich schließe die Augen. Ich hätte nichts dagegen, diese verdammte Segnung auf später zu verschieben, doch ich will nicht riskieren, dass Ronnyd seine Meinung wieder ändert. Ungelenk komme ich mit Drayces Hilfe auf die Füße und kann nur an ihn gelehnt stehen bleiben.

Morghan wartet, bis zwei der Clanmitglieder die Absperrung vor ihr zur Seite geräumt haben, und kommt dann auf uns zu. »Ihr habt beide euren Wert bewiesen und tapfer gekämpft«, sagt sie, als sie uns einen Moment gemustert hat. Garantiert geben wir einen bemitleidenswerten Anblick ab. »Eine Verbindung wie die eure ist so stark, dass sie nicht den Segen der Ältesten gebraucht hätte. Dennoch ist es mir eine Ehre, ihn euch zu gewähren. Drayce?«

Vorsichtig legt er mir eine Hand an die Taille und hält mich so aufrecht, während er die Finger der anderen Hand um die Herzschuppe schließt. Erst als ich den Kopf anhebe und ihn ansehe, beginnt er zu sprechen.

»Ich schwöre, für dich zu sorgen, auf dass du niemals Hunger oder Durst leiden musst. Dir gehört der erste Bissen jeder Mahlzeit und der erste Schluck jedes Bechers. Ich schwöre, dich vor jeder Gefahr zu beschützen.« Er schmunzelt. »Auch wenn du das ganz gut selbst hinkriegst.« Ein leises Lachen kommt unter den Anwesenden auf. »Ich schwöre, zu dir zu stehen, auch wenn die ganze Welt gegen uns ist. Deine Sorgen sind die meinen, auf dass wir sie gemeinsam besiegen und nichts als Freude in unserer Zukunft herrschen wird. Mit dieser Schuppe schwöre ich dir meine ewige Liebe.«

Jedes Wort von Drayce sinkt tief in mein Herz und nistet sich dort ein, bis ich das Gefühl habe, vor lauter Empfindungen platzen zu müssen.

Mit einiger Verspätung frage ich: »Muss … muss ich darauf etwas erwidern?«

Ich habe keine Ahnung von den Ritualen der Drachen und selbst wenn ich mich anstrengen würde, käme nicht etwas halb so Schönes dabei heraus wie das von Drayce Gesagte.

»Normalerweise«, sagt Morghan, »würdest du nun die dargebotene Herzschuppe annehmen, wenn du seinem Schwur glaubst und dasselbe für ihn empfindest. Aber diesen Teil habt ihr bereits hinter euch. Und wir haben alle gesehen, dass der Zauber der Herzschuppe dich mehrmals beschützt hat. Keiner wird je an eurer Verbindung zweifeln, auch wenn sie nicht dem gewöhnlichen Ablauf entsprach.«

Ich atme erleichtert auf, entwinde die Schuppe trotzdem Drayces Fingern und presse sie an mein Herz. »Verrate mir noch mal, wie ihr ›Ich liebe dich‹ sagt.«

Mit einem wundervollen Lächeln lehnt Drayce sich zu mir, bis sich unsere Nasenspitzen berühren. *»Zu'u rwy'n dy.«*

Jede Silbe raunt er derart verheißungsvoll, dass ich machtlos gegen das Kribbeln bin, das sich in Windeseile überall in mir ausbreitet. Ich seufze, als er mich küsst. Gekonnt finden seine Lippen genau die richtige Intensität, um das Kribbeln noch weiter zu verstärken. Ich klammere mich an ihn, blende sowohl das Jubeln der Clanmitglieder als auch das Ächzen meines geschundenen und vor Schmutz starrenden Körpers aus und verliere mich in diesem Augenblick.

Als er sich von mir löst, bemerke ich, dass uns der halbe Clan umringt hat, um uns offiziell in seiner Mitte willkommen zu heißen.

»Na, na!«, mahnt Morghan. »Lasst ihnen Raum zum Atmen! Sie haben beide einen schweren Kampf im *Barcud* hinter sich.« Sie wendet sich zu mir um und drückt an meiner Seite herum. Ich gebe ein Zischen von mir. »Nichts gebrochen«, murmelt sie. »Nur angeknackst. Du hattest Glück im Unglück.« Sie drückt mir ein kleines Fläschchen in die Hand. »Es wird die Verletzungen nicht verschwinden lassen, aber die Schmerzen dämpfen und die Heilung beschleunigen. Morgen früh kommst du zu mir, damit ich mir deine Wunden ansehen kann.«

»Wir haben leider keine freie Hütte für euch«, sagt einer der *Dracos*, der während des Abendessens bei der Gruppe der Gebundenen sitzt. Dort, wo Drayce und ich ab heute auch sitzen werden. »Bis morgen sollten wir eine neue errichtet haben. Könnt ihr diese Nacht irgendwo unterkommen?«

Ich nicke. »Wir kommen zurecht und freuen uns auf unser neues Heim.«

Drayce drückt meine Hand, in der ich das Fläschchen halte. Ich entkorke es, führe es an die Lippen und stürze die bittere Flüssigkeit hinunter. Angewidert verziehe ich den Mund, doch schon wenige Augenblicke später nimmt der pochende Schmerz ab und ich kann ohne Drayces Hilfe stehen.

»Wie gesagt«, wirft Morghan ein, »deine Verletzungen sind nicht verheilt. Du spürst sie nur nicht.« Sie wendet sich an Drayce. »Nimm also Rücksicht auf deine *rwy'nary*. Und nun verschwindet.«

***

Da ich mit Drayce nicht in der Hütte der Mädchen schlafen will, verschlägt es uns wieder in den Stall. Zum Glück spielt das Wetter mit, sodass ich die Kuh weiterhin auf der Weide lassen kann. Den Weg über hält Drayce meine Hand fest und wirft mir ständig besorgte Blicke zu.

»Es geht mir gut«, sage ich, als ich ihn erneut dabei ertappe. »Keine Ahnung, was Morghan mir da gegeben hat, aber es wirkt.«

Ich spüre weder Schmerzen noch Erschöpfung, die mich nach dem Kampf beinahe in die Knie gezwungen hätten. Alles, was ich will, ist, mir den Schmutz und Rhias Blut vom Körper zu waschen. Auch Drayce kann dringend ein Bad vertragen, deshalb führe ich ihn zur Quelle ein Stück abseits des Stalls. Das Wasser, das dort entspringt, sammelt sich in einem kleinen Teich, ehe es als Fluss die Insel durchquert.

Ich kicke die Schuhe weg und versuche umständlich, mich aus der geborgten Tunika und der Hose zu schälen, die mir durch den kalten, verkrusteten Schlamm wie eine zweite Haut am Körper liegen.

Hinter mir gibt Drayce ein belustigtes Schnauben von sich. »Lass mich dir helfen.«

»Aber diesmal nicht kaputtmachen! Die Sachen gehören mir nicht.«

»Ich bin vorsichtig«, verspricht er leise.

Sein warmer Atem streicht mir über den Nacken. Ich zucke zusammen, als er nach dem Hemdsaum greift und ich seine Finger am Bauch spüre.

»Tue ich dir weh?«, flüstert er mir ins Ohr und hält in der Bewegung inne.

Ich schüttele den Kopf. »Ich bin nur etwas empfindlich«, flüstere ich zurück. »Wie immer, wenn du mich berührst.«

»Auf gute Weise?«, hakt er nach und ich höre deutlich das Schmunzeln in seiner Stimme.

»Auf *sehr* gute Weise.«

Behutsam zieht er mir die Tunika über den Kopf. Die Arme anzuheben, lässt einen kurzen Schmerzimpuls in mir aufflackern, doch er verschwindet sogleich wieder. Drayce legt mir beide Hände an die Hüften und dreht mich zu sich um. Obwohl ich garantiert einen furchtbaren Anblick biete – schmutzig und verschwitzt und übersät mir rötlich-blauen Prellungen –, gleitet sein glühender Blick liebevoll an mir entlang, verweilt einen Moment auf der Herzschuppe knapp unter meinem Schlüsselbein und wandert dann tiefer. Bei jedem Zentimeter weiter nach unten verdunkelt sich das Gold seiner Iriden. Ich schlucke hörbar, während sich eine wohlige Gänsehaut überall auf mir ausbreitet. Er kniet sich vor mich, öffnet meine Hose, wobei er mich auf den Bauchnabel küsst, und zieht sie samt Unterhose nach unten. Ich stütze mich an seiner Schulter ab und steige erst mit einem, dann mit dem zweiten Bein heraus.

»Du bist so wunderschön«, raunt er, als er sich wieder aufrichtet.

Ich will widersprechen, bekomme jedoch keinen Ton heraus. Stattdessen greife ich nach seinem Hemd und ziehe es ihm aus. Vorsichtig streiche ich über die Blessuren, die auch er davongetragen hat.

»Hast du Schmerzen?«, frage ich, während ich die Finger über seine Brust gleiten lasse.

Ihm hat Morghan kein Fläschchen zugesteckt ... Bestimmt tut ihm jeder Knochen weh ...

Zu meiner Verwunderung schüttelt er den Kopf. »Mein Körper ist es gewöhnt, auseinandergerissen zu werden. Selbst nach größeren Verletzungen, wie dem Sturz im Steinlabyrinth, heile ich schnell. Das hier«, er deutet auf einen lila schillernden Fleck an seiner Seite, »ist nicht der Rede wert. Aber gegen ein Bad hätte ich nichts einzuwenden.«

Ich streichele über seinen Bauch und genieße das Gefühl seiner Muskeln, die unter der Berührung zucken. Als ich an seinem Hosenbund ankomme und den Knopf öffnen will, umschließt er meine Hand.

»Ez, ich ... weiß nicht, ob ...«

Ich seufze. »Wenn ich noch einmal einen Grund von dir höre, warum es gerade ein mieser Zeitpunkt ist, nehme ich es persönlich.«

»Aber du hast ziemlich was abbekommen und ...«

»Es geht mir blendend. Wenn sich daran etwas ändern sollte, werde ich es dir sagen. Du weißt, dass ich nicht auf den Mund gefallen bin. Und dasselbe erwarte ich von dir. Keine Geheimnisse und Halbwahrheiten mehr. Ich will wissen, was du denkst und wie du dich fühlst. Vor allem, ob du ...«, ich weiche seinem Blick aus, »... mich genauso sehr willst wie ich dich.«

Drayce legt mir einen Finger unters Kinn und drückt meinen Kopf nach oben, bis ich ihn wieder ansehe. »Kannst du dir nicht vorstellen, wie sehr ich mich zurückhalten muss, während du hier splitternackt vor mir stehst?«

Ich ziehe eine Braue nach oben. »Trotz der Schmutzschichten?«

Mit einem nachsichtigen Lächeln schüttelt er den Kopf. »Die nehme ich nicht wahr. Ich sehe nur dich.«

Ich greife wieder nach seinem Hosenbund. Diesmal protestiert er nicht, als ich den Knopf öffne. Bereits jetzt fühle ich seine Erektion, die sich gegen die Hose drückt.

»Bitte hör auf, dich zurückzuhalten«, wispere ich, als ich ihn durch den Stoff berühre.

Drayce zieht scharf die Luft ein und sofort weiten sich seine Pupillen, bis sie das glimmende Gold fast vollständig verschluckt haben. Seine Unterlippe bebt, als ich über die gesamte Länge streichele.

»Du«, stößt er rau aus, »musst mir sofort sagen, wenn du etwas nicht willst oder es dir schlechter geht. Versprich mir das.«

»Ich verspreche es«, flüstere ich.

Kaum habe ich das letzte Wort ausgesprochen, umfasst er mein Gesicht mit beiden Händen und presst den Mund auf meinen. Hungrig und fordernd verschlingt er mich, dringt mit der Zunge in meinen Mund ein und raubt mir damit schier den Verstand. Seine Lippen fühlen sich sengend heiß auf meinen an und schüren das erhitzte Prickeln, das ohnehin schon durch meinen Körper rauscht, nur noch weiter. Mit den Händen streichelt er über meine Schultern und die Arme und umfasst schließlich meinen Po. Ich stöhne in seinen Mund, als er zudrückt und seine Erektion gegen meinen Bauch presst.

»Ab ins Wasser mit dir«, knurrt er undeutlich, ohne sich von mir zu lösen.

»Aber …«

»Sofort.«

Ich hätte nie für möglich gehalten, dass es mir einmal gefallen könnte, dass mir jemand Befehle erteilt. Aber bei Drayce ist das der Fall. Meine Muskeln zittern vor Freude, seinem Befehl nachkommen zu dürfen. Ich mache einen Schritt zurück, gehe in die Hocke und gleite ins Wasser, das mir bis zur Taille reicht und angenehm kühl ist. Abwartend sehe ich wieder zu Drayce, der mich keine Sekunde aus den Augen gelassen hat.

Er hakt beide Daumen in den Bund und schiebt die Hose nach unten, um aus hier herauszusteigen. Als er sich wieder aufrichtet, bleibt mein Blick wie gebannt an seinem steifen Glied hängen. Ich gebe ein Wimmern von mir, als sich mein Unterleib sehnsüchtig zusammenzieht.

Ohne Eile kommt Drayce zu mir ins Wasser und streckt die Hand nach mir aus. Als ich wieder vor ihm stehe, beginnt er, mir den Schmutz vom Körper zu waschen. Systematisch arbeitet er sich von meinem Gesicht nach unten vor und löst geduldig selbst das getrocknete dunkelblaue Blut von meinen Armen. Mit geschlossenen Augen genieße ich die Fürsorge, die er mir zuteilwerden lässt, bemerke aber auch, dass er die Stellen, an denen ich ihn ganz dringend spüren will, außer Acht lässt. Ich muss nicht hinsehen, um zu wissen, dass meine Brustwarzen hart und aufgerichtet sind; ich spüre selbst den lauen Windhauch überdeutlich, der über sie hinwegstreicht.

Meine unverhohlenen Bemühungen, zufällig dort von ihm berührt zu werden, indem ich den Oberkörper ein Stück drehe, quittiert Drayce nur mit einem amüsierten Schmunzeln. Mir ist nicht zum Lachen zumute. Ich werde innerlich von brennendem Feuer aufgefressen und finde keinen Weg, dagegen anzugehen. Mein Körper pocht und pulsiert und schreit nach mehr, doch ich weiß nicht, wie ich mein Sehnen in Worten ausdrücken soll.

Nachdem er jeglichen Schmutz beseitigt hat, erwidere ich diese Geste bei Drayce. Obwohl ich mich auf die Zehenspitzen stelle, muss er sich zu mir herunterbeugen, damit ich ihm die rote Farbe aus dem Gesicht waschen kann. Dann kümmere ich mich um die restlichen Schmutzschlieren an Hals, Schultern und Armen. Ich genieße das Gefühl seiner sehnigen Muskeln unter meinen Fingern und die Wärme, die von ihm ausgeht.

Langsam lasse ich die Hände tiefer wandern. Mit jedem Zentimeter, den ich mich seiner Erektion nähere, versteift sich Drayce ein bisschen mehr. Ich hebe den Blick, ehe ich sanft über die breite Spitze streiche, die aus dem Wasser lugt. Zu sehen, wie sich seine Augen weiten und er den Mund zu einem leisen Seufzen öffnet, erregt mich noch mehr. Mutig geworden durch seine Reaktion, schließe ich die Finger um seinen Schaft, doch sofort legt er die Hand auf meine. Beinahe hätte ich sie vor Schreck zurückgezogen, doch anstatt mich abzuweisen, zeigt er mir, wie viel Druck ich ausüben und wie ich die Hand bewegen soll.

»Genau so«, raunt er heiser.

Der Klang seiner vor Lust bebenden Stimme schießt mir direkt in den Unterleib. Völlig gebannt beobachte ich seinen Gesichtsausdruck, seine verschleierten Augen, seine zusammengezogenen Brauen und seinen leicht geöffneten Mund. Aus vollen Zügen genieße ich die Macht, die ich mittels dieser Berührungen über ihn habe. Er schwillt in meiner Hand weiter an und zuckt und pulsiert, als könne er es auch nicht erwarten, endlich weiterzugehen.

»Stopp«, keucht Drayce unvermittelt.

Ehe ich widersprechen kann, zieht er mich an sich und küsst mich mit einer innigen Verzweiflung, die mich aufseufzen lässt. Die Hände um meinen Po gelegt hebt er mich hoch und wie damals im Steinlabyrinth schlinge ich wie von selbst die Beine um seine Mitte. Diesmal spüre ich jedoch seine Erektion genau zwischen den Schenkeln, fühle das Pulsieren, das von ihr ausgeht, und stöhne gleichzeitig mit Drayce auf.

»Du bist so warm«, murmelt er eine Spur verwundert an meinen Lippen.

Er müsste mich nur ein kleines Stück nach unten sinken lassen, damit er spüren kann, wie warm ich tatsächlich bin. Ich bewege die Hüften, reibe mich an der neckenden Spitze, in der Hoffnung, endlich mehr zu bekommen.

»Wirst du wohl damit aufhören!«, knurrt Drayce rau.

Ich öffne den Mund, aber es kommt nur ein Wimmern heraus. Er unterdrückt meinen Protest mit einem weiteren Kuss und trägt mich aus dem Wasser. Der Stall ist nur einen Steinwurf entfernt. Ohne mich abzusetzen, öffnet Drayce die Tür und tritt sie hinter sich zu. Der vertraute Geruch von Heu und Stroh umfängt mich. Behutsam legt mich Drayce auf die Tagesdecke, die noch genau da liegt, wo wir sie zurückgelassen haben.

Knabbernd und leckend bahnt er sich einen Weg von meinem Kinn hinab über den Hals und das Schlüsselbein, ehe er sich aufrichtet. In seinem goldenen Blick liegt nichts als grenzenlose Liebe, als er mich betrachtet.

»Die Wirklichkeit ist noch viel schöner, als ich sie mir vorgestellt habe«, murmelt er, während er die Finger über den Anhänger gleiten lässt. »Wirst du es mir sehr übel nehmen, wenn ich jeden töte, der uns wieder unterbrechen sollte?«

»Nein«, antworte ich. »Ganz im Gegenteil. Ich werde dir helfen, jeden Störenfried zu beseitigen, sodass niemand jemals eine Leiche finden wird.«

Er lächelt, ebenso wie ich.

Als er sich wieder zu mir herabbeugt, drücke ich den Rücken durch, um ihm entgegenzukommen. Ich ringe um Atem, während er endlich meine Brustwarze zwischen die Lippen nimmt und daran saugt, während er die andere Brust knetet. Sterne tanzen vor meinen aufgerissenen Augen, so schnell rauschen die wundervollen Empfindungen durch mich hindurch. Als hätte er alle Zeit der Welt, widmet er sich erst der einen, dann der anderen Seite, bis ich am ganzen Körper zittere. Dann verteilt er kleine Küsse auf meinen Brüsten, ehe er sich tiefer vorarbeitet und eine heiße Spur auf meinem Bauch hinterlässt. Ich spreize die Beine, um ihm zu bedeuten, dass er sich beeilen und mich endlich von dem alles verzehrenden Feuer erlösen soll. Drayce schenkt mir nur ein wissendes Grinsen.

Überdeutlich spüre ich seinen erhitzten Atem auf der feuchten Haut. Jedes Mal, wenn er mich streift, zucke ich leicht zusammen, doch als ich ihn zwischen den Beinen spüre, hebe ich wie von selbst die Hüften an.

Drayce hält meinen Blick gefangen, während er die Hand viel zu langsam an meinem Innenschenkel nach oben wandern lässt. Ich bin kurz davor, ihn anzuflehen, mich endlich zum ersten Mal dort zu berühren, doch ich beiße mir auf die Unterlippe. Viel zu gefesselt bin ich von den unzähligen Empfindungen, die er in mir auslöst.

Beinahe zaghaft streicht er über den geschwollenen Punkt, der das Feuer in mir explodieren lässt. Stöhnend werfe ich den Kopf zurück und kralle die Hände in die Decke. Als ich mich im Turm an dieser Stelle berührte, war es bereits berauschend. Doch Drayces Berührung heute stellt alles, was ich damals gespürt habe, in den Schatten.

Viel zu schnell zieht er die Hand zurück. Ich gebe einen frustrierten Laut zwischen Knurren und Winseln von mir, verstumme aber sofort, als er vorsichtig einen Finger in mich hineinschiebt. Augenblicklich ziehen sich meine Muskeln um ihn zusammen.

Stöhnend lehnt Drayce die Stirn gegen mein angewinkeltes Bein. »So herrlich warm und weich und feucht.«

Ein zweiter Finger folgt. Er dehnt mich und füllt mich aus. Und als er sich vorbeugt, den Mund auf meinen empfindlichsten Punkt legt und sanft daran saugt, während er mich innen mit den Fingern massiert, ist es vollends um mich geschehen. Der heiße Knoten, der sich die ganze Zeit über immer fester in meinem Unterleib zusammenzog, zerplatzt mit einem Knall, der mich auseinanderzureißen droht. Egal wie sehr ich mich aufbäume oder schreie, ich erzittere weiter, bis ich schließlich, begleitet von Drayces sanften Zungenschlägen, außer Atem liegen bleibe und mich am liebsten nicht mehr regen würde.

Ich weiß nicht, wie lange ich brauche, um wieder in der Wirklichkeit anzukommen. Noch immer spüre ich ein sehnsüchtiges Prickeln zwischen den Beinen, doch da ist nun eine Leere, da Drayce sich zurückgezogen hat und wieder zu mir nach oben gerutscht ist. In seinem Blick erkenne ich das stumme Flehen um Erlösung, das bis eben auch noch in meinem geherrscht haben muss. Und ich bin mehr als bereit, sie ihm zu geben.

Ich umschließe sein Gesicht mit den Händen und ziehe ihn zu mir herunter. Zunächst ist unser Kuss sanft, doch als ich die Hüften bewegen und gemächlich meine Mitte an seiner Spitze reibe, gibt Drayce ein gequältes Stöhnen von sich und kneift die Augen zu.

»Bitte«, haucht er gegen meine Lippen. »Ich muss dich spüren. Bitte sag mir, dass ich …«

»Drayce«, unterbreche ich ihn und warte, bis er mich wieder ansieht. »Keine Zurückhaltung.«

Er stößt zitternd den Atem aus und richtet sich ein Stück auf. Mit einer Hand stützt er sich ab, mit der anderen führt er sein großes Glied zwischen meine Beine.

»Sieh mich an«, wispert er rau.

Ich gehorche. Sein Blick hält meinen fest, als er langsam in mich gleitet. Die breite Spitze dehnt mich so weit, dass es einen Moment wehtut, doch der Schmerz ist genauso schnell verschwunden, wie er gekommen ist.

»Große Götter.« Kurz flattern seine Lider und die Sehnen an seinem Hals treten hervor.

Zentimeter für Zentimeter dringt er in mich ein und füllt mich aus, bis ich nichts anderes mehr wahrnehme als unsere Verbindung. Drayces verschleierter Blick ruht auf meinem Gesicht, um keine Regung zu verpassen. Bis auf das Zittern seiner Muskeln hält er absolut still und gibt mir die Zeit, mich an ihn zu gewöhnen.

Als er sich schließlich ganz vorsichtig bewegt, ziehen sich meine inneren

Muskeln vor Wonne um ihn zusammen. Zeitgleich stöhnen wir auf. Die Stirn an meine gelehnt schiebt er die Hüften vor, zieht sich wieder ein Stück zurück und reizt damit einen Punkt in mir, von dessen Existenz ich nicht einmal in meinen kühnsten Träumen etwas geahnt habe. Heiße und kalte Schauer rauschen abwechselnd durch mich hindurch und bündeln sich dort, wo wir verschmolzen sind.

Wieder und wieder trifft er die Stelle, die mir die Sinne schwinden lässt, und es braucht nur wenige weitere Stöße, bis ich alles um mich herum vergesse. Ich wölbe den Rücken, um dem letzten Stoß, den ich brauche, entgegenzukommen. Drayce schiebt einen Arm unter mich und presst sich an mich.

Das Letzte, was ich spüre, ehe sich meine Welt auflöst, ist ein Pulsieren tief in mir, ehe Drayce stöhnend am ganzen Körper erschauert und auf mir zusammenbricht.

Kapitel 22

Drayce

Nachdem ich mich durch den Dunst aus Lust und Befriedigung gekämpft habe, ist das Erste, was ich wahrnehme, das zufriedene Leuchten in den Augen meiner *rwy'nary*. Am liebsten hätte ich vor lauter Freude geseufzt, doch ich ziehe sie nur an mich und küsse sie auf die Stirn, die Nasenspitze und schließlich auf den Mund. Ich hatte Angst, Tränen oder gar Enttäuschung in ihrem Blick zu sehen.

Tränen, weil ich ihr wehgetan habe.

Enttäuschung, weil es nicht so war, wie sie es sich vorgestellt hat.

Aber ich kann keine Spur davon entdecken. Ebenso wenig wie einen Anflug von Scham oder Zurückhaltung. Liebevoll lächelt sie mich an und schmiegt sich an meine Brust, als würde sie genau dort hingehören. Ich schlinge beide Arme um sie, damit ich sie noch enger an mich ziehen kann.

Noch nie in meinem Leben habe ich mich so glücklich gefühlt wie in diesem Moment. Kein Wort, keine Phrase scheint mir gut genug zu sein, um das, was ich empfinde, auszudrücken. Also halte ich lieber den Mund und genieße Ezlains weichen Körper an meinem. Ihre Nähe. Ihren ruhigen Atem. Ihren vertrauten Duft. Ihre besänftigend kühle Haut.

Aber das Beste ist das Wissen, dass ich ab jetzt auf nichts davon mehr verzichten muss.

***

Ich erwache, als sich Ezlain in meinen Armen regt und versucht, leise aufzustehen.

»Wo willst du hin?«, frage ich, die Augen nur einen Spaltbreit geöffnet.

Ertappt bleibt sie stehen und sieht zu mir hinab. »Ich … hab einen Bärenhunger! Um diese Zeit müsste es Abendessen geben. Ich dachte, ich könnte uns etwas holen und wieder zurückkommen, ehe du aufwachst.«

Seufzend setze ich mich auf und fahre mir mit einer Hand durchs Haar. Ich hätte nichts gegen ein paar weitere Stunden Schlaf einzuwenden – vorzugsweise bis morgen früh –, aber die Wünsche meiner *rwy'nary* gehen vor.

»Wir gehen gemeinsam«, sage ich, während ich nach unserer Kleidung suche.

Ezlain schmunzelt. »Liegt alles noch draußen.«

Ich erspare mir die Frage, ob sie vorhatte, splitternackt nach draußen zu gehen. »Warte hier. Ich hole unsere Sachen.«

Im Vorbeigehen stehle ich mir einen schnellen Kuss und lasse eine Hand über ihren Rücken gleiten. Nachdem ich die Stalltür geöffnet habe, spähe ich nach allen Seiten, kann aber niemanden entdecken. Unsere Kleidung liegt noch neben dem kleinen Teich, wo wir sie zurückgelassen haben. Ich schlüpfe schnell in meine und nehme Ezlains mit nach drinnen.

»Meinst du, dass morgen unsere Hütte tatsächlich fertig sein wird?«, fragt sie, während sie sich anzieht.

Ich brumme eine Zustimmung, ohne den Blick von ihr zu nehmen. »Das Grundgerüst sicherlich. Um die Einrichtung müssen wir uns selbst kümmern. Normalerweise bringen *Draco* und *rwy'nary* beide etwas mit – Möbel, Geschirr, Kleidung –, aber wir beide …« Ich zucke mit den Schultern. »… haben nicht viel, was wir beisteuern könnten.«

Kurz überschattet diese Erkenntnis das leuchtende Glück, das ich bis jetzt gespürt habe. Ezlain und ich sind mittellos und auf die Hilfe der anderen Clanmitglieder angewiesen. Ich wünschte, es wäre anders … Hin- und hergerissen grübele ich darüber nach, wie wir es ändern könnten. Am liebsten würde ich alles aus eigenem Antrieb schaffen, doch ich bin nicht mehr allein. Ich habe eine Frau, um die ich mich kümmern und für die ich nur das Beste will.

Als hätte sie meine Gedanken erraten, legt mir Ezlain eine Hand an die Wange und lächelt mich an. »Wir haben Zeit, Drayce. Ich erwarte kein fertig eingerichtetes Haus. Dass wir überhaupt eine eigene Hütte bekommen, ist wundervoll genug. Wenn sie morgen noch nicht fertig ist, habe ich kein Problem damit, noch ein paar Tage im Stroh zu schlafen. Solange du bei mir bist, ist mir alles recht.«

Ich lehne die Stirn an ihre. »Du bist wundervoll, weißt du das?«

Sie rümpft die Nase. Es sieht aus, als würden die Sommersprossen, die beinahe die Farbe ihrer Haare haben, über ihren Nasenrücken tanzen. »Ich weiß vor allem, dass ich hungrig bin. Daran sollten wir schnell etwas ändern.«

»Dein Wunsch ist mir Befehl«, murmele ich und ziehe sie zu mir, um sie zu küssen.

***

Alle anderen Clanmitglieder haben sich bereits am Versammlungsplatz eingefunden, als wir eintreffen, und begrüßen uns – wie erwartet – mit allerlei zotigen Bemerkungen und gut gemeinten Ratschlägen. Noch ein Grund, warum ich Ezlain nicht allein gehen lassen wollte. Sie steckt es jedoch besser weg, als ich befürchtet habe. Als ich sie kennenlernte, wäre sie feuerrot angelaufen und auf dem Absatz herumgewirbelt. Nun erträgt sie den sanften Spott mit kühler Gleichmut. Wäre da nicht der leichte Rosaton auf ihren Wangen, der jedoch nur mir auffällt, könnte man vermuten, sie höre die anderen gar nicht.

Aus Gewohnheit setzt sich Ezlain zu den anderen Mädchen. Nachdem ich unser Essen geholt habe, lasse ich mich hinter ihr nieder, die Beine rechts und links von ihr ausgestreckt, sodass sie sich mit dem Rücken gegen meine

Brust lehnen kann. Cressa zieht eine Augenbraue nach oben, während sie Ezlain eindringlich mustert. Ich versuche, sie zu ignorieren.

»Und?«, fragt die Hexe, wobei sie äußerlich desinteressiert in ihrem Essen herumstochert. »Alles … gut?«

Ich merke sofort, worauf sie hinauswill, und werfe ihr einen möglichst giftigen Blick zu.

»Natürlich«, antwortet Ezlain. »Was soll denn sein?«

»Na ja … Ihr wart einige Stunden verschwunden und … du … bist in gewissen Situationen unerfahren und …«

Ich stoße ein warnendes Grollen aus, doch Ezlain legt mir schnell eine Hand auf den Oberschenkel.

»Schon gut«, murmelt sie und lehnt sich gegen mich. »Sie ist meine beste Freundin. Sieh ihr ihre Neugier nach.«

»Also habt ihr …?«, kiekst ein Mädchen aus Ezlains Hütte dazwischen. Ich glaube, ihr Name ist Daphne.

Seufzend lasse ich den Kopf auf Ezlains Schulter sinken. »Und das ist genau der Grund, warum ich lieber bei den anderen Gebundenen sitzen wollte.«

Ezlain kichert und streichelt mir über den Kopf. »So schlimm ist es nun auch nicht. Ich könnte sie mit ein paar Details versorgen, dann würden sie bestimmt Ruhe geben.«

Ich beiße ihr spielerisch ins Ohr. »Untersteh dich!«

Sie lacht und ich schlinge beide Arme um sie. Sie windet sich, als ich kleine Küsse auf ihrem Hals verteile.

Aus den Augenwinkeln sehe ich Daphne den Mund verziehen. »Ja, wahrscheinlich ist es besser, wenn ihr woanders sitzt. Euch nur zuzusehen, verursacht mir Zahnschmerzen.« Sie seufzt. »Aber so sind sie alle, sobald die Zeremonie vorbei ist …«

»Du wirst auch irgendwann den Richtigen finden«, sagt Ezlain sanft.

»Hmpf.« Daphne schürzt die Lippen. »Vargon ist seit dem *Barcud* verschwunden. Ihn hätte ich gern gehabt, auch wenn er … bestimmt nicht immer einfach ist.«

Ich erspare mir einen Kommentar dazu. »Wahrscheinlich versteckt er sich nur und leckt irgendwo seine Wunden. Sein Stolz dürfte mehr abgekriegt haben als der Rest von ihm. Früher oder später wird er uns also wieder mit seiner Anwesenheit beehren.«

»Weiß jemand, wie es Rhia geht?«, fragt Ezlain leise, fast schüchtern. »Sie sah ... ziemlich mitgenommen aus, als Ronnyd sie fortgebracht hat.«

Cressa schüttelt den Kopf. »Ich habe mich nicht getraut, an die Tür des schwarzen Drachen zu klopfen. Aber sicherlich hätten wir davon gehört, wenn sich ihr Zustand ... verschlechtert hätte.«

»O ja, das hätten wir mit Sicherheit«, werfe ich ein. »Ronnyd hätte sowohl mich als auch Ezlain gefunden und uns dafür büßen lassen, obwohl alles schließlich die Idee seiner Tochter gewesen ist.« Cressa will widersprechen, doch ich wische ihren ungesagten Einwand mit einer Handbewegung beiseite. »Sie kommt schon wieder auf die Beine. Genau wie Vargon. Keiner von beiden ist lebensbedrohlich verletzt. Lasst sie schmollen, bis Gras über die Sache gewachsen ist.«

Da das Thema offenbar abgehakt ist, gehe ich dazu über, Ezlain mit Häppchen zu füttern, während sie sich mit ihren Freundinnen über alltägliche Dinge unterhält. Sehnsüchtig huscht mein Blick ein ums andere Mal hinüber zu den Gebundenen. Die meisten *Dracos* sitzen dort in ihrer anderen Gestalt und haben die Flügel um ihre *rwy'nary* ausgebreitet, um sie vor neugierigen Blicken oder – wie in unserem Fall – gut gemeinten Späßen zu schützen.

»Ich würde das auch gern machen«, murmele ich.

Ezlain folgt meinem Blick. »Vergiss es«, murrt sie.

»Warum?«

Enttäuschung liegt in ihrem Blick, als sie zu mir aufsieht. »Weil ich heute Abend noch mehr mit dir vorhabe, als nur etwas zu essen«, sagt sie so leise, dass nur ich sie verstehen kann. Der lockende Klang ihrer Stimme schießt mir direkt in die Lenden. »Und wenn du dich verwandelst, musst du dich erst zurückverwandeln und wärst ... eine Zeit lang außer Gefecht gesetzt.«

Ich lehne mich vor, fahre mit der Nasenspitze über ihre Schläfe und raune ihr ins Ohr: »Was genau hast du denn mit mir vor?«

Ezlain beißt sich auf die Unterlippe. Da ist wieder die bezaubernde Röte auf ihren Wangen. »Das weißt du ganz genau.«

»Ich hab da eine Ahnung«, wispere ich. »Aber du könntest ins Detail gehen, nur um sicher zu sein, dass wir über dasselbe reden.«

Ich werde mich nie an dem Funkeln in ihren Augen sattsehen können.

»Wenn ich so darüber nachdenke ...« Mit dem Zeigefinger malt sie kleine, unsichtbare Muster auf meine Brust. »Das funktioniert doch sicher auch in deiner anderen Gestalt. Wenn du nicht so groß wirst ... Ich könnte dabei deine Flügel berühren.«

Ich schlucke angestrengt und rutsche auf meinem Platz hin und her, weil mir meine Hose zu eng wird.

Ezlain runzelt die Stirn, als müsse sie über etwas nachdenken. »Aber dann könntest du mich nicht berühren, wegen der Krallen. Besser, wir verschieben das auf später. Ich würde heute ungern auf das Vorspiel verzichten.«

Mehrere donnernde Herzschläge lang kann ich sie einfach nur ansehen. »Was habe ich mir mit dir nur für eine schamlose und unersättliche *rwy'nary* eingehandelt?«, ziehe ich sie auf und nehme sanft ihr Ohrläppchen zwischen die Zähne.

Sie gibt ein leises Seufzen von sich. »Das gefällt dir doch.«

»Mehr, als du ahnst«, hauche ich.

Tatsächlich hatte ich mich schon damit abgefunden, nie mit Ezlain intim zu werden. Abgesehen von den Nächten, die wir in einer Hängematte oder einem Bett verbracht haben, dachte ich nicht, ihr noch näher kommen zu können. Nicht nach dem, was ihr widerfahren ist. Doch nun sitzen wir hier und sie redet offen und ohne Scham über unsere gemeinsame Nacht und darüber, was ihr gefallen hat und sie sich für die Zukunft wünscht.

Mit nichts davon habe ich gerechnet. Es nun zu bekommen, macht mein Glück perfekt. Ich weiß schon jetzt, dass ich nie genug davon kriegen werde. Von ihr. Von ihrer Wärme, nachdem sich die ganze Welt immer nur kalt für mich angefühlt hat. Von ihren Berührungen. Von den Worten, die sie mir zuflüstert und die nur für mich bestimmt sind und meine Vorfreude noch weiter anheizen. Von ihren Blicken, in denen nie Angst oder Abscheu liegt.

Ich verteile kleine Küsse auf ihrem Nacken und sofort lehnt sie den Kopf zu Seite, um mir besseren Zugang zu gewähren.

»He, ihr zwei«, brummt Daphne. »Hebt euch das für später auf! Wir essen noch.«

»Lass sie«, sagt die Hexe.

Mein Blick huscht zu ihr. Sie ist die Letzte, von der ich Zuspruch erwartet habe. Doch zu meiner Verwunderung beobachtet sie uns mit einem zufriedenen Lächeln. Sie wirkt so erleichtert, als wäre ihr ein riesiger Stein vom Herzen gefallen.

Oder als sei das Herz aus Stein einer anderen endlich geheilt worden.

Als sie bemerkt, dass ich sie beobachte, formt sie mit den Lippen ein Wort.

Danke.

Ich nicke knapp, ehe ich mich wieder meiner *rwy'nary* widme.

Zumindest habe ich das vor, als ein Schatten auf uns fällt. Ich schaue nach oben.

»Drayce.«

Ich unterdrücke ein Seufzen. Inständig habe ich gehofft, heute von Ronnyd verschont zu bleiben. Ehe er etwas anderes als meinen Namen grollen kann, mustere ich sein Gesicht und bin erleichtert, keine Spur von Hass oder Trauer darin zu entdecken. Wäre Rhia ihren Verletzungen erlegen, würde er anders aussehen. Und ich wäre vermutlich schon tot.

Die Gespräche um uns herum kommen nach und nach zum Erliegen und die Anspannung, die in der Luft liegt, springt auch auf mich über.

»Du weißt, dass jedes Mitglied unseres Clans seinen Beitrag leisten muss«, verkündet Ronnyd laut genug, damit jeder ihn hören kann.

Ich verdrehe die Augen. Damit kommt er *jetzt?* Ich hatte nicht einmal einen Tag mit meiner *rwy'nary*, während andere sich für Wochen zurückziehen dürfen, ehe sie wieder am Clanalltag teilnehmen müssen.

»Dir ist klar, dass es keine Garantie gibt, oder?«, frage ich. »Wie du und einige andere nicht müde werden zu erwähnen: Ich bin nur ein Halbdrache. Gut möglich, dass meine Magie nicht ausreicht.«

Ronnyd nickt, als hätte er bereits mit diesem Einwand gerechnet. »Aber wir müssen es versuchen. Wenn es nicht funktionieren sollte ... dann ändert sich nichts an unserer jetzigen Situation. Aber wenn es klappt ...«

Es ist so still, als würde jeder der Anwesenden die Luft anhalten. Ich schaue über die Schulter hinweg zum Sitzplatz der Gebundenen. Aus meiner Zeit hier kenne ich einige von ihnen noch flüchtig. Ich weiß, wer von ihnen reinblütige Drachen sind. Drachen, von denen garantiert mindestens ein Ei seit mehreren Jahrzehnten in der Bruthöhle liegt, dürftig warm gehalten von den Frauen, die Ronnyd Jahr für Jahr bringt. Drachen, die darauf hoffen, endlich eines ihrer Kinder in die Arme schließen zu dürfen.

Und ihre ganze Hoffnung ruht nun auf mir.

Weil ich der letzte rote Drache des Clans bin, wenn auch nur zur Hälfte.

Nur meine Feuermagie hat die richtige Temperatur, um die Drachen aus den Eiern schlüpfen lassen zu können.

Ronnyds verzehrende dunkle Flammen würden die Eier innerhalb von Sekundenbruchteilen zu Asche verbrennen. Ich will mir lieber nicht vorstellen, wie oft er es versucht und schließlich verzweifelt aufgegeben hat. Er wollte meinen Tod, nachdem ich seine Tochter verschmäht habe und geflohen bin und brachte damit das größte Unglück über den Clan. Dass ich noch lebe, ist zwar nicht sein Verdienst, aber ich sehe ihm deutlich an, dass eine große Last auf seinen Schultern liegt.

Als ich dem Clan damals den Rücken kehrte, lebte noch ein weiterer roter Drache außer mir hier. Aber er war sehr alt. Ich wusste zwar, dass ich eines Tages seinen Platz hätte einnehmen sollen, doch als ich ging, glaubte ich noch fest daran, dass aus irgendeinem Ei ein weiterer rot geschuppter Drache schlüpfen und mich ersetzen würde. Ich musste einfach weg. Doch das ist nie passiert, denn der alte Drache muss kurz nach meinem Weggang gestorben sein. Ich kenne die Details nicht und wenn ich ehrlich bin, interessieren sie mich auch nicht.

Ronnyd wird mir mein Weggehen nie verzeihen, aber ich bin auch nicht auf seine Vergebung angewiesen. Ich habe alles, was ich will, und halte es gerade im Arm. Nach allem, was er mir und Ezlain antun wollte, habe ich keinen Grund, ihm zu helfen. Sicherlich kann ich eine andere Arbeit finden, um mich im Clan einzubringen.

Ich lasse den Blick schweifen und schaue in die hoffnungsvollen und flehenden Gesichter der reinblütigen Drachen.

Dann stoße ich den Atem aus. »Ich tue das nicht für dich, Ronnyd«, stelle ich klar.

»Ich weiß«, antwortet er steif. »Aber ich danke dir trotzdem.«

»Ich kann nicht versprechen, dass es klappen wird.«

Er nickt. »Auch das weiß ich. Aber wir dürfen trotzdem hoffen, oder?«

Ich schaue zu Ezlain, die mich liebevoll anlächelt. Sofort beschleunigt sich mein Herzschlag, wie immer, wenn sie mir ein Lächeln schenkt. Ich lehne mich vor und flüstere ihr ins Ohr: »Es tut mir leid. Ich werde mich wohl doch verwandeln müssen.«

Sie schüttelt leicht den Kopf und erwidert ebenso leise: »Das macht nichts. Wir haben Zeit. Wenn du dich wieder zurückverwandelst, werde ich bei dir sein.«

Ich hauche ihr einen Kuss auf die Schläfe und richte mich auf. »Nach dir, Ronnyd.«

***

Die Bruthöhle sieht noch genauso aus, wie ich sie in Erinnerung habe. Eine große Höhle inmitten des schützenden Gebirgsrings, der die Insel umgibt. Nur dass seit meinem letzten Besuch sehr viel mehr Eier hier lagern. Mehrere Lagerfeuer regulieren die Temperatur und spenden Licht, sorgen aber auch für stickige Luft.

Es sind so viele Eier, dass ich sie unmöglich schätzen kann. Die ältesten liegen seit mehreren Jahrzehnten hier. Kein Wunder, dass Ronnyd zu der verzweifelten Maßnahme mit den Opfern aus Makio gegriffen hat, um den Clan irgendwie vor dem Aussterben zu bewahren. Schließlich musste er davon ausgehen, dass die Hexe ihren Teil des Blutschwurs erfüllt und mich getötet hat. Und damit die einzige Chance, die Drachen schlüpfen zu lassen.

Nun lastet diese Verantwortung gemeinsam mit all den Hoffnungen des Clans auf mir. Ich wollte es damals schon nicht … Ich wollte nie eine solche Verantwortung übernehmen. Auch jetzt möchte ich am liebsten herumwirbeln und aus der stickigen Höhle fliehen, um wieder atmen zu können. Denn ich kann nicht mit Sicherheit sagen, ob die Magie eines Halbdrachens wie mir ausreichen wird, um die Eierschale zerbrechen zu lassen. Und wenn, ob es jedes Mal funktionieren wird. Wie viele Eier werde ich bei meinen Versuchen zerstören? Wie viele hat Ronnyd wohl zerstört?

Ezlain streichelt mir mit dem Daumen über den Handrücken, als sie mein Zögern bemerkt. Nicht nur sie und Ronnyd sind mir gefolgt – gefühlt drängt sich der gesamte Clan am Höhleneingang zusammen und raubt mir dadurch die dringend benötigte Luft. Von Freiraum ganz zu schweigen. Überdeutlich spüre ich ihr Hoffen, ihr Sehnen. Die Last auf meinen Schultern wird schwerer und schwerer. Wenn ich versage ... Werden sie mich dann von der Insel jagen? Was geschieht mit Ezlain?

»Es ist in Ordnung«, flüstert sie, als könnte sie meine Gedanken erraten. »Du kannst nicht mehr tun, als es zu versuchen.«

Ich ringe mich zu einem Nicken durch. »Ich wünschte nur, es wären nicht so viele Clanmitglieder hier ...« Zu viele, die mein Scheitern aus nächster Nähe begutachten können. Ebenso wie meinen gebrochenen Flügel ...

»Denk nicht an sie«, murmelt Ezlain und drückt meine Hand, ehe sie sie loslässt und ein paar Schritte zur Seite geht.

Ich wünschte, ich könnte die anderen tatsächlich einfach ausblenden, doch gelingen will es mir nicht. Um es endlich hinter mich zu bringen, ziehe ich mir das Hemd über den Kopf und werfe es Ezlain zu. Dann beginne ich, mich zu verwandeln. In meine andere Gestalt zu schlüpfen, fällt mir leichter, als wieder das menschliche Äußere anzunehmen. Dennoch beiße ich die Zähne zusammen, als die roten Schuppen meine Haut durchstoßen und mir die Flügel aus dem Rücken schießen. Obwohl die Wandlung noch nicht abgeschlossen ist, beeile ich mich und lege sie schnell eng am Rücken an, sodass der verkrüppelte linke Flügel nicht so sehr auffällt.

Keuchend schnappe ich nach Luft und habe Mühe, stehen zu bleiben, als meine Muskeln sich fast zum Zerreißen dehnen, um sich der neuen Größe anzupassen.

Als es endlich überstanden ist, brauche ich ein paar Augenblicke, um wieder zu Sinnen zu kommen. Viel heißer als zuvor schießt mir das Blut durch den Körper. Dennoch zucke ich zusammen, als ich eine Berührung an meinem linken Flügel spüre. Drauf und dran, demjenigen, der es wagt, meinen Flügel anzufassen, den Kopf abzureißen, wirbele ich herum, erstarre jedoch mitten in der Bewegung, als ich in Ezlains Gesicht schaue.

Schützend liegt ihre Hand auf der vernarbten, dünnen Haut, während sie die Clanmitglieder taxiert. Keiner von ihnen wagt auch nur, mit seinem Nachbarn zu tuscheln. Sie geben vor, woanders hinzusehen und sich an meinem Flügel nicht zu stören. Nachdem sie gesehen haben, wozu meine *rwy'nary* fähig ist, wagt es keiner, ihren Zorn zu erregen.

Ich könnte nicht stolzer auf meine kleine Kriegerin sein.

Als sie sicher ist, dass die unausgesprochene Drohung ihre Wirkung nicht verfehlt hat, streichelt sie sanft über die empfindliche Flügelhaut. Meine Bluttemperatur steigt ruckartig um ein paar weitere Grad und ich kann gerade so ein Stöhnen unterdrücken. Was wollte ich noch mal hier? Ach ja, die Dracheneier … Viel lieber würde ich mich anderen Dingen widmen …

»Welche Eier liegen am längsten hier?«, fragt Ezlain, weil ich meine Stimme noch nicht wiedergefunden habe.

Ronnyd tritt neben mich und deutet auf das Gelege im hinteren Bereich der Höhle.

»Wem gehören sie?«, fragt Ezlain als Nächstes.

Ein Drachenpaar nähert sich uns. Ich kenne ihre Namen nicht, kann mich aber an ihre Gesichter erinnern.

»Es sind unsere«, murmelt die *Dracae* mit erstickter Stimme.

Ich gebe mein Bestes, mir ihre stumme Hoffnung nicht zu nahe gehen zu lassen. »Ich … habe das noch nie gemacht«, sage ich ehrlich. »Ich weiß nicht, ob es funktioniert. Genauso gut könnte es sein, dass das Ei … dabei zerstört wird.«

Die *Dracae* schnieft, nickt jedoch und wirkt gefasst. »Das ist uns bewusst. Trotzdem … wollen wir daran glauben, dass es gelingt. Verstehst du? Wir … haben nichts zu verlieren und wir werden dir keine Vorwürfe machen, solltest du scheitern. Aber wenn es gelingt ...« Sie ringt die Hände. »Es würde unser Leben verändern.«

Mein Hals ist wie zugeschnürt. Ich glaube ihr, dass sie mir gegenüber keinen Groll hegen würden, aber ... Der Wunsch, mich der Verantwortung zu entziehen, ist beinahe übermächtig.

»Du besitzt doch eine Herzschuppe«, sagt Ezlain an die *Dracae* gewandt. Als sie nickt, lächelt meine *rwy'nary.* »Dann solltest du mitkommen und das Ei halten. Dank des Schutzes der Herzschuppe wird dich das Feuer meines *Dracos* nicht verletzen und wenn es gelingt, bist du die Erste, die der kleine Drache sieht.« Ihr Blick huscht zu dem *Draco,* der seine Frau stützt. »Ist das in Ordnung?«

»Ja«, krächzt dieser. »Das wäre ... wundervoll.«

Ich wäre niemals auf diese Idee gekommen ... Ohne Ezlain hätte ich nur versucht, es irgendwie hinter mich zu bringen. Doch dank ihres Vorschlags binden wir die Eltern der Eier mit ein. Vielleicht kann die Herzschuppe der Mutter auch das Drachenjunge im Ei schützen. Außerdem reagieren die jungen Drachen auf Wärme und Nähe und sind somit unter Umständen empfänglicher für mein Feuer. Ich bin nicht wählerisch und nehme jede Hilfe an, die ich kriegen kann.

Ich greife nach Ezlains Hand. Sie verschwindet beinahe in meinen Drachenpranken. Ganz vorsichtig drücke ich sie.

»Bleib bei mir«, bitte ich leise. »Wenn es ... nicht klappt ...«

Sie legt mir die freie Hand an die Lippen. »Hab ein bisschen Vertrauen in dich! Aber natürlich bleibe ich. Mir kann ebenfalls nichts geschehen und ich freue mich, wenn ich dir eine Stütze sein kann.«

Ich schöpfe die nötige Kraft, um hinüber zu dem ältesten Gelege zu gehen, aus ihrer Berührung. Dort angekommen warte ich, bis die *Dracae* eines der Eier auf den Schoß genommen hat. Ich hole tief Luft, sammle die Hitze in meinen Lungen und stoße sie als Feuerball aus, wobei ich direkt auf das Ei ziele.

»Und?«, fragt Ronnyd ein paar Meter entfernt.

»Es ... bewegt sich«, sagt die *Dracae.* »Aber ...«

»Vielleicht muss es länger dem Feuer ausgesetzt sein«, murmelt Ezlain. »Wenn ich eines der Eier wärme, dauert es oft ein paar Minuten, bis es sich im Inneren regt.«

Ich nicke und konzentriere mich. Anstatt eines einzelnen Feuerballs, lasse ich nun einen ganzen Schwall auf das Ei niedergehen. Mehrere Sekunden spucke ich Feuer, bis mir die Luft wegbleibt und ich nach Atem ringen muss. Mit besorgter Miene sieht Ezlain zu mir auf.

Dann hören wir das Knacken einer Eierschale.

Das seit mehreren Dekaden nicht mehr vernommene Geräusch hallt von den Höhlenwänden wider.

Kurz darauf ertönt ein weiteres Knacken. Dann noch eins. Und noch eins, ehe die Eierschale zerbricht und ein junger, grünlich schimmernder Drache auf dem Schoß der *Dracae* liegt.

Erst als er die Augen aufschlägt und kleine Schmatzlaute von sich gibt, brandet ohrenbetäubender Jubel um uns herum auf.

Ezlain fällt mir um den Hals. »Du hast es geschafft!«, wispert sie mir wieder und wieder ins Ohr.

Ich zittere am ganzen Körper, während ich auf den winzigen Drachen starre, der gerade das Licht der Welt erblickt hat, nachdem er viel zu lange in einem Ei gefangen war.

Innerhalb kürzester Zeit sind die beiden überglücklichen Eltern mit ihrem frisch geschlüpften Drachling vom gesamten Clan umringt.

»Drayce.«

Ich wende mich wie in Trance Ronnyd zu. Er streckt mir die Hand entgegen und ich ergreife sie nach kurzem Zögern.

»Danke. Im Namen des ganzen Clans. Dank dir haben wir wieder eine Zukunft.«

Ich weiß nicht, was ich darauf erwidern soll, also nicke ich nur.

»Alles in Ordnung?«, fragt Ezlain leise.

»Es ist ... anstrengender als ich dachte«, gebe ich zu.

»Du hast keinen Partner, von dem du neue Kraft beziehen könntest«, brummt Ronnyd. »Kein Wunder, dass es dich anstrengt.«

»Ich will keinen Partner«, sage ich schnell.

Ezlain runzelt die Stirn und wirft einen Blick in die Höhle, ehe sie wieder zu mir aufsieht. »Wenn du ein Ei pro Tag schaffst, bist du hier eine ganze Weile beschäftigt.«

Das ist eine bodenlose Untertreibung, das weiß ich.

»Ich bin sicher, dass jedes Clanmitglied dir eine Partnerschaft anbieten würde«, sagt Ronnyd. »Sogar ich. Nenn deinen Preis.«

Ich lege einen Arm um Ezlain und ziehe sie an mich. »Ich habe alles, was ich will.«

Obwohl wir keinen bestehenden Blutschwur mehr haben, kann ich jederzeit Ezlains Blutstropfen in mir spüren. Ich fühle, wenn sie erregt ist. Wenn sie Angst hat. Ich fühle, ob es ihr gut geht. Das will ich auf keinen Fall durch fremdes Blut überdecken! Aber das würde geschehen, wenn ich mich auf einen neuen Partner einließe.

»Dann lass *uns* einen neuen Schwur eingehen«, murmelt Ezlain.

Überrascht blinzele ich sie an. »Aber ... ich habe dir nichts als Gegenleistung anzubieten. Und ich will mich nicht an deiner Kraft bedienen. Ich habe es in der Höhle gesehen, als wir gegen die Crew kämpften. Es tut dir weh.«

Ezlain verzieht den Mund und wendet sich an Ronnyd. »Gibst du uns eine Minute?«

Sichtlich überrumpelt, dass es jemand wagt, so mit ihm zu reden, tritt der schwarze Drache ohne Widerspruch den Rückzug an. Ich kann ein Schmunzeln nicht unterdrücken.

»Ich verstehe, dass du von keinem anderen Clanmitglied abhängig sein willst«, sagt Ezlain, als wir unter uns sind.

»Das ist nicht der einzige Grund«, werfe ich ein.

Sie übergeht meinen Einwand, wie üblich. »Wahrscheinlich kommst du auch nicht weit, wenn du dich an meiner Kraft bedienst, aber ...«

»Ez ...«

Sie schüttelt vehement den Kopf. »Seit ich dich kenne, bin ich verdammt selbstsüchtig geworden. Wenn jeden Tag nur ein Drache schlüpft, wirst du eine schiere Ewigkeit an diese Gestalt gefesselt sein. Nicht, dass ich dich weniger liebe, wenn du in deiner Drachengestalt bist, aber …« Hilflos zuckt sie mit den Schultern. »Wir waren über Wochen getrennt. Und nun, da wir endlich wieder zusammen sind, brummt dir Ronnyd diese Aufgabe auf. Dabei will ich nichts anderes, als mit dir zusammen sein. Allein. Nur du und ich. Ohne Verpflichtungen. Nur ein Mann und eine Frau, die endlich verstanden haben, was sie füreinander empfinden. Wenn meine Kraft auch nur einen kleinen Teil dazu beiträgt, damit wir das wiederhaben können, nehme ich alle Schmerzen auf mich.«

Ich starre sie an, unfähig, darauf zu reagieren. Ihr flehender Blick gibt mir den Rest.

»Ronnyd«, knurre ich laut genug, damit der schwarze Drache mich hören kann. »Ich weiß, dass dir und dem Clan daran gelegen ist, dass die Drachen so schnell wie möglich schlüpfen. Aber ich bin nicht euer Werkzeug, sondern habe ein Leben.«

Ronnyd legt den Kopf schief. »Was schlägst du vor?«

Ich atme tief durch. »Wenn ich Ezlains Angebot annehme und sie wieder zu meiner Partnerin nehme, will ich deine Zusage, dass ich nur drei Tage pro Woche hier sein muss. Sie ist ein Mensch und muss sich erholen, ebenso wie ich. Im Gegenzug versuchen wir an den drei Tagen so viele Drachen zum Schlüpfen zu bringen wie möglich.«

»Vier Tage«, wirft er ein.

Ich schüttele sofort den Kopf. »Drei. Oder wir verschwinden. Ich muss dir das nicht erklären oder hast du die Zeit, als du selbst eine *rwy'nary* hattest, vergessen?«

Er bläht die Nasenflügel, verkneift sich aber einen Kommentar. »Na schön. Drei Tage.«

Ich nicke. »Abgemacht. So lange, bis ein neuer roter Drache schlüpft, der die Aufgabe übernehmen kann.«

Kapitel 23

Ezlain

»Du träumst schon wieder«, tadelt mich Cressa.

Ich lasse das Kissen, das ich gerade aufschütteln wollte, sinken. »Entschuldige. Es ist nur … Ich bin ziemlich müde.«

Die letzten Wochen sind nicht spurlos an mir vorübergegangen, egal wie sehr ich versuche, etwas anderes vorzutäuschen. Niemand glaubt meinem aufgesetzten Lächeln und den Beteuerungen, dass es mir gut gehe. Drayce und Cressa am allerwenigsten.

»Wo soll das hin?«, fragt Daphne, die eine Kiste in die Hütte schleppt.

Ich deute auf das gegenüberliegende Zimmer, die Küche.

Unsere Hütte war zwar schnell errichtet, aber mehr als die Grundmauern standen nicht. Es wird noch eine Weile dauern, bis wir sie unser Zuhause nennen können. Um nicht mehr länger im Stall schlafen zu müssen – vor allem, da die Nächte langsam kühler werden –, haben wir uns zuerst darum gekümmert, das Schlafzimmer herzurichten. Das Bett hat Drayce eigenhändig gezimmert. Allerdings ist es nach der ersten Nacht in sich zusammengebrochen, als wir …

»Ezlain, hörst du mir zu?« Cressa wedelt mit der Hand vor meinem Gesicht.

Ich blinzele mehrmals hintereinander. »Tut mir leid. Was hast du gesagt?«

Sie runzelt die Stirn. »Du siehst blass aus. Nimmt er wieder zu viel deiner Kraft?«

Ich schüttele den Kopf und fahre mit den Fingern über meine Handfläche. »Nein. Er ist … vorsichtig.«

In den ersten Tagen mussten Drayce und ich uns langsam daran herantasten, wie viel meiner Kraft er nehmen konnte, ohne mich völlig auszusaugen. Mittlerweile haben wir ein gutes Mittelmaß gefunden. Dennoch bin ich abends wie gerädert und auch Drayce fällt nach dem Essen nur erschöpft ins Bett. Aber ab morgen sind seine drei Tage für diese Woche vorbei und wir haben endlich wieder Zeit für uns. Wobei wir den ersten Tag davon wahrscheinlich vollkommen verschlafen werden.

»Du solltest noch mal bei Morghan vorbeischauen«, sagt Cressa, die mich immer noch besorgt mustert. »Geht es deinen Rippen inzwischen besser?«

Ich nicke. »Ich merke sie nur noch, wenn ich zu schwere Sachen hebe oder mich strecke.«

Genau einen Tag, nachdem ich Morghans Mixtur getrunken habe, die die Schmerzen betäubte, kehrten sie mit voller Wucht zurück. Ich schaffte es nicht einmal, aufzustehen. Drayce verfiel regelrecht in Panik, als ich mich stöhnend auf dem Strohlager hin- und herwarf. Danach musste ich mehrere Tage einen engen Verband tragen und durfte mich nur sehr vorsichtig bewegen.

Obwohl Morghan meinte, ich sei wieder ganz die Alte, fühle ich mich seit dem Kampf gegen Rhia ziemlich neben der Spur.

Cressa hakt sich bei mir unter. »Wir gehen jetzt zu Morghan. Keine Widerrede! Zur Not muss sie mit Ronnyd reden und ihm klarmachen, dass Drayce sich nicht ständig an deiner Kraft bedienen kann, nur, damit die Eier ausgebrütet werden.«

Ich seufze. Das Thema haben wir schon zur Genüge ausdiskutiert, doch Cressa ist taub für meine Argumente. Ich verstehe Drayce. Er versucht, so viele Drachen wie möglich schlüpfen zu lassen, in der Hoffnung, dass bald ein roter Drache dabei ist, der ihm in ein paar Jahren die unliebsame Aufgabe abnehmen kann. Bisher jedoch ohne Erfolg.

Im Vorbeigehen gebe ich Daphne noch ein paar Anweisungen, ehe mich Cressa unerbittlich aus der Hütte zerrt.

***

»Ezlain«, begrüßt mich Morghan mit hochgezogenen Augenbrauen.

Sie sitzt gebeugt über einen Tisch, die Nase in einem Buch vergraben, und versucht mit zusammengekniffenen Augen, die Schrift zu entziffern. In ihrer Hütte, die etwas abseits der restlichen steht, riecht es immer nach Kräutern und Mixturen. Manchmal derart beißend, dass mir die Tränen in die Augen treten, wenn ich nur einen Atemzug nehme.

Cressa und ich ducken uns unter einigen Bündeln Kräuter hinweg, die zum Trocknen über der Tür aufgehängt sind.

»Dieses Abkommen muss aufhören«, stellt Cressa unumwunden klar. »Wenn er weiter so viel Kraft von ihr nimmt, wird Ezlain früher oder später zusammenbrechen.«

Morghan lehnt sich zurück. Der Blick aus ihren leblosen weißen Augen ist direkt auf mich gerichtet. Ich habe sie nie gefragt, ob sie überhaupt etwas sehen kann oder blind ist. Aber da sie eben versucht hat zu lesen, muss ich davon ausgehen, dass ihre Augen funktionieren. Vielleicht sogar besser als meine, nur auf eine andere Art.

Sie winkt mich heran und bedeutet mir, auf einem Schemel Platz zu nehmen.

»Du kannst jetzt gehen«, sagt sie zu Cressa.

»Aber ich …«

»Warte draußen.«

Völlig verdattert kommt meine Freundin der Aufforderung nach und schließt die knarrende Tür hinter sich.

Ein mulmiges Gefühl schnürt mir die Kehle zu und mir wird schlagartig schlecht. Warum hat sie Cressa nach draußen geschickt? Was ist so schlimm, dass sie es nicht hören darf?

Ohne ein Wort zu sagen, tastet sie über meinen Brustkorb, befühlt die Rippen, die ich mir während des Kampfes verletzt habe, und begutachtet dann den bereits verheilten Schnitt in meiner Handfläche, der fast parallel zum ersten verläuft.

Als sie sich zurücklehnt, leuchten ihre Augen kurz auf. Daphne erzählte mir, das geschähe, wenn Morghan eine Vision hat. Meistens sieht sie Begebenheiten aus der Vergangenheit, nur selten welche aus der Zukunft. Ich will mir lieber nicht vorstellen, was sie alles von Drayce und mir sehen könnte … Meine Wangen beginnen zu brennen.

»Wie oft nimmt er am Tag Kraft von dir?«, will sie wissen.

»Ich … weiß nicht. Drei-, vielleicht viermal?«

Sie nickt. »Und wie fühlst du dich währenddessen und danach?«

Ich runzele die Stirn. »Es tut weh. Es ist ein Brennen, das mir den Arm hinaufschießt. Ich hatte gehofft, dass ich mich mit der Zeit daran gewöhne, aber …« Hilflos zucke ich mit den Schultern. »Es dauert nur ein paar Sekunden. Danach ist der Schmerz weg, aber ich fühle mich ein paar Minuten lang benommen. Manchmal muss ich mich setzen, weil mir schwarz vor Augen wird.«

Erneut nickt sie. »Und abgesehen davon? Wie fühlst du dich? Hast du auch Schmerzen, wenn er gerade keine Kraft nimmt?«

»Ich … bin oft müde. Der Kraftmangel, die Einrichtung der Hütte, die einfach nicht fertig werden will, meine Pflichten im Clan. Da Drayce den ganzen Tag in der Bruthöhle beschäftigt ist, bleibt der Großteil an mir hängen. Und von den meisten Dingen habe ich keine Ahnung. Ich weiß nicht, wie ich ein Zimmer einrichten muss, welche Möbel unerlässlich sind oder … was auch Drayce gefallen könnte. Wenn wir abends vom Essen zurückkommen, sind wir so erledigt, dass wir nur noch ins Bett fallen. Ich konnte ihn während der letzten Woche nicht einmal fragen, wie er die Vorhänge findet, die ich fürs Schlafzimmer ausgewählt habe. Die *Dracae* aus der Hütte nebenan war so freundlich, mir eine kleine Auswahl zusammenzustellen. Alles, was wir haben, sind milde Gaben der Clanmitglieder.«

Ich rede und rede und rede und weiß nicht, was ich damit eigentlich sagen will. Die Worte sprudeln aus mir heraus, als wären sie viel zu lang in mir gefangen gewesen. Ich verstehe, dass das Abkommen mit Ronnyd einem höheren Zweck dient, aber …

Ich presse beide Hände an die Brust und kneife die Augen zusammen. »Ich vermisse ihn«, wispere ich.

Morghan tätschelt mir beruhigend das Knie. »Das verstehe ich.«

»Ich bin nicht allein. Cressa und Daphne und die anderen Mädchen sind fast den ganzen Tag bei mir, wenn Drayce in der Bruthöhle ist, aber ...«

»Sie sind nicht Drayce«, sagt Morghan und schenkt mir ein sanftes Lächeln, als ich die Augen öffne. »Eure Verbindung ist sehr stark und reicht tiefer als die meisten, die ich in meinem langen Leben zu Gesicht bekommen habe. Eine Trennung voneinander muss schwer für euch sein, obwohl ihr genau wisst, wo der jeweils andere ist. Aber mach dir keine Sorgen. Ich werde persönlich mit Ronnyd reden und ihm klarmachen, dass er sich mit den Eiern gedulden muss.«

Ich straffe die Schultern. »Nein. Bitte nicht. Ich will nicht, dass er Drayce oder mich für schwach hält. Wir ... wir schaffen das.«

Morghan neigt den Kopf. »Du solltest dir weniger Sorgen um andere machen, Ezlain. Niemand hält euch für schwach. Nicht nach dem *Barcud*.«

Es ist lange her, dass ich einen Gedanken an den *Barcud* verschwendet habe. Nur, wenn mich meine lädierten Rippen bei einer zu abrupten Bewegung an den Kampf erinnern, blitzt kurz die Frage in meinem Kopf auf, wie es Rhia und Vargon wohl geht. Beide habe ich seit dem Zweikampf nicht mehr gesehen und auch die anderen haben kein Wort über sie verloren.

»Wie ... geht es Rhia?«, frage ich leicht beschämt.

Morghan verengt für einen Moment die Augen. »Das weiß ich nicht. Ich habe mir ihre Verletzung nur kurz nach dem Kampf angesehen und sie für ›nicht bedrohlich‹ befunden. Seitdem habe ich nichts mehr von ihr gehört.«

»Und Vargon? Er war nicht wirklich verletzt, aber ...«

Morghan schüttelt den Kopf. »Auch von ihm habe ich nichts gehört. Das ist jedoch nichts Ungewöhnliches. Die Verlierer eines *Barcuds* ziehen sich meistens in die Abgeschiedenheit zurück, um mit sich und der Situation ins Reine zu kommen. Oft verlassen sie die Insel und leben einige Monate lang unerkannt zwischen den Menschen, bis sie ihre Gefühle und Gedanken wieder im Griff haben.«

Ich nicke, fühle mich aber nicht beruhigt. Auch wenn sie mich zu einem *Barcud* herausgefordert hat, um mir Drayce wegzunehmen, mochte ich Rhia. Sie war mir eine verlässliche Freundin, als ich – mit Ausnahme von Ronnyd – niemanden auf dieser Insel kannte.

»Wie ich sagte«, Morghan tätschelt mir erneut das Knie, »werde ich mit Ronnyd reden. Und du solltest mit Drayce sprechen.«

Ich runzele die Stirn. »Warum? Er ist vorsichtig und nimmt nur ...«

Morghan schneidet mir mit einer Handbewegung das Wort ab. »Nicht darüber, Ezlain.«

Kapitel 24

Drayce

Ich bin völlig erledigt, als ich bei Einbruch der Nacht aus der Bruthöhle wanke. Wenn es nach Ronnyd ginge, würde ich auch die gesamte Nacht durcharbeiten. Ganz gleich, wie viele Eier ich schaffe, es ist ihm nie genug. Ich verstehe nicht, warum es plötzlich so schnell gehen muss. Beinahe kommt es mir vor, als rechne er damit, dass ich bald wieder verschwinden würde. Aber dazu habe ich keinen Grund. Der Clan hat Ezlain und mich akzeptiert und wir sind glücklich.

Ezlain ... Jedes Mal, wenn ich mich während des Tages an ihrer Kraft bediene, fühle ich mich furchtbar. Ich weiß, dass ich ihr damit wehtue und sie schwäche. Jeden Morgen scheinen die dunklen Ringe unter ihren Augen größer zu werden und wenn ich sie abends nicht füttern würde, würde sie keinen Bissen zu sich nehmen.

Aber ab morgen habe ich frei. Vier Tage liegen mit meiner *rwy'nary* vor mir. Wir werden die Tür verriegeln und jeden ignorieren, der es wagt, uns zu stören. Ich freue mich darauf, die letzten drei Tage, die wir uns nur beim Aufstehen und Abendessen sahen, wiedergutzumachen.

Ich schlurfe zum Versammlungsplatz. Ezlain ist sicherlich schon dort und sitzt wieder bei den Mädchen, weil sie sich nie sicher sein kann, ob ich es rechtzeitig schaffe. Ein paarmal kam es vor, dass sie mir etwas zu essen mit nach Hause nehmen musste. Dabei ist es doch meine Aufgabe, mich um sie zu kümmern …

Heute um die Mittagszeit hat sich ihr Blut plötzlich seltsam in meinen Adern angefühlt. Es wurde kalt, als hätte sie vor etwas Angst. Doch wovor sollte sie sich hier fürchten? Jeder kennt sie. Jeder begegnet ihr mit Freundlichkeit oder – in Ronnyds Fall – höflicher Missachtung. Selbst die jungen Frauen, die abseits des Clans unter sich bleiben und niemals einen *Draco* erwählen werden, haben einen Narren an meiner *rwy'nary* gefressen. Ezlain ist die Einzige, die sie regelmäßig besucht und Zeit mit ihnen verbringt.

Wahrscheinlich habe ich es mir nur eingebildet, weil auch ich auf dem Zahnfleisch gehe. Ich versuche, nur so viel Kraft von Ezlain zu nehmen, wie es unbedingt nötig ist.

Als ich den Versammlungsplatz erreiche, entdecke ich Ezlain wie erwartet inmitten der Mädchen. Sie verstummen, als sie mich kommen sehen. Ich setze mich hinter sie und schlinge die Arme um ihren Körper, ehe ich sie an mich ziehe und die Flügel um uns ausbreite.

Die Nase in ihrem Haar vergraben murmele ich: »Du hast mir gefehlt.«

Sie lehnt sich seufzend an mich. »Du mir auch.«

Stirnrunzelnd mustere ich ihr Gesicht. Sie wirkt noch blasser als heute Morgen. Mein Blick huscht zu dem fast vollen Teller auf ihrem Schoß.

»Hast du schon etwas gegessen?«, frage ich.

Zögerlich schüttelt sie den Kopf. »Ich habe keinen großen Appetit.«

Ich erspare mir eine Ermahnung, dass sie essen muss, um ihr Kraftdefizit auszugleichen. Ezlain ist nicht dumm und weiß das selbst. Deshalb greife ich nach einem Stück Brot und halte es ihr vor den Mund. Sie dreht den Kopf weg.

»Bitte … mir ist heute wirklich nicht gut.«

Nun mache ich mir ernsthaft Sorgen.

Ezlain legt den Kopf auf meine Schulter. »Ich bin nur müde. Lass uns nach Hause gehen.«

»Natürlich«, murmele ich mit einiger Verspätung.

Den vollen Teller in der einen Hand helfe ich ihr mit der anderen beim

Aufstehen. Sie schwankt und hakt sich bei mir unter, um es zu überspielen, doch ich habe es bemerkt. Sofort fühle ich mich schrecklich. *Ich bin es, der ihr das antut.* Ich nehme mir zu viel ihrer Kraft, weil ich vergesse, dass sie ein Mensch ist, und die Arbeit in der Bruthöhle nur schnell hinter mich bringen will. Denn ehe nicht der letzte Drache geschlüpft ist, wird Ronnyd mich nicht in Ruhe lassen. Und ich kann nicht mit Ezlain zusammen sein, wenn mir ständig der schwarze Drache im Nacken sitzt.

Vorsichtig führe ich Ezlain über die Wege zu unserer Hütte. Am Arm spüre ich jedes Zittern und ich beurteile jedes abgehackte Luftholen von ihr.

Irgendetwas stimmt nicht. Diese Gewissheit setzt sich in mir fest wie ein Geschwür. Vielleicht sollte ich Morghan holen, sobald ich Ezlain zu Hause ins Bett gelegt habe ... Die alte *Dracae* wird wissen, was meiner *rwy'nary* fehlt, und wird ihr helfen können.

»Drayce«, flüstert Ezlain so leise, dass ich sie beinahe nicht höre. Abrupt bleibe ich stehen. »Wir ... müssen reden.«

Ich fühle mich, als würden unzählige Steine in meinem Magen liegen und mich zu Boden ziehen. Ich starre sie an, betrachte ihr Gesicht, das im Mondlicht noch blasser als zuvor wirkt, und suche nach Anzeichen dafür, was mir bevorsteht. Unendlich erleichtert bemerke ich, dass sie die Kette mit meiner Herzschuppe trägt. Wenn sie ... sich von mir trennen will, dann hätte sie ...

»Ich weiß, dass die letzten Wochen hart für uns waren«, sage ich schnell. »Aber ... es kommen auch wieder andere Zeiten. Wir müssen nur ... nach vorn sehen und ... Irgendwie schaffen wir das.«

Sichtlich verwirrt runzelt sie die Stirn. »Wovon redest du?«

Ja, das wüsste ich auch gern ... »Ich werde Ronnyd sagen, dass unser Abkommen hinfällig ist. Dass ich keine Kraft mehr von dir nehme und nur noch zwei Tage pro Woche in der Bruthöhle arbeiten werde, damit ich die restliche Zeit bei dir sein kann.« Ich greife nach ihren Händen und drücke sie. »Das ist es doch, wofür wir gekämpft haben ... Ich will nicht, dass uns das irgendwer wegnimmt.«

Sie schüttelt den Kopf, entwindet mir eine Hand und legt sie mir an die Wange. »Darum geht es nicht. Zumindest nicht komplett. Du wirst jedoch tatsächlich darauf verzichten müssen, auf meine Kraft zurückzugreifen. Dadurch wird sich deine Arbeit in der Bruthöhle verzögern und das wiederum wird Ronnyd nicht gefallen. Aber … da muss er durch.«

Ich habe nicht den Hauch einer Ahnung, wie Ezlain auf die Idee kommt, dass Ronnyd sich einfach damit abfinden wird. Er wird toben und nach Mitteln und Wegen suchen, um mich so lange wie möglich in der Bruthöhle zu beschäftigen.

»Ich war von Anfang an dagegen, wieder auf deine Kraft zurückzugreifen«, murmele ich zerknirscht. »Ich will dir nicht wehtun.«

Mit dem Daumen streichelt sie mir über die Wange. »Darum geht es nicht.« Sie atmet tief aus und wieder ein. Langsam bekomme ich Panik, weil ich in ihrer Miene keinerlei Hinweis dafür finde, worauf sie hinauswill. »Drayce, ich …«

Ein ohrenbetäubender Knall übertönt jedes weitere ihrer Worte. Erschrocken zucke ich zusammen, ziehe Ezlain jedoch im nächsten Augenblick an mich und schirme sie ab. Ein weiterer Knall ertönt, gefolgt von panischem Kreischen aus unzähligen Kehlen.

Ich wirbele herum, den Arm noch immer fest um Ezlain geschlungen. Beide starren wir zu dem hellen Flackern, das über den Baumkronen aufleuchtet. Ich rieche Feuer. Und Rauch.

»Der Versammlungsplatz«, haucht Ezlain tonlos.

»Du gehst sofort zur Hütte und verriegelst die Tür.«

»Nein.«

Ich starre sie an. »Tu, was ich dir sage!«

Sie schüttelt den Kopf. »Meine Freundinnen sind dort. Ich werde mich nicht verkriechen, solange ich nicht weiß, was vor sich geht.«

Ich hätte nicht wenig Lust, sie mir über die Schulter zu werfen und persönlich zur Hütte zu bringen, sie einzuschließen und anschließend den Schlüssel wegzuwerfen.

»Ich werde dich keiner Gefahr aussetzen«, stelle ich klar.

Sie schiebt das Kinn vor. »Ich komme zurecht.«

Ja, wie das endet, haben wir mehrmals miterlebt …

Sie zieht die Kette vor und legt vorsichtig meine Herzschuppe auf ihre Handfläche. »Im Gegensatz zu Cressa und den anderen habe ich die hier. Mir wird nichts passieren.«

Das Kreischen wird immer lauter. Und es stinkt nach ... verbranntem Fleisch. Wir haben keine Zeit für Diskussionen! Was immer am Versammlungsplatz passiert, wir müssen uns beeilen.

Ich umschließe Ezlains Hand fester. »Bleib in meiner Nähe. Wenn es gefährlich wird, wirst du sofort verschwinden.«

Sie zieht nur eine Augenbraue nach oben. Natürlich wird sie nicht gehen, das wissen wir beide, aber ich gebe mich für einen Moment der Illusion hin, dass sie es tun wird. Obwohl ich mehrmals mit eigenen Augen gesehen habe, dass Ezlain dank des Schutzes meiner Herzschuppe vor direkten Angriffen gefeit ist, bedeutet das nicht, dass ich keine Angst um sie habe. Auch eine Herzschuppe ist keine Garantie. Ronnyd und Rhia haben schnell herausgefunden, wie sie den Schutz umgehen und Ezlain trotzdem schaden können.

***

Als wir in die Nähe des Versammlungsplatzes kommen, bietet sich uns ein Bild des Schreckens. Feuer hat vom Versammlungsplatz aus auf die umliegenden Bäume übergegriffen und breitet sich rasant in Richtung der ersten Hütten aus. Vor lauter Qualm kann ich kaum etwas erkennen ... Doch ich höre die Schreie. Clanmitglieder kämpfen sich durch die Flammen, andere liegen bereits leblos am Boden. Undeutlich erkenne ich durch den Qualm Schemen der Kämpfenden, doch gegen wen – oder was – sie kämpfen, kann ich nicht sagen. Keine anderen Drachen, so viel ist sicher.

»Cressa!«, kreischt Ezlain und reißt sich von mir los. Wie von Sinnen stürmt sie auf eine junge Frau zu, die zusammengekrümmt am Boden liegt.

Ich bin sofort hinter ihr und gemeinsam zerren wir die Hexe aus der Gefahrenzone. Hustend stemmt sie sich auf die Unterarme und schnappt nach Luft. Ihr Gesicht ist mit Ruß verschmiert, doch abgesehen von zu viel Rauch in den Lungen, scheint sie nicht verletzt zu sein.

»Was ist passiert?«, frage ich.

Wieder hustet sie. Tränen laufen ihr die Wangen hinunter und hinterlassen Spuren im schwarzen Ruß. »Ich … Ich weiß nicht. Plötzlich … gab es einen Knall … Dann war überall Feuer … Alle haben geschrien.«

»Kannst du aufstehen?«, will Ezlain wissen.

Die Hexe nickt und kommt wackelig auf die Füße.

»Bring sie hier weg«, weise ich meine *rwy'nary* an. »Ich suche nach anderen Verletzten.«

Zögerlich nickt sie, ehe sie flüstert: »Pass auf dich auf.«

Einen Arm der Hexe um ihre Schultern gelegt schafft Ezlain sie in den Wald, auf den das Feuer noch nicht übergegriffen hat. Ich sehe ihr nach, bis sie zwischen den Bäumen verschwunden ist.

Dann begebe ich mich in die Flammen.

Kapitel 25

Ezlain

Cressa hustet sich beinahe die Lunge aus dem Leib, sodass ich keinen zusammenhängenden Satz aus ihr herausbekomme. Auch in meinem Hals kratzt es. Lange hätte ich es nicht mehr im Qualm ausgehalten. Doch ich ziehe sie ohne Unterlass weiter. Solange ich die Hitze des Feuers im Rücken spüre, sind wir noch zu nah am Versammlungsplatz.

»Ezlain!«, ruft plötzlich jemand zwischen den Bäumen hindurch.

Ich drehe mich nach allen Seiten um und entdecke Morghan, die eine Schar Frauen um sich versammelt hat. So schnell es mit Cressa möglich ist, eile ich auf sie zu. Kurz lasse ich den Blick über die Frauen gleiten und entdecke die beiden jungen Mädchen aus meiner alten Hütte. Daphne sehe ich nirgends. Vielleicht ist sie woanders außer Gefahr. Hoffentlich. Alle wirken ängstlich, aber keine scheint ernsthaft verletzt zu sein.

Ich wende mich an die alte *Dracae.* »Was ist passiert?«

»Ein Angriff«, antwortet sie schonungslos. »Menschen.«

Ich runzele die Stirn. »Aber ... das ist nicht möglich. Niemand kann die Insel betreten, außer ...«

»... durch die Luft«, beendet Cressa mehr hustend als sprechend meinen Satz. »Ich hab ... es gesehen.«

»Was gesehen?«, will ich wissen.

Ihre Augen sind feuerrot, als sie den Blick hebt und mich ansieht. »Ein fliegendes Schiff.«

Wäre die Situation nicht so ernst, hätte ich laut aufgelacht. »Das kann unmöglich sein! Schiffe fahren übers Meer und fliegen nicht durch die Luft.«

»Ich … habe es auch gesehen«, meldet sich eine andere Frau zu Wort.

So ein Unsinn! Wahrscheinlich haben sie einen besonders großen Drachen am Himmel gesehen. Aber wenn es ein Drache war, wieso sollte er uns angreifen? Ronnyd meinte, dass es abgesehen von diesem Clan keine weiteren Drachen gibt. Er könnte sich irren – es wäre nicht das erste Mal –, dennoch kommt mir irgendetwas an der Sache gehörig faul vor.

»Erinnerst du dich nicht, Ez?«, fragt Cressa atemlos und reißt mich aus meinen Gedanken. »Du hast doch du schon mal etwas über fliegende Schiffe gehört. Wie nannte er es gleich? *Luftschiff.*«

Er. Ich krame in meiner Erinnerung und werde tatsächlich fündig. Ein Abend in einem dunkelblauen Kleid inmitten Fremder, die mich von oben bis unten begutachteten. Ein falsches Lächeln, das meine Wangen schmerzen ließ. Eine Tante, die mir einen Mann vorstellte und sich mit ihm über seine neueste Errungenschaft unterhielt. Es kommt mir so vor, als wären es die Erinnerungen einer völlig anderen Person – nicht meine eigenen. Es ist, als hätte ich dieses Leben nie geführt.

Dennoch habe ich Tante Beatrices Stimme so klar im Ohr, als stünde sie neben mir.

»Wie gehen die Arbeiten an Eurer neuesten Errungenschaft voran? Wie nanntet Ihr es?«

»Ein Luftschiff, Lady«, antwortete … Kommandant Marik! Plötzlich sehe ich ihn wieder ganz deutlich vor mir, ihn, dessen Blick während des Gesprächs mit meiner Tante unverwandt auf mir ruhte. Ich erschaudere beim bloßen Gedanken daran.

»Damit gedenkt Ihr, durch die Lüfte zu fliegen, nicht wahr?«

»Das … das kann nicht sein«, stammele ich. »Dieses … Luftschiff ist eine Kriegsmaschine. Warum sollte er damit die Insel ansteuern?«

Kommandant Marik. Der Mann, den ich heiraten sollte und der Grund, warum ich mit Cressa Hals über Kopf davongelaufen bin. Ein eiskaltes Monster, das mich aus bloßem Vergnügen erniedrigt und gequält hätte, bis ich nur noch ein Schatten meiner selbst gewesen wäre. Allein die Erinnerung an den Moment, als er mich so lange würgte, bis ich beinahe das Bewusstsein verlor, lässt mein Blut vor Angst gefrieren.

Schnell reibe ich mir mit beiden Händen über die Arme, um die Gänsehaut zu vertreiben. »Das ist unmöglich«, sage ich erneut, in der Hoffnung, mich selbst davon zu überzeugen. »Warum sollte er hierherkommen?«

Cressa zieht eine Braue nach oben. »Kam er dir wie jemand vor, der eine Demütigung einfach hinnimmt?«

Ich fahre mir mit beiden Händen durchs Haar. »Das ist *Monate* her! Er hat mittlerweile garantiert ein neues Opfer gefunden. Es ist *nicht* meinetwegen. Und selbst wenn: Woher sollte er wissen, dass ich hier bin? Kein Mensch weiß von dieser Insel.«

»Ein Mensch vielleicht nicht«, murmelt Morghan, den weißen Blick ins Leere gerichtet. »Aber ein Drache sehr wohl.«

Ich schnappe geräuschvoll nach Luft. »Glaubst du wirklich ...?«

Sie dreht den Kopf und sieht mich an. »Sag du es mir.«

Gequält schließe ich die Augen. »Rhia«, wispere ich.

Sie ist die Einzige auf dieser Insel, der ich von meiner Vergangenheit erzählt habe, abgesehen von Drayce. Sie weiß, warum ich aus meinem alten Leben geflohen bin und auch von den Schrecken, denen ich mich auf dem Weg stellen musste. Sie kennt die Namen der beiden Männer, die mich beinahe gebrochen haben.

»Aber sie würde nie ...«, bringe ich hervor. »Die Insel ist ihr Zuhause! Sie hat keinen Grund, ihren Clan in Gefahr zu bringen, nur um mich ...«

»Rhia war ... schon immer schwierig«, murmelt Morghan vor sich hin. »Als einziges Kind des schwarzen Drachen, dessen *rwy'nary* früh in ihrem Leben von Menschen getötet wurde, lebte sie ... *Behütet* ist nicht das richtige Wort. Ronnyd sperrte sie regelrecht ein aus Angst, dass auch ihr etwas geschehen könnte. Er las ihr jeden Wunsch von den Augen ab. So auch den nach einem gewissen roten Halbdrachen.«

Ich verziehe den Mund, verkneife mir aber einen Kommentar.

»Es war das einzige Geschenk, das Ronnyd seiner Tochter nicht machen konnte, denn Drayce wollte sie nicht. Er fürchtete sich regelrecht vor ihrer Nähe, die ihm kälter als jeder Wintermorgen erschien und sich in seine Haut einbrannte. Letztendlich kam er zu mir und bat mich, ihm zu helfen. Die einzige Möglichkeit für ihn war, die Insel zu verlassen. Er zögerte keinen weiteren Tag, sondern ließ alles hinter sich.«

»Und Ronnyd erzählte Rhia, er sei in einem Kampf getötet worden, um ihr die ganze Wahrheit zu verschweigen«, presse ich hervor.

Morghan nickt. »Sie kam zu mir und erflehte meine Kraft. Dafür, dass ich für sie die Zeit zurückdrehen sollte, damit sie die Vergangenheit neu gestalten könnte, bot sie mir alles, was sie besaß – den Großteil ihrer Lebensjahre, ihre Flügel, einfach alles. Aber ich wusste, dass Drayce nicht tot, sondern einfach nicht an ihr interessiert war. Ein Zurückdrehen der Zeit hätte nichts daran geändert. Außerdem ...« Sie deutet mit dem Zeigefinger auf mich. »... sah ich dich. Du bist es, die rechtmäßig zu ihm gehört. Also lehnte ich ab.«

Ich kaue auf meiner Unterlippe, ehe ich frage: »Glaubst du, dass Rhia dazu fähig wäre? Ihren Clan in Gefahr zu bringen nur wegen ... mir?«

Ein Knacken im Unterholz lässt mich herumwirbeln. Das Herz klopft mir bis zum Hals, als ich zwischen den Bäumen nach einem Angreifer suche. Wimmernd pressen sich die Frauen aneinander und ich verfluche den Umstand, dass ich keine Waffe bei mir habe. Wie soll ich sie und mich verteidigen?

»Hier seid ihr«, brummt Drayce, als er zwischen den Bäumen hervortritt.

Unendlich erleichtert atme ich aus und werfe mich in seine Arme, nachdem ich den ersten Schreck überwunden habe. »Es geht dir gut«, wispere ich immer wieder gegen seine Brust.

Kurz umarmt er mich fester und küsst mich auf den Scheitel. »Ich konnte einige aus den Flammen retten. Die meisten von uns sind noch im Kampf gegen die Angreifer.« Als ich zu ihm aufsehe, ist seine Miene düster. »Es sind Menschen. Eigentlich sollte es für uns ein Leichtes sein, sie zu besiegen, immerhin sind wir ihnen kräftemäßig weit überlegen, aber ... sie wissen zu viel. Zu viele Details, wie sie uns beikommen können. Ihre Attacken ... Sie picken sich die gebundenen *Dracos* heraus und zielen direkt auf ihre Herzen.«

Hinter mir ertönt ein mehrstimmiges Wimmern der Frauen und auch ich erstarre vor Schreck. Ohne die Herzschuppe sind ihre *Dracos* schutzlos.

Und meiner ebenso.

»Morghan, Cressa!« Ich wende mich zu den beiden Frauen um. »Ihr kümmert euch um die Verletzten. Schafft sie zu den Hütten in der Nähe des Flusses, falls sich das Feuer weiter ausbreitet.«

Die alte *Dracae* nickt. Cressa hingegen sieht nicht glücklich über die ihr zugeteilte Aufgabe aus.

»Und was ist mit dir?«, fragt sie. »Was hast du vor?«

Ich ignoriere ihre Frage. »Gibt es hier auf der Insel auch brauchbare Waffen? Nicht die stumpfen Requisiten, die zum Training verwendet werden.«

»Willst du etwa kämpfen?« Nun klingt Cressa alarmiert. »Wenn es sich wirklich um Marik handelt, wird er ...«

Ich schneide ihr mit einer knappen Handbewegung das Wort ab. »Mir ist bewusst, dass es sich wahrscheinlich um ausgebildete Soldaten handelt. Aber ich habe es satt, vor meiner Vergangenheit davonzulaufen. Ich werde mich ihr stellen und Drayce beschützen.« Ich wende mich zu ihm um und lege eine Hand auf seine Brust. »Ich bin dein Schild. Mir kann nichts geschehen und ich werde nicht zulassen, dass du verletzt wirst.«

Ich sehe Drayce deutlich an, dass er gleich protestieren wird, doch Cressa kommt ihm zuvor.

»Bist du jetzt völlig übergeschnappt?«, zischt sie. »Du kennst die Soldaten aus Ilgaron! Sie werden von klein auf aufs Kämpfen und Töten getrimmt. Wie kannst du annehmen, dass du eine Chance gegen sie hast?«

Schnell beiße ich die Zähne aufeinander, um nicht ebenso hitzig zu antworten. »Es geht nicht darum, dass ich eine Chance habe, sie zu besiegen. Ich kann sie aber lange genug beschäftigen, damit die *Dracos* sich zum Angriff bereit machen können. Ihre Attacken werden an mir abprallen.«

»Das nimmst du an«, widerspricht sie. »Darf ich dich an den *Barcud* erinnern? Es gibt immer einen Weg, eine Verteidigung zu durchbrechen. Auch deine hochgelobte Herzschuppe hat Schwachstellen.«

Ich wirbele zu ihr herum. »Das weiß ich! Und glaub mir, der Kampf gegen Rhia steckt mir noch in den Knochen. Aber ich werde mich nicht verkriechen, wenn der einzige Ort, den ich halbwegs als Zuhause bezeichnen würde, angegriffen wird. Meinetwegen!« Ich mache einen großen Schritt auf sie zu und ergreife ihre Hand. »Als wir das letzte Mal weggelaufen sind, ging alles schief. Ich ... will nie wieder weglaufen. Ich will weder Marik noch Rhia oder wem auch immer, der in der Sache mit drinhängt, die Genugtuung geben, mich gebrochen zu haben.«

»Ez ...« Diesmal ist Cressas Widerspruch nicht mehr ganz so vehement wie zuvor. »Ich habe dich doch gerade erst wiedergefunden.«

Ich ziehe meine beste Freundin in eine feste Umarmung. »Ich werde nicht verschwinden.«

»Ezlain«, murmelt Morghan. »Ich verstehe deine Gründe, aber es ist meine Pflicht, zu protestieren. In deinem Zustand solltest du nicht in einen Kampf gehen.«

Ich verziehe den Mund. »Mein Zustand ist nur ein weiterer Grund, weshalb ich es *unbedingt* tun sollte.«

»Zustand?«, echot Drayce. »Welcher Zustand?«

Nur kurz werfe ich ihm einen Blick zu, sehe die Panik in seinem. Und schließlich die Erkenntnis. Ich kann genau die Sekunde benennen, in der es ihm dämmert.

»Wir bekommen ein Kind?«, flüstert er tonlos. Hilflos schaut er zwischen Morghan und mir hin und her. Die alte *Dracae* nickt. Hoffnung und Freude blitzen für einen Moment in seinem Blick auf, jedoch werden diese Gefühle schnell von Sorge überschattet.

»Ich ... wollte es dir heute Abend sagen, kurz vor dem Angriff«, wispere ich. »Ich weiß es selbst erst seit ein paar Stunden.«

»Du glaubst doch nicht im Ernst, dass ich dich jetzt noch kämpfen lasse?«, knurrt Drayce.

Ein wehmütiges Lächeln zupft an meinen Mundwinkeln. »Doch, das glaube ich.«

Er lehnt sich vor und bleckt die Zähne. »Weißt du, wie viel Lust ich gerade habe, dich über die Schulter zu werfen, in eine der Hütten zu tragen und dich dort zu fesseln, bis alles vorbei ist?«

Ungerührt begegne ich seinem durchdringenden Starren. »Wir vergeuden wertvolle Zeit. Ich werde mitkommen, ob es dir passt oder nicht.« Ich drehe mich um und sehe jeder Frau fest ins Gesicht. »Wer von euch besitzt eine Herzschuppe?«

Weniger als erhofft melden sich, aber damit habe ich insgeheim gerechnet. Die meisten von ihnen sind ehemalige Opfer aus Makio – junge Frauen, die ein Leben in Armut und voller Entbehrungen hinter sich haben. Sie sind keine Kämpferinnen. Sie haben möglicherweise noch nie eine Waffe in Händen gehabt. Doch darum geht es mir auch nicht.

»Eure Herzschuppen werden euch beschützen«, sage ich. »Unsere *Dracos* haben einen Großteil ihrer Unverwundbarkeit für uns aufgegeben. Wir fühlten uns sicher auf dieser Insel, aber nun wird unsere Heimat bedroht. Die Angreifer wollen euch *alles* nehmen. Den Mann, der mehr in euch sieht als ein weiteres Maul, das er stopfen muss. Der euch um eurer selbst willen liebt und nicht aufgrund eures Stammbaumes oder des Ansehens eurer Familie. Sie nehmen euch eure Zuflucht, wo ihr endlich in Frieden und ohne Angst leben könnt. Eure Gemeinschaft, in der ihr ein geschätztes Mitglied seid.« Mein Blick huscht zu Drayce. »Wir könnten überleben, wenn wir uns verstecken. Vielleicht. Aber was bleibt uns dann? Unsere *Dracos* wären vermutlich tot oder verschleppt und versklavt. Diese Insel würde zum Großteil in Flammen aufgehen. Und wir …« Ich schlucke angestrengt und schaue zu Boden. »… müssten unsere Kinder allein und in kalter Asche aufziehen.«

Eine Weile ist es gespenstisch still. Selbst die Schreie vom Versammlungsplatz sind verstummt. In Gedanken gehe ich das eben Gesagte durch, überlege fieberhaft, was ich noch vorbringen könnte, um die Frauen umzustimmen. Denn ich hege keinen Zweifel daran, dass es ohne ihren Schutz zu großen Verlusten auf Seiten der *Dracos* kommen wird. Vargon war einer der besten

Kämpfer. Sein Verschwinden hat ein tiefes Loch in unsere Verteidigung gerissen. Wir müssen ...

Aus den Augenwinkeln nehme ich eine Bewegung wahr und hebe den Kopf. Drayce legt eine Faust auf seine Brust und verneigt sich leicht vor mir. »Du bist wahrlich eine Königin.«

Ich habe keine Ahnung, wovon er redet, doch ich bin viel zu überwältigt von dem Leuchten in seinen Augen, um ihm zu widersprechen.

Nach und nach treten die Frauen vor. »Wir folgen dir, Ezlain«, sagt eine von ihnen. »Du hast mit allem, was du gesagt hast, recht. Wir helfen niemandem damit, wenn wir uns verstecken und auf das Beste hoffen.«

»Ez«, murmelt Cressa und greift nach meiner Hand. »Bitte pass auf dich auf.« Sie seufzt. »Ich wünschte, ich hätte noch einen Rest Kraft in mir, um euch helfen zu können.«

Ich schüttele den Kopf. »Du hilfst mir, indem du dich um diejenigen kümmerst, die verletzt sind. Ich verlasse mich auf dich.«

Sie nickt widerstrebend und sieht dann Drayce über meine Schulter hinweg an. »Wehe, du versagst wieder.«

Ich runzele die Stirn. Etwas Ähnliches hat sie schon einmal gesagt. Doch wobei könnte Drayce versagt haben? Ehe ich fragen kann, eilen wir mit den Frauen in die Nacht hinein.

***

Insgesamt schließen sich uns dreizehn Frauen an, die eine Herzschuppe besitzen. Ich bestehe darauf, dass jede von uns eine Waffe bekommt, um sich und andere verteidigen zu können. Dazu müssen wir einen Umweg zu den Hütten der Erddrachen nehmen, die normalerweise die Insel bei Nacht bewachen und über scharfe Waffen verfügen. Wahrscheinlich kann ich mich schon glücklich schätzen, dass jede von ihnen den Dolch, den Drayce ihnen in die Hand drückt, am richtigen Ende packt. Ich wähle ein ähnliches Stilett wie beim Kampf gegen Rhia. Drayce entscheidet sich für ein Schwert.

Als ich ihn deshalb fragend ansehe, murmelt er: »Ich würde auch lieber auf mein Feuer zurückgreifen, aber ...« Behutsam legt er eine Hand auf meinen

Bauch. »... ich werde nicht riskieren, euch beiden zu schaden. Wenn ich mein Feuer nutze, werde ich viel schneller aus der Puste kommen und neue Kraft benötigen.«

Gern würde ich ihm sagen, dass er sich an meiner Kraft bedienen kann, wenn es unumgänglich ist, doch niemand weiß, welche Auswirkungen das hätte. Darum schlucke ich die Worte traurig hinunter. Eine Verbindung wie die unsere, in der es einen bestehenden Blutschwur gibt, kam bisher noch nicht vor. Selbst Morghan erinnert sich an kein ähnliches Paar. Darum kann selbst sie nicht einschätzen, ob ein erneuter Kraftentzug nicht nur mir, sondern auch dem Kind, das in mir heranwächst, schaden könnte.

»Bitte, pass auf dich auf!«, wispere ich, als ich mich auf die Zehenspitze stelle.

Drayce lächelt, doch das Lächeln erreicht nicht seine Augen, die vor Sorge dunkel sind. »Das ist mein Text.«

Sanft fährt er mit den Lippen über meine. So sanft, dass mir Tränen in den Augen brennen. Für diese winzige Sekunde lasse ich sie zu, ebenso wie die Panik, die mir fast die Luft zum Atmen nimmt. Ein Moment der Angst, die ich von nun an unterdrücken muss, weil ich sonst keinen klaren Gedanken fassen kann. Und weil ich keinem meiner Gegner die Genugtuung gönne, Angst in meinen Augen aufflackern zu sehen.

Ich kralle beide Hände in seine Schultern, halte mich fest und flehe ihn stumm an, mich niemals loszulassen.

Mich nicht allein zu lassen.

Denn allein würde ich es nicht schaffen. Ich würde nicht überleben. Ich würde nicht mehr *leben*.

Kapitel 26

Ezlain

Sobald jede Kämpferin mit einer Waffe für den Ernstfall ausgestattet ist, eilen wir zurück zum Versammlungsplatz. Drayce lässt meine Hand keine Sekunde lang los, als befürchte er, ich könnte mich in Luft auflösen, sobald er mich nicht mehr spüren kann.

Schon von Weitem beißt mir bei jedem Atemzug Qualm in der Nase und je näher wir kommen, desto mehr reduziere ich meine Atmung auf ein Minimum. Der Gestank nach verbranntem Fleisch und Tod ist allgegenwärtig und schnürt mir die Kehle zu, doch ich treibe die nun zögernden Frauen weiter an. Die Angreifer mögen mit einem fliegenden Schiff auf die Insel gelangt sein, aber sie sind nichts weiter als Gegner aus Fleisch und Blut. Ein Schwert in ihrem Leib oder ein Dolchstoß ins Herz wird sie töten, während *wir* dank der Herzschuppen davor gefeit sind. Unsere Aufgabe ist es, diejenigen zu beschützen, die über keinen solchen Schutz verfügen.

Das ohrenbetäubende Brüllen eines Drachen schallt durch die Nacht. Hin und wieder huscht ein dunkler Schatten über uns hinweg.

Wir schleichen uns so nah wie möglich ans Geschehen heran. Kauernd verbergen wir uns hinter Büschen und Hecken.

Der Versammlungsplatz ist nicht mehr wiederzuerkennen, ebenso wenig das gesamte umliegende Gebiet. Tiefe Krater durchziehen die bis vor Kurzem noch grünen Wiesen. Die Feuer breiten sich von den umliegenden Bäumen rasant aus.

Noch nie habe ich so viel Zerstörung auf einmal gesehen.

Drayce drückt meine Hand. »Ein paar von euch sollten sich um die Verletzten kümmern und sie aus der Gefahrenzone schaffen.«

Ich nicke und teile die drei schmächtigsten Frauen dafür ein. Einige weitere Minuten, die sich wie eine halbe Ewigkeit anfühlen, beobachten wir das Kampfgeschehen. Es handelt sich tatsächlich um Krieger aus Ilgaron, aber noch rede ich mir ein, dass es einfache Söldner sein könnten. Dafür ist mein altes Land berüchtigt: Die Ilgaroner vermitteln Kämpfer in jeden Krieg, der nicht der ihre ist.

Noch kann es ein dummer Zufall sein.

Ich höre auf, mir derlei einzureden, als ich ein bekanntes Gesicht unter den Angreifern entdecke. Ein Gesicht, das ich unter Tausenden wiedererkannt hätte. Sofort umschließe ich den Griff meines Stiletts fester und wäre um ein Haar aus dem Versteck gesprungen. Nur Drayces fester Griff hält mich zurück.

»Was ist?«, fragt er.

Ich deute mit dem Kinn auf den Mann, der lachend eine unserer Frauen verfolgt, die wimmernd über den Boden kriecht.

Kyle.

Der Seemann, der nicht nur Cressa enttarnt hat, sondern mich auch beinahe vergewaltigt hätte.

Drayce stößt ein tiefes Grollen aus, ehe er sich an die Frauen hinter uns wendet. »Ihr wisst, was ihr zu tun habt. Helft denen, die Hilfe benötigen, und sucht dann eure *Dracos.*«

Er wartet meine Reaktion nicht ab, sondern zieht mich hinter sich aus dem Versteck. Wild trommelt mir das Herz gegen den Brustkorb, als wir uns Kyle durch den Rauch nähern. In einer anderen Situation und ohne Drayces Beisein wäre ich vermutlich geflohen, überwältigt von den schrecklichen Erinnerungen der Nacht, in der ich fast im eiskalten Meer ertrunken wäre.

Aber das bin ich nicht!, sage ich mir. *Ich habe überlebt. Und ich habe Drayce getroffen.*

Ich verschränke die Finger mit seinen, so fest, dass es beinahe wehtut. Doch ich muss spüren, dass er hier ist. Dass er real ist und zu mir steht. Ich muss spüren, dass ich mich in dieser fernen Nacht nicht verloren habe. Dass ich nicht gebrochen wurde.

Ich werde nicht zittern wie damals. Ich werde meine Angst besiegen.

Als wir nur noch wenige Meter entfernt sind, nimmt auch Kyle uns wahr. Er lässt von der weinenden Frau ab, die sich eilig in Sicherheit bringt, und starrt uns entgegen. Zuerst sieht er nur mich, wie ich am begehrlichen Funkeln in seinen Augen selbst über die Entfernung erkennen kann. Eine Erinnerung an die Nacht auf der *Meereswind*, in der er das, was er mit mir vorhatte, nicht zu Ende bringen konnte. Das fiese Grinsen zeigt mir deutlich, dass er dieses Versäumnis nun nachholen will. Doch es erstirbt in dem Moment, als er Drayce hinter mir aufragen sieht, der die Flügel ausbreitet und bedrohlich knurrt. Ein belebendes Kribbeln rauscht durch mich hindurch, als seine rohe Stärke auf mich überzuspringen scheint.

Ich fühle mich unbesiegbar und empfinde nicht den Hauch der alten Angst, die Kyle kurz in mir ausgelöst hat.

Unsicher weicht er vor uns zurück, doch sobald er einen Schritt macht, mache ich zwei. Ohne zu zaudern, eile ich auf ihn zu, das Stilett zum Angriff erhoben. Drayce stürmt an mir vorbei, stellt sich hinter Kyle und schneidet ihm den Fluchtweg ab.

Mit der Stilettspitze ziele ich direkt auf Kyles Herz. Ein denkbar kleines Ziel, dennoch ist es mir ein Bedürfnis, ihn genau dort zu treffen. In dem Moment, in dem ich die Waffe in ihn bohre, durchstößt Drayce mit einer seiner Klauen Kyles Brustkorb von hinten. Dem bleibt nicht einmal genug Zeit, um zu schreien.

»Ich hab dir doch gesagt, dass ich dich nicht noch cinmal davonkommen lasse«, grollt Drayce dem Seemann ins Ohr.

»Sei froh, dass wir noch mehr zu tun haben, als uns mit einem kleinen Fisch wie dir zu befassen«, zische ich, doch Kyle hat den Blick bereits ins

Leere gerichtet. Blut läuft ihm aus den Mundwinkeln und sein Körper erschlafft.

Ein Schmatzen ertönt, als ich die Waffe aus ihm herausziehe und die Klinge notdürftig an der Hose säubere. Für den Toten habe ich nur einen kurzen Blick übrig, während ich mir schwöre, dass dieser Mistkerl mich nie wieder in meinen Albträumen heimsuchen wird.

Mit der Pranke, an der kein Blut klebt, zieht Drayce mich an sich und küsst mich auf die Schläfe. »Es ist vorbei.«

Ich schüttele den Kopf. »Nein«, murmele ich. »Es hat erst begonnen.«

***

Ich weiche Drayce nicht von der Seite, während wir uns durch den dichten Rauch kämpfen. Ein paar Krieger sind so dumm, uns anzugreifen. An mir prallen ihre Angriffe wie erwartet ab und an Drayce kommen sie nicht nah genug heran. Seine Klauen sind tödliche Waffen, die er gekonnt einzusetzen weiß. Mehr als einmal ertappe ich mich dabei, wie ich ihm einfach nur beim Kämpfen zusehe und seine Kraft und Geschicklichkeit bewundere. Flammender Stolz erfüllt mich bis in die Zehenspitzen, im Wissen, dass ich Seite an Seite mit ihm für uns und unsere Zukunft kämpfen darf. Für ihn bin ich kein Püppchen, das nett ausstaffiert auf seine Rückkehr warten muss, sondern eine gleichberechtigte Partnerin, die sich im Ernstfall behaupten kann.

Auf unserem Weg begegnen wir einigen der Frauen, die ihren *Draco* gefunden haben und ebenfalls beim Kampf an seiner Seite stehen, um ihn vor Angriffen zu beschützen. Aber mir entgehen auch nicht die zahlreichen toten Männer, die entweder in ihrer menschlichen oder der Drachengestalt leblos auf dem Boden liegen, ihre freigelegten Herzen durchstochen von Schwertern, Speeren oder Pfeilen. Viele von ihnen kannte ich nur flüchtig, aber sie gehörten hierher.

Sie gehörten zum Clan, dem auch ich angehöre. Sie waren meine Familie, die ich zuvor nie hatte.

Jeder Einzelne ist ein schmerzlicher Verlust.

Wir kämpfen uns bis zum Zentrum vor und treffen dort auf einen riesigen schwarzen Drachen, der sämtliche Feinde in seiner Reichweite mit seinem verzehrenden Feuer versengt. Ronnyd bildet die erste Verteidigungslinie und lässt so viele einfallende Feinde wie möglich in Flammen aufgehen.

Doch auch an einem mächtigen Drachen wie ihm geht die Anstrengung nicht spurlos vorüber. Zwischen den Attacken holt er röchelnd Luft und braucht jedes Mal länger, bis er erneut Feuer speit.

Ich tausche einen kurzen Blick mit Drayce. Wir brauchen keine Worte. Auch ohne sie wissen wir, dass Ronnyd nicht mehr lange durchhalten wird.

»Rede du mit ihm«, ruft Drayce über den Lärm hinweg. »Auf dich hört er.«

Würden wir uns nicht mitten in einem Kampf auf Leben und Tod befinden, hätte ich laut aufgelacht. Als ob Ronnyd auf mich hören würde! Dennoch nicke ich, drücke kurz seine Hand und renne auf den schwarzen Drachen zu.

Ich komme neben ihm zum Stehen und wedele mit den Armen, um mich bemerkbar zu machen. Dann springe ich nach oben und ziehe mich an seiner Schulter hoch.

»Kannst du mich hören?«, schreie ich. Kurz hält Ronnyd in seinem Angriff inne und nickt. »Wir müssen uns zurückziehen und neu sammeln.«

»Nein«, grollt der Drache. »Zu viele von uns sind gefallen. Wir müssen sie *jetzt* aufhalten, wenn wir eine Chance haben wollen.«

Ich knirsche mit den Zähnen. Auf einer Insel können wir den Angreifern nicht ewig ausweichen und wenn unsere Verluste tatsächlich so hoch sind, wie Ronnyd sagt, werden wir auch nach einem Rückzug keine Chance haben, sondern unser Leiden nur verlängern. Doch wenn Ronnyd die Puste ausgeht, fällt unser letztes Verteidigungsbollwerk und sie werden uns einfach überrennen.

»Wo sind ihre Kommandanten?«, frage ich.

Selbst geschulte Krieger wie Ilgaroner brauchen die Anweisungen eines Befehlshabers, um zu funktionieren. Wenn es uns gelingt, die Befehlshaber zu Fall zu bringen, könnten wir die Verwirrung in den Reihen der Kämpfenden zu unseren Gunsten ausnutzen.

Ronnyd reckt den Kopf. »Da oben.«

Ich folge seinem Blick und blinzele gegen den beißenden Rauch an. Im

Himmel schwebt tatsächlich ein Schiff! Lange Strickleitern hängen herab, an denen sich immer neue Kämpfer zu Boden lassen. Direkt daneben, auf dem Kamm des schützenden Gebirges, erkenne ich zwei weitere Drachen, doch anstatt die Eindringlinge zu attackieren, beobachten sie nur.

»Rhia«, knurre ich, als ich das bläulich-weiße Schimmern ihrer Schuppen erkenne. Den Drachen daneben kann ich nicht mit Sicherheit ausmachen, aber ich bin davon überzeugt, dass es sich um Vargon handelt.

Sie haben die Angreifer tatsächlich hergeführt! Und nun rühren sie keinen Finger, während ihr Clan abgeschlachtet wird.

Ich balle die Hände zu Fäusten. »Bring mich da rauf!«

»Ich kann hier nicht weg«, grollt Ronnyd. »Auch wenn ich das verdammte Ding gern vom Himmel holen würde. Aber wenn ich meinen Posten verlasse, wird der Clan ... Und jeder Drache, der versucht hat, nach dort oben zu fliegen, wurde von Vargon und ...«, er muss den Namen seiner Tochter regelrecht hervorwürgen, »... Rhia wieder nach unten geschickt.«

Verdammt, er hat recht! Rhia und Vargon warten da oben darauf, dass sich ihnen jemand nähert. Und ohne Ronnyd, der zumindest den Großteil der neu ankommenden Soldaten röstet, werden die letzten unserer Kämpfer in Windeseile überrannt werden. Es muss einen Weg geben, um an den beiden Drachen vorbei- und zum Luftschiff zu kommen. Sobald dieses fällt, können keine neuen Soldaten mehr nachkommen und wir müssten uns nur noch mit denen auseinandersetzen, die bereits einen Fuß auf die Insel gesetzt haben. Und die Kommandanten, die mit Sicherheit von dort oben ihre Truppe befehligen, hätten wir gleich mit vernichtet.

Ich lasse mich von Ronnyds Rücken gleiten und eile zu Drayce, der sich gerade um die Angreifer kümmert, die am Feuer des schwarzen Drachen vorbeikommen. Mit knappen Worten berichte ich ihm, was ich erfahren habe.

»Ich brauche jemanden, der mich da hochbringt«, schließe ich meine Erklärung.

Nachdem er seinen letzten Gegner zu Boden geschickt hat, wirft mir Drayce einen zweifelnden Blick zu. »Bist du übergeschnappt?«

Ich verdrehe die Augen. Schon der Zweite, der mich das heute fragt ...

»Wie kommst du auf die Idee, dass du gegen zwei reinblütige Drachen und ein Luftschiff voller Soldaten bestehen kannst?«, fragt er mit scharfer Stimme.

»Irgendjemand muss es schließlich tun, sonst …«

»Dieser Jemand wirst aber nicht *du* sein!«, donnert er und bleckt die Zähne. »Verdammt, Ez, ich habe Verständnis dafür, dass du den Clan verteidigen willst, aber ich werde dich nicht dabei unterstützen, in den sicheren Tod zu rennen.« Mit einem knappen Blick nach links und rechts versichert er sich, dass keine weiteren Angreifer in Reichweite sind. Dann packt er mich an der Schulter. »Es gibt niemanden, dem du etwas beweisen musst. Mir am allerwenigsten! Ich weiß, dass du stark und mutig bist und deine Ängste besiegen kannst. Wie kannst du von mir verlangen, dass ich zustimme, dich dieser Gefahr auszusetzen?«

»Mir kann nichts passieren«, erwidere ich lahm.

Deutlich sehe ich Drayce an, dass er gleich die Geduld mit mir verliert. »Die verdammte Herzschuppe ist kein Wundermittel! Rhia wusste, wie sie dir beikommen konnte, und sie wird nicht zögern, eine ähnliche Taktik anzuwenden, sobald sie dich in die Finger kriegt.«

Ich schlucke jeden Widerspruch hinunter, weil er nichts bringen würde. Fieberhaft überlege ich, wie ich Drayce mit Argumenten umstimmen könnte, doch mir fällt nichts ein. Ich weiß selbst nicht, warum ich mich unbedingt Rhia stellen will. Vielleicht, weil ich tief im Inneren befürchte, dass doch ich der Grund für diesen wahnsinnigen Vernichtungsschlag bin. Sicher bin ich nicht der alleinige Grund, aber ich war der Tropfen, der das Fass zum Überlaufen brachte. Ich und meine Verbindung zu Drayce, dem einzigen Mann, den Rhia für sich haben wollte.

Deshalb ist es für mich nur konsequent und richtig, dass auch *ich* diejenige sein muss, die es beendet. Selbst wenn ich im Moment noch keine Ahnung habe, wie ich das bewerkstelligen soll. Aber ich *muss* es versuchen!

Gerade als ich Drayce anflehen will, zur Not mit mir gemeinsam die steile Gebirgswand emporzuklettern, weiten sich seine Augen vor Schreck und er zerrt mich mit einem Ruck hinter sich. Wo ich eben noch stand, klafft ein gähnendes Loch im Boden. Einen Moment später landen zwei Drachen vor uns.

»Drayce«, grollt Vargon.

Ich schlucke hart, als ich seine verwandelte Gestalt aus der Nähe sehe. Er ist fast so groß wie Ronnyd und um einiges bulliger. Durch den breiten Brustkorb stehen seine Vorderbeine ein Stück weiter auseinander und auf seinem Rücken stehen spitze Stacheln.

»Ezlain«, schnurrt Rhia beinahe und beäugt mich mit schief gelegtem Kopf. »Wie schön, dass wir uns wiedersehen.«

Ich umklammere den Griff des Stiletts fester und lasse die beiden Drachen keine Sekunde aus den Augen. »Wenn wir sie ablenken«, flüstere ich Drayce zu, der sich vor mir aufgebaut hat, »kann Ronnyd das Luftschiff einäschern.«

Sein tiefes Grollen deute ich als Zustimmung. »Du wirst hinter mir bleiben.«

Ich schnaube. »Ich habe Rhia bereits einmal besiegt, schon vergessen?«

Rhia lacht. In ihrer Drachengestalt klingt ihr Lachen noch klarer und reiner als gewöhnlich – wie frisch gefallener Schnee an einem eisigen Wintermorgen. »Und *ich* habe nicht vergessen, dass es ziemlich knapp war. Diesmal werde ich dich nicht in die Nähe meines Mauls lassen.« Sie bleckt die schaurig spitzen Zähne. »Diesmal werde ich dich vernichten, denn jetzt gelten keine *Barcud*-Regeln mehr.«

»Versuch's doch!«, zische ich.

Ein kurzes Lächeln erscheint auf ihrem Echsengesicht. Im nächsten Moment wirbelt sie herum, holt mit dem Schwanz aus und lässt ihn gegen meine Seite krachen. Zwar prallt er an meinem Schutzschild ab, doch ich spüre deutlich die Wucht des Angriffs. Ich werde zur Seite geschleudert, fliege ein paar Meter durch die Luft und lande schließlich in der schwelenden Asche.

»Ez!«, brüllt Drayce, aber Vargon versperrt ihm mit seinem massigen Körper sofort den Weg.

»Nicht so eilig, Halbblut«, knurrt er. »Ich bin noch nicht fertig mit dir.«

Ich schnappe nach Luft und inhaliere die kratzende Asche. Hustend und tränenblind stemme ich mich zurück auf die Füße. Keine Sekunde zu früh, denn Rhia ist bereits bei mir.

»Warum?«, presse ich hervor.

Erneut enthüllt sie ihre dolchartigen Zähne und zischt: »Ich habe allen Grund, dich zu hassen. Du hast mich hintergangen. Hast mir vorgespielt, du wärst meine Freundin.«

Sie öffnet das Maul und speit ihren Eiszauber auf mich. Auch dieser kann mich nicht verletzen, doch seine Kälte frisst sich durch meine Haut, bis ich am ganzen Körper zittere.

»Du bist der Grund, warum mein *Draco* nicht zu mir zurückgekommen ist!«

»Er war nie dein *Draco*«, widerspreche ich. »Er ist gegangen, weil er deine Nähe nicht ertragen hat. Er wollte dich noch nie!«

Sie brüllt so laut, dass ich die Vibration bis in die Knochen spüre. Wieder lässt sie ihre Eismagie auf mich los und sieht danach noch wütender aus als zuvor.

»*Du* hast ihn mir genommen!«, beharrt sie. »Du bist der Grund, warum mir Morghan meinen Wunsch nicht erfüllt hat. Sie hat dich gesehen. Aber ich hätte es besser machen können ... Wenn ich noch einmal die Chance bekommen hätte ... Doch deinetwegen ...« Sie holt mit der Pranke aus und trifft mich seitlich. Diesen Angriff habe ich kommen sehen und taumele deshalb nur ein paar Schritte zur Seite. »... habe ich diese Chance nicht erhalten. Und das wirst du mir büßen!«

»Du hasst mich«, grolle ich. »Damit kann ich leben. Aber das gibt dir nicht das Recht, deinen Clan und deine Heimat auszulöschen.«

Sie schnaubt eisig weißen Nebel aus ihren Nasenlöchern. »Die verdammte Insel und der Clan sind mir egal! Viel zu viele Menschen leben hier. Mit unserem ursprünglichen Clan hat das nichts mehr zu tun. Ich werde der Insel keine Träne nachweinen, wenn sie in den Fluten versinkt.«

Ich gebe es auf. Zu einem normalen Gespräch scheint sie nicht mehr fähig zu sein. Deshalb schlucke ich jetzt meine stimmigen Argumente für den Schutz der Insel und des Clans und zum Durchbruch, den wir dank Drayce in der Bruthöhle erzielen konnten, herunter. Ich erspare mir, ihr vorzuhalten, dass sie mir bei meiner Ankunft etwas völlig anderes erzählt hat. Nichts davon scheint mehr für sie zu zählen.

»Warum ziehst du die Soldaten aus Ilgaron mit hinein?«, will ich wissen.

Ihr Lächeln ist so kalt, dass es mir schier das Blut in den Adern gefrieren lässt. »Kannst du dich nicht mehr erinnern? Du hast mir selbst von ihnen erzählt – von den Männern, die dich manchmal des Nachts in deinen Albträumen heimsuchen. Es hat etwas gedauert, aber ich konnte sie finden. Kyle. Marik. Letzterer ist ganz versessen auf eine Rüstung aus Drachenschuppen, die er sich aus den Gefallenen anfertigen wird.« Sie senkt den Kopf auf meine Höhe. »Du siehst, ich habe mir große Mühe gegeben, um dir ein Ende mit möglichst vielen Schrecken zu bereiten. Jetzt muss ich nur noch das Mädchen finden, das mit Drayce hierherkam, und sie vor deinen Augen töten, ehe ich dir das Herz herausreiße.«

»Du wirst niemandem mehr auch nur ein Haar krümmen!«

Blind vor Wut gehe ich mit dem Stilett auf sie los. Ich kenne ihre Schwachstellen, ebenso wie sie meine. Wenn es mir gelingt, wieder zu ihrem Maul vorzudringen, werde ich meine Waffe diesmal so tief in ihren Gaumen stoßen, dass ich ihr Gehirn durchbohre. Auf Gnade braucht sie nicht mehr zu hoffen.

Über uns ertönt ein Knall. Ich schaue nach oben. Das Luftschiff steht lichterloh in Flammen. Soldaten versuchen, sich durch einen Sprung vom brennenden Schiff zu retten und stürzen in die Tiefe. Noch einmal setzt Ronnyd nach und schießt seine unnatürlich heißen Flammen auf das Schiff, bis es Stück für Stück auseinanderfällt.

»Scheint, als wäre dein Plan gescheitert«, sage ich.

Rhia sieht völlig unbeeindruckt aus. »Wenn du dich da mal nicht irrst. Noch ist es nicht vorbei.«

Ich blecke die Zähne, denn ich bin es leid, mich mit ihr zu unterhalten. Lieber jetzt als später beende ich diesen Irrsinn. Ich wundere mich nur kurz darüber, dass sie mir nicht ausweicht, sondern den Kopf weiterhin gesenkt hält – die perfekte Höhe für meinen Angriff. Sie öffnet das Maul, kanalisiert ihre Eismagie, doch ich bin schneller. Mit einem Sprung hechte ich über die Zähne in ihr Maul, hole aus und ramme ihr die Spitze des Stiletts in den Gaumen.

Rhias Kreischen ist ohrenbetäubend, doch anstatt sich gegen mich zu wehren, schlägt sie mehrmals mit den Flügeln und hebt ab. Höher und höher fliegt sie mit mir, während ich versuche, ihr die Waffe tiefer ins Fleisch zu stoßen.

Erst als sie mit mir auf dem Gebirgskamm landet, drängt sie mich mit der Zunge aus ihrem Maul. Mein Stilett bleibt in ihr stecken. Ihr ohne Waffe gegenüberzustehen, ist Wahnsinn. Mir muss etwas einfallen, wie ich wieder an das …

Rhia holt mit den Flügeln aus und schlägt mehrmals mit ihnen. Der aufkommende Wind zerrt an meinen Haaren und der Kleidung. Schnell hebe ich die Arme, um mein Gesicht zu schützen. Doch der Wind ist zu stark. Er treibt mich weiter zurück und ich muss einen Fuß nach hinten setzen, um nicht das Gleichgewicht zu verlieren. Und auch den anderen Fuß.

Ein unheilvolles Glimmen leuchtet in Rhias blauen Augen auf, als hätte sie genau das erreicht, worauf sie gehofft hat, ehe sie erneut mit den Flügeln schlägt.

Der dritte Schritt, den ich nach hinten setze, geht ins Leere.

Und ich falle in die Tiefe.

Kapitel 27

Drayce

Gegen Vargon zu kämpfen, war schon während des *Barcuds* eine Herausforderung. Doch nun gegen seine Drachengestalt anzutreten, ist nahezu aussichtslos für mich. Mir bleibt jedoch keine andere Wahl, denn sooft ich es auch versuche, er lässt mich nicht vorbei. Mittlerweile kommt es mir vor, als wolle er mich nur beschäftigen, denn seinen Angriffen mangelt es an Überzeugung. Mehr als einmal hätte er mich ernsthaft verletzen können, doch er hält mich nur hin.

Er hindert mich daran, zu Ezlain zu gelangen.

Hin und wieder spüre ich den kalten Hauch von Rhias Eisattacken und jedes Mal kann ich vor Panik kaum noch atmen. Dann sage ich mir, dass Ez nichts geschehen kann. Sie trägt meine Herzschuppe. Auch magische direkte Angriffe prallen an ihr ab. Also konzentriere ich mich wieder auf meinen Gegner.

Nachdem das Luftschiff abgestürzt ist und die restliche Besatzung in den Tod gerissen hat, landet Ronnyd neben mir. Vargon sinkt in sich zusammen, als er plötzlich auch dem schwarzen Drachen gegenübersteht, der ihm die volle Aufmerksamkeit schenkt.

»Du hast dich gegen den Clan gestellt«, grollt Ronnyd, als er mit der Pranke nach Vargon schlägt und ihn an der Seite erwischt. Ich rette mich mit einem Hechtsprung nach hinten aus dem unmittelbaren Umfeld der beiden reinblütigen Drachen. »Du hast deinen Clan nicht nur wissentlich in Gefahr gebracht, sondern auch billigend in Kauf genommen, dass Menschen und Drachen, die du seit Ewigkeiten kennst, den Tod finden. Warum?«

Vargon schreit auf, als Ronnyds Klauen seine Schuppen zerfetzen. »Es ... war nicht meine Idee! Es war Rhias. Sie hat mit den Soldaten verhandelt.«

»Und warum hast du bei diesem Wahnsinn mitgemacht?«, donnert Ronnyd.

»Sie ... hat versprochen, einen neuen Clan zu erschaffen. Ohne Menschen. Weil jetzt die Drachen wieder schlüpfen. Sie sagte, wir müssten uns von ihnen befreien. Sie wollte die Insel und die Menschen opfern, aber ... keiner von *uns* hätte zu Schaden kommen sollen.«

»Keiner von *uns?*«, grolle ich.

Sein hasserfüllter Blick richtet sich auf mich. »Damit meine ich die reinblütigen Drachen. Du warst notgedrungen Teil des Plans, aber nur so lange, bis ein reinblütiger roter Drache geschlüpft wäre. Und Ezlain. Sie habe ich für mich gefordert. Als Preis für meine Hilfe. Die anderen ... sind mir egal. Ihr Tod ist kein Verlust für den Clan.«

Ich will auf ihn losgehen, doch Ronnyd kommt mir zuvor. Mit einem gezielten Feuerangriff versengt er dem Erddrachen die Flügel. Vargons leiderfülltes Brüllen ist so laut, dass ich mir die Ohren zuhalten muss.

»Hast du eine Ahnung, wie viele *Dracae* und *Dracos* heute Nacht den Tod fanden?«, übertönt der schwarze Drache das Gebrüll. »Wie viele gewählte *rwy'nary?*« Wieder lässt er sein Feuer auf den am Boden liegenden Vargon niedergehen. »Du und Rhia, ihr habt euer Schicksal selbst gewählt. Kein Ratsmitglied wird Mitleid mit euch empfinden und Gnade walten lassen. Nicht einmal ich.«

»Nein, bitte«, wimmert Vargon, der auf allen vieren versucht, von dem schwarzen Drachen abzurücken. »Es war ganz allein Rhias Idee!«

Ich wende mich um. Augenblicklich verwandelt sich Ezlains Blut in meinem Körper zu Eis. »Wo ... *ist* Rhia?«

Schließlich entdecke ich sie auf dem Gebirgskamm – die Flügel weit ausgebreitet und den Kopf siegessicher erhoben.

Und Ezlain.

Hilflos muss ich dabei zusehen, wie sie in die Tiefe stürzt.

Kapitel 28

Cressa

Ich starre auf meine Hände, als könnte ich allein durch Willenskraft meine alten Hexenkräfte wieder heraufbeschwören. Über die Jahre sind meine Sinne und Reflexe abgestumpft. Ich habe mich viel zu lange verkrochen … Stets habe ich mich damit herausgeredet, es wäre zu Ezlains Bestem. Bei ihrer Tante hatte sie ein Heim, ein Dach über dem Kopf, täglich etwas zu essen und wunderschöne Kleidung am Leib. Sie war nicht glücklich, aber es ging ihr gut. Es war die beste Lösung, die es für uns damals gab, nachdem ich sie vor dem sicheren Tod gerettet hatte.

Ronnyd nahm mir während des Blutschwurs fast meine gesamte Kraft. Die wenige Magie, die mir geblieben war, nutzte ich, um zu verschleiern, dass ich nicht alterte. Ich war es Ezlain schuldig, so lange wie möglich an ihrer Seite zu bleiben, nachdem ich nichts für ihre Eltern hatte tun können und auch sie selbst nicht mehr … vollständig war.

Doch mit ihrer Rettung, als sie in der Nacht ins eiskalte Meer stürzte, verlor ich den kläglichen Rest Magie, der noch in mir zirkulierte.

Nun bin ich nichts weiter als ein Mensch. Ohne besondere Fähigkeiten bin ich niemandem eine Hilfe.

Ich gehörte nie zu den besonders mächtigen Hexen, aber in einer Nacht wie der heutigen hätte ich meinen Beitrag leisten können, anstatt mich mit den Verletzten und Alten eingepfercht in einer Hütte zu verkriechen.

Mehr und mehr Clanmitglieder finden ihren Weg hierher. Sie alle sehen mitgenommen aus. Einige von ihnen haben etwas abbekommen, aber es handelt sich meist um kleine Wunden: Verbrennungen oder Schnitte, herbeigeführt von Menschenwaffen. Angst und Schrecken spiegeln sich in ihren Augen, doch sie leben. Jedes Mal, wenn ich das Knarren der Hüttentür höre, wirbele ich herum und hoffe, Ezlain oder zumindest Drayce zu entdecken. Aber es sind stets Gesichter, die mir aus den letzten Wochen nur flüchtig bekannt vorkommen.

Ich gehöre zu den wenigen, die gleich zu Beginn des Angriffs entkommen konnten, dank Ezlains und Drayces Hilfe. Ich wünschte, ich hätte im Kampf etwas beitragen und ihnen helfen können ... Stattdessen muss ich der alten Morghan zur Hand gehen. Ich unterstütze sie dabei, notdürftig die Wunden der Geretteten zu versorgen. Ständig kommen neue Verwundete, Verängstigte und Erschöpfte, hergeschickt von den Frauen, die Ezlain gefolgt sind. Ich wünschte, ich hätte auch mitgehen können, doch ich wäre nur eine Belastung gewesen.

Dieses Wissen versetzt mir einen Stich.

In meinem Leben bin ich nie eine Belastung gewesen. Anfangs war ich eine Hexe. Dann brauchte mich Ezlain. Doch jetzt ... braucht sie mich nicht mehr. Sie hat Drayce und ich müsste blind sein, wenn ich nicht sehen würde, dass sie über beide Ohren verliebt ineinander sind. Ich gönne Ezlain ihr Glück von Herzen, dachte ich doch, dass sie durch meinen Fehler nie ein Gefühl wie Liebe würde empfinden können.

Aber für mich ist nun kein Platz mehr in ihrem Leben.

Sie hat nicht nur Drayce – die beiden erwarten auch ein Kind.

»Nicht träumen!«, brummt Morghan und wedelt auffordernd mit der Hand.

Seufzend reiche ich ihr die Tinktur, nach der sie verlangt. Ich müsste es gewohnt sein, Befehle auszuführen, schließlich diente ich viele Jahre als Sklavin, um in Ezlains Nähe sein zu können. Ich hätte noch viele weitere Jahre ausgehalten, Hauptsache, sie wäre in Sicherheit gewesen.

Ich weiß, dass sie in ihrem alten Leben niemals glücklich geworden wäre. Nicht so wie mit Drayce. Ganz egal wer der Mann gewesen wäre, den ihre Tante für sie ausgewählt hätte. Aber sie befände sich nicht ständig in Lebensgefahr, so wie jetzt.

Mittlerweile bereue ich, dass ich Drayce von ihrer gemeinsamen Vergangenheit erzählt habe. Ich wollte herausfinden, ob er sich an den Vorfall erinnert und Reue zeigt. Schließlich ist es seine Schuld, dass ...

Wieder stoße ich den Atem aus. Nein, es ist nicht seine Schuld. Es war die Schuld der Piraten, die das Schiff geentert und nicht vor Frauen und einem kleinen Kind Halt gemacht haben.

Ich zucke zusammen, weil Morghan die Glasflasche mit der gereichten Tinktur fallen lässt und sie auf dem Holzboden in unzählige Splitter zerspringt. Augenblicklich erstirbt jedes Geräusch im Raum. Die Frauen und Verletzten hören auf zu wimmern, die geflüsterten Gespräche kommen zum Erliegen. Jeder richtet den Blick auf die alte Drachenfrau, deren weiße Augen auf einmal von innen heraus zu leuchten scheinen.

»Was ... ist los?«, wispere ich der Frau zu, die mir am nächsten steht.

»Sie hat eine Vision«, antwortet sie ebenso leise. »Das passiert nur sehr selten.«

»Sieht sie die Zukunft?«

Die Frau schüttelt den Kopf. »Morghan hat bisher nur zu sehr wenigen Anlässen die Zukunft gesehen und wenn, dann waren es nur Bruchstücke. Ihre Magie bezieht sich auf die Vergangenheit und Gegenwart.«

Ich runzele die Stirn. »Aber die Vergangenheit ist doch bereits passiert. Was kann sie ...?«

Die Frau legt einen Finger an die Lippen und deutet mit einer Kopfbewegung auf Morghan, deren heller Blick sich auf mich gerichtet hat.

»Wir müssen gehen«, sagt sie.

Obwohl sie mich nicht direkt anspricht, weiß jeder – mich eingeschlossen –, dass ich gemeint bin. Ich strecke ihr den Arm hin und sie hakt sich unter. Morghans Miene ist ernst und undurchdringlich. Selbst wenn mein Leben davon abhinge, könnte ich nichts darin lesen. Gänsehaut breitet sich in Höchstgeschwindigkeit auf meinem ganzen Körper aus.

»Was ist geschehen?«, frage ich, als ich die Alte aus der Tür hinausführe.

»Zwei weitere Feuer sind gerade erloschen«, lautet ihre Antwort.

Kapitel 29

Drayce

Ich stehe da, als wären meine Füße mit dem Boden verwachsen. Ohne einen Muskel zu rühren, sehe ich mit weit aufgerissenen Augen dabei zu, wie sie fällt.

Zu weit weg.

Ich weiß, dass sie zu weit weg ist. Selbst wenn ich fliegen könnte, würde ich sie nicht mehr rechtzeitig erreichen. Im Kopf überschlage ich die Entfernung, weil alles andere keinen Sinn ergibt. Selbst Atmen nicht. Zweihundert, vielleicht dreihundert Meter bin ich vom Abhang des Gebirgskamms entfernt, doch ich sehe Ezlain so deutlich fallen, als stünde ich direkt daneben.

Mein Herz könnte in diesem Moment aufhören zu schlagen, es würde mich nicht kümmern.

Erst als Rhias Siegesgebrüll ertönt und sie langsam ebenfalls nach unten gleitet, kommt wieder Leben in mich.

»Drayce, nicht!«, höre ich Ronnyd hinter mir. Seine tiefe Stimme klingt weit entfernt, als käme sie aus einer anderen Welt.

Ich achte nicht auf ihn. Ich achte auf gar nichts. Mir geht es nur darum, zu Ezlain zu gelangen.

Koste es, was es wolle.

Ezlains Blut, das sich bis eben wie ein Eisklumpen in meinen Adern angefühlt hat, hört plötzlich auf zu fließen. Ich spüre, wie es zum Stillstand kommt – wie ein Fremdkörper, der nicht dort hingehört.

Ich stolpere, falle um ein Haar hin, doch ich fange mich. Ganz genau spüre ich Ezlains Blut in meinem Unterarm. Mit einer Hand reibe ich über die Stelle, versuche, es wieder dazu zu bringen, sich zu bewegen und gemeinsam mit meinem zu fließen.

»Nein«, hauche ich tonlos. »Bitte ...«

Meine Herzschuppe *muss* sie beschützt haben. Es *darf* ihr nichts geschehen sein! Sie ist nur erschöpft und verängstigt von dem Sturz, deshalb fühlt sich ihr Blut seltsam in mir an.

Ich wanke vorwärts. Die Stelle, von der sie gestürzt ist, ist nicht schwer zu finden. Ich muss nur dem eisigen Gefühl von Rhias Magie folgen.

Als sie mich kommen sieht, fixiert sie mich mit einem Blick aus kalten blauen Augen. Ich hingegen beachte sie nicht und bekomme nur aus den Augenwinkeln mit, dass sie ihre Drachenform ablegt. Ich starre auf die andere Frau.

Die, die reglos am Fuß der Klippen liegt.

Jeder Schritt auf sie zu kostet mich mehr Überwindung als der vorherige. Stumm flehe ich sie an, sich zu bewegen. Die Augen aufzuschlagen. Mich anzusehen. Ich warte, dass sie lächelt und mir sagt, dass ihr nichts passiert ist.

Doch ihre Augen sind geschlossen. Der Körper, der mir so vertraut ist wie mein eigener, ist seltsam verdreht. Blut sickert aus den Mundwinkeln und eine Lache hat sich unter dem Kopf gebildet. Beide Hände liegen schützend auf ihrem Bauch.

»Sie wird nie wieder zwischen uns stehen«, säuselt Rhia schräg hinter mir.

Die verhasste Stimme ist der einzige Laut, während ich verzweifelt auf einen Herzschlag höre.

Ein Ruck geht durch mich hindurch und von einem Augenblick auf den anderen steht mein Blut in Flammen. Verschnörkelte Ranken – das uralte Zeichen des Blutschwurs – brennen sich in meinen rechten Unterarm.

Als mein letzter Partner starb, habe ich mich anfangs gegen die Raserei gewehrt, die von mir Besitz ergriff und mich zu einer blutrünstigen Bestie machte.

Diesmal heiße ich sie willkommen.

Kapitel 30

Cressa

Die alte Drachenfrau bewegt sich viel zu langsam. Mehrmals bin ich drauf und dran, sie einfach stehen zu lassen und allein weiterzueilen. Etwas Schreckliches ist passiert – das spüre ich bis ins Mark. Doch aus Morghan bekomme ich kein Wort heraus.

Also beiße ich fest die Zähne aufeinander, um sie nicht anzuschreien, sich schneller zu bewegen und führe sie über den unebenen Waldboden. Da ich nicht weiß, wie weit der Kampf fortgeschritten ist und sich ausgebreitet hat, vermeide ich die Wege, um nicht noch einem Angreifertrupp in die Arme zu laufen. Also halten wir uns abseits, wodurch wir noch langsamer vorankommen.

Mit jeder verrinnenden Sekunde nimmt das ungute Gefühl in meiner Magengegend zu. Verworren zu einem eisigen, festen Knoten hat es sich dort festgesetzt und wächst stetig an, bis ich mich auf nichts anderes mehr als dieses Gefühl konzentrieren kann.

Morghan ist die Älteste und Heilerin des Clans, sage ich mir selbst. *Gut möglich, dass sie zu jemand anderem will. Zu jemandem, den ich nicht kenne. Es muss sich nicht um Ezlain oder Drayce handeln.*

Doch egal wie oft ich mir das sage – ich glaube es nicht. Warum wollte sie mich dann dabeihaben?

»Warte hier!«, wispere ich ihr zu, während ich sie hinter einem dichten Strauch verstecke.

Anschließend schiebe ich mich durch das Gestrüpp und spähe auf den Kampfplatz, auf dem wir vor ein paar Stunden noch Abendbrot gegessen haben.

Weithin ist die Verwüstung sichtbar. Noch immer schwelen einige Feuer und die Luft ist dick vor Qualm und Rauch. Gefallene liegen auf der aufgeweichten Erde; die meisten von ihnen sind Krieger aus Ilgaron, wie ich an der Rüstung erkenne. In einiger Entfernung steht das abgestürzte Luftschiff in Flammen. Ich nehme mir eine Weile Zeit und versuche, etwas im Qualm erkennen zu können, doch ich kann keine Kampfhandlung mehr ausmachen. Zumindest nicht hier.

Ich eile zurück zu Morghan, die noch genau da ist, wo ich sie zurückgelassen habe. Knapp berichte ich ihr, was ich gesehen habe.

»Wir müssen zur Klippe«, sagt sie nun mit einer Gewissheit, die mich erschaudern lässt.

Ich frage nicht, woher sie das weiß. Ich stelle gar keine Fragen, sondern halte ihr nur wieder den Arm hin und bete stumm, dass sie nach der kurzen Pause etwas schneller gehen möge.

***

Als ich sicher bin, dass kein feindlicher Angreifer uns auflauert, führe ich Morghan über die Gefallenen hinweg. Als wir uns langsam der Klippe nähern, kann ich von Weitem bereits Ronnyd in seiner Drachengestalt ausmachen. Scheinbar teilnahmslos steht er dort und regt sich nicht.

Unwillkürlich beschleunige ich meine Schritte und ziehe Morghan hinter mir her.

Bei Ronnyd angekommen fällt mir zuerst Vargon auf, der blutend als Mensch auf der Seite liegt und nach Luft japst. Eine übel aussehende Schnittwunde zieht sich quer über seine Brust und ich werde das Gefühl nicht los, dass Ronnyd dafür verantwortlich ist. Doch der schwarze Drache beachtet ihn nicht, sondern starrt in die Ferne.

Ich folge seinem Blick – und wünsche mir im nächsten Moment, ich hätte es nicht getan.

Zunächst entdecke ich nur Drayce, der wie eine wild gewordene Bestie auf die zierliche Rhia losgeht. Etwas Ähnliches habe ich bereits vor vielen Jahren gesehen, als er eine Hafenstadt beinahe in Schutt und Asche gelegt hätte. Trotz der Entfernung spüre ich deutlich die Hitze, die von ihm ausgeht und sämtliche Feuer in der Nähe in den Schatten stellt. Wieder und wieder geht er mit Klauen und Feuerattacken auf Rhia los, die sich erst im letzten Moment in Sicherheit begibt. Sie redet die ganze Zeit auf ihn ein, doch von hier aus kann ich kein einziges Wort verstehen. Nur kurz erhasche ich einen Blick auf Drayces Gesicht. Seine Züge sind wutverzerrt, die Zähne gebleckt.

Genau wie damals, fährt es mir durch den Kopf. Selbst nachdem die Bewohner der Stadt ihn gefesselt hatten, wehrte er sich nach Kräften und mähte all jene mit seinen Klauen nieder, die dumm genug waren, sich in seine Nähe zu trauen. Er war völlig außer sich, doch jetzt scheint es noch schlimmer um ihn zu stehen. Um seinen Unterarm winden sich rot glühende Ranken, als seien sie mit seiner Haut verschmolzen.

Mein Blick huscht zurück zu Ronnyd. Wie kann er seelenruhig dabei zusehen, wenn Drayce auf seine Tochter losgeht und ihr ernsthaft schaden will?

»Ich werde nicht eingreifen«, sagt der schwarze Drache, als hätte er meine Gedanken erraten.

»Aber ... sie ist deine Tochter«, werfe ich ein.

»Nicht einmal dieser Umstand wird sie jetzt noch retten können«, erwidert er in einem solch ruhigen Ton, dass ich eine Gänsehaut bekomme.

»Ich habe Drayce schon einmal in diesem Zustand erlebt. Er wird ... sie töten, wenn er die Gelegenheit dazu bekommt.«

Zu meiner Verwunderung nickt Ronnyd. »Und ich bin ihm dankbar, wenn er mir diese Bürde abnimmt.«

Mein Mund klappt nach unten. Ich will ihm widersprechen, ihn anschreien, wie er so etwas Dummes sagen kann, aber kein Wort kommt mir über die Lippen.

Denn ein paar Meter neben Drayce sehe ich jetzt jemanden im niedergetrampelten Gras liegen.

Ich wirbele herum. »Morghan!«

Die Alte versteht sofort. »Bring mich zu ihr.«

»Ihr solltet euch nicht zu nah an Drayce heranwagen«, wirft Ronnyd ein. »Gut möglich, dass er euch in seiner jetzigen Phase nicht erkennt.«

»Welche Phase?«, zwinge ich mich zu fragen.

Der Blick aus Ronnyds rabenschwarzen Augen richtet sich auf mich. »Der Blutschwur wurde gebrochen. Seine Partnerin ist tot.«

Kapitel 31

Drayce

An den Rändern färbt sich mein Sichtfeld rot. Hinzu kommen dunkle Punkte der Erschöpfung, die mich kaum noch etwas sehen lassen. Doch ich halte den Blick fest auf Rhia gerichtet. Weil es nichts anderes mehr gibt, was ich stattdessen anschauen könnte.

Jeder Tropfen Blut – das eigene sowie das von Ezlain – pulsiert in mir, wird heißer und heißer, bis ich das Gefühl habe, von innen heraus zu verbrennen.

Jeder einzelne Tropfen schreit nach Rache.

Die ganze Zeit über redet Rhia auf mich ein, doch ich verstehe kein einziges Wort. Viel zu laut rauscht mir das Blut in den Ohren und übertönt zum Glück ihr Geplapper. Jedes Wort von ihr ist eines zu viel. Ich werde dafür sorgen, dass sie nie wieder etwas von sich geben kann.

Ich hasse es, zu töten. Das Gefühl, wenn meine Krallen durch weiches Fleisch schneiden, widert mich an. Ich spüre es im ganzen Körper – den leichten Widerstand, das Zerreißen von Muskeln und Sehnen. Es ist ekelhaft. Deshalb greife ich lieber auf Waffen zurück, mit denen ich meine Gegner nicht direkt berühren muss.

Aber bei Rhia mache ich gern eine Ausnahme. Ich will spüren, wie ich sie zerfetze. Wie das Leben Stück für Stück aus ihrem Körper weicht, weil sie so töricht war, nicht als Drache gegen mich anzutreten.

Ich werde sie töten.

Und das wird die letzte Freude meines Lebens sein.

***

Als ich die Klauen endlich in ihrer Haut versenke, schreit sie auf. Zwischen all dem Rot, das wie ein Schleier über meinen Augen liegt, sehe ich Tränen in Rhias aufblitzen. Sie fleht mich an, endlich zur Vernunft zu kommen. Dass ausgerechnet sie so etwas sagt! Sie, die nicht nur meine *rwy'nary* in den Tod stürzen ließ, sondern auch Tod und Zerstörung über den gesamten Clan brachte. Aus Eifersucht. Weil ich sie nicht wollte. Weil sie dachte, sie sei meine *rwy'nary,* obwohl ich sie nie als solche behandelt habe.

Ich habe damit gerechnet, dass Rhia uns anfangs das Leben schwermachen würde. Aber mit dem Ausmaß ihrer Wut habe ich nicht gerechnet. Dass sie billigend unzählige Tote in Kauf nimmt, nur, um sich an mir, Ezlain und ihrem Vater zu rächen, übersteigt alles, was ich für möglich gehalten habe.

Sie wird dafür bezahlen. Jetzt. Und langsam.

Mit einem Ruck ziehe ich meine Klauen aus ihr heraus, nur, um erneut nach ihr zu schlagen. Blut spritzt mir entgegen. Eiskaltes Blut, das zischend auf meinen Schuppen landet und dort verdampft.

Ich genieße den Moment, in dem Panik in Rhias Augen aufblitzt. Als ihr endlich aufgeht, dass ich sie nicht verschonen werde. Dass ich sie leiden lassen werde. Auf dass sie nur den Bruchteil des Leids spürt, der in mir tobt.

Ein Teil von mir weiß, dass es noch viel schlimmer werden wird, sobald sich mein Blut wieder abkühlt.

Sobald ich Ezlains Blut in mir nicht mehr spüren werde.

Und diesen Moment will ich so lange wie möglich hinauszögern.

Kapitel 32

Cressa

Seine Partnerin ist tot.

Ronnyds Worte hallen ohne Unterlass in meinem Kopf wider, während ich mich mit Morghan am Arm der Stelle nähere, an der sie liegt. Die Tochter meiner besten Freundin, die selbst zu meiner besten Freundin wurde. Das Kind, das ich zu beschützen geschworen und für das ich meine ganze Kraft einem Drachen angeboten habe. Das Mädchen, für das ich eine Sklavin wurde, um es vor weiterem Unheil zu bewahren.

Die junge Frau, der ich ins Unbekannte gefolgt bin.

Sie kann unmöglich tot sein! Ronnyd muss sich irren. Sie hat doch …

Als ich vor ihr stehe, sieht sie aus, als würde sie schlafen. Wären da nicht der seltsam verdrehte Kopf und das Blut, das sich darunter sammelt.

Während ich in einer Schockstarre gefangen bin, kniet sich Morghan neben Ezlain und legt ihr zwei Finger an den Hals. Mehrere endlose Sekunden vergehen, bis die Alte geräuschvoll die Luft ausstößt, zu mir aufsieht und den Kopf schüttelt.

Nach der Schockstarre folgt der bodenlose Fall.

»Aber … das kann nicht sein«, presse ich mühsam hervor. »Sie hat doch … Drayces Herzschuppe. Sie *kann* nicht tot sein!«

»Eine Herzschuppe«, murmelt Morghan sanft, »schützt die Trägerin nur vor direkten Angriffen und Übergriffen gegen ihren Willen. Ezlain ist gestürzt. Zwar wird Rhia ihre Finger dabei im Spiel gehabt haben, aber der Sturz an sich war kein direkter Angriff, sondern bloß eine Folge daraus. Dagegen gibt es keinen Schutz.«

Mein Blick fällt auf die Kette um Ezlains Hals, die sie nach dem *Barcud* mit Stolz und offen sichtbar trug. Der tropfenförmige Anhänger, der zuvor in einem intensiven Rot geleuchtet hat, ist zu einem schmutzigen Grau verblasst.

»Er hat versagt«, zische ich. »Schon wieder.«

Ich balle die Hände zu Fäusten. Zum zweiten Mal musste Ezlain unter Drayces Nachlässigkeit leiden und es diesmal mit dem Leben bezahlen. Vor Wut und Trauer brennen mir Tränen in den Augen, doch ich blinzele sie weg. Ich kann später noch um meine Freundin weinen.

Ich wirbele herum. »Drayce!«

Eigentlich wollte ich ihn anschreien und meine komplette Wut an ihm auslassen, doch jedes gemeine Wort bleibt mir im Hals stecken. Anstatt sich noch mit Rhia herumzuschlagen, steht er hinter mir – so nah, dass ich mir nicht erklären kann, warum ich ihn nicht bemerkt habe. Doch es ist nicht seine Nähe, die mich verstummen lässt.

Die Schuppen, die den größten Teil seines Körpers bedecken, sind von einem ähnlichen Grau wie die eine Schuppe an Ezlains Kette. Dadurch leuchtet das Blut – Rhias Blut – unnatürlich hell auf seinem Körper. Drayce beachtet mich nicht. Wo zuvor goldene Sprenkel in seinen Augen funkelten, ist nichts mehr. Sein erloschener und lebloser Blick geht an mir vorbei zu Ezlain. Mit hängenden Schultern schlurft er an mir vorüber, wobei die Flügel über den schlammigen Boden schleifen.

Nun habe ich freie Sicht auf Rhia. Und ich wünschte im nächsten Moment, ich hätte nicht hingesehen. Würgend wende ich mich ab und übergebe mich. Wenn ich nicht wüsste, dass die Person, die dort liegt, Rhia ist, hätte ich sie nicht erkannt. Wahrscheinlich hätte ich sie nicht einmal als menschliches Wesen identifiziert. Drayce hat sie in seiner Raserei völlig … zerfetzt.

Seltsamerweise besänftigt mich der Gedanke, dass ihr Tod nicht schnell und sauber war, ein wenig. Hätte ich noch meine Kräfte, ich hätte sie ebenso zerrissen wie Drayce mit seinen Krallen.

Als ich mich umwende, kniet Drayce an Ezlains Seite. Der Anblick seiner gebrochenen Haltung versetzt sogar mir einen Stich, obwohl ich nie viel für ihn übrighatte. Doch nun trauern wir um den wichtigsten Menschen in unserem Leben; das vereint sogar uns beide.

Ich stelle mich neben ihn und lege ihm nach kurzem Zögern die Hand auf die Schulter. Nichts deutet darauf hin, dass er mich überhaupt wahrnimmt.

»Was ... wird jetzt aus ihm?«, frage ich Morghan.

Sie mustert Drayce von oben bis unten. »So, wie es jetzt scheint ..., wird es wohl nicht lange dauern, bis er ihr folgt.«

»Du meinst, er wird ebenfalls sterben?«

Morghan nickt. »Das ist nicht ungewöhnlich. Die meisten *Dracos* sterben vor Trauer, wenn sie ihre *rwy'nary* verlieren.«

»Oder sie stumpfen innerlich ab, sodass sie keinerlei Freude mehr empfinden können«, fügt Ronnyd hinzu, der nun zu uns getreten ist, wobei er es hartnäckig vermeidet, in Rhias Richtung zu schauen. »Ich hatte noch meine Tochter und meine Verpflichtungen dem Clan gegenüber, aber abgesehen davon ...« Er schüttelt den Kopf.

Drayce bewegt sich unter meiner Hand. Unendlich vorsichtig zieht er Ezlains reglosen Körper an sich und breitet die Flügel um sie aus. Sanft wiegt er sie vor und zurück, während er ihr Worte in einer Sprache zuflüstert, dich ich nicht verstehe, doch sie treffen mich direkt ins Herz. Wieder schießen mir Tränen in die Augen und diesmal kann ich sie nicht zurückhalten. Erst jetzt, wo ich Drayce beobachte, realisiere ich, dass Ezlain tatsächlich tot ist.

Nie wieder wird sie mich bitten, ihr mit den Haaren zu helfen. Nie wieder werde ich ihr Lächeln sehen, das sie in den letzten paar Wochen häufiger gezeigt hat als in den vergangenen fünfzehn Jahren zusammen.

Morghan erhebt sich schwerfällig. »Es tut mir leid«, sagt sie rau. »Hier kann ich nichts mehr tun. Ich muss zurück und mich um die Lebenden kümmern.«

Drayce gibt einen erstickten Laut von sich und auch über meine Lippen kommt ein Wimmern.

Ronnyd nickt. »Und ich werde mich hier ... um alles kümmern.«

Die Alte legt ihm eine Hand auf den Arm. »Es war ihr Schicksal. Das habe ich dir von Anfang an gesagt. Du hast es durch die Art, wie du sie verwöhnt hast, nur verschlimmert. Jedoch habe ich gehofft, dass es ... nicht so viele Unschuldige treffen würde.«

Ronnyd verzieht gequält das Gesicht. »Ich habe so fest daran geglaubt, dass die Niederlage beim *Barcud* ausreichen würde, um sie vom Gegenteil zu überzeugen. Sie hätte doch einsehen müssen, dass sie nicht zueinander gehören, dass Drayce und Ezlain ...« Er stößt die Luft aus. »Aber ich habe mich geirrt. Ich habe einen Fehler begangen und werde die Konsequenzen tragen.«

»Der Clan braucht dich, Ronnyd«, sagt Morghan scharf. »*Denk* nicht einmal daran, den leichten Weg zu wählen.«

»Welchen ... leichten Weg?«, frage ich mit tränenerstickter Stimme.

Ronnyds schwarzer Blick richtet sich auf mich. »Den Weg, den Drayce wählen wird.«

»Der steht für dich aber nicht zur Verfügung«, widerspricht Morghan. »Wir brauchen deine Führung, Ronnyd. Die Menschen wissen nun von dieser Insel und wie sie sie erreichen können und es ist nur eine Frage der Zeit, bis ein weiteres Luftschiff unseren Schutzwall überwindet.«

»Und wie stellst du dir unsere Zukunft vor?«, entgegnet Ronnyd barsch. Mit der Hand deutet er auf Drayce. »Unser einziger roter Drache wird nicht mehr lange unter uns weilen. Dann werden die Eier wieder nicht ausreichend Wärme haben, um aufzubrechen. Diesmal haben wir aber keinen roten Drachen mehr in der Hinterhand. Diesmal«, er lehnt sich nah zu Morghan herunter, »sind wir wirklich am Ende. Keine Nachkommen mehr. Und eine andere sichere Insel mit ausreichend Platz und den notwendigen natürlichen Voraussetzungen gibt es auch nicht überall.« Er lehnt sich zurück und verschränkt die Arme. »Ich sage, wir bleiben hier und stellen uns unserem Schicksal.«

»Dem sicheren Tod, meinst du?«, erwidert Morghan spitz.

Ronnyd zuckt mit den Schultern. »Andernfalls zögern wir das Unvermeidliche nur hinaus. Wie stellst du dir das vor? Die meisten Clanmitglieder können nicht fliegen. Wie sollen wir sie auf eine neue Insel bringen, die vielleicht am anderen Ende der Welt liegt?«

»Nur, weil es schwierig ist, gibst du gleich auf?« Obwohl Morghan sich zur vollen Größe aufrichtet, reicht sie Ronnyd gerade bis zum Halsansatz. »Du warst es doch, der nach dem Tod des alten roten Drachen und Drayces Verschwinden die Idee hatte, junge Menschenfrauen hierherzubringen. Du hast dafür gesorgt, dass unsere Rasse zumindest nicht ausstirbt. Und jetzt willst du aufgeben, ohne es zumindest du versuchen?«

Ronnyd bläht die Nasenflügel. Ehe er jedoch erneut verbal auf Morghan losgehen kann, gibt Drayce ein tiefes Knurren von sich.

»Streitet euch woanders!«, grollt er. »Ich kann euch nicht ertragen. Ich will … allein sein.«

Sofort senken die beiden betreten den Blick. Die unsichere Zukunft des Clans erscheint im Angesicht von Drayces Verlust weit weg zu sein. Als wir schweigen, geht er wieder dazu über, Ezlain etwas in einer anderen Sprache zuzuflüstern.

Bevor ich das Wortgefecht zwischen Ronnyd und Morghan verfolgte, habe ich keinen Gedanken an die Drachen verschwendet. Aber jetzt begreife ich, dass mit Ezlains – und damit auch Drayces – Tod viel mehr auf dem Spiel steht, als ich gedacht hätte. Die Überlebenden müssen die Insel verlassen, die Drachen brauchen eine neue Heimat. Wenn Marik wirklich der Kommandant des Luftschiffes war, gibt es sicher noch irgendwo Aufzeichnungen, sowohl über den Standort der Dracheninsel als auch, wie man ihre Abwehr überwindet. Die Entdeckung einer Dracheninsel wird er nicht für sich behalten und Vorkehrungen getroffen haben. Für viele der Frauen hier wird das ein Schock sein, den sie nicht so einfach verkraften werden. Nachdem sie endlich ein sicheres Refugium gefunden hatten, blicken sie nun erneut einer unsicheren Zukunft entgegen. Und allein ihr Transport wird die Drachen vor eine ungeahnte Herausforderung stellen.

Eine neue Heimat für uns in der unbekannten Fremde zu finden – das war das Ziel, mit dem Ezlain und ich aus Ilgaron aufgebrochen sind. Und wir meinten, hier diese neue Heimat gefunden zu haben. Auch ich hätte irgendwann mein Glück gefunden, da bin ich mir sicher.

Aber Glück wird es in diesem Leben für mich nicht mehr geben. Ebenso wenig wie für Drayce.

Ohne ihn sieht die Zukunft der Drachen düster aus. Natürlich können sie weitermachen wie bisher, bevor er zurückgekommen ist, aber im Laufe der Zeit wird sich das Drachenblut so weit mit dem menschlichen vermischen, dass sich selbst jene, die einige Tropfen davon in sich tragen, nicht mehr wandeln können. Ihre ganze Art wird verschwinden.

Es gibt keine Gewinner. Nur Verlierer. Und eine Zeit der Ungewissheit.

Ich schaue zur alten *Dracae,* die Drayce mit gerunzelter Stirn mustert. »Morghan«, flüstere ich.

Kapitel 33

Drayce

Sie sind immer noch hier. Zwar unterhalten sie sich leiser und gehen sich nicht mehr an, aber selbst ihre bloße Anwesenheit wäre mir zu viel.

Ich will allein mit Ezlain sein. Ein letztes Mal.

Ich will sie halten und ihr all das sagen, wozu ich keine Gelegenheit mehr hatte. Ich will ihr zuflüstern, wie glücklich und stolz ich bin, sie als meine *rwy'nary* zu haben. Wie sehr ich mich auf unser Kind freue. Aber auch, wie viel Respekt ich davor habe, Vater zu werden. Ich will ihr dafür danken, dass sie in mir stets mehr gesehen hat, als ich tatsächlich bin. Dass sie über meine Verletzungen hinweggesehen hat. Dass sie mich beschützen wollte.

Ich hätte es sein müssen, der *sie* beschützt. Es wäre meine Aufgabe gewesen. Aber ich habe versagt.

Nun habe ich alles verloren, was mir je etwas bedeutet hat.

In dem Moment, als Rhia ihren letzten Atemzug tat, wich die Hitze aus meinem Körper. Mein Blut erkaltete und ich fühlte mich, als würde ich unendlich stark von der Erde angezogen. So stark, dass ich am liebsten zu Boden gesunken wäre. Stattdessen konzentrierte ich mich auf Ezlains Blut, das ich normalerweise immer in mir spürte. Ich suchte und suchte danach und wurde mit jeder Sekunde, die ich es nicht fand, verzweifelter.

Das Hochgefühl, das ich eigentlich hätte empfinden müssen, weil ich Rhia getötet und damit den gebrochenen Blutschwur gerächt habe, blieb aus. Da war nichts als Leere in mir. Eine Leere, in die ich tiefer und tiefer hinabsank.

Auch jetzt bin ich noch nicht auf dem Grund angekommen. Wenn es so weit ist, hoffe ich, niemals wieder auftauchen zu müssen. Ich will mich einem Leben ohne Ezlain nicht stellen. Ich hätte nichts dagegen, in der dunklen Leere zu ersticken und dort hinzugehen, wo meine *rwy'nary* bereits auf mich wartet. Ganz gleich, wo dieser Ort sein mag: Alles ist besser, als in einem Leben ohne sie zu verkümmern.

»Morghan«, flüstert die Hexe in die Stille hinein. »Es muss doch etwas geben, was wir tun können.«

Ronnyd schnaubt. »Hältst du dich für schlauer als wir?«

Seid endlich still!, will ich am liebsten schreien. *Geht weg!* Doch meine Kehle ist zugeschnürt, sodass ich kaum Luft holen, geschweige denn schreien kann.

»Ich weiß, worauf du hinauswillst«, brummt Morghan. »Aber meine Magie kann uns jetzt auch nicht mehr helfen.«

Plötzlich werde ich hellhörig. Ich weiß, dass Rhia einst von Morghan verlangt hat, die Zeit zurückzudrehen. Damit sie es beim zweiten Mal besser machen könnte. Gegen meinen Willen spitze ich die Ohren und halte Ezlain dabei fester. Die dumme Saat der Hoffnung breitet sich wie ein Lauffeuer in mir aus. Obwohl ich mich dagegen sträube, kann ich sie nicht aufhalten.

»Zu viele wären betroffen, das übersteigt meine Kraft und könnte unvorhersehbare Kreise ziehen«, sagt die alte *Dracae.* »Den Angriff können wir nicht aufhalten. Und es gibt keine Garantie, dass wir gegen ihn bestehen könnten, wenn wir besser vorbereitet wären.« Morghan schüttelt den Kopf. »Du stellst dir das zu einfach vor. Die Manipulation der Zeit ist ein schwieriges Unterfangen. Es gibt zu viele Stolpersteine, zu viele Variablen, die ich nicht einschätzen kann. Im schlimmsten Fall ereilt uns ein noch furchtbareres Schicksal als das jetzige.«

»Hast du Rhia deswegen damals ihren Wunsch abgeschlagen?«, will die Hexe wissen.

»Nein«, gibt Morghan nach kurzem Zögern zu. »In einer meiner Visionen habe ich deutlich Feuer neben Drayce gesehen, nicht Eis. Rhia war nie für ihn bestimmt. Und er wollte sie auch gar nicht. Sie hatte sich in etwas verrannt, was nie sein sollte. Ich wusste, dass es nur schlimmer werden würde, wenn ich sie in die Vergangenheit schicken würde, kurz bevor Drayce verschwand. Ihre vehementen Versuche hätten Drayce zu noch größeren Dummheiten als nur der Flucht zwingen können. Mir war klar, dass er seine Entscheidung nicht ändern würde. Und genau das ist auch jetzt der Fall. Selbst wenn ich uns in die Zeit vor dem *Barcud* zurückschicke, wird keiner der Beteiligten seinen Standpunkt ändern. Rhia wird nicht plötzlich aufhören, Drayce für sich zu beanspruchen und Ezlain würde es sich nach wie vor nicht gefallen lassen. Und Drayce würde nicht aufhören, Ezlain zu lieben.«

»Und wenn wir … weiter zurückgehen?«, wirft Cressa ein.

»Damit uns *noch* mehr unabsehbare Folgen ereilen könnten?«, zischt die *Dracae.* »Sich uns noch mehr Stolpersteine in den Weg legen? Zudem kann ich keine Toten zurückschicken und nicht einfach eine willkürliche Zeitspanne auswählen. Es muss sich um ein bedeutendes Ereignis handeln. Eines, das in jenen, die dabei gewesen sind, über die Zeit lebendig geblieben ist. Am besten … eignet sich also ein einschneidendes Erlebnis. Genau dahin kann ich jemanden zurückschicken. Je weniger Lebewesen es dabei direkt betrifft, desto besser.«

Ein einschneidendes Erlebnis.

Mein Blick huscht zur Hexe. Sie nickt, als hätte sie genau dasselbe Erlebnis im Sinn wie ich.

»Nehmen wir mal an«, beginnt sie jetzt zögerlich, »es gäbe ein solches Erlebnis. Was passiert dann?«

»Es kommt darauf an, wie viele es betrifft. Wenn wir die Zeit direkt vor dem *Barcud* wählen, würde es den ganzen Clan betreffen. Denn alle waren anwesend. Und es betrifft auch all jene, die mit der Person, die ich in der Zeit zurückschicke, ab dem Erlebnis in Kontakt standen. Es kann eine völlig neue Zukunft entstehen. Eine, auf die ich keinerlei Auswirkung habe. Denn jeder Einzelne kann sich anders entscheiden als beim letzten Mal. Oft ziehen diese

Auswirkungen nur kleine Kreise, die den Einzelnen betreffen, aber in unserem Fall könnten sie auf den ganzen Clan Einfluss nehmen.«

»Ich … denke nicht an den *Barcud*. Aber ich erinnere mich an ein Erlebnis, das vielleicht funktionieren könnte«, murmelt Cressa. »Es betrifft Drayce, Ezlain, Ronnyd und mich und fand vor gut fünfzehn Jahren statt.«

»Der Vorfall auf dem Schiff?«, wirft Ronnyd ein. »Warum gerade der?«

Cressa schweigt, während sie mich mustert. Dann wendet sie sich Ronnyd zu. »Weil wir damit vieles ungeschehen machen könnten. Wenn Drayce sich anders entscheidet und uns rechtzeitig zu Hilfe kommt, müssten wir keinen Blutschwur eingehen, ich würde dir nicht meine Kräfte geben und müsste ihn nicht verbannen. Ezlain … würde nicht verletzt werden.«

»Aber dann stehen wir wieder vor dem Problem, dass unser Clan aussterben wird«, fällt der schwarze Drache ein. »Der Tod des alten roten Drachen stünde noch bevor. Ich hätte also noch eine Alternative zu Drayce und würde ihn nach wie vor lieber tot sehen. Er starb nur wenige Wochen nach unserem Blutschwur von einem Moment auf den anderen. Und wenn das wieder passiert, stünden wir abermals ohne roten Drachen da, der die Eier …«

»Nein«, krächze ich. Sofort drehen sich alle zu mir um. »Wenn es … uns tatsächlich gelingen sollte, hast du mein Wort, dass ich so lange Drachen schlüpfen lasse, bis ein neuer roter Drache die Eierschale knackt.«

Ronnyd mustert mich einen Moment abschätzend. »Was willst du als Gegenleistung, außer Morghans Hilfe? Du bist aus guten Gründen geflohen und hattest nicht vor, jemals zurückzukehren.«

»Mir ging es nie darum, dem Clan zu schaden«, bringe ich mühsam hervor. »Ich wollte nur … mein eigenes Leben leben und keines, das bereits vorgezeichnet ist. Ich wollte nicht den Rest meiner Tage in der Bruthöhle verbringen und an deine eisige Tochter gekettet sein. Ich … konnte so einfach nicht weitermachen. Wenn du jedoch versprichst, Rhia auszureden, dass sie mich haben kann, werde ich dem Clan helfen. Nicht immer, nicht jeden Tag, denn auch ich habe ein Leben. Aber doch oft genug, damit der Clan nicht ausstirbt.«

Ehe Ronnyd noch etwas erwidern kann, sagt Morghan: »Der Vorschlag ist nicht ganz abwegig. Auch bei den Menschenfrauen dauert es schließlich neun Monate, bis sie ein Kind bekommen. Wenn du dreimal im Jahr zum Clan kommst, sollte das also auch uns Drachen genügen.«

Ich halte die Luft an. »Heißt das … es könnte funktionieren?«

Morghan zuckt mit den Schultern. »Ich weiß es nicht. Ich weiß es nie vorher. Aber in unserer jetzigen Lage ist es wohl unsere beste Chance.«

Sie tippt sich gegen das Kinn. »Direkt betroffen wärt nur ihr vier von diesem Moment. Indirekt natürlich sehr viele mehr, aber das zehrt nicht so stark an meinen Kräften. Ich muss mich allerdings sehr darauf konzentrieren, euch genau zum richtigen Zeitpunkt in der Vergangenheit abzusetzen, damit nichts schiefgehen kann.«

Ich nicke. »Ich werde den Schatz nicht verlassen.« Ich ziehe die leblose Ezlain fester an mich.

Morghan brummt fast unverständlich: »Also schicke ich dich zur Sicherheit einen halben Tag früher zurück.«

Mein Kopf ruckt zu ihr hoch. »Willst du damit sagen …?«

Sie lächelt mich an. Ich kann mich nicht daran erinnern, sie je mir gegenüber lächeln gesehen zu haben. »Wir setzen große Hoffnungen in dich, Draycce. Niemand kann dir sagen, wie die neue Zukunft verlaufen wird.« Sie deutet auf die leblose Frau in meinen Armen. »Sie könnte sich anders entscheiden. Nicht für dich. Ohne die Erfahrungen, die sie in dieser Version ihres Lebens gemacht hat, könnte sie sich zu einem völlig anderen Menschen entwickeln. Einen, in den du dich vielleicht gar nicht verlieben wirst. Hast du das alles bedacht?«

Ich schlucke angestrengt. Nein, wäre die richtige Antwort darauf. Ich habe nicht einmal in Betracht gezogen, dass es anders laufen könnte. Dass *sie* anders sein könnte. Aber es kümmert mich auch nicht. Sie wird leben. Nur das zählt.

»Dann … muss ich mich eben mehr anstrengen«, gebe ich zurück.

Morghan nickt und sieht aus, als wäre sie mit meiner Antwort zufrieden. »Schließ die Augen.«

Kapitel 34

Drayce

Ich schrecke hoch, geweckt von nagendem Hunger und einer Kälte, die mir bis in die Knochen kriecht. Ruckartig setze ich mich auf und reibe mir über die mit Gänsehaut überzogenen Arme. Ich bin immer noch in meiner Drachengestalt, das fällt mir als Erstes auf. Doch ich kann beim besten Willen nicht sagen, wo ich bin. Der Geruch nach Stein, Gold und Meer kommt mir vage bekannt vor.

Mein Kopf fühlt sich an, als würde er jeden Moment auseinanderbrechen. Das Hämmern und Pulsieren hinter der Stirn und den Schläfen ist beinahe nicht zum Aushalten.

Ich brauche dringend frische Luft …

Ungelenk komme ich auf die Füße, verliere aber prompt das Gleichgewicht. Aus Gewohnheit verlagere ich mich mehr nach rechts, um das Gewicht des verkrüppelten Flügels auszugleichen.

Aber … da ist kein nutzloses Gewicht.

Langsam drehe ich den Kopf und strecke gleichzeitig den linken Flügel, der für gewöhnlich nur unzureichend meinen Befehlen folgt, nach vorn. Selbst im spärlichen Licht der Höhle sehe ich, dass er unverletzt ist. Vollkommen. Ohne Narben oder Brüche.

Ich keuche auf, völlig überwältigt. Als ob sich der Nebel in meinem Kopf lichten würde, weiß ich wieder, wo ich bin und wie ich hierhergekommen bin.

Morghan. Ihre Magie hat mich zurück in eine Zeit geschickt, in der ich noch keine unliebsame Begegnung mit einer Hexe hatte. Eine Zeit, in der mein Flügel nicht zerfetzt und ich nicht jahrelang auf eine einsame Insel verbannt wurde.

Ich bin in der Höhle auf der Labyrinthinsel, inmitten des Schatzes, den ich zu beschützen geschworen habe. Das stechende Hungergefühl erinnert mich daran, dass mich mein Partner schon viel zu lange nicht mehr besucht hat.

Mein Partner. Ezlains Vater.

Ich erinnere mich wieder, wie ich mich damals entschieden habe. Ich bin auf den Berggipfel geklettert und von dort aus zum Festland gesegelt. Dort wollte ich für eine Nacht und einen Tag bleiben, ehe ich mich mit einem Boot zurück zur Insel bringen lassen wollte.

Zumindest war das der Plan. Doch am Mittag des nächsten Tages auf dem Festland spürte ich, dass etwas nicht in Ordnung war. Das Blut meines Partners wurde eiskalt in meinen Adern. Kurz darauf spürte ich es nicht mehr.

Und wurde zur reißenden Bestie, die an nichts anderes mehr dachte als daran, den Mörder ihres Partners und Dieb des Schatzes zur Strecke zu bringen.

Verdammt, wie spät ist es? Hier drin ist es so dunkel, dass ich kein Zeitgefühl habe.

Ich haste nach draußen und blinzele gegen die untergehende Sonne an. Damals habe ich mich genau jetzt auf zum Festland gemacht und mich dort zurückverwandelt, um bei Einbruch der Nacht wieder bei Bewusstsein zu sein. Dass ich das diesmal nicht tue, ist klar. Aber ich habe keine Ahnung, wo sich das Schiff mit meinem Partner, dessen Frau, der Hexe und Ezlain befindet. Es könnte praktisch überall sein und im Dunkeln werde ich es nicht ausfindig machen können. Außerdem kann ich auch mit zwei gesunden Flügeln nur eine begrenzte Strecke gleiten.

Ich lege eine Hand auf die Stelle, an der wieder meine Herzschuppe sitzt, und schließe die Augen. Die Hexe brauchte damals nur wenige Stunden, um mich aufzuspüren. Ihr Schiff kann also nicht weit weg gewesen sein, als es geentert wurde. Wahrscheinlich hielten sich auch die Piraten ganz in der Nähe der Insel auf, um schnell hierher zu gelangen und den Schatz an sich nehmen zu können.

Ich habe nur diese eine Chance. Wenn ich ziellos umhergleite, verfehle ich sie womöglich und lande entkräftet im Wasser – fernab des Kampfes.

Nachdem ich das Für und Wider abgewogen habe, komme ich zu dem Schluss, abzuwarten. Also klettere ich auf die Spitze des Berges, schlinge gegen den beißenden Wind die Flügel um mich und starre in die Dämmerung hinaus.

***

Die Stunden vergehen quälend langsam, während ich dem Mond dabei zusehe, wie er über den Himmel wandert. Ich zittere vor Kälte und Hunger, doch ich bewege mich keinen Zentimeter von meinem Aussichtspunkt weg. Da ich diesmal nicht in der Hafenstadt bin, habe ich den Verlauf der Ereignisse schon verändert. Obwohl meine Lider schwerer und schwerer werden, gestatte ich mir keine Sekunde Schlaf. Angespannt starre ich auf das Meer hinaus, registriere jedes Auftauchen eines Fisches und jeden Flug einer Möwe.

Die Sonne ist bereits aufgegangen, als ich am Horizont Segel erkenne. Auf die Entfernung kann ich die Farbe nicht genau ausmachen. Jeder Muskel in meinem Körper spannt sich an, als direkt daneben weitere Segel auftauchen. Ein zweites Schiff! Viel zu nah an dem ersten, um ein Zufall sein zu können. Und ein weiteres. Und noch eines.

Ich springe auf die Füße und breite die Schwingen aus. Mich hält nichts mehr auf der Insel.

Das Gefühl des Windes unter meinen Flügeln, auf das ich so lange verzichten musste, lässt mich beinahe aufseufzen. Als wäre ich nicht jahrelang in eine Höhle verbannt worden und mit einem verkrüppelten Flügel geschlagen gewesen, erinnere ich mich daran, was ich zu tun, wie ich mich zu bewegen und wie ich den Wind zu nutzen habe.

So fest ich kann stoße ich mich vom Felsen ab und gleite auf die Schiffe zu.

***

Schon von Weitem höre ich eine Frau schreien. Dann das Klirren von Schwertern. Das Blut meines Partners erkaltet in mir. *Angst.* Ich spüre sie deutlich.

Noch nie in meinem Leben habe ich mir so sehr gewünscht, richtig fliegen zu können, wie jetzt. Mir kommt es vor, als würde ich viel zu langsam gleiten, obwohl mir der Wind so sehr ins Gesicht peitscht, dass ich kaum die Augen offen halten kann.

Schneller, schneller!

Als ich näher komme, steigt plötzlich Rauch vom angegriffenen Schiff auf. Mir bleibt beinahe das Herz stehen, als die Flammen bis hoch in den Himmel schlagen.

Was, wenn ich …? Nein, ich darf nicht zu spät kommen!

Ohne zu zögern, lande ich mitten im Feuer, das an meiner beschuppten Haut abprallt. Ich spüre weder die Hitze noch störe ich mich an dem Qualm. Jenseits der Flammen halten ein paar Piraten inne, die Matrosen zu attackieren und wenden sich zu mir um. Der Schrecken in ihren Augen verdreifacht sich, als ich die Flügel ausbreite und die Zähne blecke.

»Wo sind die Frauen und das Kind?«, grolle ich dem nächstbesten abgerissenen Piraten zu. Als er mir nicht antwortet, packe ich ihn am Hemd und ziehe ihn näher ans Feuer. Schreiend versucht er, sich aus meinem Griff zu winden, als die Flammen an seinen Füßen lecken und auf die Hose überspringen. »Ich frage dich nur noch ein einziges Mal: Wo sind die Frauen und das Kind?«

Zitternd weist er mit der Hand in Richtung der Kajüte, die sich unter dem Steuerdeck befindet. Ich lasse von ihm ab und bahne mir ohne Rücksicht meinen Weg durch die restlichen Piraten. Jeder, der mir zu nahe kommt, macht Bekanntschaft mit meinen Krallen.

Als ich mich der Kajütentür nähere, höre ich von innen ein Klopfen und Weinen. Schwungvoll reiße ich die Tür aus den Angeln, woraufhin mir die Hexe beinahe in die Arme stolpert. Kreischend weicht sie vor mir zurück, nachdem sie mich eine Schrecksekunde lang angestarrt hat. Sie sieht genauso aus wie in der Realität, die ich kenne. Als wäre sie seitdem keinen Tag gealtert.

Hinter ihr entdecke ich eine weitere Frau, die ich noch nie zuvor gesehen habe. Als sie den Kopf hebt, weiß ich jedoch sofort, wer sie ist. Sie ist Ezlain wie aus dem Gesicht geschnitten – oder vielmehr: Ezlain ist *ihr* wie aus dem Gesicht geschnitten, denn die Frau muss ihre Mutter sein.

»Wo ist das Mädchen?«, frage ich die Hexe atemlos.

Sie starrt mich an, als hätte sie nicht damit gerechnet, dass ich überhaupt sprechen kann. Sinnlos öffnet und schließt sich ihr Mund, ohne dass ein Ton herauskommt. Ich habe nicht wenig Lust, sie zu packen und so lange zu schütteln, bis sie mir endlich antwortet.

»Als sie ... uns hier eingesperrt haben ...«, bringt Ezlains Mutter unter Schluchzen hervor, »... wurden wir getrennt. Ich ... weiß nicht, wo sie ist.«

Ich stürme wieder an Deck und mähe jeden Angreifer in meiner Umgebung nieder. Dann halte ich die Luft an und konzentriere mich. Über den Kampflärm hinweg, der hinter mir noch immer tobt, höre ich ein leises Wimmern.

Die Hexe und Ezlains Mutter kommen nach oben gestolpert und bleiben dicht bei mir stehen. »Sieh zu, dass du euch verteidigst, bis ihr euch zurückziehen könnt«, grolle ich Cressa zu.

»Aber ... sie haben Ezlain, das Mädchen. Ich werde nicht riskieren, dass sie von einem meiner Zauber getroffen wird, solange sie ...«

Mit einem Knurren schneide ich ihr das Wort ab. Schnell presst sie die Lippen aufeinander. »Ich kümmere mich um Ezlain.« Mein Blick huscht zu der anderen Frau. »Finde deinen Mann. Verlasse mit ihm und euren Matrosen so schnell es geht das Schiff mit den Beibooten.«

»Meine ... Tochter«, wimmert sie.

»Ihr wird nichts geschehen. Das schwöre ich.«

»Das zweite Schiff, mit dem sie gekommen sind, dürfte jetzt so gut wie unbesetzt sein«, sagt die Hexe.

»Dann flüchtet dorthin und wartet auf mich. Sobald ich mit Ezlain von hier fort bin, kannst du dieses Schiff einäschern.«

»Du ... bist der Drache, der den Schatz bewacht, nicht wahr?«, fragt sie leise.

Ich nicke und wende mich ab. Angestrengt lausche ich im Kampfeslärm nach dem Weinen des kleinen Mädchens, das ich eben noch gehört habe. Das Schiffsdeck ist riesig. Kurz lasse ich den Blick über die Kämpfenden gleiten. Zwanzig, vielleicht dreißig Piraten und etwa genauso viele Matrosen, die ich an ihrer einheitlichen Uniform erkenne. Mit ein paar Feuerattacken könnte ich allesamt vernichten, aber die Gefahr, dass ich versehentlich Ezlain oder die Matrosen treffe oder das Schiff schneller als gedacht untergeht und das Mädchen mit sich reißt, ehe ich es gefunden habe, ist viel zu groß.

Also bahne ich mir einen Weg über das Deck, mache die Piraten nieder, die dreist und töricht genug sind, mir entgegenzutreten und bleibe immer wieder stehen, um nach dem Wimmern zu horchen.

Und da! Als ich beinahe am Mast angelangt bin und eine Schneise der Verwüstung hinterlassen habe, höre ich jenseits des Feuers, das sich vom Bug aus immer weiter ausbreitet und sich durch die Holzplanken frisst, das zuvor leise Wimmern jetzt lauter. So schnell ich kann folge ich dem Geräusch, blende alles andere um mich herum aus.

»Ezlain!«, rufe ich. »Wo bist du?«

Das Weinen verstummt. Unnatürlich laut dröhnt mir mein eigener Herzschlag in den Ohren. *Ich bin so ungeschickt! Sie kennt mich nicht. Sie wird sich vor mir fürchten. Nun habe ich sie verschreckt und werde sie vermutlich nicht auffinden …*

»Hier«, erklingt eine leise, kindliche Stimme.

Ich blinzele gegen den Rauch an und eile in die Richtung, aus der die Stimme kam. Das Feuer hat an manchen Stellen bereits Löcher ins Deck gebrannt, sodass ich aufpassen muss, wohin ich trete. Über mir stehen auch die Segel in Flammen und das Holz des Mastes knirscht bereits. Doch Ezlains Stimme kam aus dieser Richtung, da bin ich mir sicher!

»Ezlain!«, rufe ich erneut.

»Hier … bin ich«, piepst es direkt neben mir.

Ich wirbele herum und schaue in eines der Fässer, die um den Mast herum aufgereiht sind. Aus einem blicken mir grüne, vom Weinen rot geränderte Augen entgegen. Mein Herz setzt für einen Schlag aus. Sie sieht aus wie eine Miniaturausgabe der Ezlain, die ich kenne. Und auf den ersten Blick scheint ihr nichts zu fehlen. Ich sehe kein Blut oder sonstige Verletzungen. Nur die kindlich runden Wangen sind mit Ruß beschmiert und tränennass. Ängstlich huscht ihr Blick nach oben, bleibt am brennenden Segel hängen. Schnell breite ich die Flügel über dem Fass aus und schirme sie so vom Feuer ab.

»Es ist alles in Ordnung«, murmele ich. »Ich werde dich hier rausholen. Aber du musst ganz fest die Augen zumachen und dich an mir festhalten. Schaffst du das?«

Beinahe dasselbe habe ich zu ihr gesagt, als wir vor den Piraten im Steinlabyrinth geflohen sind und ich keinen anderen Ausweg mehr sah, als mich vor ihr zu verwandeln.

Sie mustert mich einen Moment, als müsse sie sich selbst klar darüber werden, was ich bin und ob sie mir vertrauen kann. Ich kann es ihr nicht verdenken. Wären unsere Rollen vertauscht, würde ich wohl schreiend davonrennen. Doch Ezlain überrascht mich – wie ich es kenne – und streckt mir die Ärmchen entgegen. Ich ziehe sie aus dem Fass, bette ihren kleinen Körper in meiner Armbeuge. Sofort schmiegt sie das Gesicht an meinen Hals und klammert sich an mir fest.

Einen Flügel schützend um sie gelegt haste ich mit ihr durch die Flammen. Mehrmals überzeuge ich mich davon, dass das Feuer sie nicht erreicht. Keine Sekunde zu früh schaffen wir es ans andere Ende des Schiffes in Sicherheit, als der Mast dröhnend und knirschend in sich zusammenbricht und die Planken zersplittern lässt.

Obwohl das andere Schiff in einiger Entfernung ist, höre ich deutlich das Wehklagen der Mutter. Ich eile zur Reling, stoße mich von dort ab und gleite hinüber zum anderen Schiff. Ezlain gibt an meinem Hals ein halb ersticktes Kreischen von sich, ehe sie loskichert und einen Arm ausbreitet, als wolle sie selbst fliegen. Den anderen hält sie weiter um meinen Nacken geschlungen. Ich beobachte sie selig lächelnd aus den Augenwinkeln. Erst als die Feuerzauber der Hexe an uns vorbeirauschen und das Schiff hinter uns in Flammen aufgehen lassen, verbirgt Ezlain wieder das Gesicht an meinem Hals.

Als ich auf dem anderen Schiff an Deck lande, weichen die Matrosen vor mir zurück, halten aber ihre Säbel und Schwerter angriffsbereit vor sich. Am liebsten hätte ich sie angeknurrt. Sie wagen es, mich zu bedrohen, obwohl ich sie gegen die Piraten verteidigt habe!

Mit den Ellenbogen bahnt sich die Mutter, gefolgt von Cressa, einen Weg durch die Matrosen.

»Niemand greift ihn an!«, tönt da die tiefe Stimme meines Partners hinten den Männern und nach kurzem Zögern senken sie die Waffen, lassen mich aber nicht aus den Augen.

Die Mutter bleibt in einigen Metern Entfernung stehen. »Meine Tochter … Sie war noch auf dem Schiff …«

Ich lasse den Flügel, den ich nach der Landung schützend über Ezlain gelegt hatte, nach hinten gleiten. Die Mutter schnappt geräuschvoll nach Luft, als sie das Mädchen in meinem Arm sieht.

»Du kannst die Augen jetzt wieder aufmachen«, murmele ich der kleinen Ezlain zu, die das Gesicht an meinen Hals drückt.

Blinzelnd schaut sie zu mir auf. »Wir sind … geflogen.«

Ich schmunzele. »So etwas Ähnliches.«

»Können wir das noch mal machen?«

»Ez!«, schluchzt ihre Mutter und streckt ihr die Arme entgegen. »Komm her!«

Doch anstatt die Hände ihrer Mutter zu ergreifen, wendet sie sich wieder mir zu. »Können wir noch mal fliegen?«, wiederholt sie die Frage und klimpert mit den vollen Wimpern.

Hilfe suchend schaue ich mich nach meinem Partner um, der sogleich zu mir kommt. Im Vorbeigehen streicht er seiner schniefenden Frau über den Rücken, ehe er vor mich und Ezlain tritt. »Wir haben uns Sorgen gemacht, mein kleiner Schatz. Böse Männer kamen und du warst auf einmal verschwunden. Deine Mutter wäre fast gestorben vor Angst um dich. Mach ihr nicht noch mehr Kummer und geh zu ihr.«

Aus den Augenwinkeln sehe ich, wie Ezlain einen Schmollmund zieht. Dann klammert sie sich noch fester an meinen Hals. Mein Partner wirft mir einen entschuldigenden Blick zu, doch ich winke ab.

»Wir fliegen nachher noch mal, in Ordnung?«, murmele ich. »Aber zuerst musst du dir den Ruß vom Gesicht waschen lassen.«

Ezlain runzelt die Stirn, als müsse sie genau darüber nachdenken, was ich gesagt habe. Dabei zieht sie die Nase kraus, sodass ihre Sommersprossen zu tanzen scheinen. Ich liebe diesen Anblick. Schließlich nickt sie und ich lasse sie vorsichtig runter. Einen Moment hält sie noch meine Klauenhand umklammert, ehe sie sich losmacht und zu ihrer Mutter läuft.

»Ich kann dir gar nicht genug dafür danken, dass du sie gefunden hast«, sagt mein Partner, während er seiner Frau und der Tochter hinterherblickt. »Ohne dich wäre sie tot. Wahrscheinlich wären wir alle tot.« Er mustert mich von der Seite. »Das hättest du nicht tun müssen. Unser Schwur umfasst nur, dass du meinen Schatz bewachst.«

Ich recke das Kinn. »Das habe ich getan, schließlich ist deine Tochter dein größter Schatz.«

Er blinzelt, dann nickt er. »Da hast du allerdings recht.«

»Er ist ein Drache«, meldet sich die Hexe, die zu uns getreten ist, barsch zu Wort.

»Halbdrache, wenn ich bitten darf«, entgegne ich knurrend.

Sie wedelt mit der Hand. »Von mir aus. Kreaturen wie deinesgleichen machen nichts ohne Gegenleistung. Also, was willst du?«

Ich verdrehe die Augen. »Denkst du nicht, dass du etwas freundlicher zu mir sein solltest, nachdem ich euch alle gerettet habe?«

»Cressa, bitte«, geht mein Partner dazwischen. »Wir haben heute genug erlebt. Halte dich zurück!« Sein Blick gleitet zu mir. »Nichtsdestoweniger bin ich natürlich bereit, dir als Dank einen neuen Schwur anzubieten. Sag mir, was du haben willst.«

Die Hexe will protestieren, doch ich bringe sie mit einem tiefen Grollen zum Schweigen. »Es gibt … zwei Dinge, die ich verlange. Eines brauche ich von der *Hexe*.«

Sie schnappt nach Luft. »Woher weißt du …?«

»Sagen wir einfach, ich weiß mehr, als dir lieb ist«, erwidere ich. »Als Hexe verfügst du über sehr viel mehr Lebenszeit als ein normaler Mensch. Als Dank für eure Rettung fordere ich fünfzehn dieser Jahre.«

»Wieso ausgerechnet fünfzehn?«, will sie wissen.

»Das lass mal meine Sorge sein.« Ich wende mich an meinen Partner. »Für das, was ich von dir haben möchte, brauchen wir keinen neuen Schwur zu schließen. Dein Versprechen reicht mir vollkommen aus.«

»Du hast meine Familie, meine Männer und mein Leben gerettet«, sagt er. »Ich verspreche dir, was immer du willst. Auch die Freiheit, wenn es das ist, wonach es dich verlangt.«

Ich schüttele den Kopf. »Für die nächsten fünfzehn Jahre bewache ich weiter deinen Schatz. Aber du musst mir versprechen, dass du Ezlain mitbringst, wann immer du zur Insel kommst.«

Verwirrt runzelt er die Stirn. »Meine Tochter? Aber wieso?«

»Für ein so kleines Mädchen ist es gefährlich!«, braust Cressa auf. »Wie man heute gesehen hat.«

»Bitte, Papa!«, piepst Ezlain, die sich zwischen den Männern hindurchgeschlängelt hat und nun ihrem Vater an der Hose zupft, während sie flehend zu ihm aufblickt. »Ich *will* mitkommen!«

»Mein kleiner Schatz, Cressa hat recht. Das ist viel zu gefährlich für dich. Was, wenn wir wieder überfallen werden?«

Ich verschränke die Arme. »Du könntest der Hexe sagen, dass sie besser aufpassen soll. Ihre Leistung während des Überfalls war ziemlich erbärmlich.«

»Vorsicht, Halbblut!«, schnappt sie. »Meine Magie ist unberechenbar. Ein bisschen zu viel davon und das Schiff wäre sofort gesunken – mit Ezlain.«

»Ich will mit!«, kräht die kleine Ezlain dazwischen.

Mein Partner seufzt. »Wenn das dein und der Wunsch meiner Tochter ist, werde ich mich fügen, schließlich verdanken wir dir unsere Rettung. Aber Cressa wird uns begleiten und auf Ezlain aufpassen. Sollte Ezlain jedoch irgendwann beschließen, nicht mehr mitkommen zu wollen …«

»... dann wird sie niemand dazu zwingen«, beende ich seinen Satz.

In Ezlains Augen liegt ein überglückliches Funkeln, als sie zu mir aufschaut und mir die kleinen Arme entgegenstreckt. Mit einem gespielt genervten Seufzen hebe ich sie hoch.

»Du bist ja immer noch rußverschmiert«, tadele ich sie.

Kichernd reibt sie sich mit beiden Händen über die Wangen und macht es nur noch schlimmer.

Plötzlich verdunkelt ein Schatten die Sonne. Als ich nach oben blicke, erkenne ich dunkle Schwingen, die sich schnell nähern. Ich reiche Ezlain an ihren Vater, nicht ohne einen lautstarken Protest ihrerseits.

»Bring sie unter Deck«, weise ich ihn an. »Kommt erst wieder raus, wenn ihr von mir hört. Du«, ich winke die Hexe zu mir, »bleibst hier.«

Mit kräftigen Flügelschlägen schwebt der riesige schwarze Drache über dem Schiff. Die Männer geraten in Panik und stolpern vor Angst beinahe über ihre eigenen Füße. Auch die Hexe ist merklich blass um die Nase geworden.

Ich stelle mich direkt unter den Drachen. »Ronnyd«, brülle ich nach oben. »Ich will reden.«

Elegant verwandelt sich Ronnyd während des Landens in einen Menschen und mustert mich eiskalt. »Was machst du denn hier? Bist du auch von dem Gestank nach magischem Feuer und verbranntem Fleisch angezogen worden?«

Ich schüttele den Kopf. »Wenn du mir etwas Zeit gibst, werde ich alles erklären. Und ich werde dir eine Lösung vorschlagen, die uns allen helfen wird.«

Mit einem Kopfnicken bedeute ich der Hexe, sich zu uns zu stellen. Dann erzähle ich ihnen alles. Wirklich *alles*. Nur ein paar intime Details lasse ich aus. Die Augen der Hexe werden immer größer, je mehr ich von Ezlain berichte, die ich aus einem anderen Leben kenne. Ronnyd grollt, als er erfährt, dass der alte rote Drache aller Voraussicht nach bald sterben wird. Fassungslos runzelt er die Stirn, als er von seinem Pakt mit der Stadt Makio, seinem verzweifelten Versuch, sein Volk zu retten, erfährt.

»Das ist … unglaublich«, stammelt die Hexe.

»Aber er weiß von Dingen, die er nicht wissen kann«, brummt Ronnyd. »Ich habe noch nie mit jemandem über Rhias … gelegentliche Wutausbrüche gesprochen.«

Die Hexe nickt. »Ezlains Mutter hat tatsächlich eine Schwester namens Beatrice. Vielleicht hat er es aufgeschnappt, als ihr Vater mal darüber gesprochen hat, aber … so unwahrscheinlich es auch klingen mag … ich glaube ihm.«

»Ich habe keinen Grund zu lügen«, sage ich. »Ich habe sie einmal verloren und nun die Chance bekommen, es besser zu machen.«

»Sie ist ein Kind!«, begehrt Cressa auf.

Schnell hebe ich beide Hände. »Natürlich! Ich werde sie einfach nur beschützen. Mir ist auch bewusst, dass es anders laufen kann. Dass sie eine andere Ezlain wird als die, die ich kannte. Dass sie … sich in einen anderen verliebt. Und das wäre in Ordnung. Solange sie glücklich ist, bin ich es auch. Ich würde nie etwas tun, was ihr schadet oder was sie nicht will.«

Die Hexe starrt mich abschätzend an und verzieht dann den Mund. »Auch das glaube ich dir. Trotzdem …«

»Deshalb brauche ich die fünfzehn Jahre von dir«, unterbreche ich sie. »Dann ist Ezlain etwa zwanzig, nicht? Bis dahin … werde auch ich nicht altern. Und dann …« Hilflos zucke ich mit den Schultern. »… werden wir sehen, wie es weitergeht. Ich möchte sie nur hin und wieder sehen und mit ihr sprechen. Ich will wissen, ob es ihr gut geht und ein Stück weit an ihrem Leben teilhaben. Das ist alles, was ich mir wünsche.«

Cressa nickt. Während sie mir die Hand hinstreckt, sagt sie: »Einverstanden.«

Kapitel 35

Ezlain

Etwas mehr als zwölf Jahre später ...

Ich eile durch die verwinkelten Wege des Steinlabyrinths. Papa und Cressa habe ich schon kurz nach dem Anlegen abgeschüttelt. Obwohl sie wie ich regelmäßig hier sind, verlaufen sie sich doch immer wieder, während ich den Weg zur Schatzkammer mit verbundenen Augen finden würde.

Mein Herz schlägt im schnellen Takt meiner Schritte. Die letzten drei Monate kamen mir wie eine halbe Ewigkeit vor. Eine Ewigkeit voller Benimmlektionen und Abendveranstaltungen, eine langweiliger als die andere. Mama ist der Meinung, dass es langsam an der Zeit ist, nach einem passenden Ehemann für mich zu suchen und irgendwie ist es ihr gelungen, Papa ebenfalls davon zu überzeugen. Nach meiner Meinung wurde natürlich nicht gefragt. Sie würden mich zwar nie mit jemandem verheiraten, für den ich nichts empfinde, aber sie wollen, dass ich in guten Händen bin, falls ihnen etwas zustoßen sollte.

Und immer, wenn ich aufgeregt darauf warte, mit Papa zur Schatzinsel segeln zu dürfen, liegt mir Mama in den Ohren, dass sich das für eine Lady nicht geziemen würde: zusammen mit einem Haufen Matrosen zu einer entfernten Insel zu segeln, auf der ein Halbdrache haust. Als würde mich das interessieren ...

Nicht einmal habe ich es bisher versäumt, Papa zu begleiten. Die Besuche bei Drayce sind zum Höhepunkt meines Alltags geworden. Seit ich ihn zum ersten Mal gesehen habe, fühlte ich mich mit ihm auf eine Weise verbunden, die ich mir nicht erklären kann. Und während der letzten Jahre mischte sich noch etwas anderes zu dieser Verbundenheit. Ein Gefühl, das mein Herz schneller schlagen und mich aufseufzen lässt, wenn er mich auf die Arme nimmt, um mit mir durch die Lüfte zu gleiten. Mittlerweile freue ich mich aber noch mehr auf seine Nähe und die wohlige Wärme, die er ausstrahlt, als auf das Gleiten. Jedoch ist das ein willkommener vorgeschobener Grund, um ihm näher sein zu können, als es sich in den Augen meiner Mutter für ein junges Mädchen aus gutem Hause schickt.

»Drayce!«, rufe ich in die dunkle, mit Schätzen gefüllte Höhle. Durch meine Eile bin ich außer Atem. »Bist du da?«

Natürlich ist er das, schelte ich mich in Gedanken. *Er ist immer da, wenn wir zu ihm kommen.*

Ich spüre ihn hinter mir, bevor ich ihn sehen kann. Mein Herzschlag legt noch einen Zahn zu.

»Ganz allein unterwegs, Schätzchen?«, raunt er so nah, dass mir sein warmer Atem über den verschwitzten Nacken streicht. Ich erschaudere wohlig. »Wo hast du deinen Vater und Cressa gelassen?«

Ich zucke mit den Schultern und wende mich halb zu ihm um. »Sie sind zu langsam.«

Seine goldenen Augen scheinen im spärlichen Licht zu leuchten, ebenso wie einige seiner Schuppen. »Warum solltest du dich beeilen wollen?«

»Warum nicht?«, entgegne ich. »Heute ist wundervolles Wetter! Perfekt für einen kleinen Ausflug.«

Gemächlich gleitet sein Blick an meinem Körper hinab. Beinahe meine ich, ihn spüren zu können. Die Stellen, die er ansieht, prickeln heiß. »Ich weiß nicht, ob das eine so gute Idee ist«, murmelt er, als er wieder bei meinem Gesicht angekommen ist. Ein schiefes Lächeln, das ich im Laufe der Zeit mehr lieben gelernt habe, als gut für mich ist, erscheint auf seinen Lippen. »Du bist mittlerweile ziemlich schwer.«

Entrüstet verpasse ich ihm einen Klaps auf den Arm, woraufhin er laut lacht. »Das ist gar nicht wahr! Vielleicht wirst *du* nur schwächer. Wir sollten das gleich auf die Probe stellen.«

Auffordernd strecke ich ihm die Arme entgegen und versuche, das verräterische Zittern meines Körpers zu unterdrücken. Ich bin süchtig nach seiner Wärme, die ich am intensivsten spüre, wenn er mich an sich drückt.

Nachdem er mich noch eine Weile hat zappeln lassen, tritt Drayce so nah an mich heran, dass wir uns beinahe berühren. Ich lege die Arme um seinen Hals und genieße den kurzen Moment, in dem unsere Nasenspitzen nur ein Stück voneinander entfernt sind. Nicht zum ersten Mal denke ich darüber nach, mich einfach auf die Zehenspitzen zu stellen und ihn zu küssen. Meine Lippen kribbeln bereits vor Verlangen. Dabei habe ich noch nie einen Jungen geküsst. Und erst recht keinen Halbdrachen.

Auch Drayce scheint zu zögern. Ganz kurz huscht sein Blick zu meinem Mund und er schluckt angestrengt. Er schüttelt den Kopf, als müsse er wieder zu Sinnen kommen, ehe er eine Hand an meinen Rücken und die andere in meine Kniekehlen legt, um mich hochzuheben. Glücklich schmiege ich mich an seine Brust und lasse die Finger über die rot schillernden Schuppen gleiten.

Mit einem Arm hält er mich oben, während er mithilfe des anderen an der Felswand des Berges zum Gipfel hinaufklettert. Oben angelangt zerrt der Wind an meinem Zopf und der Kleidung, doch Drayce schirmt mich mit einem Flügel ab.

Als Kind habe ich das Gleiten mit ihm geliebt, mehr als alles andere auf der Welt. Ich weiß noch, dass ich auf seinen Schultern saß, die Arme ausbreitete und so getan habe, als würde ich selbst fliegen. Ich liebte die Freiheit, den Wind, der mir übers Gesicht fuhr, und die salzige Seeluft, die bei jedem Atemzug meine Lungen füllte.

Doch dieses Gefühl hat sich verschoben. Heute ist mir das Gleiten selbst nicht mehr so wichtig. Vielmehr als den eisigen Wind genieße ich Drayces beständige Wärme. Mehr als die salzige Luft liebe ich seinen Duft nach Feuer, Glut und Asche, der mich an heimelige Winterabende vor dem Kamin erinnert.

Ich brauche nicht das Gefühl der Freiheit, sondern nur seine Nähe.

»Wenn ich … dir wirklich zu schwer bin, müssen wir nicht gleiten«, murmele ich eine Spur verlegen, weil ich nicht weiß, wie ich das, was ich empfinde, ausdrücken soll.

Drayce schaut zu mir hinab. »Was willst du stattdessen hier oben machen?«

Wieder lauert ein schelmisches Grinsen in seinen Mundwinkeln, das ein Kribbeln in meinem Bauch heraufbeschwört.

»Wir könnten uns hinsetzen … und reden«, schlage ich vor.

Drayce runzelt die Stirn, widerspricht mir jedoch nicht. Stattdessen lässt er sich mit mir auf dem Boden nieder. Die Felsen des Gipfels bieten nicht genug Platz für zwei, weshalb ich mich auf seinem Schoß wiederfinde.

Als Kind habe ich unzählige Male auf seinem Schoß gesessen, immer wenn er Geschäftliches mit meinem Vater zu besprechen hatte und ich noch nicht mit Cressa zurück zum Schiff gehen wollte. Ebenso oft bin ich in Drayces Armen eingeschlafen, sodass er mich anschließend zum Schiff geflogen hat.

Stets fühlte ich mich in seinen Armen geborgen. Das ist auch jetzt der Fall, aber das ist nicht alles. Seine Nähe und Berührungen lassen meine Atmung verrücktspielen. Vielleicht war es doch keine so gute Idee, mit ihm allein hier oben zu sein …

Drayce scheint zu spüren, dass ich mich unwohl fühle. »Ich bin neugierig«, sagt er leichthin. »Erzähl mir, wie du deine Tage verbringst, wenn du nicht aufs Meer hinausfährst, um mich zu besuchen.«

Die nächsten Stunden verbringen wir redend und lachend. Wir sprechen über alltägliche Dinge wie unser Lieblingsessen. Ich erzähle ihm, wie ich die langweiligen Tage ohne ihn verbringe und er tut dasselbe. Obwohl die Themen nicht spannend sind, vergeht die Zeit wie im Flug. Erst als die Sonne bereits untergeht und Cressa zum wiederholten Mal nach oben brüllt, dass wir endlich runterkommen sollen, bemerke ich, wie spät es ist.

»Komm schon, Ez!«, murrt sie lautstark am Fuß des Berges. »Es wird verdammt kalt.«

Mir nicht, würde ich am liebsten erwidern und schmiege mich etwas fester an Drayce. Als Antwort verstärkt er auch den Druck seines Armes um mich.

»Kann sie … uns von da unten sehen?«, frage ich.

Drayce zuckt mit den Schultern und breitet beide Flügel um uns aus. »Jetzt nicht mehr.«

Bei allen Göttern, dieses Grinsen lässt mich eines Tages noch an Herzversagen sterben!

Meine Hand zittert, als ich sie ausstrecke und vorsichtig die dünne, lichtdurchlässige Haut seiner Flügel berühre. Das habe ich noch nie getan, aber jetzt, wo sie mir so nah sind, kann ich nicht anders. Ich bewundere die feinen Äderchen, die sich durch die Haut schlängeln und ein wunderschönes Muster ergeben. Drayce erschauert unter der Berührung und ich ziehe schnell die Hand zurück.

»Entschuldige«, sage ich schnell. »Ich wollte dir …«

»Du hast mir nicht wehgetan«, murmelt er rau.

Der Klang seiner Stimme verstärkt das Kribbeln in meinem Bauch noch mehr. Auf diese Weise hat er noch nie mit mir gesprochen. Oft neckend, wenn er mich aufzog, oder mit einem Schmunzeln in der Stimme. Doch jetzt klingt sie rau, beinahe heiser.

Diesmal zittert meine Hand nicht, als ich sie erneut ausstrecke. Gebannt beobachte ich den Ausdruck in seinem Gesicht. Die Augen halb geschlossen, die Brauen zusammengezogen, als müsse er sich stark konzentrieren, der Mund leicht geöffnet.

»Ez«, haucht er.

Als würde er magisch von der winzigen Bewegung seiner Lippen angezogen, huscht mein Blick zu seinem Mund und bleibt dort hängen. Unendlich vorsichtig legt er mir die freie Hand an die Wange.

»Sag mir, dass ich aufhören soll«, flüstert er.

»Warum sollte ich das tun?«, flüstere ich zurück und lehne mich ein Stück vor.

Er hebt meinen Kopf an und streift flüchtig mit den Lippen über meine. Sofort brennt die Haut, die er berührt hat, und lechzt nach mehr. Doch der Kuss – sofern man das als Kuss bezeichnen kann – ist viel zu schnell vorbei und Drayce zieht sich wieder zurück. Ich gebe einen protestierenden Laut von mir – Worte zu bilden übersteigt gerade meine Fähigkeiten – und richte mich so weit auf, dass ich die Lippen auf seine pressen kann.

Drayce erwidert diesen Kuss hungrig, als hätte er ein ganzes Leben darauf warten müssen.

Unsere Münder verschmelzen wie flüssiges Feuer, das sich in Windeseile im Rest meines Körpers ausbreitet und mich lichterloh in Flammen stehen lässt. Mit leichtem Druck neigt er meinen Kopf, um besseren Zugang zu finden.

»Mach den Mund auf«, raunt er, ohne unsere Lippen völlig voneinander zu lösen.

Ich gehorche bereitwillig. Als ich den Mund öffne, entweicht mir ein stöhnendes Wimmern. Drayce beantwortet diesen Laut mit einem kehligen Knurren, das noch tief in mir nachvibriert und das brennende Kribbeln weiter verstärkt.

Viel sanfter, als ich es im Augenblick will, streicht er mit der Zunge über meine Unterlippe, ehe er gegen meine stupst. Diese kurze Berührung ist so neu und anders als alles, was ich kenne, dass helle Sterne hinter meinen geschlossenen Lidern tanzen.

»Ezlain, wir wollen los!«, schallt es von unten.

Wieder stößt Drayce ein Knurren aus, wütender diesmal, und löst sich von mir. Einen Flügel zur Seite gezogen grollt er nach unten: »Geht schon vor! Ich bringe sie zurück.«

Einen Moment herrscht Stille. »Aber genauso, wie sie das Schiff verlassen hat«, fordert Cressa mit einem Unterton, den ich noch nie bei ihr gehört habe.

»Jaja«, knurrt Drayce zurück und legt wieder den zweiten Flügel um uns.

»Wieviel Zeit haben wir?«, flüstere ich.

Er knabbert an meiner Unterlippe und entlockt mir ein weiteres Stöhnen. »Ein paar Minuten. Ansonsten, befürchte ich, wird deine Aufpasserin einen Weg finden, hier hochzuklettern.«

»Dann sollten wir diese Minuten sinnvoll nutzen«, murmele ich und küsse ihn erneut.

Epilog

Drayce

Etwa drei Jahre später ...

Zum wiederholten Mal zupfe ich an den Manschettenknöpfen herum und versuche vergeblich, den viel zu engen Kragen zu lockern. Ich hasse diese festliche Art von Menschenkleidung! Zeitgleich wünschte ich, dass ich einen Spiegel hätte, um ihren korrekten Sitz zu überprüfen. Um nichts auf der Welt will ich aussehen wie ein Trottel. Doch in dieser Höhle in der Nähe des Strandes gibt es keinen Spiegel. Und jetzt am Abend hätte ich sowieso nicht genügend Licht dafür. Ich kann froh sein, dass ich auf keine ungebetenen Gäste getroffen bin, seit ich gestern hier landete und mich verwandelt habe.

Die letzten Jahre habe ich durchgehend in der Drachengestalt verbracht, weil ich keinen Sinn darin sah, in die menschliche Form zu wechseln. Ich verließ die Schatzinsel nie, sondern zählte die Tage, bis Ezlain zurückkommen würde.

Doch heute ist ihr zwanzigster Geburtstag. Mein Schwur mit der Hexe endet an diesem Tag, genauso wie der mit Ezlains Vater.

Und ich habe es lange genug vor mir hergeschoben, mit ihm zu reden. Ich weiß von ihr, dass es bei den Menschen so in Ilgaron üblich ist, zuerst mit den Eltern der Frau zu reden, bevor man ihr den Hof macht. Ezlain und ich sind zwar schon einen kleinen Schritt weiter, aber diesmal möchte ich es richtig machen. Bis auf ein paar – na gut, *sehr viele* – Küsse und Berührungen ist nichts geschehen. Wir waren sehr kreativ, um ihrer ständigen Aufpasserin Cressa wenigstens für ein paar Minuten entkommen zu können. Und jedes Mal musste ich danach endlose drei Monate warten, bis Ezlain zu mir zurückkam.

Ich atme tief durch, schlüpfe in die ledernen Schuhe und mache mich auf den Weg zu dem Anwesen ihrer Familie.

Schon von Weitem sehe ich unzählige Kerzen, die den Weg zum Anwesen und den dazugehörigen Garten erleuchten, und höre gedämpftes Stimmengewirr aus dem Haus. Ezlain erzählte mir, dass ihre Mutter darauf drängt, sie endlich zu verheiraten, doch bisher ist es Ezlain gelungen, sämtliche Freier in die Flucht zu schlagen. Was ich beim besten Willen nicht verstehe. *Ich* liebe ihre unbeugsame Art, vorlaute Zunge und das ungestüme Temperament, das ihr zu eigen ist. Was sollte ich mit einer sittsamen Frau anfangen, die immer nur den Kopf gesenkt hält und keinen Ton herausbekommt?

Als ich vor dem Anwesen stehe, lege ich eine Hand auf die Jacketttasche und befühle durch den schwarzen Stoff hindurch deren Inhalt. Dann hole ich tief Luft, bis sich das Hemd um meine Brust spannt, und hebe die Hand, um an die weiß gestrichene Tür zu klopfen.

Ehe ich anklopfen kann, fällt mein Blick auf eine einsame Gestalt im weitläufigen Garten zu meiner Rechten. Obwohl ich sie nur von hinten sehe, weiß ich, dass es Ezlain ist. Ich nehme mir einen Moment und bewundere ihren Körper und seine Kurven, die von dem ausladenden Kleid noch betont werden.

»Warum seid Ihr ganz allein hier draußen?«, frage ich galant, als ich mich ihr nähere. Ich bin froh, dass ich überhaupt einen Ton herausbekomme und meine Stimme dabei sogar wie immer klingt. »Ist das nicht Eure Feier?«

Sie wirbelt zu mir herum und sieht mit großen Augen zu mir auf. Ich kann förmlich sehen, wie sie versucht, mein jetziges Aussehen mit der vertrauten Stimme in Einklang zu bringen. Nie zuvor hat sie mich in dieser Gestalt gesehen. Keine Ahnung, ob sie überhaupt wusste, dass ich mich verwandeln kann.

»Drayce?«, haucht sie unsicher.

Ich greife nach ihrer Hand und hauche einen Kuss darauf. »Mylady.«

Sie blinzelt. Einmal. Zweimal. »Aber was …? Wie …? Bist du das wirklich?«

Ich gebe ihr die Zeit, die sie braucht, um mich anzusehen. Ich spüre ihre Blicke, als würde sie mich direkt mit ihnen berühren, und genieße das begehrliche Funkeln, das sich in ihre Augen stiehlt, als sie begreift, dass ich tatsächlich der Halbdrache aus der Höhle bin.

»Was machst du hier?«, fragt sie, nachdem sie sich vom ersten Schreck erholt hat.

»Es ist dein Geburtstag«, sage ich und hole die kleine Schachtel aus der Jacketttasche. »Ich wollte dir dein Geschenk bringen.«

»Das wäre nicht …« Sie beißt sich auf die Unterlippe. »Darf ich es aufmachen?«

Ich schmunzele. »Nur zu.«

Ungeduldig zupft sie die Schleife auf und öffnet den Deckel. Ich widerstehe nur knapp dem Drang, unruhig von einem Fuß auf den anderen zu treten, während ich ihre Reaktion beobachte. Ihr Mund formt ein stummes O, während sie mit den Fingern vorsichtig die Kette aus der Schachtel hebt und den tropfenförmigen Anhänger auf ihrer Handfläche bettet.

»Ist das … eine deiner Schuppen?«

Ich nicke. »Gefällt sie dir?«

Ihr Lächeln vertreibt sämtliche Zweifel. »Sie ist wunderschön.«

Ich schlucke angestrengt. Nun kommt der Teil, vor dem ich mich am meisten gefürchtet habe. Anders als beim letzten Mal will ich ihr nicht einfach die Kette umlegen. Sie soll wissen, worum es sich dabei handelt. »Das … ist nicht irgendeine Schuppe. Wir nennen sie ›Herzschuppe‹, weil sie direkt über unserem Herzen liegt. Sie ist etwas ganz Besonderes, denn wir Drachen schenken sie nur der Frau, der unser Herz gehört.« Als sie überrascht zu mir aufschaut, muss ich gegen die Enge im Hals anschlucken, ehe ich weitersprechen kann. »Ich liebe dich, Ezlain. Schon sehr viel länger, als du ahnst.«

Einen Moment regt sie sich nicht. Dann breitet sich das bezauberndste Lächeln auf ihren Lippen aus, das ich je gesehen habe.

»Ich liebe dich auch. Selbst als ich noch nicht wusste, dass du … auch so aussehen kannst, wollte ich nichts lieber, als mit dir zusammen zu sein.«

Erleichtert stoße ich den Atem aus und lehne die Stirn gegen ihre. »Ich werde mit deinen Eltern sprechen, aber zuerst musste ich wissen, ob du genauso empfindest wie ich.«

»Mir ist egal, was Mama und Papa sagen«, flüstert sie. »Ich habe mich dir schon immer verbundener gefühlt als irgendwem sonst.«

Ich bin der glücklichste Mann der Welt, als ich ihr die Kette umlege und die Herzschuppe in der Kuhle knapp unter ihrem Schlüsselbein ruhen sehe. Genauso wie mein Herz ihr gehört, gehört die Schuppe an genau diesen Ort.

Sie reckt den Kopf und streicht mit den Lippen über meine. »Wie sagt man auf Drachisch ›Ich liebe dich‹?«

Ich streichele ihr über die Wange. *»Zu'u rwy'n dy«*, wispere ich.

Sie runzelt die Stirn. »Das … habe ich schon mal gehört. Kann das sein?«

»Ja, viele Male. Zwar nicht in diesem Leben, aber ich verspreche dir, dass du es von nun an viel öfter hören wirst«, sage ich lächelnd, ehe ich sie küsse.

ENDE

DIE MACHT DER GEFÜHLE
TAUCH EIN IN ROMANTISCH-FANTASTISCHE GESCHICHTEN.
IMPRESS
#IMPRESSBOOKS
ALLES VON IMPRESS HIER:
IMPRESSBOOKS.DE

DIE MACHT DER GÖTTER

Asuka Lionera
SON OF DARKNESS 1: GÖTTLICHES GEFÄNGNIS
ISBN 978-3-551-30227-4
Softcover
Auch als E-Book erhältlich

Die ehrgeizige Archäologin Emma verirrt sich während einer Expedition in das höhlenartige Gefängnis eines riesigen schwarzen Wolfs. Sie befreit das Tier und steht plötzlich einem göttlich gut aussehenden Fremden gegenüber. Emma ahnt nicht, dass sich um ihn eine zerstörerische Prophezeiung rankt …

Aurelia L. Night
DIVINE DAMNATION 1: DAS VERMÄCHTNIS DER MAGIE
ISBN 978-3-551-30246-5
Softcover
Auch als E-Book erhältlich

Tivra ist eine begabte Hexe aus dem Zirkel der Deva. Doch durch ein Missgeschick lässt sie auf einer Mission in den Ruinen eines alten Tempels versehentlich die Göttin der Zerstörung frei. Aus der Not heraus erfragt der Zirkel die Hilfe eines Rudels von Gestaltwandlern und Tivra muss mit ihrem mysteriösen Anführer zusammenarbeiten.

WWW.IMPRESSBOOKS.DE

Impress
Die Macht der Gefühle

Impress
Ein Imprint der CARLSEN Verlag GmbH
Juli 2020

Lektorat: Nina Schnackenberg
Umschlagbild: shutterstock.com / © Ortis / © Kanea / © pixelparticle / © Jade ThaiCatwalk / © Olga Nikonova / © herryfaizal / © Ironika
Umschlaggestaltung: formlabor, Fuchsias Weltenecho – Anna Hein
Satz und Umsetzung: readbox publishing, Dortmund
Druck und Bindung: CPI Books GmbH, Birkach
ISBN 978-3-551-30285-4
Printed in Germany
www.carlsen.de/impress

Alle Bücher im Internet: www.carlsen.de